國家社科基金
GUOJIA SHEKE JIJIN HOUQI ZIZHU XIANGMU
後期資助項目

澹軒文集校注

（下）

馬慶洲　著

山東人民出版社

澹軒文集校注

【卷之五】

序

會試録後序①

治化之盛②，關乎氣運之盛③，然亦係乎賢才衆多，相與輔成④；而賢才之出，則又本乎上之作新鼓舞以致然也⑤。《書》言『俊乂在官』⑥，必繇帝舜之『翕受敷施』；《詩》詠『濟濟多士』⑦，必自文王［之］『譽髦斯士』⑧。我國家膺天明命，運際亨嘉，文教丕隆，政化清穆⑨，薄海内外咸起帝臣之願，不以遐僻而有間者，豈無所自然哉！欽惟皇上纘承列聖，益弘化理。嗣歷服之初⑩，即御經筵，講學論道，日夕益勤；躬視太學，釋奠先師孔子，尊崇聖道；詔天下有司董勸學政⑪，以風勵士類。故爲士者咸感激砥礪，力於奮庸⑫，欲建立事功，垂聲光於永久者⑬，彬彬焉出。其人才衆多，足以媲美乎虞周之朝，宜其治化之盛，亦比隆於虞周之世也。迺正統乙丑春二月，天下貢士千二百人，就試於禮部。至期，尚書臣濙⑭，以考試官請。皇上命臣習禮、臣愉往涖其事⑮。壬子，鎖院⑯；癸丑、丙辰、己未，凡三命題試之。逮撤棘⑰，得其文之優等者百五十人。小録既成⑱，臣愉謹序其後。

竊惟士修於家，養於學，朝夕涵泳⑲，培植性情，啓迪志慮，必以德行道藝爲本。而科目之取，必試之以文辭者，盖德行道藝蘊於心，欲見諸事爲之著，非言焉不足以發之，文則言之成章者也。然文必以理爲主，然後見其學之正、言之純，庶乎其道德之文，匪徒爲馳騁駢儷、緣(節)「飾」藻繪而已⑳。諸士子生逢全盛之日，大音正完㉑，而能以文得俊，登名兹録，藹乎其德義之發，行將奉清問㉒，膺寵命㉓，列官顯要，尚其以是言體諸身、措諸事，仰思古賢哲所以宅心制行㉔，圖惟遠大㉕，澤潤生民，翼贊聖化㉖，而有以鳴國家之盛，尤足以見所學爲正大高明之歸矣。願相與勉旃㉗。

【注釋】

①會試，是會集各省舉人在京城的考試，乃集中會考之意。會試之稱起於元代。明代會試定為三年一科，於鄉試次年舉行。《明史·選舉制二》載：『子、午、卯、酉年鄉試。辰、戌、丑、未年會試。鄉試以八月，會試以二月，皆初九日為第一場，又三日為第二場，又三日為第三場。』(卷七十)。會試由禮部主持，故又稱為『禮部試』或『禮闈』。又因是在陰曆二月舉行，已是春天，故又稱『春闈』。顧炎武云：『《會試録》《鄉試録》主考試官序其首，副主考序其後，職也。』(《日知録》卷十九)。正統十年(1445)，馬愉出任會試考官，此文即作於是科録畢後。《正統十年會試録》(下文簡稱《會試録》)卷末附有此文(見《明代登科録彙編》一，臺灣學生書局，一九六九年)，今據以校訂。

②治化：指治理國家、教化人民。

③氣運：氣數，命運。

④相與：互相，交相。

⑤作新：比喻教化百姓，移風易俗。《尚書·康誥》：「汝惟小子，乃服惟弘王，應保殷民。亦惟助王，宅天命，作新民。」本意指教導殷民，服從周的統治。

⑥俊乂在官：見《尚書·臯陶謨》，全句作「翕受敷施，九德咸事，俊乂在官」。意思是説，普遍任用，具有九德的人都擔任官職，那麽在職的官員就都是才德出衆的人了。翕，合。敷，普遍。施，用。事，任職。俊乂，才德出衆的人。才德過千人爲俊，百人爲乂。

⑦濟濟多士：見《詩經·大雅·文王》。濟濟，多而整齊的樣子。

⑧譽髦斯士：見《詩經·大雅·思齊》。意指選拔英傑之十。「文王」二字後，《會試録》有「之」字，據補。

⑨清穆：清靜，清和。

⑩歷服：久遠之業。指王位。「嗣」字後，《會試録》有「大」字。

⑪詔：《會試録》作「屢敕」。

⑫奮庸：指努力建立功業。

⑬聲光：聲譽風光。

⑭尚書臣濙：指胡濙。見卷前《澹軒歷受誥詞》注。

⑮習禮：指錢習禮。見卷前《澹軒歷受誥詞》注。

⑯鎖院：科舉考試的一種措施。考生入試場後即封鎖院門，以防範舞弊。

⑰撤棘：亦作「徹棘」。科舉時代考試時，為示嚴密，於試院圍牆上遍插棘枝，至放榜後始撤去，因稱考試結束為「撤棘」。《舊五代史·和凝傳》：「貢院舊例，放牓之日，設棘於門及閉院門，以防下第不逞者。凝令撤棘啓門，是日寂無喧者，所收多才名之士，時議以為得人。」

⑱小録：即會試題名録。宋初進士約期集會，按甲次高下聚錢刊印小録，崇寧後，試院官也刊印小録，具列姓名和出生年月。《尚書・吕刑》：『皇帝清問下民，鰥寡有辭于苗。』孔穎達疏：『帝堯清審詳問下民所患。』

⑲涵泳：深入領會。

⑳駢儷：對偶藻飾之辭。緣飾：文飾。藻繪：彩色的繡紋。指文辭，文采。駢，《會試録》作『姸』。飾字，底本作『節』，據《會試録》改。

㉑大音：指美妙的樂音。

㉒清問：清審詳問。

㉓寵命：加恩特賜的任命。對上司任命的敬辭。

㉔宅心：放在心上，用心。制行：指德行。

㉕圖惟：謀劃，考慮。

㉖翼贊：輔佐。

㉗勉旃（zhān）：努力。多於勸勉時用之。旃，語助詞，之焉的合音字。

少保黄公挽詩後序①

少保兼户部尚書東萊黄公卒于南京②，訃聞，爲惙朝一夕③，賜祭，敕有司營葬事，恩禮至矣。少師公碑于神道④，少保公傳其行事⑤，祭酒公爲志于墓⑥，所以著聞于世顯矣。公之歿，奚其憾？然而，兩京大夫士聞之者，罔不震悼驚嘆，嗟不能已，乃爲詩章哀挽，用寫其悲傷痛惜之意，又何其厚耶！其仲子琮編以爲帙，禮部侍郎兼翰林侍講學士臨川王公弁諸首⑦，復請予贅其末。

予與公爲鄰郡⑧，夙昔聞公名⑨，竊嘗興慕。宣德初，公自交趾還⑩，始獲見。公儀觀魁梧⑪，襟度豪邁⑫，且其學博而識端，其中確然如金石⑬，挺然若楨檜者⑭，人無及之。稽其平生履歷大段⑮，當危險則以死自分，不爲回曲之辭⑯。撫南交，則深得夷情，是境以安。及代，則變作矣。比再至，已爲其所陷矣。夷見公，皆不忍傷，乃以輿舁送之還⑰。逮守南京，切切以國事爲心，弗遑卹厥家。教子讀書，惟務明道理、安勤儉，戒其無進取。嘗奏言置風憲官，專督學政，以培治本，識者稱爲第一好事。夫是，則公之所以被榮光於既歿也無愧，而諸士大夫述作稱道，發於悲痛悼惜之餘者，又豈能已哉？後之人觀於斯，然後可以想見公之爲人。夫既知公之爲人，寧不有感慕興嘆於其間耶？特爲序於後。

【注釋】

① 少保黄公，指黄福（1363—1440）。字如錫，别號後樂翁，山東昌邑縣（今屬濰坊市）人。洪武甲子年（1384）中鄉試，次年入太學。洪武三十年（1398）上書明太祖，論當世之急務，獲讚賞，破格陞為工部右侍郎。明成祖进南京，擢為工部尚書。永樂三年（1406），改任刑部尚書。洪熙元年（1425），任工部尚書兼詹事府詹事，此後隨侍皇太子居南京。宣德四年（1429），改任户部尚書。宣德七年，任南京户部尚書，掌管南京兵部事。英宗即位，陞少保兼户部尚書，進階光祿大夫。正統四年（1439）冬，病重，仍抱病主持公務，次年春，卒於南京。英宗聞訃，為其罷朝一日。成化三年

（1467），朝廷又加贈太保，謚『忠宣』。有《奉使安南水程日記》傳世。

②東萊：古地名，在今山東省北膠河以東。《國語·齊語》：『通齊國之魚鹽于東萊，使關市幾而不征。』韋昭注：『東萊，齊東夷也。』。

③惙：通『輟』，停止。

④少師公：指楊士奇。見卷前《澹軒歷受誥詞》注。楊士奇所撰《光禄大夫少保户部尚書黄公神道碑銘》（收入《東里續集》中）。

⑤少保公：指楊溥。見卷前《澹軒歷受誥詞》注。

⑥祭酒公：指陳敬宗。見卷二《送陳祭酒》注。陳敬宗所撰《少保兼戶部尚書黄公墓志銘》收入《澹然居士文集》中。

⑦王公：指王英。見卷前《澹軒歷受誥詞》注。

⑧予與公爲鄰郡：馬愉家鄉臨朐縣屬青州府，黄福家鄉昌邑屬萊州府，兩府相鄰，兩縣今同屬濰坊市。

⑨夙昔：泛指昔時，往日。

⑩交趾：對安南、越南的別稱。越南於十世紀三十年代獨立建國後，宋稱其國爲交趾，以其國本交趾地。永樂三年（1405），交趾動亂，朝廷命黄福去兩廣治軍。動亂平息後，交趾大治。黄福在邊疆爲官十九年，仁宗時回京。宣德元年（1426），留守邊疆的官吏實施暴政，激起交趾人的反抗，黄福受命再次前去平息。其剛到時，官兵戰敗，黄福被當地義兵逮捕，黄福欲自殺，交趾叛軍拜下泣求，稱其是交趾的父母官，如果他當時沒走，不至於走到反叛這一步。於是派人去守護，並贈送白金糧食，送其出境外。下文『及代……送之還』，即指此事。

⑪儀觀：儀表。

⑫襟度：襟懷與氣度。豪邁：氣魄大，豪放不羈。

⑬確然：剛强，堅定。

⑭挺然：挺拔特立的樣子。

⑮履歷：指經歷。大段：大略，大體。

⑯回曲：曲折。

⑰輿：轿子。舁(yú)：抬，扛。

送祭酒李公致仕序①

國子祭酒李公時勉，屢以年至辭位，上以公老成，方爲諸生楷範②，資所造就，未之俞也③。今歲，公復力辭，辭甚懇至④，上愍然重於久勞⑤，允之。諸生皆彷徨悵怏⑥，如失慈父母然，上章乞留，不可得。上復命有司給驛舟以行⑦，在朝士大夫爲詩文餞之。於是，六館之士送出都門外⑧，拜伏擁道上，隨行數十里，依依不釋去。翰林修撰商輅⑨，監察御史周鑑、羅篪⑩，嘗從公學，以贈行之辭爲屬。

時有問於予者曰：『前此固有以祭酒辭位而去者，未聞諸生親愛如此其厚，不知諸生於公以何情而若是？是所惑。』

予曰：『祭酒，師也；諸生，弟子也。師、弟子相與⑪，關乎人道甚大。人道有以恩屬者，有以義屬者：曰父子焉，曰君臣焉。父子、君臣，必繇學而益明，故師、弟子介乎君臣、父子之間，恩義兼盡者也。

故自古儒先任師道之責，必推明道德，以厚倫化，以淑諸人，步趨聲欬⑫，足以師表一時，儀範後進⑬，副天下人望⑭。而弟子被其訓育，賴以陶成⑮，恩義有足入人之深，結人之固，金石膠漆有不能踰者。則夫人之聲光傳聞於後⑯，鏗然鏘然⑰，口耳言論之相接，不獨載諸簡策文字之間而已⑱。韓昌黎始入學日⑲，使學官會講經理，生徒奔走聽聞，喜曰：「自韓公爲祭酒，國子監不寂寞矣。」宋鄭穆以待制兼祭酒⑳，諸生尊其經術，服其教約。及請去，卿大夫各爲詩贈，諸生空學出，祖汴東門外㉑，觀者如堵。繇唐至宋數百年，至今又數百年，其間居是位有年，至留不得去，去而得蒙恩遇之厚，與人親愛敬慕若此者，復幾何人？公在翰林餘四十年，累官學士，掌詞命，典文衡㉒，歷事四朝，問學道德，爲國老成㉓。嘗進讜言㉔，禆益時政，朝野著聞㉕，爲公卿士大夫所敬慕舊矣。比太學師席久虚，上不以他命，特舉以畀公，蓋出於簡在㉖，非泛泛選也。六年于兹，凡監學宿弊爲病於衆者，公則去之；事有逆置違衆情者，公則更之；諸生有艱窘、疾病者，公則恤之。日與諸生講論經史，分書、律、筭數等學，日使肄習㉗，嚴其程課，諸生賴以成就。南宫論秀㉘，監學率占十二三，前此蓋未嘗有也。天下皆謂師道之得人如此。故今已仕之士，感公之樂育，有不能忘；而年鋭方進者，喜得依歸，冀其有成。而公遽去，于懷有不能平。蓋公之恩義入人之深，結人之固，如此諸生得不親愛敬慕，惓惓而不釋者乎㉙？諸生與公也，出於師、弟子之情當然也，非有所矯拂而爲也㉚。』

問者唯唯，退。予遂書其辭于卷云。

【注釋】

① 祭酒李公：指李時勉。見卷前《澹軒歷受誥詞》注。正統十二年（1447）春，李時勉辭官還鄉，朝臣及國子生近三千

人送出崇文門外。

②楷範：典範，模範。

③未之俞：即未俞之。俞，允許。

④懇至：懇切。

⑤愍然：憐憫的樣子。

⑥悵怏：惆悵不樂。

⑦驛舟：即驛船。驛站用的船。

⑧六館：國子監的别稱。唐制，國子監領國子學、太學、四門、律學、書學、算學，統稱六館。宋元以後，漸加合併，以至僅存國子一學，但後世仍以六館指國子監。

⑨商輅（1414—1486）：字弘載，號素庵，浙江嚴州府淳安縣（今屬杭州市）人。正統十年（1445）一甲一名進士。歷仕英宗、代宗、憲宗三朝，歷官兵部尚書、户部尚書、太子少保、吏部尚書、謹身殿大學士，時人稱『我朝賢佐，商公第一』，卒謚『文毅』。著有《商文毅疏稿略》、《商文毅公集》等。

⑩周鑑：湖北黄州府麻城縣人。羅篪：江西南昌府南昌縣人。兩人均爲正統十年進士。

⑪相與：相處，相交往。

⑫聲欬：咳嗽或發出的聲音。借指談笑，談吐。

⑬儀範：作爲典範。

⑭副：相稱，符合。

⑮陶成：陶冶使成就。

⑯聲光：聲譽風光。

⑰鏗鍧（kēnghōng）：形容聲音洪亮。

⑱簡策：即簡册。由竹簡編連而成。後指史籍、典籍。

⑲韓昌黎：即韓愈，字退之，唐河内河陽（今河南孟縣）人。自謂郡望昌黎，世稱韓昌黎。唐代古文運動的宣導者，明人推爲唐宋八大家之首，與柳宗元並稱『韓柳』。元和十五年（820），韓愈召拜國子監祭酒。对國子監存在問題，大加整頓，重振國子監。

⑳鄭穆：字閎中，侯官（今福州市）人。北宋皇祐五年（1053）進士，初任河南府壽安主簿，後爲國子監直講。元祐初，召拜國子祭酒。元祐三年（1088），爲荆王侍講，又爲楊王翊善。元祐六年，請老，又與祠。給事中范祖禹疏留，不報；太學生數千人謁闕請留，亦不報。穆既歸。公卿大夫各爲詩贈其行，至空太學，出祖汴東門外。元祐七年卒。

㉑汴（biàn）：北宋都城汴京，在今河南省開封市。

㉒文衡：指判定文章高下以取士的權力。評文如以秤衡物，故云。

㉓老成：指年高有德的人。

㉔讜言：正直之言，直言。

㉕著聞：著名，聞名。

㉖簡在：語本《論語·堯曰》：『帝臣不蔽，簡在帝心。』

㉗肄習：學習，演習。

㉘南宫：指禮部會試，即進士考試。

㉙惓惓：念念不忘。

㉚矯拂：拂逆，違背。

吳太卿宅宴集序①

掌選部郎雲間吳公孟寅②，被推爲太僕卿。命下之日，朝紳士夫往將揚觶以慶③，需予辭申其意。

或曰：『公之在銓曹歲且久④，其才識猷爲⑤，綽著能聲，而操履益端重⑥。至於品第人物⑦，予奪禄秩，惟公惟明，澤及於人者亦慱矣。兹焉列九卿⑧，位通顯⑨，固宜然⑩。是職也，獨以馬政一務繫之，得無非要乎？』

予曰：『不然。君子孰不欲澤加乎民？夫欲加澤於民，必身試而力與之，然後爲慊於心。知馬政爲國之一務，殊不知國之大事在戎，非乘馬之備，則非所謂戎矣。國朝以馬政屬太僕，正以僕臣所典在戎事，而馬之畜牧一自乎民，故太僕於民最切也。且寺之置於京師，凡廂衙節帥，暨畿内外河北、山東咸所制，以時審歲計，閱贏縮⑪，爲太卿則又揔其實以獻于上。而其要尤在均民力、省困弊、節負逋⑫，惟是所務皆民事，奚直畜牧而已乎？矧聖天子宵旰圖治⑬，方且求助於庶府百司之臣，共底康濟乎民⑭，太卿寧不加之意，必詢老成耆德以屬之乎？公拜兹命，寧不體上惓惓愛民盛意⑮，殫力厥施庸副攸寄乎？又寧不兢惕自厲⑯，求副於古之聞人，庸慰諸君子素所期乎⑰？於是，不尤見公之利澤及人爲益慱大否乎？』

衆曰：『然。』

遂書于右以爲祝。

【注釋】

①吴太卿，指吴敬。字孟寅，南直隸松江府上海縣（今上海市）人。以楷書生寫《永樂大典》，書成，入太學，擢行在吏部文選清吏司主事。歷陞員外郎、郎中。九年秩滿，陞四品。正統五年（1440）五月，擢太僕寺卿。以疾乞致仕。天順六年（1462）十月卒。太卿，太僕卿的省稱。始置於春秋，稱太僕。秦、漢沿襲，爲九卿之一，掌皇帝的輿馬和馬政。魏晉沿置。南朝不常置。北齊始稱太僕寺卿，歷代相沿不改。清光緒年間廢。

②選部：吏部代稱。雲間：松江府别稱。

③士夫：士大夫，讀書人。揚觶：舉起酒器。古時飲餞時的一種禮節。

④銓曹：主管選拔官員的部門。

⑤猷爲：指功業。

⑥操履：操守。

⑦品第：評定並分列次第。

⑧九卿：古代中央政府的九個高級官職。歷代多設九卿。周以少師、少傅、少保、冢宰、司徒、宗伯、司馬、司寇、司空爲九卿。秦以奉常、郎中令、衛尉、太僕、廷尉、典客、宗正、治粟内史、少府爲九卿。漢以太常、光禄勳、衛尉、太僕、廷尉、大鴻臚、宗正、司農、少府爲九寺大卿（即九卿）。以後各朝的名稱、司職略有不同。

⑨通顯：指官位高、名聲大。

⑩宜然：應該這樣。

⑪贏縮：指財物之多少，有餘和不足。

⑫負逋：拖欠。亦指拖欠的錢財。

⑬ 宵旰(gàn)：即宵衣旰食。天不亮就穿衣起身，天黑了纔吃飯。形容非常勤勞，多用以稱頌帝王勤於政事。旰，晚，遲。

⑭ 康濟：安撫救助。

⑮ 惓懇：懇切。

⑯ 兢惕：戒懼。自厲：慰勉警戒自己。

⑰ 庸：連詞，以。

送大理寺少卿陳公考滿序①

大理乃司刑獄之職，即古所謂士師、廷尉②，其流則埋官，法家明法審令者爲之。凡天下刑獄，必於是乎平而後斷焉。所以執刑罰之中而用之于民，其任豈輕也哉！國家稽古立制，置大理於諸寺之首，詳讞秋官憲臺之獄寺之長③，曰卿，曰少卿，以統其屬。然必以才德碩美，屬朝野之素望者④，然後爲之，則與古專以法律之吏爲之殊遠矣。蓋以任人不專於刑，而必欲周於庶事焉。

是以吴郡陳公，由繕部郎中陞大理少卿，而復命兼領工部營繕之務，以公廉直勤慎，博幹多能故耳。且公之臨政，凡所設張錯置⑤，必本於寬大，而捨其苛細，然後約之以法制。於是自京畿儲備竹木所需，悉以檢點調度⑥，常備周給，事雖劇而人不勞，威不嚴而工愈輯，屬官僚胥吏及隸氓之在役者，靡不畏義懷德以敬仰之。非鉅人長者之於事，有以異乎人之爲之也，固如是乎？茲以三年秩滿，循例考績。而襄事之員外郎錢繼宗甫與其掾⑦，并某等隸公之屬有年，于茲知公之善，亦已稔矣⑧，可無一言以彰乎？乃爲之請。

予惟士大夫有德於己，其見用於政，不必擇其事之可治，而惟審其才之可施。故於所遇，無不可以獲可成之效。譬之大阿之銛⑨，如斷犀削玉⑩，不假用力。犀、玉，物之至堅者，猶可以斷之，若治他物，何施而不利哉？公之董工御衆，其能剸繁刈劇已如此⑪，若俾專職刑獄以盡其才，必能使刑罰清平，民無冤濫⑫，而于張、唐、戴之跡可尋矣，尚有法律之吏云乎哉？

【注釋】

① 陳公，指陈恭。字孟起，浙江鄞縣（今屬寧波市）人。永樂三年（1405）舉人。授福建興化府通判，陞工部郎中。宣德二年（1427）五月，陞大理寺右少卿。大理寺，是掌管刑獄的官署。秦漢置廷尉，掌刑辟。北齊設大理寺，歷代相沿。明清與刑部、都察院爲三法司，會同處理重大的司法案件。少卿，正卿的副職。考滿，是明代官吏考核的方法之一，是對每一位任職到一定期限的官員進行的一般性考核。辦法是以三年為期，三年初考，六年再考，九年通考，三考為滿。考滿之日，由有關部門量其功過，分成上、中、下三等，依此為據決定其陞降去留。

② 士師：古代執掌禁令刑獄的官名。廷尉：官名。秦始置，九卿之一，掌刑獄。漢初因之，景帝時改稱大理，武帝時復稱廷尉。東漢以後，或稱廷尉，或稱大理，又稱廷尉卿。北齊至明清皆稱大理寺卿。

③ 詳讞（yàn）：仔細考察。

④素望：猶素志。一向的願望。

⑤設張：設置，張設。錯置：處置，安排。錯，通『措』。

⑥檢點：查點。

⑦錢繼宗：生平事蹟不詳。掾：官府中佐助官吏的通稱。

⑧稔(rěn)：熟悉。

⑨大阿：即太阿。古寶劍名。相傳爲春秋時歐冶子、干將所鑄。銛(xiān)：鋒利。底本作『話』，誤，徑改。

⑩犀：指犀牛皮。

⑪剸(tuán)繁刈(yì)劇：指裁處繁劇的政務。剸，裁決，治理。刈，消除，除去。

⑫冤濫：指斷獄冤枉失實。

送許修撰歸省序①

正統己未秋八月之吉②，翰林修撰寧陽許君，道中乞歸省③，詔可。諸朝紳餞之，以予在相知，後命言以侑行。予惟自識君從之游者，已逾紀④。予嘗推其先進⑤，言議觀善⑥，取益良多。於言，奚所辭？

君之歸，有過人者三：曾子曰：『君子之所謂孝也者，國人稱願然曰「幸哉！有子如此」。』⑦所謂有子，世俗人非不有子也，有未爲難也。有没世而名不稱；有於身蔑知所宅，而殆及其親者。君自少修於家，聞於鄉，爲名進士，從事中秘，拜官翰林，既再遷，咸克舉厥官。仁宗朝，蒙賜敕封其親以官，光顯矣。凡再歸省，又非以侈衣錦之榮，而念其親之衰，由衷情然，既則有喜懼焉，有誠確焉⑧。于時族戚宗姻，少長咸在，得觀法於君，罔不咨嗟稱願，謂世之人子罕能及。孟子以父母在堂、兄弟無故爲樂之大，世之不得於此者，奚啻千萬⑨。君二親俱年幾八袠，日向康強，君爲承顔稱壽於高堂。尊俎之間⑩，以有饍飲，以奉起居寒燠⑪。諸昆若弟⑫，怡怡忻忻，以雍以睦，篤友于以相好，不啻歌《棠棣》、奏塤篪也⑬。《書》『九，五福』⑭，壽繼之曰富，謂世之人有得其壽，乃困弱不振，而無所爲養，則非所以享壽者。君則有禄俸賜予，有膏腴豐壤⑮，廩庾儲時⑯，足以具甘旨、娛心志，是宜以奉親壽也。然君之歸，有得人之難全，兼人之未備，亦豈無所自哉？《書》曰：『予攸好德，爾則錫之福，時人斯其惟皇之極。』⑰君家東魯，得於詩書道德之澤，奕世累善⑱，固非一日。況遭遇國家以忠厚仁義培植斯世，陶養士類，君宜以儒業顯用於時，而光大其家聲也⑲。若其拜闕里⑳，登泰嶽㉑，過汶上㉒，渡臨濟，慨古懷賢，曠意肆志㉓，其有得於吟咏之間者必多，予弗能知也。

【注釋】

① 許修撰，指許彬。字道中，號東魯。山東寧陽縣（今屬泰安）人。永樂十三年（1415）進士。選庶吉士，授翰林院檢討。與修仁宗、宣宗實録。累遷太常少卿，兼翰林待詔，提督四夷館。英宗在土木堡被俘，許彬出使與也先交涉，並奉命前去土木堡弔祭陣亡將士。英宗復位後，進禮部侍郎，入直文淵閣。為石亨所忌，左遷陝西參政。天順三年（1459年），石亨敗亡，詔復原職。卒謚『襄敏』。有《東魯先生文集》。《明史》有傳。

②正統己未：正統四年（1439）。吉：朔日。即農曆每月初一。
③道中：中途，半途。
④紀：紀年單位，十二年爲一紀。
⑤先進：前輩。
⑥言議：議論，言論。
⑦『曾子曰』句：見《禮記·祭義》。稱願，稱許羡慕。
⑧誠確：誠實。
⑨奚啻：何止，豈但。
⑩尊俎：古代盛酒肉的器皿。尊，盛酒器；俎，置肉之幾。用爲宴席的代稱。
⑪寒燠：冷熱。
⑫昆弟：兄弟。
⑬棠棣：《詩經·小雅》篇名。主旨在宣導兄弟血親團結。
⑭九，五福：指《尚書·洪範》所論『洪範九疇』之九——『五福』，即『一曰壽，二曰富，三曰康寧，四曰攸好德，五曰考終命』。考壽終，老而善終。考，老。
⑮膏腴：形容土地肥沃。
⑯廩庾：糧倉。
⑰『《書》曰』句：見《尚書·洪範》。攸，行，指任用。福，爵禄。惟，思。
⑱奕世：累世，代代。

⑲家聲：家族世傳的聲名美譽。
⑳闕里：孔子故里。在今山東曲阜城内闕里街。
㉑泰嶽：泰山。
㉒汶上：汶水之北。泛指春秋、戰國時期齊國之地。
㉓肆志：快意，縱情。

送江編修歸省詩序①

宣宗皇帝之五年春②，臨軒策士③，得百人，賜甲第三等④，循舊章也。既而念文學士不可槩以有司任使，館閣清密，尤不可不儲才以備後用。乃復進諸士于内閣，凡三試，拔得詞翰優者八人，優賜寵之⑤，命讀書中秘⑥，充廣問學。蜀之江津江君時用，由百人中預兹列。癸丑歲⑦，復益若干人。甲寅之秋⑧，聖慮愈勤，再合三科士試之，通得三十有七人。既俱賜賚⑨，益獎諭之。盖法太宗文皇帝遺意⑩，以期待臣下，猗歟渥哉。予以備數丁未科士，亦厠其間，始與時用獲接茵席⑪。無何，時用念母氏之老，别且久，思欲歸，爲一觴壽，庶知朝廷禮臣下，而使不忘乎親也。章上，今上皇帝允之。濱行⑫，同官相慶，賦詩以餞之，俾予爲序。

予嘉時用沐兹榮渥⑬，志適情舒，誠人事之希遇，夫豈世常之所易得也哉？然諺有之：『不有前修，曷善厥後。』人之修於身也正，故教之儀於家也嚴，及於人也博，故澤之滋於後也豐。時用之令先府君⑭，在太宗皇帝時⑮，以老成儒先涉歷中外，參浙東、雲南大藩政，所至有蹟可書，士論歸之。時用侍節南藩，於家庭之訓固所多習，非善繼乎人志、必欲成名乎學者，能然乎？宜乎世之爲父者，以府君教子爲法。凡子之學者，亦當以時用爲勉。今其歸，太夫人康強無恙，諸兄弟怡愉日侍，時用稱觴獻壽於高堂⑯，尊俎之間，一家之慶，不可涯涘⑰。雖然，諸君子之詩，長篇短章，以寫道里所由、風景時物，稱時用之歸之榮，終之望於時用者，欲爲速來，以慰友朋之思也。時用尚勉旃⑱。

【注釋】

① 江編修，指江淵（1400—1473）。字時用，號定菴，四川重慶府江津縣（今重慶市江津區）人。宣德五年（1430）進士。選翰林院庶吉士，授編修。正統十四年（1449），協助于謙等擊退瓦剌軍，保衛了京師。歷任刑部左侍郎兼翰林學士、太子太師、工部尚書等。英宗復辟後，被貶遼東。明憲宗成化元年（1465），被昭令平反，官復原職。著有《錦榮集》、《觀光集》等。《明史》有傳。據《翰林記·給假》（卷五）載，江淵得請歸省，是在正統四年。

② 宣宗皇帝之五年：即宣德五年（1430）。

③ 臨軒：皇帝不坐正殿而御前殿。殿前堂陛之間近檐處兩邊有檻楯，如車之軒，故稱。

④ 甲第：明清時稱進士。

⑤ 優賜：厚賜。

⑥ 中秘：中書省和秘書省的合稱。

⑦癸丑歲：宣德八年（1433）。

⑧甲寅：宣德九年（1434）。

⑨賜賚：賞賜。或指賞賜的東西。

⑩法：效法。太宗文皇帝：指明成祖朱棣。文，是『謚號』，是死後對其一生功過的概括。永樂二年三月，明成祖朱棣命庶吉士王直、陳敬宗、李時勉等二十五人，同首甲曾棨、周述、周孟簡三人，周忱自陳，願與其列，計二十九人，進學文淵閣，學士解縉領其事。

⑪茵席：褥墊，草席。

⑫濱：臨近。

⑬榮渥：厚恩。

⑭令先府君：尊稱他人亡父。江淵之父江英，永樂初應求賢舉知滄州，累陞雲南布政司左叅議。

⑮太宗文皇帝：指永樂帝朱棣。

⑯稱觴獻壽：舉杯飲酒，表示祝壽。

⑰涯涘：限量，窮盡。

⑱勉旃（zhān）：努力。多於勸勉時用之。旃，語助詞，之焉的合音字。

送高編修致仕序①

正統甲子夏六月壬寅②，選部郎中東平張君文玉謁予館③，曰：『翰林編修金壇高公景昇，甫得致事南歸④，躅吉戒行⑤。某忝在比鄰，相與者數歲⑥，某雅敬其爲人，常醺其德而師其行⑦，茲別所不忍也。其見公初陳請時，或有難之者云：「公年未至，步履強健如少壯人，且官於清華邃密之地⑧，匪俗嬰鞅掌者比⑨，何求去速乎？」公應之曰：「夫出必有反也⑩，行必有止也。反之止之，惟見可之爲先。奚必窮而後始反，困而後始止乎？吾自少舉於鄉，宦游三十有幾年，幸而所受者全，而未就衰朽。翰林爲清高侍近，人所願慕而不得至者，幸而處之，爲榮已多矣。古人止足之戒不可忘，游魚故淵之思不能已耳！何俟癃憊顛仆、形容彫瘁而後歸耶⑪？于是見公不以寵利介意而決去之勇也。公使兩典邑教，再分教國子，其弟子成就多出顯仕。迨奉命使外國，宣布恩德，慰撫蠻夷⑫，克稱使道，錫與便蕃⑬。及遭明薦，輟司業之命，擢居禁署⑭，與中貴游，未嘗有一毫自足，每執謙恭於人。于是益見公雅重有量，人不易及也。某願請以所見爲著之文，庶足效相與之意。』

予聞而歎之。昔孔子稱：『晏平仲善與人交，久而敬之』。其意謂夫始敬終怠，人之恒態；久敬不衰，則其情愈厚，而交愈全，非其忠厚禮讓相與者不然。予嘗見景昇稱文玉於人曰：『張公處要地而門清如水，有可敬也。』今文玉稱公德行道義，累言不足，必求著於文以彰顯之，則二公平昔以忠厚禮讓相處、爲交友之善⑮，可知矣。予爲述之，用敦夫世之交友之誼云。

【注釋】

① 高編修，指高遷。字景昇，南直隸金壇（今屬江蘇鎮江）人。永樂九年（1411）舉人。署光山縣教諭。陞國子學監學正。改行人，使日本。還，擢編修。正統中，王振用事，以門生禮見，願爲粤援。遷謝絶，不與其通。正統九年，致仕

歸鄉。

②正統甲子：正統九年(1444)。

③選部：官署名。漢置，三國魏改爲吏部。後用作吏部的代稱。郎中：官名。始於戰國。隋唐迄清，各部皆設郎中，分掌各司事務，爲尚書、侍郎之下的高級官員。張文玉：即張琛，山東東平州(今泰安東平縣)人。永樂十八年(1420)舉人，授衢州府同知。事父喪至孝，感動朝廷，擢吏部文選司郎中，詮選公明。陞福建左布政使。在官七年，以清節聞天下。未幾，以疾辭。

④致事：猶致仕。辭官。

⑤蠲(juān)吉：指齋戒沐浴，選擇吉日。語出《詩經·小雅·天保》：『吉蠲爲饎，是用孝享。』朱熹《詩集傳》：『吉，言諏日擇士之善；蠲，言齋戒滌濯之潔。』

⑥相與：相處，相交往。

⑦醺(xūn)：薰染，浸染。

⑧清華：指門第或職位清高顯貴。邃密：幽深。指宮中禁地。

⑨鞅掌：指職事紛擾煩忙。

⑩反：同『返』。下句中『反』字同。

⑪癃(lóng)憊：衰弱疲憊。顛僕：死亡。

⑫蠻夷：古代對四方邊遠地區少數民族的泛稱。亦專指南方少數民族。

⑬錫與：猶『錫予』，賜給。

⑭禁署：宮中近侍官署。

⑮ 平昔：往昔，往常。

賀給事中章君陞秩詩序①

會稽章君用欽，丙辰進士，拜禮科給事中。未幾，掌科事。居官恭慎嚴密，才識通敏，練達時政，遇事侃侃敢言②；駁正違失，屢有裨益，綽著聲譽，同列咸稱之。乃以績奏，上亦察其能，命陞本科都給事中。在朝士大夫能賦者，爲篇什賀，屬予序首簡。

予知用欽先尊甫公③，永樂初登甲科，時太宗文皇帝寵愛文士，命擬二十八宿緝學中秘④，歷官三朝，終禮部侍郎。清聲偉望，至今人稱之。用欽早受庭訓，遂以科第效用于時，而被恩命之榮，信知其出於箕裘之傳⑤，而材識器量企於遠大，則尤不可以地位拘者。矧給事中之職，前代最爲慎重，蓋以操簡牘、侍殿陛，出入禁密，參典機務，有以導德澤、宣命令，官之最近者。故唐人作詩有『晨搖玉佩趨金殿，夕捧天書拜瑣闈』之句⑥，則可見當時居是官者，進退閑雅，清高貴重，有從容自適之意。國朝以來，分設六科，率簡文學端方之士以居⑦，優禮超擢，殊異常品，慎重斯任尤甚。士之至是，寧不知自重耶？

用欽由賢科而出，所以攄誠竭心，欲仰答寵遇之厚，緼蓄於中而未施者，人固難知。若夫諸公獻規益之詞，盡友朋之義，以道相輔，期用欽他日陟崇階、歷華要⑧，尚圖惟遠大，卒著夫致澤之效者，隱然見於歌詠之際，又不特如唐人顓言從容、閑適、清高、貴重而已也。因推其意，爲序以著云。

【注釋】

① 章君，指章瑾（1407—1450）。字用欽，浙江會稽縣（今紹興市）人。正統元年（1436）丙辰科二甲進士。授禮科給事中。正統十年九月，陞為本科都給事中。累官禮部右侍郎。景泰元年（1450）卒。

② 偘偘：直抒己見，從容不迫的樣子。偘，通「侃」。

③ 先尊甫公：指章瑾之父章敞（1376—1437）。字尚文，號質菴。永樂二年（1404）進士。選翰林院庶吉士，與修《永樂大典》。授刑部主事。宣德五年（1430），擢禮部右侍郎。兩使安南，諭黎利父子，得使臣體。正統初，轉禮部左侍郎。正統二年十二月己未（初四）卒。有《質菴文集》。《明史》有傳。尊甫：對他人父親的敬稱。

④ 緝學：積累學識。

⑤ 箕裘：比喻祖上的事業。詳卷二《送蕭江》。

⑥『晨搖』二句：見王維《酬郭給事》。瑣闈，鐫刻連瑣圖案的宮中旁門。常指代宮廷。

⑦ 端方：莊重正直。

⑧ 華要：猶顯要。指顯貴清要的職位。

送中書舍人寇順中還鄉省母序①

子之於親，孰不欲高堂之上奉侍左右，調飲膳，供衣服，時寒暄②，問安否，承顏順色，日就歡樂，以終其壽考③？此人人之共願，而其間有不遂者。爲其宦遊四方，棲遲途旅④，至數年不返，雖有父母在堂，不獲其養，至有歿而不得記其顔色者。然雖不得養其口體⑤，則或有以成其志；雖不得歡樂於其家，或得歡樂於其心。是不必遂其所願之小，而成其所志之大矣。然非由君上之賜，臣子亦安能以自致哉？惟我國家優禮備至，凡文臣效職三年，行蹟可録者⑥，即以誥敕褒美，又推恩及其父母，以子官官之，存者命之歸省，歿者令之展祝。臣子之受望外之賜⑦，何其幸哉！

中書舍人寇公順中，昔舉進士，事翰林，于今凡數年。惇修職業不懈，以勤行能卓，著溢於詞林諸老之談。由是聞之于上，敕贈其父中書舍人，階徵仕郎，母封太孺人。既而又曰：『吾父捐館數年⑧，獨以母存，託養諸弟，吾久曠問省，於子職歉焉。』乃援例以請，詔許之行。其寅章君暨予俱善於君⑨，臨別，欲贈之言。

惟君子之仕於世，不爲無義，必爲行以適厥志耳。志之既行，則在我之願遂矣。惟君於科甲有名，處清華密要之地有年⑩，以華服冠冕被於其親，高其閥閲⑪，則於祖宗有光。于今之去，予知其陳衣冠，奠尊俎⑫，薦祼於丘壠之間⑬，歸而舞班衣⑭，稱壽觴⑮，拜慶於高堂之上，死者以哀，生者以榮，尚何拘拘於膝下之事爲足孝乎？公之思其父母者，於是而盡矣；其所不樂於心者，於是而釋矣；而不遂其節之小而成其志之大，亦於是而備矣。若其親戚寅朋，杯酒酣歡，以侈晝錦之榮者⑯，君之心必有不在，而移孝爲忠以事君者，方益切也。《詩》有云：『有馮有翼，有孝有德。』⑰予知君後日之來，厥修允著，以無負厥初，則國家欲求『馮翼孝德』之賢，必不君捨也。

【注釋】

①寇順中，即寇厚。字順中，山西臨汾縣（今臨汾市）人。永樂十六年（1418）進士。宣德五年（1430）五月，以太宗、仁宗兩朝實録成，擢大理寺右評事。中書舍人，官名。明時内閣中的中書科，設有中書舍人，掌書寫誥敕、制詔、銀册、鐵券等，為從七品。

②寒暄：指問候起居寒暖。

③壽考：壽數，壽命。

④棲遲：滯留。

⑤口體：口和身體。

⑥行蹟：事蹟，行爲。

⑦望外：出乎意料之外。

⑧捐館：『捐館舍』的省稱。拋棄館舍。死亡的婉辭。

⑨寅：猶同寅。泛指同僚。章君：當指章謹，參上篇《賀給事中章君陞秩詩序》。

⑩清華：指門第或職位清高顯貴。

⑪閥閱：指門第、家世。

⑫尊俎：古代盛酒肉的器皿。尊，盛酒器。俎，置肉之幾。

⑬祼（guàn）：祭名。以香酒灌地而求神。丘隴：墳墓。

⑭班衣：即斑衣。相傳老萊子爲戲娱其親所穿的彩衣。歸，底本左邊漫漶，不易辨識，據文意當爲『歸』字。

⑮壽觴：祝壽的酒杯。

⑯ 晝錦：『衣錦晝行』的省稱。指富貴還鄉。

⑰『有馮有翼』二句：見《詩經・大雅・卷阿》。馮(píng)，輔佐。翼，幫助。這裏均指賢臣。

送户科給事薛君省墓焚黄序①

皇朝舉舊典②，以恩禮遇臣下，凡朝臣滿三年，即錫之誥敕③，褒崇厥績。又各以兒官品第封贈其父母，存者許之歸省，殁者令之展祝。故凡子之有官，雖白衣草笠④，皆得愽帶峩冠⑤，侈榮鄉里，而朽骨塵骸，亦得以含光被寵於九泉之下，臣子之願欲遂矣。士君子遭逢，豈偶然哉？

户科給事中濟南薛宗性，今年以秩滿敕贈其父某爲户科給事中，階徵仕郎，母楊氏爲孺人。既而援例請命祭掃焚黄，詔可，仍給内帑爲具祝需⑥。在朝縉紳翰林檢討許道中輩⑦，相與祖餞⑧，復命予以言。

予惟士之出仕於世，居官縻禄者，歲以千數計，其得居清要、登近署者，有幾何人？其能飭己勵行、勉修臣職，身家榮燁而顯及父母者，又幾何人？惟宗性自讀書問學，登甲科、入翰林、習譯書，及給事黄門，簪筆廷陛⑨，于今垂若干年。厥聲籍籍⑩，人謂其稱，而膺褒嘉之典，亦宜其然也。茲衣冠畢陳，牲餚式奠，宣揚聖製⑪，高爵榮名。其若考若妣之靈，洋洋其來⑫，翼翼其臨⑬，降興于松楸墟墓之間⑭，歆享歡悦而自慶於泉壤者⑮，爲何如哉？若其獻祼既畢，徹籩卒豆⑯，錦衣晝遊里閭之際⑰，第見濟南山水爲之爭輝，桑梓爲之增秀矣。況濟南爲山東首郡藩鎮，監司所在，名公碩臣宣化有年，宜其豪傑之出，重爲世用，而得顯融光耀如此。然而，於親既顯且尊，以畢其孝矣，而報君之忠，方將未艾者，於其來尚有以攄焉⑱。

【注釋】

① 薛君，指薛理。字宗性，山東歷城縣（今屬濟南市）人。永樂二十二年（1424）進士。洪熙元年（1425）七月，授户科給事中。宣德初，宦官驕横，理論劾剴切。授衡州府知府。數年，以疾辭歸。明朝官吏三年一考，三考為秩滿，薛理此次省墓當在宣德八年（1433）。焚黄，詳卷二《送陳祭酒》。

② 舊典：舊時的制度、法則。

③ 誥敕：朝廷封官授爵的敕書。

④ 白衣：白色衣服。古代平民服。因以指平民。亦指無功名或無官職的士人。

⑤ 博帶峨冠：士大夫的服飾。

⑥ 内帑（tǎng）：指國庫裏的錢財。

⑦ 許道中：即許彬，見本卷《送許修撰歸省序》注。

⑧ 祖餞：餞行。

⑨ 簪筆：插筆於冠或笏，以備書寫。古代帝王近臣、書吏及士大夫均有此裝束。借指仕宦。

⑩ 籍籍：聲名盛大貌。

⑪ 聖製：猶御制。

⑫ 洋洋：喜樂的樣子。

⑬ 翼翼：恭敬謹慎的樣子。

⑭松楸：松樹與楸樹。墓地多植，因以代稱墳墓。

⑮泉壤：泉下，地下。指墓穴。

⑯徹：撤去。籩、豆：古代祭祀及宴會時常用的兩種禮器。竹制為籩，木制為豆。

⑰里閈：里巷，鄉里。

⑱攄(shū)：施展。

贈李給事考績序①

户科給事中河中李君尚文，歷任六載，有司上其最，詔就官，以俟九載而陟明焉②。所與游前秋官正於陵劉文禧暨在科諸君子③，將執觶以慶④，復需余言。

余謂斯慶也，實斯文君子之會⑤，非若尋常嬉遊泮渙、酣觴樂歌者比⑥。然而其大可樂有三美焉：世之士始就業庠序，初不敢必其能有成否；苟其材質有異，已見之重於師友，然亦未能卜其登高科顯揚于時也。尚文繇邑庠領鄉薦，爲名進士，則師友及鄉里士，皆欽仰聞望⑦，以爲不可及；至於族党宗戚，亦籍其榮慶矣。有繇科目進列於百司，庶職皆有務。然或瑣木繁劇，營營不暇給，猶不免屬於人，而得居近侍、據顯要者盖鮮。尚文始筮仕即拜今官，其聲光地位，有足榮於身矣。自古侍從之臣，或遭非其時，至於遑遑末路，顛躋委頓⑧，不得暢其志。尚文出際聖明在上，任賢與能，嘉納衆論，一善不遺。凡士君子思欲裨於時、致之民者，悉得盡其言。況親當獻約之司，可自達于上而無所壅遏[9]，又足以快其志意矣。夫具是三美，則於兹日安，得不爲杯酒以相慶乎？尚文爲人，端重清慎，行譽素聞於朝著者[10]，不待余辭媚。異日膺重寄，登崇品[11]，又奚待余言卜乎？

【注釋】

① 李給事，指李素。字尚文，山西解州安邑縣（今山西運城）人。宣德五年（1430）進士。宣德九年十二月，授户科給事中。累官通政司右通政。

② 陟明：指進用賢能。語本《尚書·舜典》：『黜陟幽明。』

③ 秋官：通稱掌司刑法的官員。於（wū）陵：古地名，在今山東鄒平東南。劉文禧：生平事跡不詳。

④ 觶（zhì）：古代飲酒器。圓腹，侈口，圈足，或有蓋，形似尊而小。

⑤ 斯文：指文學。

⑥ 泮涣：自由放縱，無拘束。

⑦ 聞（wèn）望：聲望，名望。

⑧ 顛踣（bó）：挫折困頓。委頓：頹喪，疲困。

⑨ 壅遏：阻塞，阻止。

⑩ 朝著：泛稱朝廷百官之列。

⑪ 重寄：重大的託付。

贈石給事考績序①

禮科給事中應州石君信之，涖職三載，既奏最，上報就事，俟再命。同列舉杯胥慶②，且求予爲言。予竊謂，士以雅量沉靜爲貴。蓋器識宏博，則虚而弗有，退而弗矜，將無所不可。信之始爲進士時，人賀曰：『此爲名流，至之者，人比之登仙。子取之若是其易，其何幸如之！』信之曰：『吾幼而學，力而求，信命而至。若行之歸，投之止，知所前而已矣。初烏知爲幸與否耶？』既拜官，或謂：『斯任，顯官也。自虞命納言，而歷代以來咸加重，以其濡毫侍天子之前③，出内命令，封駁章奏，職親邃密④，人瞻望企慕而不得至者。子今居之，其何榮如之！』信之則曰：『人不學則已，學則必仕。得仕以達所志，固吾願。若其班資崇卑，非吾所計，而遇則處之，又烏知其榮與否也？』迨考最，或謂：『近侍之職不易稱，奏言試功，尤責備焉。子居三載，譽聞籍籍⑤，著人耳目，人視之如拱玉合璧⑥，瑩然靡瑾瑜之瑕⑦，其取重又何若是？』信之復曰：『職君所畀，分吾所盡，吾任是事則盡所分。孔子大聖，猶曰「會計當」，況常人乎？吾亦惟當如是，初烏有取於人之重與否耶？』

人以其言告予，予謂君其有道之士乎哉！其言知所務矣，豈世常以虚爲盈、先聲後實所可倫擬⑧。信乎，裴行儉有言：『士之致遠，先器識，而後文藝。』⑨信之之雅器果如是⑩，則後來所至，孰得而知耶？故述以爲敘。

【注釋】

①石給事，指石瑁(1399—1462)。字信之，山西應州(今山西應縣)人。宣德八年(1433)進士。正統初，授禮科給事中。陞浙江金華府知府。在任期間開倉賑災，多有德政。景泰三年(1452)，任福建右布政使。天順三年(1459)，陞南京禮部左侍郎，是歲冬召爲本部尚書。天順六年致仕。

②胥慶：相互慶賀。

③濡毫：濡筆。指蘸筆書寫或繪畫。

④邃密：幽深。指宫中禁地。

⑤譽聞：名聲。籍籍：聲名盛大貌。

⑥拱玉：大的玉。合璧：兩個半璧合成一圓形，稱之為合璧。

⑦瑾瑜：二美玉名。泛指美玉。

⑧倫擬：比較，比並。

⑨裴行儉：字守約，絳州聞喜(今山西聞喜東北)人，唐高宗時名臣。官至禮部尚書，兼右衛大將軍，封聞喜縣公。『士之致遠』句，見《唐書·裴行儉傳》。原文作『士之致遠者，當先器識而後文藝』。器識，器局與見識。

⑩雅器：大才，高才。

送陳御史還任南京序①

歲九月之初，監察御史同邑陳廷用，考績來自南京，踰月而還。在朝諸鄉友謂予宜贈言。

予聞諸《老子》云：『仁者贈人以言。』[2]蓋仁人之愛人，其言必忠以勸、直以切，以相助益，足爲斯人之光重，然後爲言之善。若徒主於譽諛，而不進於道義，是不以忠厚待其人，烏得爲之言？予非敢竊『仁者』之名，然亦不能無所言也。

夫士負志任氣，操明識可用之具，當其未顯見時，雖處乎尋常儕輩中[3]，而人固已推重傾慕，期其光價。迨出而爲仕，受之執事，隨厥所畀而克舉職業，得以顯揚其親者，有非止爲一身一時之榮也。猶之玉焉，璞而藴之，則光乎山川，潤乎草木；假諸工人，則爲琮、爲璧、爲圭璋、爲瑚璉[4]，適諸宗廟朝廷之用。

廷用自處郡庠，績學纂言[5]，而時師友莫不多其器識[6]，咸期之遠大。及游國學，而國學之師友愈益重焉。爲御史于南京，凡理刑獄，必求適厥中，而靡恃苛酷。若飭己，則清慎端約，人不能干以私，憲臺同列，公論歸之。三載，以最聞，上錫之敕命，贈故父以是官，母封太孺人。兹再考，因請便道寧親，恩命許之，衣繡南行。予知廷用之至也，鄉人父老子弟夾道而迎，咸咨嗟嘆羡[7]，以爲不可及。然兹特一身一時之榮而已，豈不猶玉藴而山輝，用而成器乎？然君子不以其所已試者爲多，必以其所未足者爲勉。尚慮所以報朝家寵待臣下德意[8]，行日勵而職日修，令臺中稱名御史，則後日之至，孰可量？

【注釋】

① 陳御史，指陳琮。字廷用，山東臨朐縣人。永樂十五年（1417）舉人。宣德三年（1428）夏四月，擢南京監察御史。

② 『《老子》云』句：見《孔子家語》：『富者贈人以財，仁者贈人以言。』

③ 儕輩：同輩，朋輩。

④ 琮(cóng)：瑞玉。方柱形，中有圓孔。用爲禮器、贄品、符節等。璧：玉器名。扁平、圓形、中心有孔。邊闊大於孔徑。古代貴族用作朝聘、祭祀、喪葬時的禮器，也作佩帶的裝飾。圭璋：兩種貴重的玉制禮器。瑚璉：皆宗廟禮器。

⑤ 績學：指治理學問。亦指學問淵博。纂言：撰述。

⑥ 器識：器局與見識。

⑦ 嘆羨：讚歎羨慕。

⑧ 朝家：朝廷。

贈順天府尹王公序①

聖天子慮京師民庶蝟集鱗比②，良惡混居，習好萬殊，陷溺多辟③。欲道德齊禮，令一歸乎正直，同樂富壽康寧之福。乃月朔之朝御④，外發諄諄之諭，俾家喻人悉，無戕厥生。復要敷宣是意⑤，必致周洽，則惟京尹之託，故選任之際，尤慎重而不敢輕也。去歲冬，順天尹既遷秩六卿⑥，虛其位而未補者數月。一日，詔吏部曰：『其爲朕擇庶官中才器老成、德望重厚、足符僉論者一二人⑦，以俟將有所使焉。』吏部欽奉惟謹，以光禄少卿寧陽王公惟善聞。上亦素知其名，遂令補焉。命下，朝野士夫識公者，咸以爲宜，且曰：『是厚重有德，堪長乎民者也。』居數月，政以簡肅，民乃信服。户科給事中番易王君弼⑧，以公舊嘗爲僚友，喜公特被知遇，膺兹顯擢⑨。又重公果於有爲，克副任使，不孤吏部之所舉與衆所推重，又喜輦轂之下⑩，民受其惠也，求予言爲贈。

竊惟是任也，地要務殷，自古治得其人爲難。若所謂京兆，所謂河南，所謂開封，皆選名流爲之。繼而有超拜三公，旋登宰輔，表表然出，治績著于當時，聲光垂至于今⑪，若可想見者，代有其人焉。今日治兩京以來，爲之者不知其幾矣。若人之賢能與否，與其治績廢舉，人可數者，較然有公論在。《詩》云：『高山仰止，景行行止。』⑫公信道君子也，平素之藴，人不可量。於此必不以其所能自足，又將取法前人之善而不止焉，直與古之所謂治京兆、治河南、治開封，表表然出，振譽當時，垂聲永久者，齊芳儷美而已，則其位之所至者，奚可量耶？

【注釋】

①順天府尹王公，指王賢（1385—1467）。字惟善。山東寧陽人。祖籍直隸通州（今北京通州區），元朝末年，祖輩避亂逃至山東，明朝初年遷至寧陽。永樂九年（1411）舉人。歷仕河南鄢陵縣儒學教諭、户科給事中、光禄寺少卿。正統九年（1441）冬十月，出任順天府尹。卒贈户部尚書。順天府，永樂元年（1403）改北平府置，建爲北京。十九年，定都於此，改稱『京師』。治大興、宛平（今北京市）。轄今北京市、天津市海河以北及河北長城以南，遵化市、唐山市豐南區以西，拒馬河、大清河、海河以北和文安、大城縣地。府尹，始於漢代之京兆尹。一般爲京畿地區的行政長官。明代之應天、順天，均置府尹。

②蝟集：比喻紛然聚集。鱗比：猶鱗次。

③陷溺：指使人處於水深火熱之中，禍害人。

④月朔：每月的朔日。指舊曆初一。

⑤敷宣：傳播，宣揚。

⑥順天尹：指王賢前任姜濤。字伯淵。山西忻州人。正統元年(1436)任順天府尹。後陞户部左侍郎。

⑦僉(qiān)論：衆論。

⑧番易王君弼：指王弼。字廷輔，江西饒州府鄱陽縣人。宣德癸丑(1433)進士，正統十四年，任順天府丞。

⑨顯擢：顯耀地擢昇。

⑩輦轂：皇帝的車輿。代指京城。

⑪聲光：聲譽風光。

⑫『高山仰止』二句：見《詩經·小雅·車牽》。仰，仰望。止，『之』的訛字。也有的解爲語助詞。景行(háng)：大路。第二個行字是動詞。

送張郎中就醫還鄉序①

君子之仕也，行其義也。謂之義，則出處進退，必合乎宜，中乎節，動之有禮，行之以道。然是雖在士之制心行己之不苟，皆本諸君上恩德寬大，張之必弛之，勞之必逸之，有所願欲樂好，必令得遂之，一不咈乎下之情然也[2]。其忠利仁厚爲何如！士生斯世，亦何其幸哉！兹於吾友張君居仁之歸，益有以見之。

居仁爲秋官郎中，未踰歲，得微疾，然是疾可不更醫而起者[3]。居仁乃有桑梓之懷，浩然嘆曰：『身嬰疾而縻禄，廢歲月而瘝官，士之耻也。』即上章請就醫于家，情甚懇切，詔許暫歸。愉因餞而屬之曰：『士之所以貴乎立於世者，以其知道也。君耻以疾廢事，不縻其禄，毅然求歸，果遂所志意，信能行其義矣。然可不知所本乎？常人於一言之諾而跬步不忘[4]，一飯之德而終身必報。况士於所事，得不要其始終乎？君始爲主事，得推恩封親，有禄賜之厚，衣冠之美，用榮耀身家，光顯祖宗，爲鄉里歆豔羨慕[5]，與今遂所願欲者，皆君上之賜也，可忽之乎？君歸，節寒暑，慎圭劑[6]，用玉自愛，早遂勿藥之喜[7]，遄其趨朝，勉就職業，以圖補報，以畢其志。庶幾士之行義，達道所爲，而於所事有以答所受之重，亦不孤平生自藴與遭際之盛云。』

【注釋】

① 張郎中，指張居仁。刑部郎中，生平不詳。

② 咈(fú)：違背，違逆。

③ 更醫：指經過醫治。

④ 跬步：半步，跨一脚。

⑤ 歆豔：歆羨，羨慕。

⑥ 圭劑：猶劑量。

⑦ 勿藥：不服藥。指病癒。

送鄭郎中致仕還鄉序①

户部郎中靈壽鄭君繼宗，得請老。在朝士夫榮其歸，祈予言貺之②。予諗之曰③：『大夫七十致仕，古禮也。或有繫於國事不得去，則弗遂其志；其得去，或無所以歸，則以官爲家，著之異土；或歸而田園故業不足以奉其身者，有矣。又其子孫惰逸，童柔不立，則不免累乎中，欲其揄揚舒笑，優游恬怡，以樂餘年④，得乎？鄭君歸，固遂所志，然於是數者，果何如？』

衆曰：『咈矣⑤！君家距京師不滿數百里，其近猶庭除然⑥，其族盛大以蕃。六世祖在前元官至左丞⑦，爵封趙國公，謚武毅。高祖爲監丞⑧，曾祖及父皆官五品。予知其爲故家，園田畦畛⑨，聯亘阡陌。除公輸外，素足以供伏臘、修先祝、仁三族、卹矜鰥寡⑩，有不待仕禄而豐，貿遷而嬴者⑪。且其子孫衆多，森然玉立，雅敦詩書、修孝弟，駸駸乎有成⑫，有足以承厥家矣！君幼有志節，以鄉貢進士起家，兩爲主事，兩爲郎中，皆顯仕，宜易至榮侈者。君所守若冰玉，自俸入外，問遺無所受⑬。一旦年至，乃不告諸友，不謀妻子，即上章拜天子、揖尚書而去。君處與出如是，今之歸也，浩然自得，樂無涯涘⑭。蓋脱然無纖芥之累其心胸也⑮。』

予聞而嘉之，復有以告曰：『君子居則樂其志，行則達其道。君出仕幾三十年，其道施之於朝廷已多。今其歸，尚以所志淑諸鄉人、子弟，俾之爲臣知必忠，爲子知必孝。于以考德問業，如古所謂鄉先生者，尤於君有深望焉。』故述以爲贈。

【注釋】

①鄭郎中，指鄭昌。字繼宗，北直隸靈壽縣（今屬河北石家莊市）人。永樂三年（1405）舉人。授工部主事。有操守。仕至户部郎中。

②貺（kuàng）：贈與。

③諗（shěn）：規諫，勸告。

④揄揚：揮揚，揚起。

⑤咈（fú）：不。表示否定之詞。

⑥庭除：庭院。

⑦其六世祖：指鄭温（1211—1291）。自幼沉勇果敢，膽識過人。生逢蒙元崛起，投筆從戎，加入元軍，屢有戰功。中統元年（1260），忽必烈即皇帝位，賜鄭温佩金虎符，陞總管。至元六年（1269），陞懷遠大將軍。至元二十三年（1286），陞江浙右丞相。卒贈榮禄大夫、平章政事、柱國，謚『武毅』，追封趙國公。

⑧高祖：指鄭温长子鄭钦，以父功授右掖衛亲軍千户，迁利用監丞。欽子克諶、克諶子惟和、惟和子彬，皆世襲其職。鄭昌即爲鄭彬之子。

⑨畦畛：田間的界道。

⑩伏臘：古代兩種祭祀的名稱。『伏』在夏季伏日，『臘』在農曆十二月。

⑪貿遷：販運買賣。赢：經商獲得的利益。

⑫髮髮：盛多的樣子。
⑬問遺：指賄賂。
⑭涯涘：水邊。引申爲盡頭。
⑮脱然：超脱無累。纖芥：細微。

謝郎中挽詩序①

刑部郎中謝君卒之日，朝紳大夫、士咸走哭弔，致奠賻焉②。既，又爲哀詞以挽之。其嗣蕃編以爲衺③，請序。

夫挽詩之作，權輿於『三良』④，散漫於《九招》⑤，而流派至於《八哀》⑥。近代以來，作者益衆。雖或格類音節今古不同，然其所以寄哀思、惜才賢、述往行，憂世爲國、仁厚惻怛之誠⑦，則同出一感之機而不能遏者⑧。兹士大夫所以致哀於君，又豈得容於已哉？

君，句容人。童年善詩，有江東諸謝風⑨。其家以貲雄⑩，曾大父、大父咸有隱德；父思敬尤喜讀書，敦禮讓，善教子姓⑪。用是，遣君爲邑庠弟子員，登名進士，履宦至奉政大夫、修正庶尹、兵刑兩部郎中⑫。嘗受誥追封其父如己官，母太宜人。兹盖天之所以報施其父之善者有徵。然於君之所受，則有不可知者。君孝友於家，篤於學，信於師友，居官有善譽，治獄尤拳拳致謹。凡情有晻昧者⑬，必爲之昭雪，至死而獲生者有矣。況其以卓識警敏之才，而立心制行有過人者。人皆望其登遐壽、躋顯用，而年竟以五十二而終，未克大厥所施，豈非其數耶？然得正而斃，無所愧怍[14]，朝紳士夫咸惓惓致悼[15]，而哀挽之什發於衷情，激切之不能已者，又非其幸邪？是雖弗獲於天，而獲於人，誠爲可賢也已。

君諱璘，字彦奎，其卒爲正統五年四月二十有五日云。

【注釋】

① 謝郎中，指謝璘。字彦奎，南直隸句容縣（今屬江蘇鎮江）人。永樂十三年（1415）進士。正統元年（1436）八月，擢爲刑部主事。正統五年四月卒。

② 賻（fù）：送給喪家的布帛、錢財等。

③ 嗣：子孫，後代。

④ 權輿：起始。三良：三賢臣。指秦穆公時的奄息、仲行、鍼虎。《詩經·秦風·黄鳥》毛序：『《黄鳥》，哀三良也。國人刺穆公以人從死，而作是詩也。』

⑤ 散漫：遍佈。九招：舜時樂曲名。

⑥ 八哀：詩歌篇名。指唐杜甫傷悼王思禮、李光弼、嚴武、汝陽王李璡、李邕、蘇源明、鄭虔、張九齡等八人所作的八首五言古詩。

⑦ 惻怛：哀傷。

⑧ 機：靈感。

⑨江東諸謝：指南北朝時期江南謝姓詩人，如謝靈運、謝朓等，以才思敏捷著稱。江東：長江在蕪湖、南京間作西南南、東北北流向，隋唐以前，是南北往來主要渡口所在，習慣上稱自此以下的長江南岸地區為江東。

⑩貲(zī)：通『資』。貨物，錢財。

⑪子姓：泛指子孫、後輩。

⑫奉政大夫：文散官名。金始置，正六品上，元陞爲正五品。明正五品初授奉議大夫，陞授奉政大夫。修正庶尹：明代文勳官名。正五品。勳官，官稱的一種。授給有功者以一定官稱，有品級而無職掌。

⑬晻(àn)昧：昏暗不明。

⑭愧怍：慚愧。

⑮惓惓：懇切的樣子。

賀張員外榮任序①

宣宗皇帝御極時，每慮在廷大臣爲百僚師表②，不可輕畀。位或有缺，往往曠數年而無補者，必俟其人然後命之。又慮其訪求不勤，則賢者不能以自達，屢敕在位爲推中外老成碩德、朝野屬望者③，親擇任焉。逮今上嗣位，聿遵先志④，既大簡重臣，復念庶僚皆有所職⑤，而百工隳起之由繫也，任亦不可不慎。乃敕大臣各察其屬之善於職者，陟之位，用旌顯之。於是刑部魏公首薦其屬若干人⑥，皆陞秩一等。濟寧張君景隅，由浙江司主事在薦中，遂遷河南司員外郎，交游者屬言爲君賀。

予以爲君之是舉，果自必於尚書公之知耶？抑但知盡己之職，初不恤人知不知耶？將有善於己見諸行者不能掩，而人自不能不知之耶？是則尚書公之薦，非私也，公也。君之受斯薦也，亦宜也，非幸也。予嘗觀之天下之士，修己礪行者不少，而多不得伸厥志以圖效萬一，卒至汩溺凡庸而無聞者⑦，非獨其命也，蓋皆不得際夫時與人也。恭惟天子明聖，甄别淑慝⑧，以風勵臣下⑨，凡有才者無不録，有德者無不庸。而名公大臣又能盡心推訪，不没人善，則今之仕者，信有所遇矣。宜諸君以君之被薦爲榮而賀，然不知君所以被薦之實，尤可賀也。夫刑罰之設，聖人不得已而用之。將以使人易避而難犯，豈職之者務爲深刻，以媒蘖非辜爲能事哉⑩？君盖平素以廉靜公慎自持，用法平恕而不失之寬縱，行之著於輿論，非一日矣。不然，將恐保終之不暇，況望其獲譽如此乎？雖然，今於兹固不負平生之所守，於其往也而益勉焉，則其所至豈可量乎？《詩》云：『庶幾夙夜，以永終譽。』⑪予於君是望。

【注釋】

①張員外，指張景隅，山東濟寧人。任刑部主事，陞員外郎。員外，即員外郎，本指正員以外的郎官。晉武帝始設員外散騎常侍，員外散騎侍郎，簡稱員外郎。隋開皇時，尚書省二十四司各設員外郎一人，爲各司的次官。唐以後，直至明清，各部都有員外郎，位在郎中之次。

②百僚：百官。

③屬望：期望。

④聿(yù)：助詞。用於句首或句中。

⑤庶僚：百官。

⑥刑部魏公：指魏源。見卷二《送魏尚書致仕歸南康》注。

⑦汩溺：沉迷，迷惑。

⑧淑慝(tè)：猶善惡。

⑨風勵：用委婉的言辭鼓勵、勸勉。

⑩媒糵：酒母。比喻藉端誣罔構陷，釀成其罪。

⑪『《詩》云』句：見《詩經·周頌·振鷺》。大意是，日夜謹慎勤勉，以長久保持美名榮譽。

送余員外考績還南京序①

南京選部員外郎余君孟高，考績詣行在②。既南還，行在之選部郎中吴君孟寅③，念以同官之好，暫合而復離也，有難於別，求余言贈之行。

余嘗觀山巨源舉阮咸爲銓曹郎④，嘗稱之曰『清直寡欲，萬物不能移也』，天下後世咸以爲公論，無貶議。于以見當時求典斯任，固不易其人；其稱咸『清直寡欲，萬物不能移』，亦以見當時求之，亦難其人。後世有以曹郎號爲『小選』者，又有稱『清選』者，皆爲以時得人之雅稱，不比尋常瑣瑣者耳⑤。誠以予奪禄爵，甄别士類，品第庸哲利鈍⑥，隨器酌量，俾稱所執事，信斯柄之不可不得所操之者。國朝六卿官制，斟酌前代，迨今餘七十年，其掌銓選得如彼所謂『清直寡欲』者，固爲不少。自太宗文皇帝巡狩北京⑦，兩京並置官，用人益多，而得人益盛，何也？蓋士皆出於學校造育之久，常慕古人之高邁⑧，而尋常有所不屑也。

且聞余君世爲閩中邵武人，爲人和厚謙恭、易直文雅，温然古君子人。自以國子生釋褐吏部司務⑨，在職修謹，清直寡欲之譽，已著見於昔，凡兩京士大夫識者，多能稱道。故冢宰舉以爲銓曹佐⑩，雖不明言其清直寡欲之聞，然其不遺人善，固已允愜公論矣。君居職不倦，凡南京所論次當上行在者，一以合至公，不以偏私，故士大夫譽之者日益加重。若君蓋能不孤朝廷委任之盛，與冢宰之所稱薦者。雖然，『高山仰止，景行行止』⑪，彼以清直寡欲之一言，流萬世不廢，使人讀之如見其人。君尚以斯言益勉不懈，則不特今日之崇階峻級爲可必，而譽流於後者，尤不可以量。

【注釋】

① 余員外，指余隆。字孟高，福建建寧縣（今南平市）人。永樂六年（1408）舉人，卒業太學。初選南京吏部司務，歷官吏部文選司員外郎。《明一統志》稱其：『性恬退，未嘗躡跡豪門，大為搢紳輩稱許。』（卷七十八）

② 行在：天子巡幸所在之地。明朝最初定都南京。燕王朱棣奪得皇位後，決意遷都自己發跡之地燕京北平，永樂元年，將北平陞爲北京，後又在北京設立六部，稱『行在六部』。朱棣隨後着力經營北京，興修宫殿、疏浚運河，並經常前往北京辦公。永樂十八年（1420），朱棣正式遷都北京，北京成爲京師，不再稱『行在』。金陵應天府則變爲陪都。朱棣死後，明仁宗朱高熾登基，希望明朝的首都，是自己做太子監國時的故地金陵，又將北京改爲行在。直到明英宗正

統六年（1441）十一月，正式定都北京，北京恢復名義上的京師地位，不再稱爲『行在』。

③吴孟寅：見前《吴太卿宅宴集序》注。

④山巨源：名濤，西晉河内懷縣（今河南省武陟縣）人，與嵇康、阮籍、山濤、向秀、劉伶、王戎並稱『竹林七賢』。阮咸：字仲容，西晉陳留尉氏（今屬河南）人。阮籍之侄，與籍並稱爲『大小阮』。歷官散騎侍郎，補始平太守。生平放浪不羈，精通音律。銓曹郎：主管選拔官員的長官。

⑤瑣瑣：形容事情細小，不重要。

⑥品第：評定並分列次第。利鈍：指勝敗，吉凶。

⑦太宗文皇帝：指朱棣。朱棣於永樂十八年（1420）遷都北京。

⑧高邁：高超，超逸。

⑨釋褐：脱去平民衣服。比喻開始任官職。

⑩塚宰：指吏部尚書。

⑪『高山仰止』二句：見《詩經·小雅·車舝》。仰，仰望。景行，大路。

送朱員外還鄉省墓序①

秋官員外郎朱君公佐，得請告暫歸，省其先人墓于湖州之歸安②。卜以是日行，其寅僚祖餞都門外③。

主事盱江丁君芹④，予同年友也，以贈言屬予⑤。

予以爲人子於親，生而思養焉，終而思葬焉，没而遠也，則思追祭焉，皆在禮然耳。然而，或出或處，聚散離合之不一，故或始逮養而終弗克葬，或葬焉而弗克時其奠祭者。觀之《陟岵》之歌⑥，『昊天罔極』之詠⑦，蓋皆所以寓哀思、著憤怨，于其子敬慕之心，有不可窮者。惟今國家以孝治天下，欲天下之爲人子，悉得盡心於所生，故屢降德音。凡出而仕者，親存則令其省親，以禄養終；没則令其祭奠，又錫之誥敕，封贈之以官，俾享厥榮命。夫人子欲顯親揚宗，不愧仕進之道，至誠咸遂而無復憾。

君歸，予知其餚俎豆、潔牲牢、明衣服⑧，肅然展敬於丘園松栢之間。而一念志慮⑨，愴然感通，則其親之精神必有所知，欣然自慶於地下，洋洋乎如在其左右矣。退而修敬桑梓，聚集宗姻，于以序彝倫、篤恩愛、明長幼、興禮讓⑩，鄉人父老子弟來爲觀法，咸稱願曰：『幸哉，朱氏有子如此！』則君之志意於是乎伸，而榮幸有莫大焉。雖然，兹固朝廷優禮臣下盛典，苟非其平日克自樹立、行義有所暴白者⑪，亦不得幸致。君以進士，始爲行人，將命四方，克宣布德意，懾服夷情，士類多韙之。及還是秩，復稱其聽獄平恕⑫，未嘗尚刻任文，以枉無辜，卿大夫甚重之，聲譽聞于朝著者非一日，而今日之榮顯不亦宜哉！予聞之：『無言不讎，無德不報。』⑬君荷恩而歸，以快其心志如此，尚其遄來，用勉修職業，圖致遠大，庶有愈愜于志，不特侈爲鄉里之榮而已。

【注釋】

① 朱員外，指刑部員外郎朱公佐，浙江歸安人。

②歸安：古縣名，在今浙江省湖州市。北宋太平興國七年（982）置。明時，歸安屬湖州府，與烏程同城而治。一九一二年，撤廢歸安縣，與烏程縣合併爲吴興縣（今湖州市市轄區）。

③祖餞：餞行。

④丁芇：字廷用，江西建昌府新城縣（今撫州黎川縣）人。宣德二年（1427）進士。歷官刑部主事、員外郎。

⑤屬：同『囑』。

⑥陟岵：《詩經·國風·魏風》篇名。是一首征人思親之作，抒寫行役之少子對父母和兄長的思念之情。

⑦昊天罔極：見《詩經·小雅·蓼莪》：『欲報之德，昊天罔極。』指父母對子女的恩情深厚，子女不知如何報答才好。昊天，蒼天。罔，無。極，邊際。

⑧俎豆：俎和豆。古代祭祀、宴饗時盛食物用的兩種禮器。亦泛指各種禮器。牲牢：猶牲畜。

⑨志慮：精神，思想。

⑩彝倫：常理，常道。

⑪暴（pù）白：暴露。

⑫平恕：持平寬仁。

⑬『無言不讎』二句：見《詩經·大雅·抑》。讎，答。

送王員外致仕序①

秋官員外郎王君兼善②，秩滿當遷，乃以疾請致仕。宣宗皇帝恩賜允之。縉紳咸以爲榮，屬予爲之言。

予嘗恠往古士大夫宦游於當世，故皆有投閑就散③，懸車解組④，奮然而逝者矣。然或爲衒而弗售、忠而弗禮、咈所意嚮⑤，無所施其利。又或疾世憤俗，自不能至，不得已而去者，必欲務潔其名以自白，令人迹其所由，著不可掩抑，豈盡其人之道哉？蓋不得夫寬肆優容之世，上之待下，有未逮而然也。惟我朝以忠信待士，寵任之意專，奬諭之道隆⑥，故天下士大夫陶成謙讓忠厚之氣，凡處進退，必以禮爲之權度⑦，曾豈苟然哉？

王君以明經第進士，初拜行人⑧，將命四方，歷九載而陟今官，其進爲不輕以驟也。爲刑官，涖事惟恕，省曹稱平。遂蒙賜誥褒奬，贈父以是官，封母及妻並爲宜人⑨，榮光之被，爲不濫以過也。今君年未耄、顔未衰，而遽以疾辭，其於榮利之間，爲不貪冒苟吝如此，其幾於《老子》所謂『知止』、『知足』者乎？然非際夫寬肆優容之世⑩，亦匪尔也。余於君之去，可以俾後人知盛時禮遇臣下之至，抑且有以觀士風而敦廉讓也⑪。故述以爲言。

【注釋】

① 王員外，指王兼善。生平履歷不詳。

② 秋官：通稱掌司刑法的官員。

③ 投閑就散：指居於閑散不重要的職位。

④ 懸車：致仕。古人一般至七十歲辭官家居，廢車不用，故云。解組：猶解綬。

⑤ 咈（fú）：不。表示否定之詞。

⑥奬諭：皇帝對臣下褒奬、表彰。

⑦權度：標準，法則。

⑧行人：官名。掌管朝覲聘問的官。明代設行人司，洪武二十七年（1304），定制行人司官四十員，咸以進士爲之。掌捧節、奉使之事。

⑨宜人：明五品官妻、母之封號。

⑩寬肆：寬鬆。優容：寬待，寬容。

⑪抑且：況且，而且。廉讓：清廉遜讓。

俞員外挽詩序①

正統丙辰四月②，庫部員外郎括蒼俞君英③，卒于北京之官舍。在朝卿大夫素知君深者，既莫不走哭且弔其孤，復歎平昔與君游處，而一旦爲九泉之别，於情有不能已，義不能忘。欝於中而見於外，爲挽詞若干篇，以寫其哀思。凡君生平行義，可以行之宗族鄉党、達於朝著、潛抱而未攄者，悉於是乎見。讀之令人如與君接於前後左右，宛然在目也。所謂『詩可以觀』④，兹其信歟！君嗣端編集爲帙，間謁予序之。

嗚呼！挽詩之作，豈徒然哉？或以哀賢人之不幸，或以感義烈之悲壯，或以傷時之多難，歎舊懷賢，而人事有乖睽⑤，遭遇有靡齊，皆有所爲而爲之。如《黄鳥》、《薤露》⑥，洎乎『八哀』之屬是已⑦。夫豈無故哉？今君易簀正寢非若長⑧，與橫之不幸時⑨，與人事視君者，又得其常。而諸公之作如是，果何然哉？意盖以君之賢，生逢聖明之朝，其問學才猷，足以有爲，而孝弟行義，足以範世，宜假之年，使之於大用，然後可也。何獨於人世纔踰五袠，而官止於此，未獲盡攄平素銜志以終，誠有可悼焉者。則是詩之作，事雖異於古昔，而同出於有所爲也。噫！使後人觀之，寧不有歎於斯也夫？

【注釋】

① 俞員外，指俞英，浙江麗水縣（今麗水市蓮都區）人。永樂十八年（1420）舉人。徐有貞《挽俞員外英》：『瀟灑俞員外，風姿夐絶塵。昔為三署彥，今作九原人。後事存孤子，高堂有老親。凄涼送歸櫬。泪盡潞河濱。』（《武功集》卷五）可與本文相比照。『俞』底本標題作『余』，目録、正文不誤，據以徑改。

② 正統丙辰：即正統元年（1436）。

③ 庫部：指兵部武庫清吏司。三國魏有庫部郎。晉宋因之。隋初為庫部侍郎，唐置庫部郎中，為兵部之屬司，掌軍區、儀仗及乘輿等。明稱武庫清吏司。『武庫，掌戎器、符勘、尺籍、武學、薪隸之事』（《明史・職官一》）。

④ 詩可以觀：見《論語・陽貨》：『子曰：「小子何莫學夫《詩》？《詩》可以興，可以觀，可以群，可以怨。」』觀，指觀察社會。

⑤ 乖睽：背離。

⑥ 黄鳥：《詩經・秦風》篇名。《左傳・文公六年》：『秦伯任好卒，以子車氏之三子奄息、仲行、鍼虎爲殉，皆秦之良也。國人哀之，爲之賦《黄鳥》。』薤露：樂府《相和曲》名，是古代的挽歌。

⑦ 泊：到，至。八哀：指杜甫傷悼王思禮、李光弼、嚴武、汝陽王李璡、李邕、蘇源明、鄭虔、張九齡八人所作的八首五

言古詩。

⑧易簀：更換寢席。簀，華美的竹席。《禮記·檀弓上》：『曾子寢疾，病，樂正子春坐於牀下，曾元、曾申坐於足，童子隅坐而執燭。童子曰：「華而睆，大夫之簀與？」子春曰：『止！』曾子聞之，瞿然曰：「呼！」曰：「華而睆，大夫之簀與？』曾子曰：「然。斯季孫之賜也，我未之能易也。元，起易簀！」』按古時禮制，簀只用于大夫，曾參未曾為大夫，不當用，所以臨終時要曾元為之更換。後因以稱人病重將死為『易簀』。

⑨橫(hèng)之不幸：意外遭遇不幸。橫，意外，突然。

贈工部主事李景陽序①

士受任涖事，克敬君命，勤其職務，無施而不盡心，俾行業可觀，人歸其譽，斯可謂賢矣。夫奚若是？存乎志焉耳。士患乎志無所定。志既有定，則持己也正，用力也勵，居官臨政，雖當利害，確乎無所搖，斷然無所惑。譬之游者將適燕，既北其轅，則期日可至②，必不返於越也。志非豫定，行非素立，學不足以明理道，識不足以別重輕，則臨利害、處重難，未有不擇地便安，營濟其私，而忽其所當務者。人之譏議有弗暇顧，況望其收譽於人而得謂賢乎？茲於工部主事鄭州李景陽氏，可以觀矣。

景陽之父嘗爲京縣尹③，嚴於庭訓。遣爲郡庠生，克承師教，遂魁河南之鄉貢，登丙辰進士第。初授兵部主事，在職未踰歲，僚寀皆稱之。既遷工部，颛董工繕之務，最爲叢委④。人或謂其：『獨理繁劇，得無偏重？』景陽乃曰：『仕而食君祿，治天職，惟所分有任之而已矣，詎容以事之難易寓意其間哉？若曰憚勞就逸，庸人之情，適己自便之所爲也，吾寧忍乎？況吾夫子云：「事君，敬其事而後其食。」吾身服茲訓，敢忘乎？』聞者皆歎服其言。茲以六載考績，有司書其最，俟九載而陟明焉⑤。相知者求予言贈。

予既謂士之有爲，由其志素定、行素立者然也。景陽之言若是，得非志行有立、明理道而不惑者能然乎？然語有云：『譬如平地，雖覆一簣⑥，進，吾往也。』景陽於是益加勉焉，則他日所至，可得量乎？

【注釋】

① 李景陽，指李春，字景陽，河南開封府鄭州（今鄭州）人。宣德七年（1432）鄉試解元，正統元年（1436）二甲十七名進士。正統二年八月，授兵部主事。轉工部，仕至郎中。民国《鄭縣志》記李春曾任寧波府知府，有誤。丙辰榜還有一『李春』，三甲二十四名，籍貫是南直隸廬州府無爲州（今安徽蕪湖無爲縣）人。據嘉靖及雍正《寧波府志》，任寧波府知府者當是此人。

② 期日：約定或預測的日數或時間。

③ 京縣：國都所轄之縣。民國《鄭縣志·選舉志》載永樂間有貢生李現，『以楷書貢，任大興縣知縣』（卷九）。永樂、宣德間鄭州貢生李姓且任知縣者僅此一人，此人或即李春之父。

④ 叢委：繁多，堆積。

⑤ 陟明：指進用賢能。

⑥ 簣（kuì）：盛土的竹筐。

送徐主事還鄉省母序①

臨桂徐君遂良，爲刑部主事。秩滿，以最稱，蒙賜敕命，褒美父以是官，母封太安人。比又以母老故，陳乞歸省。上允之。既行，士輩以爲榮，祈予序贈之。

予嘗觀古人有以富貴歸故鄉，夸而爲榮者。彼盖謂士昔貧賤，處於閭閻畎畝之間②，一旦以藝術干於時君，出而登於王朝，列職通顯③，偶得經于里閈④，衣冠鮮麗、輿馬赫奕⑤，足以駭耀其觀瞻⑥，聳起其敬羡⑦，于于楊楊⑧，自以爲快，如司馬長卿持節西南夷，道蜀里閈之所爲是已。然彼固自以爲榮，曾不知世之反以爲誚焉者⑨。正以君子之仕，不徒貴其身，必欲推所志，以至顯親揚名而後已。此韓魏公節治相州，乃拳拳不以昔人所夸爲榮，而以爲戒，則公之賢於人較然矣⑩。夫(世)[士]之爲仕⑪，苟其自處也重，出身也正，雖不期其榮而榮有餘裕，奚必屑屑矜斯須之態⑫，傲鄉里孺子哉？

予知遂良由庠序舉鄉貢，登進士第，爲庶吉士。其所出既正，從事館閣，兩遷郎署，小心慎密，共職不懈，往往見稱於卿大夫之談，又其自處知所重者。今而膺褒之典，得推恩及親，存殁咸貴，冠服煒然⑬，照耀鄉里，亦其宜也。於是遂良雖不自爲榮，而鄉人之父老子弟，咨嗟歎羡，稱其榮幸，有甚於昔人之所夸耀也。雖然，『無言不讎，無德不報』⑭，凡臣子得顯親揚名於時，固亦由問學修積而至，匪際乎聖天子在上推舉盛典，以旌勸臣士⑮，且將終身淪没無聞，尚何望榮及父母乎？遂良盍思之。歸而稱觴獻壽⑯，爲母氏一朝之榮，尚當遄還，用圖報朝家禮遇之重，樹芳名於後，毋徒留連傾倒⑰，爲鄉里區區之戀⑱。

【注釋】

① 徐賢，字遂良，廣西桂林府臨桂縣（今屬桂林市）人。永樂九年（1411）舉人。永樂二十二年進士。選庶吉士。歷刑部主事、員外郎。正統八年（1443）五月，陞廣東按察司副使。綽有政聲，年未六十即引疾致仕，時人高之。

② 閭閻畎畝：泛指平民。

③ 通顯：指官位高、名聲大。

④ 里閈（hàn）：里門。代指鄉里。

⑤ 赫奕：顯赫的樣子。

⑥ 觀瞻：瞻望。

⑦ 敬羨：敬仰羨慕。

⑧ 于于楊楊：十分自得的樣子。

⑨ 誚（qiào）：嘲笑，譏刺。

⑩ 較（jiào）然：明顯的樣子。

⑪ 『士』：底本作『世』，據『朐抄本』改。

⑫ 屑屑：介意的樣子。斯須：須臾，片刻。

⑬ 煒然：光彩鮮明的樣子。

⑭ 『無言不讎』二句：見《詩經·大雅·抑》。讎，答。

⑮ 旌勸：表彰獎勵。

⑯ 稱觴獻壽：舉杯飲酒，表示祝壽。

⑰ 留連：留戀不舍。

⑱ 區區：小，少。形容微不足道。

送歐陽主事榮考詩序①

泰和歐陽廣湯，余同年進士，爲秋官主事。三載秩滿，蒙賜敕命褒美，推恩及親，僚輩以爲榮，歌詩章賀之，俾余叙卷端。

惟歐陽氏稱于廬陵舊矣②。自安福令萬而下③，世以詩書文物相承，簪組聯翩④，光明潤疊。在宋，文忠公修⑤，進士起家，歷登樞輔⑥，以道德文章，爲三朝所知，天下學士大夫師尊之。所以弼成嘉祐、治平之政⑦，維持政教，長育人材⑧，皆其忠厚之氣發之。我朝仁宗皇帝嘗覽公奏議，有生不同時之歎。在元，楚國大司徒瀏陽文公玄⑨，亦以文章著述爲學者宗。當時朝廷辭命、作名山大祠、金石銘刻，多其手筆。蕃夷諸國入朝貢者，無不爭傳其文以歸。學士宋景濂先生序公集⑩，極尊稱之。其他皆以後先文儒發身，登高科，爲名進士，爲御史郎吏、郡邑文學⑪，枚不可舉。或隱德不仕，亦必以學行自持，輝潤林壑⑫。歐陽氏之澤，抑何裕哉！所謂『清泉之下無濁流，嘉木之藂無惡蔭』也。昔江左稱王、謝兩家⑬，子弟之賢固多才藝，彼皆席父祖勳庸⑭，權世相仍⑮，風流豪侈，軒霍當時⑯。然於忠厚氣象，視歐陽氏，吾未必信其然。歐陽氏之族，宜其愈久而愈蕃也。廣湯雖遠別於文忠、司徒之宗，而聲光氣習固不相蒙，然惟敦詩書、上忠厚⑰，其積習之來，不爲無自。今當國家全盛之日，崇重科目之選，歐陽氏子孫不於是乎出，將何俟焉？

余雅識廣湯爲人，行謹而仁厚，蓋克承厥先者。若夫規以道義，期之遠大，以希二公之緒，則有諸君之詩在，茲不復贅。余惟道其家世云。

【注釋】

①歐陽主事，指歐陽湯，字廣湯。江西泰和縣人。宣德二年（1427）進士。歷官刑部主事、員外郎。

②廬陵：指今江西吉安。

③安福令萬：指歐陽萬，唐禧宗乾符年間任安福縣令，爲江西廬陵歐陽氏始祖。

④簪組：冠簪和冠帶。借指官宦。聯翩：形容連續不斷。

⑤文忠公修：指歐陽修。字永叔，號醉翁。吉州永豐（今江西吉安永豐）人，自稱廬陵人。謚號文忠，世稱歐陽文忠公。北宋卓越的政治家、文學家、史學家。

⑥樞輔：指中央掌軍權的大臣。

⑦嘉祐：北宋仁宗年號，共使用八年。治平：北宋時宋英宗趙曙的年號。

⑧長育：養育，使之長大。

⑨文公玄：指歐陽玄，字原功，號圭齋。瀏陽人。祖籍江西廬陵，系歐陽修族裔。元仁宗延祐二年（1315）賜進士出身，授官平江州同知，官至翰林學士承旨，卒後追封爲楚國公，謚『文』。任國史院編修官時，奉詔修《皇朝經世大典》，並爲總裁官。順帝至正三年（1343），詔修宋、遼、金三史，被召爲總裁官。三史修成後，官拜翰林學士承旨。有《圭齋集》《元史》有傳。瀏：底本作『劉』，據『胸抄本』徑改。

⑩宋景濂：即宋濂（1310—1381）。其先金華潛溪人，至濂遷浙江浦江。元至正九年（1349），薦授翰林院編修，以親老

固辭。二十年，受朱元璋徵召至應天（今江蘇南京），除江南儒學提舉，命教授太子經書。明洪武二年（1369），詔修元史，任總裁官，官至翰林學士承旨。正德間，追謚『文憲』。被推爲『開國文臣之首』，『一代礼乐制作，濂所裁定者居多』（《明史·宋濂传》）。著有《宋學士文集》。

⑪郎吏：郎官，指侍郎、郎中等職。文學：儒生。亦泛指有學問的人。

⑫林壑：山林澗谷。指隱居之地。

⑬江左：江東。指長江下游以東地區。東晉及南朝宋、齊、梁、陳各代的基業都在江左，故當時人又稱這五朝及其統治下的全部地區爲江左，南朝人則專稱東晉爲江左。

⑭勳庸：功勳。

⑮相仍：相繼，連續不斷。

⑯軒霍：『朐抄本』作『顯赫』。

⑰敦：崇尚，注重。詩書：指《詩經》、《尚書》，泛指典籍。上：通『尚』。崇尚，看重。

送續以仁陞秩主事序①

冀城續以仁，由通政經歷遷秩户部主事②，朝紳交游賦詩賀，求予序之。

予謂士凡家居問學，固罔不願仕，然仕豈徒無益哉？故欲仕，必先明志所往，然後循以詣。又知所持重，足以自致，則無不可至。猶之御者，將有所適，必預取諸塗，然後驅以趨馳。然千里不待僨轅敝策而即至③，蓋由所向既正，其進也亦罔有所艱。不尔，則違道背馳，望茫紆漫，驟雖疾而去愈遠，縱終至，不爲仆車罷馬，息然汗骸者蓋鮮④。

以仁以邑庠弟子員舉鄉貢⑤，繼登戊戌進士第，蓋能先志所往，然後由正以詣者。初尹真定新河縣⑥，克祗德意，下流於民，甫三載，治行彌彰。會上計來京，留任通政司。蒞事中秘，出入禁掖⑦，小心慎密，凡數年不懈，益勤守己，處官如一日。時宣宗皇帝在位，遂蒙推恩賜敕，封父以是官，母爲孺人⑧。冠服煒然⑨，焜耀里閈⑩，人莫不榮之。迨滿，又有户部之命，人愈以爲榮。是皆朝家禮遇臣下，使之必報之盛典。蓋亦以仁平素操履端重⑪，有足以致之耶。雖然，古人有一言之相契、一行之相符者，尚以身圖所酎，况食禄於君，寧無所感乎？以仁盍思之。于焉益力厥職，以圖報於上，俾身家益以榮譽，庶人謂不爲無益而仕，且謂交游不徒賀，而予不徒言。

【注釋】

① 續以仁，即續旻。字以仁，山西平陽府翼城縣（今屬臨汾市）人。永樂十六年（1418）進士。選庶吉士，陞編修。歷通政司經歷、户部主事、吏部郎中。

② 通政經歷：通政，是官署名，『通政使司』的簡稱，明代始設，其長官爲『通政使』。掌内外章奏和臣民密封申訴之件。經歷，掌收發文移及用印，官從五品至正八品。

③ 僨（fèn）轅：覆車。

④罷(pí)：疲敝，憊乏。
⑤鄉貢：指鄉試。
⑥尹：治理，主管。新河縣：明屬京師真定府，今屬河北省邢臺市。
⑦禁掖：泛指宫廷。
⑧孺人：明七品官的母親或妻子的封號。
⑨燁然：光彩鮮明的樣子。
⑩焜(kūn)耀：光耀。焜，光明。
⑪平素：平時，向來。操履：操守。

贈王主事序①

仙居王氏一寧，爲進士有名于時。朝廷方欲儲才以待用，命所司慎擇其人以聞，而一寧在選列。詔以爲司勳主事②，不任以政績，學于内廷。一寧遂得從容於進退之間，涵濡於詩書之内③，增其所已能，勉其所未至，充其器識而需大用，亦何其幸哉！交游之士來徵予文慶之。

予初舉進士至京師，輒識一寧之尊府監丞君於國子④。儀容嚴肅，動止優裕，而議論端謹，不妄有所毁譽，六館之士皆師尊之。及予被選入翰林，彼此相敬，因獲交焉。由是數相往還。于時，一寧方讀書，專嚮於學，雖幼而以聰慧聞。監丞君庭訓極嚴厲，而一寧篤於所習，未嘗輕出入，自幼至長，不肯少離于詩書筆硯之間。朋儕之所敬讓⑤，士夫之所愛羨，而監丞君亦白喜，以爲必將大其家聲。然則一寧之所以砥節礪行，學之成而爲名進士，以躋膴仕者⑥，豈無自然哉？

予因念昔與監丞君交際之始，至今近二十年，君既物故⑦，予亦老矣。見一寧年少志鋭，方有爲於時，幸故人之有子，足以慰衰朽，安得不爲之喜且羨耶！一寧其亦勉循厥職，敬慎操履⑧，以爲遠大之期，使勳業聞望⑨，炳然照映於一時⑩，而垂諸後世。庶幾不負朝廷選任之意，交游屬望之情⑪，與監丞君義方之訓⑫，而予亦預有榮耀焉。一寧勉乎哉！予深有望於一寧者在此，其無以予言爲厲己也。

【注釋】

① 王主事，指王一寧（1396—1452）。名康，以字行，改字文通，號節齋。浙江仙居（今屬台州）人。幼英敏，以聰慧聞於京城。永樂十六年（1418），登進士第。授吏部稽勳主事撰。丁父憂，家居十年。宣宗即位後，『詔求文學詞翰之士』，以《應蒙召試策表》、《正萬邦論》及《神京八景》等文詞詩賦見賞回京，任吏部主事。不久改任翰林修撰、侍講經筵，兼修《宣廟實録》。正統十三年，遷禮部右侍郎。景泰二年（1451），值文淵閣，贊機務。景泰三年（1452）四月，加贈太子少師，是年七月卒，贈太子太保、禮部尚書，謚『文通』。王一寧為永樂十六年進士，宣德五年擢吏部主事，文中作者云與王一寧之父王峻用相始已近二十年，馬愉進士及第在宣德二年，從時間上看，大有問題。且文中語氣，完全是長者姿態，而馬愉僅比王一寧長一歲。故頗疑此文真僞，暫且存疑。

② 司勳主事：吏部屬官。

③涵濡：滋潤，沉浸。

④尊府：對他人父親的敬稱。王一寧之父王峻用，洪武十八年（1385）進士。永樂二年（1404），出使高麗王國。曾任國子監學録、光禄寺寺丞、國子監監丞等職。

⑤朋儕：朋輩。

⑥膴（wǔ）仕：高官厚禄。《詩經·小雅·節南山》：『瑣瑣姻亞，則無膴仕。』膴，厚。

⑦物故：死亡。

⑧敬慎：恭敬謹慎。《詩經·大雅·抑》：『敬慎威儀，維民之則。』操履：操守。

⑨聞望：聲望，名望。

⑩炳然：明顯的樣子。

⑪屬望：期望。

⑫義方：行事應該遵守的規範和道理。多指教子的正道，或曰家教。

贈徐主事序①

同郡徐君良輔，以太學生授户部主事，郡邑交遊者求予序之。予與良輔自郡邑及京師相識幾二十年，其爲人性行與其志之所存，予盖知其爲然者。其居是職，宜矣。予尚奚言贈？

惟國家養士，薰陶漸漬②，期底于成，以資器使。然而選任之際，尤必論材辨等，以序職位，不欲使豫樟樗櫟之相混也③。故吏部每選士，常不能百人，其間區别四五等，得爲京職僅六七人焉，非才俊卓異者不與也。於其既任，則俸禄之厚養，軒冕之尊榮，隸僕之任使，隨而畀之，非有所靳。迨三載，仍錫誥敕，褒美推恩，封賜其親，以榮於身家。待士至此，亦極矣。士於此固必欲仕，仕不徒仕，期於得地以行其學。夫既得矣，則聞之於昔者，即欲推之於今；修之於身者，即欲致之於民。凡其居一職、治一事，蚤夜勤恪，無少肆忽其心，俾事功奮成，不落落居人後④，得譽於卿大夫間，無辜國家造育與所以選任之盛，然後可以言士之仕矣，豈徒爲利禄哉？

良輔兹當筮仕之初⑤，獲贊地官之政，職居郎署，簪綬朝班⑥，於士輩亦榮矣。于以推其平昔所存，施諸政事之間，慎修職業⑦，不懈以勤，日見聲華⑧，著于郎列，聞譽朝端⑨，承恩命以及於親，其顯融光耀，益甚矣！且今之仕者，由士而大夫，由大夫以至於卿，歷等而進，猶階而升堂也。良輔實士之翹楚者⑩，他日踰階而進於大夫之任，可知也。

【注釋】

①徐主事，指徐慎。字良輔，山東臨淄縣(今淄博市臨淄區)人。永樂九年(1411)舉人。官户部主事。

②漸(jiān)漬：浸潤。引申爲漬染，感化。

③豫樟：枕木與樟木的並稱。比喻棟樑之材，有才能的人。樗櫟：比喻才能低下的人。

④落落：孤獨的樣子。

⑤筮仕：古人將出做官，卜問吉凶。指初出做官。

⑥朝班：泛稱朝廷百官之列。

⑦慎修：謹慎修行。

⑧聲華：聲譽榮耀。

⑨朝端：朝廷。

⑩翹楚：本指高出雜樹叢的荆樹。比喻傑出的人材。語本《詩經·周南·漢廣》：「翹翹錯薪，言刈其楚。」

送徐主事還鄉省母序①

仕而得禄以養其親，與命數之秩榮及於親②，是皆人子所共願。然得遂其心者，盖無幾。今自上士而下，幸而所獲仕於朝，始得推恩，或秩次不及又不與焉③；禄賜兼兩京，始聽推養，或羨數不足者④，又不獲焉。故士嘗有爲親而仕，而卒不能養以爲憾者。

予郡友徐君良輔，自宣德中爲户部主事，其父已即世矣⑤。嘗迎母氏至京就養，再閲歲⑥，而母氏以桑梓之思，不可留也。君遂以月俸之半移給諸子，俾共旨甘而代養焉⑦。及三載考最，賜敕命贈父如其官，母封太安人。今又得覲省于家，焚黄展祀，得遂所願，不亦有過於人也哉？然君之歸，登拜高堂，顧瞻母氏，酡顔鶴髪⑧，華冠珠翟⑨，怡娱於家庭。而君入厨，饌視滋味，奉觴而進⑩，歡溢顔色。然又睹母氏年及耆艾[11]，定省曠疏[12]，則不能無欣戚交并者矣。登于丘壟[13]，陳乎豆籩，龍章榮命[14]，宣賁泉壤[15]，而君之誠固無不至。然視松栢蒼蒼，榛莽蕭然，而先人音容髣髴如在[16]，則不能無悽愴怵惕者矣[17]。退而謁里閭、訪故舊，長長少少，論敘平昔，于以修孝弟，敦禮讓，以盡所謂『維桑與梓，必恭敬止』者矣[18]。予知君之歸也，非徒侈晝錦之榮也[19]，蓋有係乎倫教之大也。非特耀一家、夸一鄉也，蓋有以彰朝廷風勵臣下、覃施恩德[20]，必泝及所生[21]，振舉曠昔所未舉，而特爲一代之盛事也。在朝縉紳，咸以此意歌詩章贈君，而予序其事于卷端，爲之張本也[22]。

【注釋】

①徐主事，見上篇《贈徐主事序》注。

②命數：爵位或官職的品級。

③秩次：秩禄等級的高低。

④羨：指盈餘。

⑤即世：去世。

⑥閲歲：經過一年。

⑦旨甘：美好的食物。常指養親的食品。

⑧酡顔：指面色紅潤。

⑨翟：指用雉羽裝飾的衣服、車子等器物。

⑩奉觴：舉杯敬酒。

⑪耆艾：指老年。六十曰耆，五十曰艾。

⑫定省：子女早晚向親長問安。

⑬丘壟：墳墓。

⑭龍章：指詔書，敕令。

⑮泉壤：猶泉下，地下。指墓穴。

⑯髣髴：隱約，依稀。

⑰悽愴：悲傷，悲涼。怵惕：戒懼，驚懼。

⑱『維桑與梓』二句：見《詩經·小雅·小弁》。朱熹《詩集傳》：『桑、梓二木。古者五畝之宅，樹之墻下，以遺子孫給蠶食、具器用者也……桑梓父母所植。』東漢以來一直以『桑梓』借指故鄉或鄉親父老。

⑲晝錦：『衣錦晝行』的省稱。指富貴還鄉。

⑳風(fèng)勵：用委婉的言辭鼓勵、勸勉。

㉑泝：追溯，推求。今多寫作『溯』。

㉒張本：作爲伏筆而預先説在前面的話。

送欽天監吴冬官還鄉省墓序①

今之欽天監，古太史星曆官也。其職以明天文星象，推測日月進退，周天往來度數②，四時之相序，五行之相迭，候節蚤晚，氣朔虛盈。凡庶徵休咎之應，災祥變異之至，皆爲之造曆制象，以前民用，所以敬天道而修人事也。故自古初聖神始爲之制，歷代因之弗易。若司馬遷、公孫卿、壺遂、蔡邕、一行之流③，皆能遵用古法，究精其術，以相時君敬天勤民之意。國家設欽天監，置官曰正、曰副，又分置春官正、夏官正，秋與冬亦然。其即伊祁之命羲和④，若昊天制曆象⑤，敬授人時⑥，而又分命仲叔宅四方、釐四時之意歟⑦？

昆陵吴君克宜⑧，由天文生爲五官保章正，陞冬官正，三年善於其職。上用褒獎，錫敕命旌其能，贈其父達以官，母爲太安人。又給内帑⑨，侑歸展省焚黄⑩。都邑之交遊，祈予言贈。

予惟人於榮達利禄固在所欲，而得追及其親，顯于地下，爲松梓之光者，尤所願也。此必祖宗大隱德，子孫善承不怠，守其業以專以精，而又能宣力於國家，圖稱厥任，然後所願可責矣。夫豈幸而致哉？嘗聞克宜家世以斯業傳，占候、推步、星曆、（器）「氣」數之術⑪，究極玄奥，爲江左陰陽家冠。且先世既多陰德，克宜實舉其業，則其重膺褒秩、榮及於親，宜矣。今之承恩奠掃，行次佳城，于時衣冠畢陳，尊俎載列⑫，而新封高爵稱于若考若妣之靈，其自慶於泉壤之下，不可言矣。而克宜念親報本之意，亦於是而妥焉。然子於親既無所憾，則後日之來所以報君恩者，又奚可後哉？克宜誠如所志，人將謂忠臣孝子也，舍子而誰歸？

【注釋】

① 吴冬官，指冬官正吴克宜，江蘇常州人。欽天監，是掌管觀察天象、推算曆法的官署。歷代多設置，名稱不同。周有太史，秦漢以後有太史令。隋設太史監，唐設太史局，後又改司天臺，隸秘書省。宋元有司天監，仍與太史局、太史院

並置。元又設有回回司天監。明改名欽天監。明欽天監設監正一人、監副二人。其術官有春、夏、中、秋、冬官正各一人，五官靈臺郎八人，五官保章正二人，五官挈壺正二人，五官監候三人，五官司曆二人，五官司晨八人，漏刻博士六人。本文中提到的『保章正』，專志天文的變化，以測定吉凶。

②度數：指用以計量的標準。

③司馬遷：字子長，西漢夏陽（今陝西韓城南）人。偉大的史學家、文學家、思想家。元封三年（前108）接替其父做太史令。太初元年（前104），與天文學家唐都等人共同制訂了『太初曆』。公孫卿：西漢時期的方士。壺遂：西漢時梁（治今河南商丘南）人。通曉律令，武帝太初元年，與司馬遷等制訂『太初曆』。蔡邕：字伯喈，陳留（今河南開封）人，東漢文學家、書法家。漢獻帝時曾拜左中郎將，故後人稱爲『蔡中郎』。一行：唐代著名天文學家和佛學家，本名張遂，魏州昌樂（今河南南樂縣）人。

④尹祁：傳説中上古帝王堯的姓氏。堯帝，姓尹祁，號放勳。羲和：羲氏與和氏的並稱。傳説堯曾命羲仲、羲叔與和仲、和叔兩對兄弟分駐四方，以觀天象，並制曆法。

⑤若：順從。昊天：蒼天。昊，廣大。曆象：曆法，天文星象。

⑥敬：表示謹慎嚴肅、至誠勤勉的態度。人時：民時。

⑦仲叔：指兄弟中排行第二者。這裏指『羲氏與和氏』中的仲叔。宅：居住。釐（lí）：治理，處理。

⑧昆陵：常州古稱。常州春秋時屬吴國，名延陵邑。秦代置延陵縣，漢代改稱昆陵。晉代分置武進縣，改昆陵為晉陵。梁代改武進為蘭陵。隋代改稱常州，後來又改為蘭陵郡。唐代置武進縣，又設常州管轄武進縣。宋代稱為常州昆陵郡。元代稱為常州路。明代初年稱常春府，改晉陵為京臨，改武進縣為永定，後又改常春府為常州府，並京臨於永定，再改永定為武進。清代分置陽湖縣。民國初年廢置常州府，將陽湖縣併入武進縣，別稱蘭陵或昆陵。

⑨ 内帑(tǎng)：指國庫裏的錢財。

⑩ 展省：特指省視墳墓。焚黄：品官新受恩典，祭告家廟祖墓，告文用黄紙書寫，祭畢即焚去，謂之焚黄。後亦稱祭告祝文爲焚黄。

⑪ 占候：視天象變化以附會人事，預言吉凶。推步：推算天象曆法。古人謂日月轉運於天，猶如人之行步，可推算而知。星曆：天文曆法。氣數：氣運，命運。氣，底本作『器』，據『朐抄本』改。

⑫ 樽俎：盛酒食的器皿。樽以盛酒，俎以盛肉。

澹軒文集校注

【卷之六】

序

送參政楊公之任福建序①

大梁楊公遜之②，爲户科給事中③，宣宗皇帝嘗慎簡在廷侍從④，首被知遇，命專掌科事，輿論以爲當。迨今天子嗣位之初⑤，大簡内外官，詔公卿大臣，各舉所知堪寄方岳之任者以聞⑥。於是名公大臣又交章薦公⑦，遂遷是秩，賜璽書乘傳⑧。既行，相知者祖餞都門外，命予序其事。

予聞昔裴行儉有言⑨：『仕當先器識而後文藝。』⑩談者以爲確論，莫或非之。彼謂士先器識，則足以任重致遠，見諸事業者光明俊偉⑪，不爲落落如《詩》所謂『憑翼』、《易》所謂『包荒』是已⑫。行儉斯言，真足以盡觀人世之大人君子。苟不能然，欲爲國家求士，所知不過私親比昵、燕游交處之流⑬。於若疏遠，不免得彼而遺此，責細而棄大，往往不愜與議⑭，盖以此。

今之公卿大臣，不啻百輩行儉其人⑮，故舉皆知名士，未有以疏遠昵邇爲遺謬，一出於公道然也。況予知公自舉鄉貢，登進士，從事館閣，爲中書，居近侍，迨今二十年，未嘗去書不觀，問學才猷，見重於縉紳之間[16]，非一日矣。於今匪惟不孤名公大臣之知，第恐名公大臣知公有未盡耳。雖然，古人有受一言之諾，必欲有以踐己；治三家之邑，必欲有以澤物。況聖天子特命以藩翰之寄[17]，豈尋常命吏比哉！公尚導迎德澤[18]，推心黎庶，異時稱東南藩臣之最[19]，將必有在。而崇階峻位之進[20]，亦於是乎徵。

【注釋】

①楊遜之，即楊盛，河南延津縣（今新鄉延津市）人。永樂十六年（1418）三甲進士。歷中書舍人、户科給事中。宣德十年（1435）十月，陞福建布政司左參政。

②大梁：戰國魏都。在今河南省開封市西北。後以大梁代稱開封。

③給事中：官名。秦始置，歷代有沿革。明洪武六年（1373）設給事中十二員，始分爲吏、户、禮、兵、刑、工六科，分科治事。主要掌侍從、諫諍、補闕、拾遺、審核、封駁詔旨，駁正百司所上奏章，監察六部諸司，彈劾百官，與御史互爲補充。品卑而權重。

④慎簡：謹慎簡選。簡，選擇，選用。

⑤今天子：指明英宗。

⑥方岳：傳說堯命羲和四子掌四岳，稱四伯。至其死乃分岳事，置八伯，主八州之事。後因稱任專一方之重臣為『方岳』。

⑦文章：官員交互向皇帝上書奏事。

⑧璽書：古代以泥封加印的文書。秦以後專指皇帝的詔書。乘（shèng）傳：指使車。

⑨裴行儉：絳州聞喜（今山西聞喜東北）人，唐高宗時名臣。官至禮部尚書，兼右衛大將軍，封聞喜縣公。

⑩『士當』句：見《新唐書》卷一零八《裴行儉傳》。原文作『上之致遠者，先器識，後文藝。如勃（按，指初唐詩人王勃）等雖有才，而浮躁衒露，豈享爵禄者哉？』器識：器局與見識。

⑪俊偉：卓異壯美。

⑫落落：猶磊落。用以形容人的氣質、襟懷。憑翼：見《詩經·大雅·卷阿》：『有馮有翼，有孝有德。』馮，也作『憑』。馮，輔佐。翼，説明。包荒：包含荒穢。指度量寬大。見《周易·泰》：『包荒，用馮河，不遐遺。』王弼注：『能包含荒穢，受納馮河者也。』

⑬比昵：親近。燕遊：宴飲遊樂。

⑭愜：恰當，合適。

⑮不啻：不僅，何止。

⑯問學：即學問。才猷：才能謀略。

⑰藩翰：比喻捍衛王室的重臣。指布政使。《詩經·大雅·板》：『价人維藩，大師維垣。大邦維屏，大宗維翰。』

⑱導迎：招致。

⑲藩臣：拱衛王室之臣。

⑳崇階：高位，高官。

送參政董公之任山東序①

正統己未夏五月②，上親選諸曹郎侍御十餘人③，爲諸藩臬牧守參佐④，盖極選也⑤。是月廿有八日，諸使陛辭⑥，上諭之曰：『今特命爾等作方面⑦，職任惟重⑧，爾等其體朕懷，撫予黔黎⑨，無令失業。是乃惟爾之責，欽予玆命毋忽。』衆頓首諸，欽承惟謹⑩。地官郎中三山董公某⑪，得參山東布政司政。既行，其舊僚主事徐君良輔⑫，予鄉友也，求言以祝之行。

惟予家山東，寔其邦人，藩參之位，高大且貴，若有所譽，則近諛；有所規，則不恭。若夫所職當務，則有聖天子諄諄面命在⑬，然則宜何言？夫王者有天下之人民，有天下之事功，以天下之才而任之，宜其有餘矣。然求天下之才，任天下事功，治天下人民，則有所不足，何耶？若所謂備官，則宜其有餘；若所謂有官，則知其不足焉。漢明帝嘗曰：『郎官出宰百里，上應列宿⑭，苟非其人，民受其殃。』夫以百里之寄，尚慮其非人，則知當時郡國刺史守相，肯易其選而輕以予人哉？

我國家幅員之大，視古加闢⑮，制分天下爲十三布政司⑯，用作藩翰⑰，盖即唐虞之州牧⑱，成周之方伯⑲。上以承天子德意，宣布於下，以倡所屬郡守群吏，咸在統紀⑳，若挈綱維。厥任之不易若是，予故以爲取天下之才任之，有不足也。且山東，北方大藩，密邇京畿㉑，其地奄齊魯、連燕趙，跨遼東，延袤不知其幾千里㉒。岱嶽河海流峙其中，屬有六大郡，州縣百十有奇，而窮海邊，夷不與焉。土有沃野瘠磽，廣谷大澤，水陸異勢，桑麻粟稌㉓，魚鹽果蔬，不一其産。居民繁殖，烟火相望，凡其供輸之出，力役之徵，極爲浩穰㉔。職方岳者，一舉錯繁簡，則六郡之休戚繫焉。繇昔歷今，一方之民屢蒙其澤，咸自選任之有其道，而守職者能體德意以行之也。公由名進士三爲主事，又陟正郎，聞望重於朝著㉕，非一日矣。今臨于藩，將俾一方之民愈被其澤，而公之後來所至，尤未可量也。

【注釋】

①董公，指董和（？—1454）。福建閩縣（今福州市區）人。永樂十六年（1418）進士。授户部主事，陞郎中。正統四年（1439）五月，擢山東布政司左參政。景泰元年（1450）八月，改湖廣布政司，九月，陞貴州左布政使。為人端謹，有治才，所至人稱慕之。景泰初致仕，五年（1454）十一月卒。

②正統己未：正統四年（1439）。

③曹郎：即部曹。部屬各司的官吏。

④藩臬（niè）：藩司和臬司。明清兩代的布政使和按察使的並稱。牧守：州郡的長官。州官稱牧，郡官稱守。參佐：部下，僚屬。

⑤極選：最佳的選擇。

⑥陛辭：指朝官離開朝廷，上殿辭别皇帝。

⑦方面：古指一個地方的軍政要職或其長官。

⑧職任：執掌方面之任。

⑨黔黎：黔首黎民。指百姓。

⑩欽承：恭敬地繼承或承受。

⑪地官：稱户部長官。郎中：官名。始於戰國。秦漢沿置。掌管門户、車騎等事；内充侍衛，外從作戰。另尚書臺設郎中司詔策文書。晉武帝置尚書諸曹郎中，郎中爲尚書曹司之長。隋唐迄清，各部皆設郎中，分掌各司事務，爲尚書、侍郎之下的高級官員，清末始廢。三山：福州的别稱。福州城中西有閩山，東有九仙山，北有越王山，故福州又稱三山。

⑫徐良輔：見卷五《贈徐主事序》注。

⑬面命：當面告語。

⑭列宿：衆星宿。古人依據星紀、玄枵、諏訾、降婁、大梁、實沈、鶉首、鶉火、鶉尾、壽星、大火、析木十二星次的位置，劃分地面上州、國的位置與之相對應，謂之分野。

⑮闢(pì)：開闢，開拓。

⑯十三布政司：明朝建立後，爲加強中央集權，改元朝之行省爲承宣布政使司。布政使司僅主管民政，又設提刑按察使司掌刑獄，都指揮使司掌軍政，合稱都、布、按三司，遇大事由三司會商。明布政使司的職掌雖與元行省有差異，但作爲行政區劃並無本質上的不同，所以習慣上仍稱布政使司爲省。有明一代，除京師、南京外，計有山東、山西、河南、陝西、四川、江西、湖廣、浙江、福建、廣東、廣西、雲南、貴州十三個布政使司。京師又稱北直隸，南京又稱南直隸，此即兩京(直隸)十三布政使司，俗稱爲十五省，爲明直轄地區的行政區劃。

⑰藩翰：比喻捍衛王室的重臣。

⑱州牧：官名。古代指一州之長。《尚書·周官》：『唐虞稽古，建官惟百，内有百揆四岳，外有州牧侯伯。』漢成帝時改刺史爲州牧。後廢置不常。東漢靈帝時，再設州牧，掌一州軍政大權。魏晉後廢。後世借用爲對州最高長官的尊稱。

⑲方伯：殷周時代一方諸侯之長。漢以來之刺史，唐之采訪使、觀察使，明清之布政使均稱『方伯』。

⑳統紀：統率。

㉑密邇：貼近，靠近。

㉒延袤：綿亘，綿延伸展。

㉓粟稌（tú）：稻穀等糧食。

㉔浩穰：衆多，繁多。

㉕朝（cháo）著：猶朝班，古代群臣朝見帝王時按官品分班排列的位次。語本《左傳·昭公十一年》：『朝有著定』。杜預注：『著定，朝内列位常處，謂之表著。』

送丘憲副之任河南序①

監察御史潮陽丘君世傑，考績至自南京。在廷大臣素聞其爲人清介鯁直②，練達政務；又嘗見其有所建白，皆切於時事，知其器可勝重任，乃以名薦。上命爲河南按察副使。將之官，江西道監察御史同郡蕭君鑾③，祈予言贈。

夫按察使謂之風憲官。憲之爲言法也，謂持法以弼政教所不及也。其職以公刺舉、省風俗、旌別淑慝、振肅綱紀爲務。前代雖廢置不同，當時在是責者，未或不殫慮畢志，以求無愧焉。國朝於方面置之，監督所部，官有使、有副，有僉憲、副僉，皆其二也。凡彼吏治得失、民情戚休，咸其所係，威令風裁，與中臺相望，所謂清要之職，最爲甚重者。故及今七八十年，每選必得異等，非才望備者不預。今之選，寔自上迪簡之明④，與大臣推薦之公，爲僉論所多⑤，君宜所自知者。

大抵方今之務，風俗爲急，而風俗實本於吏治。則夫興學校，崇禮讓，亦杳乎未之聞也。故昔有爲之士，使車一出[⑥]，先聲入境，而奸吏望風解印綬去者以十數。又有作詩諭民，風以教化，先之以孝弟忠信，老稚傳誦，相視以爲戒。是曾以刑罰示其猛乎？君今臨是邦，殆見别郡之吏，聞風震懾，懦者以立，墨者以潔，雄奸宿蠹一切刮去，無敢肆其漁獵。出則詢及閭閻畎畝[⑦]，俾幽隱窮瘵之氓[⑧]，咸得達其情，不阽於困溺[⑨]。民事盡風俗，其有不厚乎？若但曰事鈎距、按牘律、瑣屑伺察爲明，錮犴狴[⑩]、攻鍛煉爲威者[⑪]，予恐不特非風憲之急務，亦非奉德意之所先也。《書》曰：『辟以止辟。』[⑫]君其取於斯。

【注釋】

① 丘憲副，指丘俊。字世傑，廣東潮州府程鄉縣（今梅州市）人。永樂二十二年（1424）進士。宣德七年（1432）五月，擢爲監察御史。正統七年（1442）七月，陞河南按察司副使。正統十三年，改任福建按察司。景泰元年（1450）秋七月，以老疾致仕。

② 清介：清正耿直。

③ 蕭鑾，字景和，廣東潮州府潮陽縣（今汕頭市潮陽區）人。宣德二年進士。授行人司行人，使甘肅，不受饋贈。擢監察御史，雪冤獄百餘人。正統間，以御史擢廣西提學僉事。史稱其：『躬率諸生，先行後藝，士風丕變。歷官歸，囊無長物，韜跡養素，不履公府。桂林生徒過潮者，多摳衣稟教，鑾尊嚴自重，有不合，即庭讓之。』（《廣西通志·名宦》卷六十六）累官山西按察司副使。

④ 迪簡：選拔引進。

⑤ 僉論：衆論。多：稱許。

⑥使車：使者所乘之車。

⑦閭閻畎畝：指民間。

⑧癮（yǐn）：心病。

⑨阽（diàn）：臨近危險。

⑩犴狴（ànbì）：傳説中的獸名。指牢獄。明楊慎《龍生九子》：『俗傳龍生九子，不成龍，各有所好……四曰狴犴，形似虎，有威力，故立於獄門。』

⑪鍛煉：羅織罪名，陷人於罪。

⑫辟以止辟：見《尚書·君陳》。孔穎達《疏》：『刑罰一人可以止息後犯者。』強調的是敬德慎罰。原文作『有弗若於汝政，弗化於汝訓，辟以止辟，乃辟』。大意是說，有人不順從你的政事，不接受你的教訓，處罰可以制止別人犯法，才處罰。

送耿參議序①

秋官郎中歷陽耿君定秩滿②，有司述厥績以聞，上特命爲福建布政司右參議。或言於君曰：『岳牧之寄，豈輕也哉！觀昔帝舜咨十有二牧③，自「食哉惟時」至「蠻夷率服」④，其事緩急先後有序，大要在於治內綏外、表率諸侯。但不知當時任一州之牧者幾人？今觀咨命之辭，其任專、其責重，槩可知矣。今國家幅員之大，盛於虞時，而布政之設，即周牧遺制。自使而下止六人，控一方面，總治群吏，宣布德澤⑤。凡民生戚休⑥，政理得失，是寄是託，故所命不易。前此方面員缺，屢敕在廷諸大臣推薦，訪至再四，始命其諄諄之諭，藹然虞廷所咨然。又或有僉論雖與，而未久於事者，名雖上，多中寢不下⑦。今於君則不待訪而即命者，誠以君久於其官，行績素著聞，上信然而弗疑也。且閩爲東南大藩，地袤嶺海，土沃而民夥⑧，麻絲穀帛輸佐國用者，浩不可計。君以老成才參佐其間，實宜。然上寵任之重，與吾儕期望之意⑨，在君所當恤者。』

君謝曰：『某辱惠教。某聞之，「不敢忘者，恩之大也；所難處者，責之備也」。負大任難，某知所慎矣，在某盡心焉耳。某自太學釋褐爲主事⑩，治刑獄，臨斷恒矜矜焉⑪，於法未嘗敢有所濫也。及陟正郎，持法尤慎，居僚屬間⑫，歉歉焉，恒懼或肆，未嘗敢有所褻也。兹承聖天子命，佐理一方，信知恩大責備。而吾所酬，惟苟利於同胞是圖，而凡煢獨鰥嫠⑬，亦莫敢輕以侮也。志焉而已矣，餘復奚恤？』

或者曰：『若君，信其爲岳牧乎？知愛民，其肯孤君命乎？于其往，將何治不可成，而何地之不可至乎？』

乃告其言於予，俾爲序以贈。

【注釋】

① 耿參議，指耿定。南直隸和州人（今安徽和縣）人。宣德元年（1425）三月，由監生擢爲監察御史。歷刑部郎中、福建布政司右參議。正統十一年（1446）六月，由福建調浙江，仍任布政司右參議，專理銀礦。正統十四年，處州盜起，領兵剿捕，率先督戰，歿於陣事。朝廷贈浙江按察司副使。

②秋官：稱掌司刑法官員。歷陽：和縣的古稱，因縣南有歷水而得名。

③舜咨十有二牧：見《尚書・舜典》。十二牧，十二州之牧，即傳説中舜時十二州的長官。

④食哉惟時：見《尚書・舜典》。原文作：『食哉惟時！柔遠能邇，惇德允元，而難任人，蠻夷率服。』這是舜的話，大意是說，生產民食要依時！安撫遠方，愛護近鄰，親厚有德，信任善良，而又拒絕邪佞的人，這樣，邊遠的外族都會服從。

⑤德澤：恩德，恩惠。

⑥戚休：猶休戚。憂愁和歡樂，禍福。

⑦中寢：中止。

⑧夥（huǒ）：衆多，盛多。

⑨吾儕：我輩。

⑩釋褐：脱去平民衣服。比喻始任官職。

⑪矜矜：戒懼，小心謹慎。

⑫僚屬：屬官，屬吏。

⑬煢（qióng）獨鰥嫠（lí）：泛指孤獨無依的人。鰥，老而無妻。嫠，寡婦。

送閻僉憲之任陝右序①

有楩楠杞梓②，必遇匠石③，然後選之，當其材用之，成其器。遇拙工焉，則枉其材而用之，甚則伍於樗櫟之場④，廢棄而不見收者，有矣。人之材，遇不遇，亦若是。惟今聖天子在上，其慮民也至，其任人也慎。故凡方面之臣，缺則下詔，在廷大臣百僚中公舉，如此者歲數至三四。蓋以衆人耳目爲匠石，不欲使楩楠杞梓之材之違其用也。用是，任推訪者必極考察之公，而不昵以近私；膺薦舉者，喜得施所藴，咸矜自惕勵⑤，砥礪厥操，樹立事功⑥，用圖厥報稱⑦。則士生斯世，信謂有遇矣。

濟南閻君時雍，以江西道監察御史，受大理卿王公薦⑧，拜陝西按察僉事。將之官，寅僚請贈言於余。余發鄉解時⑨，賓與君同榜⑩，知君爲忠厚士。其尊府君嘗宦游南方，甚有教法，君德於聞見爲多⑪。又其材質穎異⑫，器識通敏⑬，敻出儕輩中⑭。爲御史，表表有聲於臺中⑮；出按四方，列郡聞風悚動⑯。凡所敷奏⑰，每有合時宜者，其都堂嘗稱之⑱。則今日之擢，豈無然哉？

陝右，君舊巡歷之地，其間民俗美惡，吏治得失，風土之形勝⑲，往賢之遺跡，已嘗徧覽而詳悉矣。今往則當益勵所操，發舒平素，居則佐正使，明慎庶獄⑳，務得厥中；出則董正郡邑㉑，稽弊理滯，務俾豪猾屏息㉒，柔良得所㉓。過古聖賢遺墟故址，又當思曰：『某也，遺澤衣被萬世，導人知所尊；某也，言行師法百代，勸人知所仰。』少補時風，日趨於忠厚，則於朝廷任使盛意，庶有所副；而大臣見知之明，甄拔之公㉔，與夫交游之所期望，亦不有所孤云。

【注釋】

① 閻僉憲，指閻肅。字時雍，山東濟南府歷城縣（今濟南市）人。宣德四年（1429）舉人。宣德八年三月，擢江西道監察御史。正統五年（1440）五月，任陝西按察司僉事。景泰四年（1453）二月，陞陝西布政司左參議，八月，致仕。僉憲，

對僉都御史的美稱。僉都御史，明代都察院官員，地位次於左右副都御史。

② 楩楠：黄楩木與楠木。皆大木。杞梓：杞和梓。兩木皆良材。

③ 匠石：古代名石的巧匠。《莊子·徐無鬼》：『郢人堊慢其鼻端，若蠅翼，使匠石斲之。匠石運斤成風，聽而斲之，盡堊而鼻不傷，郢人立不失容。』後亦用以泛稱能工巧匠或擅長寫作的人。

④ 樗櫟（chūlì）：《莊子·逍遥遊》：『吾有大樹，人謂之樗，其大本擁腫而不中繩墨，其小枝捲曲而不中規矩，立之塗，匠者不顧。』又《人間世》：『匠石之齊，至於曲轅，見櫟社樹……曰：「散木也，以爲舟則沉，以爲棺槨則速腐，以爲器則速毁，以爲門户則液樠，以爲柱則蠹。是不材之木也，無所可用。」』後因以『樗櫟』喻才能低下。

⑤ 惕勵：警惕謹慎，警惕激勵。語出《易·乾》：『君子終日乾乾，夕惕若厲，無咎。』

⑥ 事功：指爲國勤奮努力工作的功勳。

⑦ 報稱：報答。

⑧ 大理卿王公：指大理寺卿王驥（1378—1460）。字尚德，北直隸束鹿（今河北辛集市）人。永樂四年（1406）進士，任山西兵科給事中。宣德九年（1434），陞任兵部尚書。正統二年（1437），受命整飭甘肅一帶邊備。正統六年（1441），總督軍務，率部征麓川（今雲南瑞麗）。以征南功，封『靖遠伯』。土木堡之變後去職。景泰八年（1457），參與發動奪門之變，擁英宗復位，仍任兵部尚書，不久以老告退。三年後卒。贈『靖遠侯』，謚『忠毅』。

⑨ 鄉解：指鄉試放榜。

⑩ 賓：列。馬愉為永樂十八年舉人，而據《歷乘》、道光《濟南府志》等方志記載，閻肅爲宣德四年己酉科舉人，此處言『同榜』，不詳何故。

⑪ 德：指受惠。

⑫材質：資質。穎異：聰慧過人。
⑬器識：器局與見識。
⑭敻(xiòng)：遠。儕輩：同輩，朋輩。
⑮表表：卓異，特出。
⑯悚動：震動。
⑰敷奏：陳奏，向君上報告。
⑱都堂：明代稱都察院長官都御史、副都御史、僉都御史。又派遣到外省的總督、巡撫都帶有都察院御史銜，亦稱都堂。
⑲形勝：指山川壯美之地。
⑳明慎：明察審慎。庶獄：諸凡刑獄訴訟之事。
㉑董正：監督糾正，督察整頓。
㉒豪猾：指強横狡猾而不守法紀的人。屏息：斂跡，消失。
㉓柔良：柔順良善的人。
㉔甄拔：甄别選拔。

送薛僉事之任山東序①

皇帝紀元之初②，鋭嚮儒術，崇飭舊章③。用少保兼户部尚書黄公言④：『天下郡縣學校，獨責有司爲勸。近者，有司或鞅於庶務⑤，鮮暇及。爲師徒者，或樂因循，寡敦本實⑥。宜擇人，委一方面，專責厥成。如是，始副建學盛意。』乃詔在廷公卿大臣，各察有學、術行修潔者以聞。吏部尚書郭公⑦，首薦雲南道監察御史河東薛君德温，爲山東按察司僉事。偕數人，並賜璽書⑧，給課條，乘傳乃行⑨。一時在朝聞人，咸欣然稱謂得人。或賦詩爲君餞，屬予序首簡。

竊惟朝家建學⑩，于今餘七十年，規模制度，愈修而益完。凡爲是，非獨爲羅致俊乂⑪，苟一時之宜然爾，期欲古先聖哲之微言懿行，具在民生日用間者，耿若日星，永不使泯墜，一公古今意也。至是，慮尋常士弗克祗率，無以激倦怠⑫，有不容不舉公天下之選，以取公群望之材，與語成公古今之務。余山東得以君臨之，而士大大皆賀以爲宜，是又足以慰余山東士民之望。雖然，且有告焉。

山東之區，郡邑餘百十，井落聯比數千里⑬，哲愚異禀⑭，奚啻百千類⑮。且其設學，官師有職，生徒有數，教條課試有程⑯，于焉作其材而止耳。余恐其所及者未廣，若夫閭里族伍家塾鄉人之教，鮮能講之者久。余以爲先王之世，必由美風化，然後培士氣，德行道藝，人能肄習，不徒誦說文辭而已。故《兔罝》⑰，野人有足以語干城；津女餂妻⑱，有足以談禮義。未聞曠數百里礼讓缺然⑲，而獨拘拘責備於數十生徒⑳。此余所以正有望於今日。然訓有之：『未見顔色而言謂之瞽。』又曰：『可與言而不與之言，失人。』余雖識君，盖知其爲雅德君子也。故予寧『瞽』也，而不爲『失人』也。於是乎言。

【注釋】

① 薛僉事，指薛瑄（1389—1464）。字德温，號敬軒。山西河津縣（今屬萬榮縣）人。永樂十九年（1421）進士。宣德三年

(1428)，擢監察御史。正統元年(1436)，出任山東提學僉事，六年，陞大理寺正卿。因觸怒太監王振，放還爲民。景泰二年(1451)，擢南京大理寺卿。天順元年(1457)，轉禮部侍郎，翰林院學士。因石亨等人專權，辭官，居家講學。卒於天順八年，謚『文清』。著名理學大師，河東學派締造者。著有《讀書録》、《薛文清集》。薛瑄為山東提學僉事在正統元年五月，『時各學生徒頗漫漶不檢，提調官不能制。禮部請南北直隸各設提學御史一員，十三省各設提學副使或僉事一員，專督學校，仿國子監所定科條為申督而遣。時瑄在山東，每臨諸生，親為講解，不事檟楚，皆呼曰「薛夫子」。』(《新刻明政統宗》卷之十一)

②皇帝紀元之初：指英宗皇帝即位初。

③舊章：昔日的典章。

④黄公：指黄福，見卷二《送黄尚書》注。

⑤鞅：羈絆。庶務：各種政務，各種事務。

⑥本實：本來的真實含義。

⑦郭公：指郭璡(jìn)。字時用，初名進，京師保定府新安縣(今河北保定安新縣)人。永樂初，以太學生擢户部主事。進吏部侍郎。仁宗即位，命兼詹事府少詹事，更名璡。宣德四年，陞吏部尚書。

⑧璽書：古代以泥封加印的文書。

⑨乘傳：乘坐驛車。傳，驛站的馬車。

⑩朝家：國家，朝廷。

⑪俊乂：才德出衆的人。

⑫倦怠：疲乏懈怠，厭倦懈怠。

⑬井落：村落。

⑭異稟：非凡的天資。

⑮奚啻：何止。「啻」，底本作「帝」，據「朐抄本」徑改。

⑯教條：官署或學塾中所頒佈的勸諭性的法令或規章。

⑰兔罝(jū)：《詩經·周南》中一篇。首章云：「肅肅兔罝，椓之丁丁。赳赳武夫，公侯干城。」罝，捕獸的網。干城，捍衛城池。

⑱津女：渡口上的女子。饁(yè)妻：指往田間送飯的婦女。

⑲缺然：廢弛。

⑳拘拘：拘泥的樣子。

送戴僉憲考績還任序①

宣德初，予始官于朝，獲識監察御史淄川戴君守一。覩其爲人，風裁骨立②，辭貌嚴毅③，有剛正氣。及銜命按治浙東④，又聞所至豪猾屏息⑤，列郡肅然。凡所覈刺，一以循至公，人無怨嗟；蘇困振弊⑥，罔有不至，其才猷足以有爲者矣⑦。逮九載論最⑧，擢僉山西按察事。繼有自河汾來者⑨，皆能道君爲政。首至，即按行所部，詢問民瘼⑩，究極弊端，廉貪暴，舉循良，理懸逋⑪，起廢滯。不徒任刑辟⑫，而宿姦積蠹⑬，剷滌無滋蔓。其在僚寀中⑭，誠易洞信，辭不吐茹⑮，同列多稱道焉。予益信向所見聞爲非誣矣。歲四月，考績天官⑯，既還，朝紳之舊游者，命予言爲祝。予與君家隣郡，又既識之，遂不辭爲言。

竊惟風憲爲清要之職，自昔所簡重⑰。在内則都察院，糾正庶僚，維持紀度，朝廷得以尊嚴，百辟得以知所惕厲⑱，率由是模楷焉。在外曰按察司，刺舉貪愒⑲，禁戢暴慢⑳，範化正俗，必使一方善焉有勸，惡焉有懲，昭法令如日星下，人持守敬畏，凛然不違犯，刑將置而不用者，斯乃職風紀者所當從事耳。彼有自爲刻深，必恃刑戮而後行，日拘拘於尺牘之煩，縻罟鍛鍊㉑，務人畏威而不蒙德，此則尋常法律吏之所爲，烏在其霈揚德澤，通上下之情乎？孔子曰：『聽訟，吾猶人也。必也使無訟乎！』㉒蓋甚言不以聽訟爲難，無訟可聽爲貴。君能爲此而不爲彼，真得夫孔子之教，知職風紀者所當務也。然河汾之區，自古名公賢臣之出處游歷多在其間，于今遺跡猶有存者。君巡訪之暇，得所觀覽，于以因其存慕其爲人，擴充其志量，後日所至，聲光事烈，幾於古之名公賢臣之所爲，位亦以峻大，皆在理所可必者。君勿以予爲迂云然。

【注釋】

① 戴僉憲，指戴誠。字守一，山東濟南府淄川縣（今淄博市淄川區）人。永樂十五年（1417）舉人。嘉靖《淄川縣志·選举表》贊其『任監察御史，攝服豪貴，所至肅乂，人謂之真御史』（卷五）。宣德八年五月，陞山西按察司僉事。正統十三年二月，陞河南布政司右參議。累官左參政。文中所言『考績』，當是戴誠任山西按察僉事之後的第一個三年考核，時間是正統元年（1436）。

②風裁：風度神采。

③辭貌：言語和姿態。嚴毅：嚴厲剛毅。

④銜命：遵奉命令。

⑤豪猾：強横狡猾而不守法紀。屏息：斂跡，消失。

⑥蘇：拯救，解救。

⑦才猷：才能謀略。

⑧論最：明代凡内外官給由，三年初考，六年再考，並引請九年通考，奏請綜其稱職、平常、不稱職而陟黜之。

⑨河汾：黄河與汾水的並稱。指山西省西南部地區。

⑩民瘼：民衆的疾苦。語本《詩經·大雅·皇矣》：『監觀四方，求民之莫。』

⑪逋(bū)：指逃亡的人。

⑫刑辟：刑法，刑律。

⑬宿姦：過去的奸猾行爲。積蠹：指多年的弊病。

⑭僚寀：同僚。

⑮吐茹：即『吐剛茹柔』。吐出硬的，吃下軟的。比喻怕強欺弱。語本《詩經·大雅·烝民》：『人亦有言：柔則茹之，剛則吐之。維仲山甫，柔亦不茹，剛亦不吐；不侮矜寡，不畏彊禦。』

⑯天官：官名。《周禮》分設六官，以天官塚宰居首，總御百官。唐武后光宅元年改吏部爲天官，旋復舊。後世亦稱吏部爲天官。

⑰簡重：莊嚴持重。

⑱百辟：百官。

⑲愒（kài）：貪戀，貪圖。

⑳禁戢：禁止，杜絶。暴慢：兇暴傲慢。

㉑鍛鍊：羅織罪名，陷人於罪。

㉒『孔子曰』句：見《論語·顔淵》。聽訟，聽訴訟以判案。

贈翁都指揮序

瀋陽右衛指揮使翁君繼武①，以征南詔功②，蒙恩陞秩都指揮使。所與游者都指揮范雄③，謁予求言贈。

予嘗觀世有承先人之業，累十金於盈億，躋一命於崇階④，固必由甚克自樹⑤，立於所職任，所以報稱篤念不忘⑥；凡所當爲，志焉而靡他⑦，矢焉而不回者之所致⑧。然非先世陰德培植之厚，亦未見其能必至者。

繼武自少席父蔭⑨，克振家聲⑩，内奉慈氏於家庭⑪，有愛日之誠焉⑫，有色養之容焉⑬，母以孝子稱。外事師友，和寮寀⑭，待士卒，動循禮度，不爲武弁子弟態⑮，人以賢行稱。每校武於大帥，大帥多禮遇之。或稱之曰：『某綽有父風，而器識過之甚。志常耿耿，終當策勳萬里，揚休於前人者。』則知今日所至，盖其素行固足以致之，然亦有所本也。

君之祖，自壽春布衣起家，受知於太祖皇帝，以老辭户侯，而復起爲太僕卿。蓋有功於國家，有惠政及民，未食其報，有所積於冥冥中矣。考自户侯至揮使，數從征伐⑯，仗義不惑，遠殘暴，惜物命。凡其平南夷、靖朔漠⑰，咸預有功，不遐壽年以榮厥躬，此天道有知，必待今日。況又遭值聖天子在上，離照物類⑱，臣下有勤於國事者，崇報之際，寸善必録，微勞必褒，務俾心志快然⑲，罔有觖望⑳，尤臣子嘉遇之時也。不云『無言不讎，無德不報』㉑。繼武受於君親既深且厚如此，則其中感激當何如，亦惟竭其誠耳！夫誠則志一，而忠孝所由本，立身之始終備矣。微是而語事功，吾未之信。此爲臣子不可以不知。

【注釋】

① 翁都指揮，指翁紹宗，字繼武。南直隸鳳陽人（今屬安徽）人。正統七年（1442），以都指揮使奉勅總督金山衛。景泰五年（1454），以捕盜有功，陞都督僉事。欽敕總督直隸、揚州等處鎮守，因家於吴。史載，『時沿海營堡傾圮歲久，瞭望者無所於止，奏撥蘇松嘉三郡夫丁修築。獨樹胡家江門等堡，加甃磚石，内設廨宇營屋，歲調官軍守備。又調太倉、嘉興衛所官軍貼守，海道肅然。至今守，其法不廢。』（《正德金山衛志》下卷二）其祖父銘，任錦衣衛千户者。父興，以征討有功，遷南京、瀋陽右衛指揮使。明代衛、所武階都世襲，翁紹宗之子熊年甫十四，便於成化四年（1468）襲金山衛指揮使。

② 南詔：古國名。建於盛唐時，是以烏蠻爲主體，包括白蠻等族建立的奴隸制政權，受唐册封，歷十三王，唐末爲貴族鄭買嗣所滅。盛時轄有今雲南全部、四川南部、貴州西部等地。

③范雄：河南杞縣人。永樂六年（1408），襲錦衣衛指揮僉事。歷陞都督同知。天順元年（1457），改掌南京前府事。未幾，以老罷。成化元年（1465）卒。

④崇階：高位，高官。

⑤自樹：樹立自己的權勢，自己有所建樹。

⑥報稱：報答。篤念：深切懷念，深切顧念。

⑦靡他：指無二心。矢焉：意指下定決心。

⑧矢：發誓。

⑨父蔭：指因父輩之官爵而得官職。蔭，庇蔭。

⑩家聲：家族世傳的聲名美譽。

⑪慈氏：指母親。

⑫愛日：指兒子供養父母的時日。漢揚雄《法言·孝至》：『事父母自知不足者，其舜乎！不可得而久者，事親之謂也，孝子愛日。』

⑬色養：指人子和顏悦色奉養父母或承順父母顔色。

⑭寮寀：同僚。

⑮武弁：武官。

⑯數（shuò）：屢次。

⑰朔漠：北方沙漠地帶。

⑱離照：比喻帝王的明察。

⑲快然：喜悦的樣子。

⑳觖（jué）望：不滿，怨望。

㉑『無言不讎』二句：見《詩經·大雅·抑》。讎，回答。『不云』前似當有『詩』字，疑脱。

王都指揮宅宴序①

山東都指揮王公本忠，以番衛上京師，寓居城兑隅之第②。正統壬戌七月吉旦③，蒙恩錫誥命④，交游用牲玉，踵門而賀者沓至⑤。公方爲張具召會⑥，維時積雨既收，金飆散爽⑦，庭除清溉，涼動抱襟，几席明瑩，俎豆嘉潔⑧，旅肴畢陳，主賓酬酢⑨，觥籌交錯⑩，雍容揖讓⑪，哀絲豪竹⑫，以侑禮節。其恭敬歡洽，咸遂意暢。客有起者曰：『夫飲必揚觶⑬，揚觶必有辭。吾曹不能爲，亦必求之，有以備也。』於是使來請，予辭不獲，因此求意而語之曰：『「喜有慶」，《禮經》所載，古先聖王之教。諸侯以賀慶之禮，親異姓之國，推而至於公卿、大夫暨士、庶人，莫不法而行之。蓋其緣情飭貌之自然⑭，有非出於強勉矯拂之僞爲者⑮。故曰：「禮者，天地之紀，人情之所不能免也。」⑯今兹慶有忠孝之教焉，有報施之利焉。公之祖以荆湖豪俊，當太祖皇帝初起時，能仗戈從之，積有武功，至揮使。公克踵厥武，篤孝不怠，屢效勤誠⑰，以圖報稱。凡從征伐，恒奮勇自拔，雖深涉艱險無憚色。厥績茂著⑱，遂有藩鎮之寄⑲，此其爲可慶也。朝廷嘉臣下有勞勩⑳，崇報是先，官必其世。大者刻以金書㉑，載諸盟誓；次則製之竹帛㉒，俾其父祖子孫英名偉績，赫然暴白於世㉓，而傳之無窮。其忠厚有如此。故爲臣子，益由此感激奮切，銘鏤不忘㉔，思所以繼承，願效答於君親者，卑尊大小同一心，罔或間也。斯恩之頒，有關於倫理爲大，在禮之當慶，又孰有過於此哉？茲會實出人情之真好，非比朋徒狎昵㉕，適然相聚而爲酣觴之樂也㉖。」

來使喜而拜之，曰：「信然！信然！」歸而告諸（揚觶揚觶）［主人，主人］述而語賓㉗。衆皆曰：「知所以勸矣。由今而知爲人父祖，苟有所遺，帖然得所託。爲人子孫，亦相率自勵，油然啓其忠孝之心，有不敢肆以怠矣。」於是旅酬主人㉘，盡歡而退。

翌日，公授簡，曰：「昨承惠言，醉識不能悉，願筆之以示後。」予爲焨誦以書㉙。凡是日在坐者，悉序次于左云。

【注釋】

①王都指揮，指王信，字本忠。任山東三司都指揮。《山東通志》卷二十五載：「永樂元年，每省設都指揮使，掌官軍之政令，各率其衛所，以盤於五府，而聽於兵部。有都指揮使，有都指揮同知，有都指揮僉事，使與同知、僉事不並設，常以一人統司事，曰軍政掌印。」

②兑隅：西邊。

③正統壬戌：正統七年（1442）。吉旦：農曆每月初一。

④誥命：特指皇帝賜爵或授官的詔令。

⑤牲玉：指犧牲和玉器等禮物。踵門：登門，上門。

⑥張具：即帳具。陳列帷帳幾筵。指備膳。張，通『帳』。
⑦金飆：秋季急風。
⑧俎豆：俎和豆。古代祭祀、宴饗時盛食物用的兩種禮器。亦泛指各種禮器。
⑨酬酢：主客相互敬酒，主敬客稱酬，客還敬稱酢。
⑩觥籌交錯：酒器和酒籌交互錯雜。形容宴飲盡歡。觥籌，酒器和酒令籌。
⑪雍容：形容儀態温文大方。揖讓：賓主相見的禮儀。
⑫哀絲豪竹：指悲壯的樂聲。絲，指絃樂器。竹，指管樂器。
⑬揚觶(zhì)：舉起酒器。古時飲餞時的一種禮節。
⑭緣情：抒發感情。
⑮矯拂：拂逆，違背。
⑯『故曰』句：見《禮記·樂記》。
⑰勤誠：勤勉忠誠。
⑱茂著：卓著。
⑲藩鎮：地方方面長官。
⑳勞勩(yì)：勞苦。
㉑金書：指用金簡刻寫或金泥書寫的文字。
㉒竹帛：竹簡和白絹。古代初無紙，用竹帛書寫文字。
㉓暴(pù)白：暴露。

㉔ 銘鏤：在器物上鐫刻文字或圖案。比喻感受極深，永志不忘。

㉕ 狎昵：親近，親昵。

㉖ 適然：偶然。

㉗ 此處，底本作『揚觶揚觶』，疑誤。『朐抄本』作『主人，主人』，據改。

㉘ 旅酬：衆親賓一起宴飲，相互敬酒。

㉙ 焊（xún）誦：温習。焊，將肉放在熱湯中使之半熟。

太守孟公德政序①

正統甲子夏六月望②，青州二守李晟③，偕諸僚走書遺予④，曰：『太守孟公，今年秩滿⑤，當赴京。凡在同寅洎治下⑥，戴公德不能捨去。又公平日設施⑦，咸出無意，蹟著在民間，公不能自知。槩舉數事，願績之文，庶公知其攸爲，雖在尋常，而人皆識之，不孤其用心之萬一。』予因摭而序之。

公正統初涖郡，因前守李姓者政多頗僻⑧，力用革去。振壅滯⑨，杜隙漏，民改觀聽⑩。行事必平易趨簡，求近民情，不爲矯激。屬邑有豪吏，飾詐制縣官⑪，而肆毒鄉里，公跡得戮于獄，人大稱快。郡比歲蝗⑫，公謂僚佐曰：『民仰於農，孽乃作菑，民將饑。徵古之論，咎在長史。吾安可坐視乎？』即分督其屬捕之。公絹章戴星出入，冒炎雨，行阡陌。衆自爲勸，患息歲登⑬。每旱，有禱于神，雨隨至。餘如捐俸廪裝飾夫子廟，嚴敬神祀；敦獎士類，科貢得人。勸民出粟備荒歉，令不加督，屬邑得入以石計五十餘萬。建市集，通懋遷⑭，衛卒有持之緣取于民者，公拘之，懲以法，無敢復犯。均遠輸之税，不迫貧民；約奉己之隸，不役富室。官師其廉，吏憚其嚴。嘗有劫盜就捕，贓貝俱明，猶以肌膚拒刑而不承，公一訊即得。乃諭其衆曰：『吾知盜非人所欲爲，或出饑寒不得已者，猶可矜憐；若皆温飽，恃強爲之，烏得不殺！』盜由是息。在郡于今幾十年，德政之美，有不能悉述。

予嘗聞方伯、臬司多言公之政在六郡之首⑮，及聞鄉人來，稱之一口⑯，無異詞，謂視前守數輩，未有可方駕者⑰，豈不信然。《詩》曰『豈弟君子，民之父母』⑱，其公之謂與？今滿考，預有司議⑲，必因衆論之同，以達明天子，其將拔用循良⑳，被異等旌擢㉑，審矣。然予郡之民，留不能得，去後懷思，何日可窮已乎？予序而贈之，非徒以著夫郡人受公實德之深，且將告夫後之爲政者，尚取於斯焉。

【注釋】

① 太守孟公，指孟迪。字公輔，山西太原縣（今太原市晉源區）人。永樂六年（1408）舉人。歷嘉興府同知、蘇州府同知。正統二年（1437），陞任青州府知府。

② 正統甲子：正統九年（1444）。望：農曆每月十五日。

③ 李晟：據嘉靖《青州府志・職官表》，『同知』有『李昇』，正統元年任。當即此人。

④ 走書：去信，來信。

⑤ 秩滿：指官吏任期屆滿。秩，底本作『秋』，據『朐抄本』徑改。

⑥同寅：同僚。

⑦設施：指施政措施。

⑧前守李姓者：孟迪前任李姓知府，嘉靖《青州府志》等失載。頗僻：邪佞，不正。

⑨壅滯：積壓。

⑩觀聽：看和聽。引申指輿論。

⑪飾詐：作假騙人。

⑫比歲：連年。

⑬歲登：年穀豐收。

⑭懋遷：貿易。

⑮方伯：指布政使。臬司：提刑按察使司的别稱。主管一省司法。

⑯一口：出語一致，異口同聲。

⑰方駕：比肩，媲美。

⑱『《詩》曰』句：見《詩經·大雅·泂酌》。豈弟，和樂平易。

⑲有司：官吏。古代設官分職，各有專司，故稱。

⑳循良：指循良的官吏。

㉑旌擢：表彰提拔。

送黄太守之任廬州序[①]

士有許與於邂逅[②]，果克施於時，而不負平素所志者，豈不爲難乎哉？予始赴禮闈[③]，因識同郡先進黄君汝霖[④]，爲人器宇端重[⑤]，非泛泛浮躁者比，知其必至遠大。既而以進士爲吏科給事中，又遷户科。居近侍凡十餘年[⑥]，小心慎密如一日，廉静之譽聞于朝著[⑦]。

今天子嗣位之初，首詔廷臣舉内職出補郡守，其意若曰：『郡守比古諸侯，於群吏，有君臣之道焉；於百姓，有父母之道焉。民或罹於飢寒也，于以爲吾餔飼焉，襦袴焉[⑧]；民或愆於禮度[⑨]，或陷於罪戾也，于以繩束焉、正救焉[⑩]。用納元元於皇極[⑪]，共康吾民，豈曰徒厲役之而罔恤耶？其責任之靡輕也如此，於選擇也曷敢弗慎？尚資弼輔[⑫]，共亮采之[⑬]。』一時大臣奉命唯謹，精爲推訪。君首在薦中，受守處州[⑭]。處地素産重利，郡務頗殷。然其間多文物儒雅[⑮]，洞知世故，於凡吏于兹者，仁則親之，虐則疾之，譽毁判然，錙銖不誣[⑯]。君在郡雖未能久，郡人來者，咸能道君政尚寬平，明察臧否，民故畏而愛之如慈父母焉。予益知君克祇若德[⑰]，意不玷所選也。

今復移守廬州，廬視處爲愈近。民事加簡，貢賦多寡，亦頗不同，其爲治若易。然俗尚文雅，大略相似，君以治處者施之，有若不足爲者。《詩》不云乎：『高山仰止，景行行止。』[⑱]廬有宋龍圖待制孝肅包公祠在[⑲]，君暇拜謁，寧不慕其爲人，以師法其餘緒[⑳]？繇是充焉，有不獨廬之民受賜，將施之天下有不可勝用者。矧今公道大明，凡仕有著績者，曾不俟歷考即横飛直上，陟之顯要。君所至，又豈予所能知！

【注釋】

① 黄太守，指黄澍。字汝霖，山東青州府益都縣（今青州市）人。永樂十九年（1421）進士。選庶吉士。歷官吏科給事中、户科給事中。正統初，出為浙江處州知府。後改知廬州。正統八年，出任浙江嚴州府知府。廬州府，在明屬南直隸，領二州六縣，治所在合肥。

② 許與：結交引爲知己。邂逅：不期而遇。

③ 禮闈：指古代科舉考試之會試，因其爲禮部主辦，故稱禮闈。

④ 先進：前輩。

⑤ 器宇：儀表，氣概。

⑥ 近侍：指親近帝王的侍從之人。

⑦ 朝著：朝班。

⑧ 餔飼：餵飯。襦袴：短衣與褲。亦泛指衣服。

⑨ 愆（qiān）：違背，違失。

⑩ 繩束：約束，束縛。

⑪ 元元：百姓，庶民。皇極：指大中至正之道。

⑫ 弼輔：輔佐。亦指輔佐君王之臣。

⑬ 亮采：輔佐政事。

⑭ 處州：指浙江處州府。元處州路，朱元璋於一三五九年改為安南府，尋曰處州府。領十縣，治所在麗水（今麗水

市)。

⑮ 文物：文人，文士。儒雅：指博學的儒士或文人雅士。

⑯ 錙銖：錙和銖。比喻微小的數量。

⑰ 祗(zhī)：通「振」。顯揚。

⑱ 「高山仰止」二句：見《詩經・小雅・車舝》。

⑲ 宋龍圖待制孝肅包公：即包拯，字希仁，廬州(今安徽合肥肥東)人，北宋官員，以清廉公正聞名於世。曾任天章閣待制，人稱「包待制」。後進爲龍圖閣直學士，故後人亦稱「包龍圖」。卒謚「孝肅」，贈禮部尚書。

⑳ 餘緒：留傳給後世的部分。

送孟太守之青州序①

太原孟公公輔，二守嘉興秩滿②，郡民陳辭於浙江藩臬司③，累章上聞乞留④，不可，遷余青州太守。在朝薦紳俾余言賀。余言烏足重於公？然以郡得賢守，不自知其喜之不能已也。

聞公初登明經科⑤，拜蘇州，以□繼移嘉興。二郡俱當吳越之區⑥，東南要地，瀕海距江，沃土膏腴，財貨之饒甲天下，人物蕃萃⑦，極爲繁夥⑧。太民有封君之侈⑨，魚肉單弱⑩，獄訟滋興，莫此爲甚。公賦所入，尤浩穰不可計⑪。嘗聞士大夫以二郡難治，居此不爲其所負累盖鮮。公兩臨之，雖處大劇，事無少留。獄有疑，未嘗拘以法，必鈎得其情，然後決。繇是，豪猾屏息⑫，人用愛服。及滿，不捨去，至上章乞留，其聲實高邁⑬，較著於人可知。

余青，古齊國地，井里連絡，疆袤曠遠，所謂雞犬相聞之境也。然民性質樸，俗習簡略⑭，視吴越財賄之出，風俗靡曼⑮，獄訟賦税之多，則大不及。況今當聖治維新之日，苛務積習，一切蕩去。於焉順而導之，猶扶顛木於既澤之後，其植必茂，而收實亦易。昔宋寇萊公準、龐莊公籍、富韓公弼、范文正公仲淹、歐陽文忠公修⑯，皆嘗來守，有遺愛於人⑰。後相繼入相，天下稱之，爲宋名臣。于今故跡如表海、醴泉諸亭，⑱三元閣⑲類，猶有可尋。之數君子道德功業銘諸傳記，焯焯使人歆歎仰慕，以爲不可及。公儻餘暇省耕問俗，因訪數君子遺跡，追想遐風⑳，慨當時所以惠愛斯民之意，師而取焉，後來台輔之列㉑，至與不至，固非余之所知。若其遺愛於後，當與數君子並傳無疑。

【注釋】

① 孟太守，指孟迪，見本卷《太守孟公德政序》注。

② 秩滿： 官吏任期届滿。

③ 藩臬司： 指藩司和臬司。藩司，布政使的别稱。主管一省民政與財務的官員。臬司，提刑按察使司的别稱。主管一省司法。

④ 上聞： 向朝廷呈報。

⑤明經：漢朝選舉官員的科目，始於漢武帝時期，至宋神宗時期廢除。被推舉者須明習經學，故以『明經』爲名。明代以後，士大夫雅稱貢生爲明經。

⑥吴越：指春秋吴越故地（今江浙一帶）。

⑦藂萃：聚集，薈萃。藂，同『叢』。

⑧繁夥：繁多，甚多。

⑨封君：受有封邑的貴族。

⑩單弱：孤單勢弱。

⑪浩穰：衆多，繁多。

⑫豪猾：強横狡猾而不守法紀的人。屏息：斂跡，消失。

⑬高邁：高超，超逸。

⑭簡略：疏闊。

⑮靡曼：奢侈淫靡。

⑯宋寇萊公準：即寇准，字平仲，華州下邽（今陝西渭南）人。宋太宗太平興國五年（980）進士，授大理評事，知巴東縣。累遷樞密院直學士，判吏部東銓。爲官敢直言。後貶道州司馬，再貶雷州司户參軍。天聖元年卒於貶所，謚『忠湣』。封萊國公，故稱寇萊公。龐莊公籍：龐籍，字醇之，單州武城（今山東省成武縣）人。大中祥符八年（1015）進士。累官中書門下平章事、昭文館大學士。謚號『莊敏』。富韓公弼：即富弼，字彦國，洛陽（今河南洛陽東）人。天聖八年（1030），以茂才異等科及第。曾知鄆州、青州，封『鄭國公』。范文正公仲淹：即范仲淹，字希文，祖籍邠州（今陝西省彬縣），先人遷居蘇州吴縣（今江蘇蘇州），世稱『范文正公』。爲政清廉，體恤民情，剛直不阿，力主改革，屢遭

奸佞誣謗，數度被貶。歐陽文忠公修：歐陽修，字永叔，號醉翁，晚年又號六一居士。吉州永豐（今江西吉安永豐）人，自稱廬陵人。謚號文忠，世稱歐陽文忠公。

⑰遺愛：遺留仁愛於後世。

⑱表海、醴泉諸亭：指表海亭和醴泉亭。表海亭，系爲紀念姜子牙所建。醴泉亭，即范公井。北宋皇祐三年（1051），范仲淹以户部侍郎知青州，兼淄、濰等州安撫使，有惠政於民。《明一統志》：『表海亭在府城北南洋橋北。取《左傳》「世胙太公，以表東海」爲名。宋歐陽修嘗有詩。』（卷二十四）《大清一統志》：『醴泉亭在府西門外。范仲淹知青州，洋溪側出醴泉，公構亭泉上，後人名范公泉。』（卷一百三十五）

⑲三元閣：宋代寇准所建。《齊乘》載：『三元閣，舊府城内，寇萊公典郡日所建，今廢。』（卷四）

⑳遐風：影響深遠之教化。指仁義道德之類。

㉑台輔：三公宰輔之位。

送黄太守之嚴州序①

同郡友黄君汝霖，治浙之嚴陵。郡人仕于朝者，皆謂其爲政平易，一宜於民，未嘗事苛刻，民甚愛服，邑屬令長亦率師法。視彼不過乎暴則失之怠者，不侔矣②。予聞之喜。君今考績來京，予將以前聞爲賀。君退然曰③：『某不佞④，受天子明命，長治一郡，惟一郡之民是託，將俾安輯之、撫摩之⑤、富之、逸之，無拂所願欲⑥。豈以其驅逐之、困苦之，顛蹐而不加恤焉⑦？《孟子》謂：「受人之牛羊而爲之牧，則必爲之求牧與芻。」⑧此爲至喻，不可以忽。某方盡心民事，以行吾政而已，非敢必民信己，要人之譽⑨。幸彼郡素習尚義，衆不吾鄙，訟不至庭而息，賦不加責而輸。惟兹是賴，庶幾足遠尤辱⑩，吾何善之有？』

予聞君言，乃知爲長者之言，則夫疇昔嚴之士夫所稱道⑪，不誣也。《書》曰：『休兹知恤，鮮哉！』⑫若君，其可謂知恤矣！今人有一善，惟恐人不知，揄揚之不速⑬，必矜飾以求譽⑭，媚近而欺遠。甚至自號于人曰：『某事吾所能，某善吾所爲。』汲汲向人⑮，如有所訴，然聽者弗察，則將徇聲而遺實，信微而略大，取人鮮有不惑。若謙退寡默，嫌於自薦，則耻言之。夫苟有善，雖不自言，而聲實流著，公論在人者，彰彰乎自不容掩。今觀君之言，不自有其善，而惟嚴陵民知嚮義爲歸，其存心忠厚，有非世俗淺薄矜夸自衒者比也⑯。

兹當還郡，予述嚴之士夫昔所稱道，與君自抑之辭，序以爲贈。欲君尚堅初志，益加愛子民，復欲被民敦。夫尊君親上之義不違，命吏樂於趨事⑰，則唇齒之郡，自讓其風俗之美矣。予昔聞鄉人蒲日新者⑱，嘗爲嚴陵府推，論嚴陵民俗淳篤⑲，號稱易治，爲浙東西諸郡之冠，于今益以爲然。

【注釋】

① 黄澍，見本卷《送黄太守之任廬州序》注。嚴州府，明屬浙江省，下轄建德、桐廬、淳安、分水、遂安、壽昌六縣。治所在建德。

② 不侔：不相等，不等同。

③ 退然：謙卑，恬退。

④ 不佞：謙辭，猶言不才。

⑤ 安輯：安撫。撫摩：撫愛，照料。

⑥ 願欲：志願，欲念。

⑦顛踣(bó)：比喻死亡。
⑧『《孟子》謂』句：見《孟子·公孫丑下》。後一『牧』，意爲牧場。芻，牧草。
⑨要：求取。
⑩尤(yóu)：過失，罪愆。
⑪疇昔：往日，從前。
⑫『《書》曰』句：見《尚書·立政》。大意是，美好的時候就知道憂慮的人，很少啊！休，美好。恤，憂。鮮，少。
⑬揄揚：稱引，讚揚。
⑭矜飾：矜誇修飾。
⑮汲汲：心情急切的樣子。
⑯自衒：炫耀自己，自我吹噓。
⑰命吏：命官。趨事：辦事，立業。
⑱蒲日新：光緒《嚴州府志》載有推官『蒲昇』者，當即此人。永樂二年(1404)任。府推，指『推官』。唐朝始置。明朝爲各府的佐貳官，屬順天府、應天府的推官爲從六品，其他府的推官爲正七品，掌理刑名、贊計典。
⑲淳篤：質樸厚重。

送郭太守還邳州序①

河南新安郭君珏，以國子生與特選②，拜邳郡太守已三年。予鄉友李文經③，實其同寅④。往時，文經嘗稱君之才若行，謂其：『理繁治劇，迎刃節解。處寅寮，尤謙恭⑤，忘其勢位。吾輩深有資焉。』予聞之信然，誠亦人所難能也。既而君至京，凡再識。即其爲人，則知文經之言不妄。兹有司課其績，以最奏，上命還任。錦衣衛百户徐能⑥，其郡人也，求予文爲贈。

予嘗謂：『縣令不越任之力，酌地方利以平民賦、均民役，以給公上。聽民之訟，正直是與，而邪惡是懲，與其治簿書、嚴期會而已⑦，果何以爲難乎？』若曰役賦必均，田里必治，俗化必興，頑惡正直，必懲必扶。令焉而民從，言焉而民順，俾人無所指議者，果可以易爲乎？前代有國者知其不易爲，故常選之極其精，覈之極其嚴，其間得人亦不多見。今我國家簡授益精，考覈益嚴，故雖州郡之多，比比得人之盛，非前代所及。宜政治風俗漸復乎古，非近代所能髣髴也⑧。召尚自兹益爲奮勵，施實惠於民，遠彼虚譽，則何古賢守之不可及？况下邳爲郡⑨，密邇鄒魯⑩，民俗簡樸質重，雅好義禮。苟能因而導之，俾田里安、民生遂，又何古弦誦之習⑪，不可復作於今日哉！

【注釋】

① 郭太守，指郭珏。河南新安縣（今屬洛阳市）人。正統元年（1436），由監生授邳州知州。《明英宗實録》載：正統五年十二月，『癸巳，起復淮安府邳州知州郭珏，仍舊任。珏以母喪去職，屬縣民數百人保。珏莅政廉明，撫恤不怠，乞令起復，以終惠民。行在吏部核實，從之。』（卷七十四）史稱其『廉勤愛民』（咸豐《邳州志》卷十一）。邳州，今屬江蘇徐州。明洪武初年，隸屬鳳陽府。後屬淮安府，領宿遷、睢寧二縣。

② 特選：對官吏的特别選拔。

③ 李文經：山東臨朐人，生平不詳。

④同寅：猶同僚。

⑤寅寮（liáo）：同僚。寮：百官，官吏。後多作『僚』。

⑥錦衣衛百户：是錦衣衛中的一級官階，為正六品。錦衣衛，即錦衣親軍都指揮使司。明洪武十五年始設。原為管理護衛皇宮的禁衛軍和掌管皇帝出入儀仗的官署，後逐漸演變為皇帝心腹，特令兼管刑獄，給予巡察緝捕權力。明中葉後，與東西廠並列，成為廠衛並稱的特務組織。徐能，生平不詳。

⑦期會：指在規定的期限内實施政令。多指有關朝廷或官府的財物出入。

⑧髣髴：比拟，比並。

⑨下邳：邳州府治所在，在今江蘇省睢寧縣古邳鎮。此處代指邳州。

⑩密邇：貼近，靠近。鄒魯：鄒國、魯國的並稱。鄒，是孟子故鄉；魯，是孔子故鄉。因以『鄒魯』指文化昌盛之地，禮義之邦。

⑪弦誦：弦歌誦讀。《禮記·文王世子》：『春誦，夏弦。』鄭玄注：『誦謂歌樂也，弦謂以絲播詩。』孔穎達疏：『誦謂歌樂者，謂口誦歌樂之篇章，不以琴瑟歌也。云弦謂以絲播詩者，謂以琴瑟播彼詩之音節，詩音則樂章也。』後亦以稱詩禮教化或學校教育。

送楊太守之任慶遠序①

宣宗皇帝在御時，恒慮天下牧守或未盡得人，乃敕重臣公薦之。今天子嗣位，於此尤惓惓焉②。今年冬十月，有司奏牧守缺狀，命復下。于時大臣遵承唯謹，悉意推訪。禮部侍郎兼翰林侍讀學士西昌王公③，乃薦四川道監察御史太和楊君祐之。名既上，遂拜慶遠太守。其寅僚餞之，復求予序。

予以爲御史清要，太守重職。自其勢觀之，御史實朝臣，而太守似爲外任。然古人謂：『人生五馬貴，駕朱輪横皂。』④蓋由漢以來皆重之。韓愈所謂：『有地數百里，趨走之吏數十，樂則一境之人喜，不樂則一境之人懼。丈夫官至刺史，亦榮矣。』⑤然則茲豈易得哉？所謂寄民社、係休戚⑥，居一州之表，爲千里之師。飢者待以食，寒者待以衣。誠使安於田里，而無愁歎之聲，至見之詩謡歌詠有迹，卓卓可稱述者，茲又豈易哉？或者謂：『茲職不易爲，孰不爲之耶？』余則曰：『州郡非不多，而古今爲之者固不少，然而所謂卓卓可稱述者，則寥寥也。謂之不易也，豈不信？』

余聞君以文儒登乙卯科⑦，兩爲校官于川蜀⑧，生徒咸造就；居臺憲，風裁表表⑨，著人耳目。嘗被恩賜，敕贈父母以官。又以父母殁，榮弗建，乃爲『孝思堂』著其志，縉紳多詠之。於親既殁若此，則孝於存之日可知矣。孔子説：『《書》曰：「惟孝友于兄弟，施於有政。」是亦爲政。』⑩君盖以是德爲之本，則於是也何有？且慶遠爲郡，雖去京師萬里，山川險阻，控扼蠻夷，爲嶺南要害之地。自入郡縣，人霑風教⑪，嚮仰服役⑫，興於禮義，與中州等。故朝廷不以遐僻鄙，恒爲擇賢守，冀永以安之。君於是宣德意、布恩信，俾賦焉以均，訟焉以平，身率而化導之，則彼境士人獲所休恤，後來治績之美，寧不有卓卓可稱述、播之於詩謡歌詠者乎？

故序爲之祝。

【注釋】

①楊太守，指楊禧。见卷三《題楊御史孝思堂》注。明廣西慶遠府，洪武元年（1368）置，二月改慶遠南丹軍民安撫司，三年復舊稱。領河池、南丹、東蘭、那地四州，宜山、天河、忻城、思恩、荔波五縣。

②惓惓：懇切的樣子。

③王公：指王直。見卷前《澹軒歷受誥詞》注。西昌，泰和縣的古稱。

④五馬：漢時太守乘坐的車用五匹馬駕轅，因借指太守的車駕。也借稱太守。朱輪：古代王侯顯貴所乘的車子。因用朱紅漆輪，故稱。

⑤『韓愈所謂』句：見《贈崔复州序》。

⑥休戚：喜樂和憂慮。

⑦乙卯科：指宣德十年（1435）鄉試。

⑧校官：古代的學官。掌管學校的官員。

⑨風裁：指剛正不阿的品格。表表：卓異，特出。

⑩『孔子說』句：見《論語·爲政》。大意是：《尚書》上說，『孝呀，只有孝順父母，友愛兄弟，把這種風氣影響到政治上去。』這也是參與政治了呀。『曰』《論語》作『云』。

⑪風教：指風俗教化。

⑫嚮仰：嚮往仰慕。服役：役使，支配。

送李太守之任東萊序①

秋官員外郎西蜀李君思誠②，受某官某公薦，拜東萊太守。寅友某輩，既喜君之才之美，克施於民社；又重兹别，不得相與規益，欲致其意於君。冀君勉進於道，俾兹民得被其澤，而聲譽益著，足爲同寅增重。乃以其言見屬於予。

夫東萊，余鄉唇齒郡也。厥壤頗僻，厥俗甚淳，厥産麻絲菽粟，並海魚鹽。所謂齊域『有琅琊、即墨之饒，渤海之利』者③，即此。民生朴素質重④，無靡曼之習、譎詐之風⑤；業耕桑，儉勤是尚。然於賦輸之出，則竭力以急供上，無或敢怠。往臨治者，皆樂與民相安以治，未聞有猜忍苛刻，以愚侮其民；亦未聞有狙獪頑惡⑥，以誣拒夫上者。蘇子瞻言：『予自錢塘移守膠西，釋舟楫之安，而服車馬之勞；去雕牆之美，而被采椽之居；背湖山之觀，而適桑麻之野。人初疑予之不樂，處之朞年⑦，而貌加豐。予既樂其風土之淳，而民亦安於予也。』⑧東萊密邇膠西⑨，其風物宵況，蓋亦爾也⑩。

今君將治于此，誠能以平易子諒之德下惠於民⑪，民必安其政；俾邑吏咸率德若行，無敢摇毒肆姦以魚肉於民，然後可。矧今聖天子以純仁實德，惠憫元元⑫，舉凡百需，汰去八九，期與天下相安於無事。然求所以共斯責者，尤在牧守。故每有除拜⑬，必命大臣僉訪，得一時極選，然後畀⑭。君在郎曹，籍籍有清譽⑮，其受兹命，固宜。而又得易治之郡，會見厥政既孚，厥民既服。於時無所紛紜鞅掌，而從容閒暇，必有如蘇子所謂樂於物之外，而不游於物之内，則超然之臺不必作⑯，蓋公之堂不必闢⑰，而一時德澤之盛，遺愛在人，如金石之不可泯者，又不特如蘇子而止也。

【注釋】

① 李太守，指李思誠。四川保寧府昭化縣（今廣元市市轄區）人，永樂間舉人。任工部主事。正統七年（1442），出任萊州府知府，卓有政聲。東萊，指萊州府。明洪武元年（1368）陞萊州爲萊州府，轄平度、膠州二州和掖縣、濰縣、昌邑、高密、即墨五縣。

② 西蜀：今四川省。古爲蜀地，因在西方，故稱『西蜀』。

③ 『有琅琊』句：見《史記·高祖本紀》。琅琊，指今山東東南濱海一帶。即墨，今屬青島市。

④ 樸素：質樸，無文飾。

⑤ 靡曼：奢侈淫靡。譎詐：狡詐，奸詐。

⑥ 狙獪（kuài）：狡猾奸詐。

⑦ 朞（jī）年：一年。

⑧ 『蘇子瞻言』一段：見蘇軾《超然臺記》。引文與原文不盡相同。超然臺，故址在今山東諸城市内，近年當地又重建。北宋熙寧七年（1074）秋，蘇軾自杭州通判移知密州（治所在今諸城），第二年（1075）建超然臺，並作《超然臺記》。

⑨ 密邇：貼近，靠近。

⑩ 宦況：做官的境況、情味。

⑪ 子諒：慈爱诚信。《禮記·樂記》：『致樂以治心，則易直子諒之心油然生矣。』孔穎達疏：『子謂子愛，諒謂誠信，

言能深遠詳審此樂以治其心，則和易正直子愛誠信之心，油油然從内而生矣。』

⑫ 元元：百姓，庶民。

⑬ 除拜：授官。除舊職，拜新官。

⑭ 畀：授予。

⑮ 籍籍：聲名盛大的樣子。

⑯ 盖公：西漢膠西（約當今山東諸城一帶）人。《漢書・曹參傳》載：『孝惠元年，除諸侯相國法，更以參為齊丞相。參之相齊，齊七十城。天下初定，悼惠王富於春秋，參盡召長老諸先生，向所以安集百姓。而齊故諸儒以百數，言人人殊，參未知所定。聞膠西有盖公，善治黄、老言，使人厚幣請之。既見盖公，盖公為言治道貴清靜而民自定，推此類具言之。參於是避正堂，舍盖公焉。其治要用黄、老術，故相齊九年，齊國安集，大稱賢相。』宋代，苏轼知密州，敬佩盖公，『求其墳墓、子孫而不可得，慨然懷之。師其言，想見其為人，庶幾復見如公者。治新寢于黄堂之北，易其弊陋，達其壅蔽，重門洞開，盡城之南北，相望如引繩，名之曰盖公堂。時從賓客僚吏遊息其間，而不敢居，以待如公者焉。』（《盖公堂記》）盖公堂在明代前已圮毁無存。

送青州二守嚴公還任序①

比歲鄉人至京②，予每詢其田里生業豐儉，與夫人情休戚之狀，事爲緩急之形。皆言方今賴國家無事，務在撫安群姓，屢蒙寬典之下，軫恤備至③，不勝其慶幸矣。然又遭值郡諸大夫皆賢明仁愛，罔事苛虐④，一切政令之施，咸得其宜。由是人被其福，得優游生遂於田里⑤，而免窘迫流離之困矣。二守嚴公大賓，稽理戎務，數涖于屬邑，爲人廉公寬恕，豈弟樂易⑥，愛人如慈父母之于赤子。凡是非當否、人情直枉，必研覈至再然後行。故人或遠戍者，無怨焉。予聞之，竊自稱歎，然未識其人。兹考績至京，獲一見。接席之頃，論議渙發，藹乎德義之辭，確乎忠善之辨。一言及民事，輒顰蹙嗟慨⑦，念其所未周；一言及職治，輒歸善僚輩，不道己長。非其存心忠厚、賢而有禮者，能然乎？既還任，鄉諸友謂予宜爲言以侑行。

予素樂道人之善者，世常人或言其有道，雖異世殊壤，尚以爲信然，況於吾鄉人之邇者乎？於人雖未嘗識，苟有善焉，且爲之傳述播揚，況於郡大夫之賢又既識之者乎？則予於言不能已矣。

惟朝廷選任衆職，期共康元元⑧。故雖以天下郡縣之多，其守令與佐皆用儒術士，正以士自修身立行而學術明者，將以效用於時，利澤乎物耳。公出關中之華陰，始作於邑庠⑨，擢鄉貢⑩，成德于太學。蓋其修之有素，充之有本，用能佐大郡，臨民施政，克合乎道，甫三載而收譽若此。於其久也，聲聞之著，宜又甚焉。矧今公道大明，人無比德⑪，凡士論淑慝⑫，錙銖較然⑬。公自爾益勵，無替厥初，將必受知有司，請于天子，寵之以優秩⑭，則又不獨於予一郡之民之專其惠也。

是爲序。

【注釋】

① 嚴公，指嚴大賓，陝西華陰縣人。嘉靖及咸豐《青州府志》均失載。

②比歲：近年。

③軫恤：深切顧念和憐憫。

④苛虐：嚴厲殘暴。

⑤生遂：生育，生長。

⑥豈弟樂易：和樂平易。

⑦顰蹙（píncù）：皺眉蹙額。形容憂愁不樂。嗟嘅：慨歎。嘅，同『慨』。

⑧元元：百姓，庶民。

⑨作：起。邑庠：縣學。

⑩擢鄉貢：指考中舉人。

⑪比德：指結黨營私的行爲。

⑫淑慝（tè）：善惡。

⑬較（jiào）然：明顯的樣子。

⑭優秩：高貴的職位。

送朱通判序①

東郡節判瑞安朱君子律②，考績還所治，其友禮部郎中黄君養正言於予曰③：『子律掌郡之馬政，三年間，其郡民親愛，下吏憚服④，令不加嚴而事集。諸大吏至，咸加禮遇，且稱之曰能，籍籍然有聲于時。某在鄉里，誠預有光，願一言以贈。』

予聞而善之，曰：『今之爲政，孰不先於事功，然欲集事功，不免病乎民；欲仁夫民，則必緩於事。且朝廷制自學校、屯田、水利、儲蓄之屬，皆設官分治。惟馬政尤關民事，時字育、謹芻秣、慎教閲⑤，皆民力所爲。或有不節，則令出貨財市之，至鞭朴日加⑥，老稚就縶⑦，産業削鬻焉，數是而民困矣。苟有仁者思欲寬之，則不免大吏詬而謂不勝其任矣。兹事之尤難於他政也。子律居是郡，畜牧蕃而民自富，公事集而吏弗擾，所爲必有大過人者。儒先有云：「一命之士，苟存心於愛物，於人必有所濟。」夫存心愛物，非知道之士不可與語。國家雖以不得已之事而煩於民，必選良吏以牧之，實欲安於民也。受命者苟能體其意，而充廣夫民胞物與之心，則持己廉、慮患周、處事公；推之以惻怛慈愛施於號令督責之間，煦然嫗然若保赤子⑧，則民之相感，有不待教詔而自服，威不試而事集。律其克職于兹者乎？矧東郡爲山東富實右地⑨，土沃民衆，俗尚淳朴，趨事而嚮義，得若子律之賢大夫，以倡率於其間，宜其政之易成，猶沃膏於焦，不灼而燃者矣。《詩》云：「左之左之，君子宜之。右之右之，君子有之。」⑩律之才之賢若此，異日有司稱薦循良⑪，受明天子知遇，由階而升，列於崇品，屬任以大事，知無施不可。尚奚一郡之佐、一事之職爲足云乎？』

予爲序以俟。

【注釋】

①朱通判，指朱子律。浙江瑞安縣（今温州市）人。永樂二十一年（1423）舉人。歷官山東東昌府通判、常州府同知。通判，宋初始於諸州府設置，即共同處理政務之意。地位略次於州府長官，但握有連署州府公事和監察官吏的實權，號稱監州。明設於各府，分掌糧運及農田水利等事務，職務遠較宋初爲輕。

②東郡，秦取魏地置東郡，前河北省大名府、山東東昌府及長清縣以西皆是，治濮陽（在今河南省濮陽縣南）。晉廢。此處代指東昌府。

③黄養正（1396—1449）：名蒙，以字行，浙江瑞安縣人。九歲能書大字，有司薦於朝，留翰林院，授中書舍人。正統二年，授行在禮部祠祭司郎中。累官至太常寺少卿。正統十四年（1449），從明英宗北征，土木之變中殉難，贈太常卿。

④憚服：畏服。

⑤字育：生育，蕃育。芻秣：牛馬的飼料。

⑥鞭朴：用作刑具的鞭子和棍棒。亦指用鞭子或棍棒抽打。

⑦老稚：老幼。老人和小孩。

⑧嫗（yǔ）然：和悦的樣子。

⑨富實：富裕殷實。右地：犹要地。

⑩『《詩》云』句：見《詩經·小雅·裳裳者華》。

⑪循良：奉公守法的官吏。

贈督工靳判府序①

自古國家皆取於民供。然民之趨事，必百司群吏有以統之，然後始克即緒。故凡漆竹、絲枲、芻秣、薪槱之類②，咸有所司，均爲事也。而治之不相案，責之有所歸，皆以便時宜然耳。今國家以薪槱之事，尤資民力以給也。内既有所司，外可不命官以職之乎？於是，北方藩郡牧民員外，每置一官，躬率屬吏民，詣京畿近地供采，行之有年，誠有其效。邇得汾西靳君理，由國子上舍爲青州府通判，董兹事已三年，民善吏勸而工畢集③。上自監臨④，下及部屬，無不談道而稱譽之者。兹以考績上其籍于吏部，即課以最。屬邑人方以爲賀，而請辭於予。

予因以告曰：『夫士孰不志於仕？仕孰不有所職守？然有所職守，則盡其心焉。盡其心有不至者，則或力之不逮、時之不偶，有不可必者。苟居職而不盡心焉，則不獨有孤朝廷任使盛意，且其父兄之所期，師友之所誨，亦將委爲虚空無用之言矣。然其所謂盡心者何？盖以郡邑吏民之衆，涉千數百里之遠，履險登危以供重役，其休戚勞逸係於一身，皆其所當知者。若其屬攝事之人⑤，其間淑慝⑥，宜悉别異，以爲勸懲。苟有頑惡凶殘，恣其酷虐，視鄉人如寇讎、玩國法爲蔑然者，尤在痛治而深懲之，俾知所畏懼，善良悉得所安。而以完軀歸其鄉，則君庶有以副所任，而稱牧守斯民之道矣。若其他日秩滿，遺澤在民，永永不忘者⑦，又(其)[豈]不在兹？⑧』

是爲序。

【注釋】

① 靳判府，指靳理。山西汾州府汾陽縣（今汾陽市）人。宣德四年（1429）舉人。仕至臨洮府通判。約宣德末、正統初，由國子生授青州府通判。

② 絲枲：生絲和麻。薪槱（yǒu）：柴木。

③ 勸：勤勉，努力。

④ 監臨：負有監察臨視責任的官吏。

⑤ 攝事：治事，理事。

⑥ 淑慝：善惡。

⑦ 永永：長遠，長久。

⑧ 豈：據『朐抄本』改。

送徐通判還任東昌序①

通判東昌府徐季安，董役于京師，得代還任。青州照磨郝剛祈言贈行②，且道季安之賢於予曰：『季安世爲豐城人。初以儒士舉爲春官主事，又徙秋官，繼出今任。宣德庚戌③，合府民數千當赴工，衆乃籲曰：「役，吾往也。願得如判府公董其事，吾徒幸有賴。不然，吾誰閔諸？」既而果季安行，厥民荷畚鍤者爭先趨事④。君復諭夫民曰：「汝衆聽吾言，兹役非上之役汝也，當自力於役耳。君民之分，勢猶首足，安有手足不捍頭目哉？《禮》不云：『百姓則君以自治也，養君以自安也，事君以自顯也。』⑤民尊乎君，故舉四海悉臣悉僕，令而使之，患難有不可辭，死生有不足計，況斯工繕之末哉？汝衆宜如期，慎勿以勞故辭避。」衆應曰：「惟公命民來兹，皆盡心盡力，罔有怠作。」季安益力撫恤，鷹犬輩鮮得獵食其間，工尤易集。藩府監臨，嘗稱之曰「能」⑥。然則季安誠賢乎哉！今聖天子在上，注意養民，蚤夜思賢⑦，與之分牧，諸有治行可稱者，往往擢爲近侍，以旌顯之⑧。季安其愛民若此，又能勤先率民若此，真足以稱上意旨，爲民父母。噫！誠得人人如季安，則民弗罔寧，政事庶幾無殆乎？」

予未識季安，因郝君之稱如此，遂書以爲序。

【注釋】

① 徐通判，指徐季安，江西豐城縣（今屬宜春市）人，永樂間，出任山東東昌府（治所在今聊城市）通判（嘉慶《東昌府志》載爲徐士安，未詳孰是）。

② 照磨：元代以後設置的掌管宗卷、錢穀的屬吏。赫剛：參本卷《送郝照磨董工代還序》注。

③ 宣德庚戌：宣德五年（1430）。

④ 畚（běn）鍤：泛指挖運泥土的用具。畚，盛土器。鍤，起土器。

⑤ 『《禮》不云』句：見《禮記·禮運》。

⑥ 監臨：監督。

⑦ 蚤夜：晝夜，早晚。蚤，通『早』。

⑧旌顯：旌表。

送陳判府考績還任序①

宣德壬子，朝廷用行便宜事②，刑部侍郎曹公言③，各府員外置通判一人，專督賦稅。于時睢陽陳公思敬，由德州守改判青州。兹三年考績於吏部，既還，余鄉之仕在京者，咸嘉公之政，謂余宜贈言。

余嘗觀天下之(政)事，欲得其理者，不在所治難易，在其人。苟得其人焉則易，否則，爛漫糜敗，不勝其患矣。今國家急務，莫先食用，凡廩庾儲蓄，必自民以時供輸，而後充實不虛乏。其賦取之制，著自往昔，惟一於至約，不以厲民。行於今餘七十載，鮮有弊者。近歲，為大郡庶務日殷，額員常不及於是，督率輸轉，員無定人，後期怠事，責罔攸歸。至煩星使往來④，郵檄交馳⑤，期愈嚴而事愈怠，民愈困。兹侍郎公所由以陳之，其有補於時政，豈細故哉？

余青之為府，隸郡邑凡(四十)[十四]⑥，出賦為萬，不下五六十；抵輸之所，亦常四三其地。夫欲賦無懸逋，民免困弊⑦，誠亦難為所規畫者。公自臨政以來，克盡勞慎，躬屢下屬邑，歷問閭社⑧，第其門户下上，與里至近遠，咸衰次有秩⑨。嚴期約⑩，屏侵蠹⑪。遂以積歲所逋，悉見即叙，民亦不病費。嘗聞今布政使闗西王公⑫，深加聲賞，稱首最。上于吏部，亦以為然。則余鄉士夫贈言之意，誠非媚諛者為也。余且知公為人，魁岸有容⑬，心夷而氣舒，是盖宜于子民之責者。昔守德州，有惠政及人，每過彼境，人猶迎送，不釋去。矧於余青，所職愈大，而惠愈慱，則知異時之去，余青人益有霑公之惠而不能忘。公之譽，或由此(豈)[起]，以致顯達，豈特徵科之足云乎？

【注釋】

①陳判府，指陳思敬，河南開封府商丘縣（今河南商丘市區，元代稱睢陽縣）人。宣德七年（1432）十月，出任青州府通判。據《明宣宗實録》卷九十六載：宣德七年十月，『增置直隸淮安、揚州，山東濟南、青州、東昌、兖州、萊州、登州八府佐貳官各一員，專理賦税。蓋以巡撫侍郎曹弘奏，山東六府糧草多屬京都，舊無糧長，止是委官催督，官少事多，缺人差委，往往税糧虧欠。及淮安、揚州二府，亦系沖要，乞俱增設同知或通判一員，專職理辦，故增置焉』。本文手跡存，據以校訂，不一一出注。手跡後附注云：『正統二年歲舍丁巳，夏四月戊辰吉，翰林修撰兼經筵官馬愉書。』後云：『煩善書者畫為斗方，端楷書之，書訖，來用圖書，就以此稿擲還。』意不甚明，但知此稿曾請人抄録過。

②便宜：指有利國家，合乎時宜之事。

③曹公：指曹弘（1391—1438）。字文淵，湖廣長沙府益陽縣（今益陽市）人。永樂十三年（1415）進士。授刑部主事，陞員外郎。累官至刑部右侍郎，巡撫淮南。為官清廉，家無長物。卒於官。

④星使：古時認為天節八星主使臣事，因稱帝王的使者為星使。

⑤交馳：交相奔走，往來不斷。

⑥郡邑十四：明代青州府，洪武元年（1368）置，治所在益都（即今青州市）。轄濰州、莒州、膠州三州和益都、臨淄、博興、壽光、昌樂、臨朐、安丘、諸城、蒙陰、沂水、日照、昌邑、高密、即墨、高苑、樂安（廣饒）十六縣。後濰州、膠州、高密、昌邑、即墨劃歸萊州府，仍領十三縣一州。

⑦困弊：困頓疲憊。

⑧閭社：閭里鄉社。

⑨衰次：按一定比數遞減的次序。

⑩期約：約定的共同信守事項。

⑪侵蠹：損害或奪占他人、他方的利益。

⑫關西王公：指王卺。字克修，陝西郿縣（今眉縣）人。洪武末監生，永樂間舉人。授蘇州府同知。陞山西右參政。宣德間任山東左布政使。正統六年（1441），陞工部侍郎。正統七年七月，任工部尚書。十一年致仕回鄉。關西，指函谷關或潼關以西的地區。

⑬魁岸：魁梧高大。有容：寬宏大量。

送張節判之趙州詩序①

盱江張爲學氏，以國子上舍釋褐判趙州馬政②。將之官，其友秋官主事丁君芹③，合縉紳賦詩餞之，求予序卷端。且道爲學之爲人，履行端固，邃於學問，周達事變者。

予聞之《書》云：『學于古訓，政乃弗迷。』④子夏亦曰：『學而優則仕。』⑤甚言爲政不可以不學也。學以明是理於身，理明而睿照諸物，則於政事推之而已矣。爲學既勤問學，宜於牧民之術在所優爲，無庸益言者。雖然，朝廷以馬政畜牧一資於農，特於郡邑設佐貳專督，冀欲司平於民，時其簡閱，初非徒謂強物所不齊，責人所不能，緣是以核吏治也。爲學學足以明理，寧能不審所重輕於其間乎？且趙郡，畿内近地，最爲易治，往之吏于兹者，及去人評其賢否，靡爽錙銖⑥。蓋以俗尚質直近義，不摧於暴而逆諸柔良也。爲學處之久，則情孚於彼，人自信之，所以歸譽之者，大越於昔，而於諸君子詠餞之意，尤爲有副云。

【注釋】

① 張節判，指張才。字爲學（乾隆及同治《新城县志》均作「惟学」，未詳孰是），江西建昌府新城縣（今撫州黎川縣）人。宣德十年（1435）貢生。正統十二年（1447），任真定府趙州（今河北趙縣）判官。累通州同知。

② 上舍：監生的別稱。釋褐：脱去平民衣服。比喻始任官職。

③ 秋官：通稱掌司刑法的官員。丁芹：見卷五《送朱員外還鄉省墓序》注。

④ 『《書》云』句：見《尚書·説命下》。與原文不盡相同。

⑤ 學而優則仕：見《論語·子張》。

⑥ 錙銖：錙、銖都是古代很小的重量單位。比喻極微小的數量。

送謝德辰還剡川序①

涉浙而東，山明水秀者曰會稽②。其最顯者唯蘭亭、鑑湖③，以王逸少、賀知章故④，遂名聞天下。後世好事者，往往慕而游之。既皆化爲榛莽之虚、沮洳之澤[5]，未嘗不爲之徘徊而慨歎也。

剡川，故會稽之末也。山深而林密，人跡之所罕至，居而止焉者，皆有澹然忘世之心。蓋其耕足以食，漁足以鱠[6]，而無待求於外也。予獨怪剡川非游覽之勝，而名與所謂蘭亭、鑑湖者相上下，得傳至今，何哉？蓋東晉時隱士戴逵居山之上[7]，與會稽王子猷善[8]。子猷一夕酒酣憶逵，天暮且雪，即扁舟訪逵剡上，及門，笑曰：『乘興而來，興盡則返，何必見主人也！』逵雅鼓琴，武陵王遣使召之[9]，逵怒對使者，撲琴毁之曰：『安道不能爲王門伶人！』逵之守介不奪如此，則剡川之傳，以逵故也。予既想子猷之風流，而又加安道之節，當過剡川，則爲之躊躕四顧，欲尋舊垣廢址，既不可得，唯山色之蒼茫、水光之瀲灎耳[10]。又與蘭亭、鑑湖同一感慨也。

今謝德辰世爲剡之著姓，其家固裕，樂善自處，不求聞於人。年且老矣，其子貴爲金吾校尉[11]，不見者久之。去年秋，德辰自剡來京師視其子，貴亦幸其父至，日爲酒饌，會賔友，奉觴上壽[12]，遂天倫之樂。未幾，而德辰居剡之興，悠然不可留。朝之縉紳大夫識其子者，皆爲詩餞之，而秋官主事甄君克昭屬予序[13]。予素慕剡川之佳，見德辰則欲從之游，而不可得也。予他日南還，過德辰林下，德辰葛巾杖屨[14]，尚能與予訪安道之遺跡云。

【注釋】

①　謝德辰，金吾校尉謝貴之父。剡川，即剡溪，亦即曹娥江上游，甬江支流，發源於溪口鎮四明山大灣崗。《明史·地理志五》：奉化『北有奉化江，亦曰北渡江，又謂之剡溪。』因以代指奉化一帶。

②會稽：指今浙江紹興。明時設紹興府。

③蘭亭：亭名。在浙江省紹興市西南之蘭渚山上。東晉永和九年（353）王羲之和謝安等同遊於此，王羲之作《蘭亭集序》。鑒湖：一名鏡湖，在浙江紹興縣。

④王逸少：即王羲之，字逸少，號澹齋，原籍山東琅琊（今山東臨沂）人，後遷居會稽（今紹興），東晉著名書法家。賀知章：字季真，唐代越州永興（今浙江蕭山）人，唐代著名詩人。

⑤榛莽：雜亂叢生的草木。沮洳（jùrù）：低濕之地。

⑥鱠（kuài）：同『膾』。把魚、肉切成薄片。

⑦戴逵：字安道，譙郡銍（今安徽濉溪）人。居會稽剡縣，終生不仕。東晉著名音樂家、美術家。

⑧王子猷：字徽之，王羲之之子。王子猷見戴逵之事，見《世説新語》。

⑨武陵王：指晉王室司馬遵。

⑩瀲灩：水波蕩漾的樣子。

⑪金吾校尉：負責皇帝大臣警衛、儀仗以及徼循京師、掌管治安的武職官員。

⑫奉觴：舉杯敬酒。上壽：向人敬酒，祝頌長壽。

⑬甄克昭：刑部主事。生平不詳。

⑭葛巾：用葛布製成的頭巾。

送郭判府考績還任序①

六合郭君維新，宣德中，以國子生釋褐，爲予青州府判。每聞郡人來稱其爲人，迅發而易直，剛斷而慈和，煦煦然有子民心。或有徵逋愆期，勾稽緩程，必詢以故，而從寬貰②，罕示之威怒，人稱爲得大體。及在寮寀中③，克禮以和，不聞有渣滓芥蔕意④，殆子夏謂『敬而無失，恭而有禮』者歟⑤！兹再考至京，予復獲見，且爲予道其家世出唐之汾陽王後⑥，先世有仕宋高宗朝者，遂南徙六合，累有以儒業致顯仕。以世次計，某實其二十五代孫也。予聞之懌然，喜君之成德有自。既還郡，予因爲言以贈。

《詩》不云：『無念爾祖，聿修厥德。』⑦予嘗稽載籍，自古仁賢君子，凡有功德於世，其陰理之報，靡不延綿於後之子孫，既昌而才且賢者。想夫汾陽在唐⑧，當乘輿播遷之際⑨，戎狄侵擾之時，殫心僇力⑩，履險如夷⑪，兼資文武，爲將爲相，以身繫天下安危者，殆三十餘年。功盖一世，無與爲比。宜其陰理之報，瓜瓞蔓延⑫，至于今益繁，而得若才且賢也。傳謂『源之深者流必遠，德之厚者澤必長』，斯誰其不信？

君既爲仁賢君之後，且以儒發身，佐理鉅郡，其行蹟表表然著之民心，又皆已試明效而不可泯者。尚祇若聖天子憫惠元元盛意⑬，以教以育，盡子民責任，則良有司爲天子寄聰明、操衡石者，將明揚而峻陟之，必不見其少緩矣。然是又豈不於仁賢君子愈大有光！

【注釋】

① 郭判府，指郭維新，江蘇六合縣（今屬南京市）人。永樂十一年（1413）貢生。宣德三年（1428），出任青州府通判。

② 寬貰：寬赦，寬恕。

③ 僚寀：同僚。

④ 渣滓：雜質。芥蒂：比喻積在心中的怨恨、不滿或不快。

⑤ 「子夏謂」句：見《論語·顔淵》。原文作「君子敬而無失，與人恭而有禮，四海之内，皆兄弟也」。

⑥ 汾陽王：指唐代名將郭子儀。華州鄭縣（今陝西華縣）人，祖籍山西汾陽。以武舉高第入仕從軍，累遷至九原太守、朔方節度右兵馬使。天寶十四載（755），安史之亂爆發後，任朔方節度使，率軍收復洛陽、長安兩京，功居平亂之首，晉爲中書令，封汾陽郡王。

⑦ 「《詩》不云」句：見《詩經·大雅·文王》。

⑧ 汾陽：汾水之北地區。春秋時屬晉。

⑨ 播遷：遷徙，流離。

⑩ 僇力：合力，盡力。僇，通「勠」。

⑪ 夷：平坦。

⑫ 瓜瓞（dié）：比喻子孫蕃衍，相繼不絕。《詩經·大雅·緜》：「緜緜瓜瓞，民之初生，自土沮漆。」朱熹《詩集傳》：「大曰瓜，小曰瓞。瓜之近本初生常小，其蔓不絶，至末而後大也。」

⑬ 祇若：敬順。

送郭通判考績序①

牧民之任，從古重焉。觀之漢宣之言②，辭意切到，懇懇然責望深至③。惟君民一體，休戚相關，自不容以緩也。國家列聖繼作，咸重愛民，以爲涖民之官莫切郡縣，凡選任之際，未嘗輕忽。以故在職咸能祗若德意④，流澤於下，涵育滋息，于今六七十載，幅圓之廣，民物殷殖，百倍於昔。夫何然哉？養民有其政，教民有其具也。然行教與政，惟有司存，自古肩此者，雖聖賢猶未以爲易也。語故曰：『平易近民。』蓋平，天下之正理也，天下之物得其正則不頗，不頗則易行。易，天下之簡理也，天下之事取諸簡則不煩，不煩則易從。古之聖賢，臨民之有道如此。又或有以烹鮮喻爲治者⑤，其亦有祖此乎？

六合郭君某，自戊申歲通判青州政⑥，臨政之際⑦，以愛民自處。予青州，大府也。隸州縣十四，地方千餘里，閭閻相望⑧，烟火相連⑨。民若此其衆，賦索輸作，實亦繁多。若縣誠勤力矣，而或有不逮，尤不能不煩於府。然當督責之際，苟不與其勤、勵其頑，非惟無以勸懲⑩，且人不能平。公嘗往來屬邑，洛詢勞徠⑪，一從寬廣，不待勵聲色、任繩木，而公務日集，民力亦紓。蓋公以平易之政施於下，而人亦以誠信奉公也。兹以三載報政于京，主臨朐縣簿孫昇⑫，久在其屬，知公之行爲，悉求予言贈。

惟士莫不欲仕，仕而不稱其位，欲推以澤世，難矣。公出當盛時，佐大郡，獲展所藴，其不負初學如此。爲政平直簡易，罔事煩苛，俾人愛慕欣戴⑫，其不負所職又如此。矧今朝家崇尚寬厚，舉先德行。公之政成而去，知其膺超薦而振耀於朝也審矣⑬，奚予言之俟？

【注釋】

① 郭通判，指郭維新。見《送郭判府考績還任序》注。

② 漢宣：指漢宣帝。

③ 懇懇：誠摯殷切的樣子。

④ 祗若：敬順。

⑤ 烹鮮：《老子》第六十章有『治大國若烹小鮮』之説。

⑥ 戊申：指宣德三年(1428)。

⑦ 臨政：親理政務。

⑧ 閭閻：里巷内外的門。後多借指里巷。

⑨ 煙火：指炊煙。泛指人煙。

⑩ 勸懲：獎懲。

⑪ 勞徠：慰問、勸勉前來的人。

⑫ 孫昇：廣東吴川縣(今湛江吴川市)人，臨朐縣主簿。

⑬ 欣戴：欣悦擁戴。

⑭ 振耀：照耀，顯耀。

送許通判致仕還鄉序①

永樂中，嚴之遂安許君叔琰②，爲余青州節推。宣德初，以滿去郡，遷梧州通判。考績至京，將以老爲請。

或謂君曰：『方今治尚簡靖③，優劣昭覈。子年未耄，而精力未甚衰，耳目聰明，猶堪勝事。乃遽以是請，得無有司者之未然乎？』君曰：『吁④！行當可者，義也；不易得者，時也；順義以時退讓者，貞也。非徒知食君之禄，而不知所以報也；吾非懼事鞅己，而憚任其勞也；吾非惡長山遠水，而畏跋涉之艱也。國家作興培養⑤，士類彙出⑥，而皆欲有爲者，不乏也。吾入仕迨今，幾二十載，安然無譴責。況又蒙陞秩，圖報之慮，實未嘗忘。但年已邁，知命漸不及前，尚可及時而歸，以展敬先人墳墓，聚宗族、會故舊，倖徜徉餘日⑦。奚必待其疲老羸疾，喘息道路，而役役於利禄，不知所止哉？則吾誠宜歸。況今朝廷恩德博大，凡以禮辭謝者，咸賜之冠帶，復其家。蓋以憫其任勞，既久居民上，而弗忍令與齊民服伍⑧，所以示忠厚也。兹豈易得哉！亦遂吾時矣。吾決去。』乃力陳于有司。有司以聞，果得許。既行，余郡人之在京者，咸重公昔在郡時惠政及民，民至今念之不置。兹喜於見，而復離也，並以其告余，序以贈。

余雅知君爲人廉靜恬易，匪赫〔赫〕以激名⑨，匪泛泛以混俗者。若今之勇歸，豈不出於衷情也哉？君歸暇謁子陵祠下⑩，見有漁於澤者，爲語曰：『今聖天子在上，可以出而仕矣。』必有以其志應，而卒亦以其志歸者。

於是乎書。

【注釋】

①許通判，指許琬。字叔琰，浙江嚴州府遂安縣（今淳安縣）人。永樂七年（1409），嚴州府學歲貢生。永樂年間，出為青州府節推。宣德初，遷廣西梧州府通判。

②嚴：指浙江嚴州府。元建德路，『太祖戊戌年三月為建安府，尋曰建德府。壬寅年二月改曰嚴州府』（《明史·地理志五》）。領建德、桐廬、淳安、遂安、壽昌、分水六縣。府治建德。一九五八年，遂安縣撤銷，併入淳安縣。

③簡靖：簡約清靜。

④吁（xū）：嘆詞。表示驚怪、不然、感慨等。

⑤作興：器重。

⑥彙出：集中湧現，輩出。

⑦徜徉：安閒自得的樣子。

⑧齊民：平民。

⑨赫：底本无，據『朐抄本』補。『激』疑爲『邀』字之訛。

⑩子陵：指嚴光，字子陵，浙江會稽餘姚（今寧波慈溪市）人，東漢著名隱士。少與劉秀同學。劉秀登基後（即漢光武帝），多次徵召，嚴子陵婉拒之，並隱居富春江一帶，終老於林泉間，被時人及後世傳頌爲不慕權貴追求自適的榜樣。

送節推彭君還郡序①

節推，刑官也。前代于節度、于觀察、于軍、于府，皆置焉，專典刑獄。然必以道德文學士爲之，冀刑罰用平，人服其辜。其間德澤足以及人、功業足以名世、聲光足以垂後無窮者，惟錢若水在[同]州雪冤死②，趙清獻公辨武安疑獄③。後來二公皆仕至樞輔④，爲宋朝名臣。自是而後，鮮有能繼之者。

國朝制，諸郡設是官，郡諸務不與。蓋欲於刑獄在所矜恤⑤，望其如二公之所爲，尤惓惓也。故人咸能祇若德意⑥，務存平恕⑦，其間有如二公之所爲者，仕未嘗不至顯也。

維揚彭君允昇⑧，自太學生爲予青州府節推，已三年，予尚未之識。但鄉人來，咸謂君用法平恕，民無稱冤者。予聞，喜弗勝。既而君考績至京，始獲識，知其爲人，明慎端厚，直毅奮發，真所謂善爲民牧者。兹還郡，鄉諸友謂予宜言贈。

予以爲青爲山東鉅郡，民物頗多，鼠牙之爭，常常有之⑨。至於冥頑無知、迷執狡獪之徒⑩，間不能無。人皆以爲於此非固猘犴、備五木⑪、鍛鍊窮鞫⑫，則不得其情，而反爲所罔。予則以爲不然，古語有之：『公能生明。』在我，苟以至公，則照於彼者，已判然矣。若彼二公之所爲，率亦兹道。君尚法於斯，將俾人無遁情、庭無留獄。君後日所至如二公否，予雖未能知，若其遺愛在民，稱道傳頌，亦有不可泯者。是爲序。

【注釋】

①彭君，指彭程。字允昇。南直隸泰州（今泰州市）人。永樂十七年（1419）貢生。授山東青州府節推。

②錢若水：字澹成，一字長卿，河南新安人。幼聰悟，十歲能屬文。雍熙中，登進士第，授同州觀察推官。歷諫議大夫、同知樞密院事。真宗時從幸大名，陳禦敵安邊之策。後拜並、代經略使知並州事。爲人有器識，能斷大事。卒，謚『宣靖』。《宋史》有傳。同，底本闕，據《宋史》錢若水本傳補。

③趙清獻：即趙抃。見卷三《菊坡記》注。

④樞輔：指中央掌軍權的大臣。

⑤矜恤：憐憫撫恤。

⑥祗若：敬順。

⑦平恕：持平寬仁。

⑧維揚：揚州的別稱。

⑨鼠牙：指訟事或引起爭訟的細微小事。《詩經·召南·行露》：『誰謂雀無角，何以穿我屋？誰謂女無家，何以速我獄……誰謂鼠無牙，何以穿我墉？誰謂女無家，何以速我訟？』

⑩迷執：執迷不悟。狡獪：詭詐。

⑪狴犴（bì'àn）：指牢獄。五木：古代束身的刑具。

⑫鍛鍊：羅織罪名，陷人於罪。窮鞫：徹底審訊或追究。

送趙紀善序①

藁城趙惟憲，丙辰春中禮闈乙榜第②，佐教予臨朐。未三禩，以憂去③。兹起復，有司復選爲鄭王府紀善，其鄉友以酌餞之辭屬予。

嘗聞惟憲之曾大父民望④，前元時進士，國朝洪武初，徵爲四輔官兼太子賓客⑤。終，鄉人景其行，弗即忘，且恐久而泯也，爲祠於學宫之傍，目鄉先生，時而祀奠焉。大父即亦校官，終郢王府紀善⑥。其家庭之訓有自矣。鄉惟憲在予邑時，鄉人之來京，予必詢及學中士習⑦，皆言惟憲每侵晨入齋舍⑧，先晷以燭，授諸生讀，講析義理，探索幽賾⑨，必中肯綮⑩。計刻試課⑪，有程度⑫，靡一日懈。暮而歸奉其父，有色養之敬焉⑬，有先意之誠焉⑭。故諸生勤而志者多從之，樂有所觀法。予聞而喜鄉後進殆有所就⑮，且嘉惟憲不怠乎『惟敎學半』之功⑯，而益力於進也。今獲事賢王，又竊有期者。《詩》不云：『有馮有翼，有孝有德。』⑰蓋以人行有諸躬，然後足以有馮翼焉。昔宋孫莘老爲昌王記室參軍⑱，王雅重之。一日，訪終身之戒，莘老爲陳諸侯奉身守國之要，取往古盈滿傾覆之鑑，作《富貴箴》以進。王甚珎之，禮待益厚。惟憲平素履行固已諗矣⑲，兹往必閎所聞見，精詣問學，日以仁義忠善陳説於前，退而稽前行、考故實⑳，需侍燕閒㉑，侃侃如莘老之所爲㉒，輔成河間、東平之懿㉓。則人以賢與之者，又孰能禦之云。

【注釋】

①趙紀善，指趙準。字惟憲，北直隸藁城縣（今屬河北）人。宣德乙卯（1435）舉人。官至趙府紀善。紀善，明代親王屬官名，掌講授之職。

②丙辰：指明英宗正統元年（1436）。禮闈乙榜：指會試副榜。明代會試副榜始於永樂時，不能參加殿試，但仍可應下屆會試。禮闈：指古代科舉考試之會試，因其爲禮部主辦，故稱禮闈。

③以憂去：指因父或母喪而去官。

④曾大父：即曾祖父。趙民望：字有容，洪武初遣中使周通徵召，由儒士授四輔院四輔兼太子賓客。

⑤四輔官：明洪武十三年（1380），罷中書省，旋置春、夏、秋、冬四輔官，位列公、侯、都督之次。任職者於一月内分旬輪流值班，輔助皇帝處理政務。旋罷。

⑥郢王：指郢靖王朱棟，洪武二十四年（1392）封，永樂六年（1408）就藩國於湖廣安陸府，永樂十二年（1643）薨，無子封除。

⑦士習：士大夫的風氣，讀書人的風氣。

⑧侵晨：天快亮時，拂曉。

⑨幽賾：幽深精微。

⑩肯綮（qìng）：筋骨結合處。比喻要害或最重要的關鍵。

⑪試課：考核，考查。

⑫程度：法度，標準。

⑬色養：指人子和顔悦色奉養父母或承順父母顔色。

⑭先意：『先意承志』的省稱。指孝子先父母之意而承順其志。《禮記·祭義》：『君子之所爲孝者，先意承志，諭父母於道。』

⑮後進：後輩。

⑯惟斆（xiào）學半：見《尚書·説命下》：『惟斆學半，念終始典於學，厥德修罔覺。』斆學半，意即教人是學習的一半。斆，教。

⑰『有馮有翼』二句：見《詩經·大雅·卷阿》。

⑱孫莘老：即孫覺，字復明，號莘老。北宋高郵人。敢於直言，屢遭貶斥。輾轉知湖州、廬州、蘇州、福州、徐州、南京應天府。官至秘書省少監、諫議大夫、給事中、吏部侍郎、御史中丞。授龍圖閣直學士。

⑲諗（shěn）：知悉。

⑳稽（jī）：考核，查考。故實：有參考或借鑒意義的舊事。

㉑燕閒：公餘之時，閒暇。

㉒侃侃：直抒己見，從容不迫。

㉓河間：指漢河間獻王劉德。東平：指漢劉蒼。因其封東平王，故稱。《後漢書·東平憲王蒼傳》：『（漢明帝永平）十五年春，行幸東平……帝以所作《光武本紀》示蒼，蒼因上《光武受命中興頌》，帝甚善之。』後以『東平獻頌』爲宗室歌頌帝德的典實。

送姚助教出宰沁水序①

朝廷自宣德中以來，深以方岳郡守爲重②，屢敕大臣公推端潔士任之③，仍賜璽書勉諭④。今天子嗣位二年⑤，復慮及縣令，乃諭一二臣若曰：『凡厥國家胥爲久安而長固者，惟民是與。縣令實爲君撫民之最切者。向獨責郡守而不及縣令，是猶行水徒濬其源，而不顧下流之壅遏⑥，如之何其可遂？敕在内五品及臺憲近侍，各舉所知，俾以次出補。』又其科條甚嚴，例以八字策者難其人。于時户部郎中同邑馮公仲昇⑦，首以宗器姚先生爲薦，出宰山西之沁水。

先生來別予，且言之曰：『某念向昔奔走道路于外幾二十年。比得承乏國學⑧，始獲與吾鄉二三朋輩相聚，從容談笑，不覺久於客也。今乃千數百里，復背二三友而去，尚慮臨政之際，於彼人情風土有所未習，爲治難易，未審何似。或有弗至，不能稱上意旨，諸君何以釋之？』

予曰：『先生何爲然耶？夫是別也，吾輩豈不以先生之去重爲之惜？然以友朋相愛，私情也；爲國以推賢濟人，公義也。況先生履道操義，夙爲太學諸先生所稱道愛慕焉者。今之彼邑，有丞簿賓幕，日相聚慮，咨評論議，不猶密於友朋之愛乎？沁邑，古唐地⑨，民俗簡質，務本節用，與吾鄉大略相似。先生因俗而飾以禮義，予知其政教興行，習尚益美，皆先生所優爲而無難者。吾聞之周公曰：「平易近民。」孔子曰：「君子學道則愛人。」⑩夫平易，則不尚煩苛，動乎衆者易以從；愛人，則不事擾害，行乎民者易以親。周公、孔子皆大聖人，其言治民必如是而可，在先生所當知。若然，庶幾不失爲周孔之法，亦足以上副聖天子慎擇盛意，下不孤吾黨之所推重云。」

【注釋】

① 姚助教，指姚璉，字宗器。山東臨朐縣人。永樂九年（1411）舉人。宣德九年（1434），任國子監助教。正統二年（1437）正月，授山西澤州沁水縣（今屬晉城市）知縣。

② 方嶽：指任專一方的重臣。

③ 端潔：正直清廉。

④ 璽書：皇帝的詔書。勉諭：曉喻，勸説。

⑤ 今天子：指明英宗朱祁鎮。

⑥ 壅遏：阻塞，阻止。

⑦ 馮公仲昇：馮暹，字仲昇，山東臨朐縣人。永樂六年（1408）舉人。初授行在兵部主事，陞户部郎中。卒於官。

⑧ 承乏：承繼空缺的職位。後多用作任官的謙詞。國學：指國子監。

⑨ 唐：西周諸侯國名。周成王封弟叔虞於唐。今山西翼城縣西有古唐城。

⑩ 『君子學道』句：見《論語·陽貨》。

送蔡指揮還鄉雷州衛序①

汝寧蔡君②，承先廕爲永清左衛指揮同知③。宣德丁未歲④，補廣東之雷州衛。比以幹至京師，既還，故與其父交好及嘗謂同寅者都指揮李公⑤，命酒殺之，且言於予曰：『蔡之祖若父，皆親在戎行⑥，當矢石⑦，立功名，備經艱苦。歷事太祖皇帝、太宗皇帝，出入扈蹕⑧，積累六七十年乃能至斯。承衣冠之後⑨，固未嘗履涉艱險，而能不爲膏粱所溺⑩，忠勤孝友，出於天性，卓然有祖父風。昔承命雷州之初，人或有言：「雷去京師幾萬里，瀕海土惡，百毒瘴癘，炎熱薰灼，山川險怪，民夷雜處，風氣與中州不侔⑪。萬里而往，寧有不戚然者⑫？」某乃慨曰：「不然。夫人好利而遠害，固情也。若緣利而喜、臨害而懼，豈情之正也哉？吾承祖父之業，受朝廷之命，惟知效尺寸以盡吾分，何憚地里之遠且險哉！況吾祖又嘗守其地，吾得登其舊壘，求其故人，知吾禄位之所自，庶俾吾展其孝思⑬，勵吾職之所不迨也。」聞其言者莫不善之。今得復會而别，請爲序以贈。』

觀之《書》曰：『若考作室，既底法，厥子乃弗肯堂，矧肯構。厥父菑，厥子乃弗肯播，矧肯穫。』⑭言人繼續先志，業有未成則力爲，苟守其已成，則增大之。彼有欲興而仆，中道而止，豈若人子孫哉？某之祖既以功致禄位，其父又因而陟之，則作室菑田有其人矣。今某又從而嗣顯之，毅然以忠義自許，不拘拘利禄⑮，其肯構肯穫者，非賢而能乎？苟由是而進，將不止此，傳子若孫，益無窮矣。

【注釋】

①　蔡指揮，指雷州衛指揮同知蔡鼎。河南汝州府信阳縣（今信阳市）人。初以父蔭授永清左衛指揮同知。宣德二年調雷州衛。《廣東通志》載：『蔡鼎，信陽人。雷州衛指揮僉事。正統初，掌衛政。守法奉公，不憚勞勩，建衛治，修鐘樓，葺城浚隍，整飭營所，規制焕然一新。』（卷四十一）。蔡氏數代鎮守雷州，其子瑜，因功陞雷州衛指揮使。雷州衛，

據萬曆《雷州府志》載：『國朝洪武戊申，征南將軍廖永忠平嶺南。詔制立衛於府治。命指揮張秉彜率千户王清、歐陽昌鎮守。壬子，復以衛隸廣東都司，領左右兩千户所。』

②汝寧：府名。元至元三十年(1293)陞蔡州置。洪武初因之，府治在汝陽(今河南汝南)。領信陽、光州二州，汝陽、真陽、上蔡等十二縣。

③永清左衛：明初置，屬北平都司，後更名常山左護衛，宣德初年復更名永清左衛，改為親軍。

④幹：事務，事情。

⑤同寅：同僚。李公：不詳所指。

⑥戎行：行伍，軍隊。

⑦矢石：箭和壘石，古時守城的武器。指戰爭，打仗。

⑧扈蹕：隨侍皇帝出行至某處。蹕，指帝王的車駕或行幸之處。

⑨衣冠：稱縉紳、士大夫。

⑩膏粱：肥美的食物。

⑪中州：指中原。不侔：不同。

⑫戚然：憂傷的樣子。

⑬孝思：孝親之思。

⑭『《書》曰』句：見《尚書·大誥》。考，父。底，《尚書》作『厎』。厎法，確定辦法。堂，基。矧，何況。構：蓋。菑(zī)：開墾，耕耘。播，播種。

⑮拘拘：拘泥的樣子。

送金華陳經歷還任序①

金華於浙江爲右郡，隸縣凡若干，土地貢賦、山川産植之盛，饒于他郡。朝廷之制，郡治自太守而下，别駕諸寮若干員②，于以宣德化，于以達情隱，以承方伯之政。既而又設幕府，總理出入，凡政事罔有大小，必經參畫，然後施之，少有舛於理而蠱於務，不咎之守而咎之幕。職乎是者，良惟艱哉！

醴陵陳受，端謹廉直，素達治理。洪武間，應詔舉天官試③，掌文安縣史。右遷④，三歷巡司⑤，再陞今任。郡之守佐寮寀⑥，相與語道理，論事當否，沛然若川決而東注也，泮然若春至而冰釋也⑦。宜其克邁聲烈⑧，芳譽琅琅焉。歲之九月，循例考績，有司以爲允稱厥職，爰命旋歸金華之官。于朝著若兵科給事吴君輩⑨，列筵而餞，復屬予言以贈。

予謂士之仕用于時，不必重階侈禄，以求遂私之所願，榮期達乎志而已。陳君由時舉入仕途，而克效勞於公，數膺陞秩，厥志亦既達矣。今而歸乎舊治之所，蓋必修乎舊所設施，贊成一郡之政⑩，將使若守若佐、若士民，不謀而同曰：『陳君真有志乎爲政也，志必要乎有成也。蓋將有無所不至焉也歟。』君其勉之。

【注釋】

① 陳經歷，指陳受。湖廣醴陵縣（今屬湖南株洲市）人。洪武間，應吏部試，出為文安縣（今屬河北廊坊市）典史。歷官

浙江金華府經歷。

②別駕：通判的别稱。

③天官：指吏部。

④右遷：陞職。

⑤巡司：巡檢司。職掌地方治安。

⑥寮寀：指僚屬或同僚。

⑦泮：融解。

⑧聲烈：顯赫的名望。

⑨朝著：朝班。吴君：不詳所指。

⑩贊成：助其成功。

送王經歷謝事南歸序①

秣陵王尚賔②，以海門衛經歷受代至京③。年六十，請老得歸④，詞林諸公咸賦詩爲餞。同修國史、大理評事張君士謙⑤，其婿也，與予善，命予序卷端。

予觀今天下之士類，矜勢而尚名，崇德而憫失，規規局局⑥，與時下上，其氣能内自定、不爲得喪冰炭其中者鮮⑦。幸既入焉，則貪冒不止，沉溺而忘返，視昏耄聽，尚騖於聲華利禄之途。彼其人於世何哉？聞君初自贛節推入朝爲御史，能抑然居之，不以自泰。逮復出推開封，再遷是秩，能優然處之⑧，不以自戚。士大夫以是重之。今年未耄，顔未衰，步履尚強健，毅然求去，甘自靜退，其棄榮禄如脱敝屣⑨，時論於是尚焉。且仕者往往以官爲家，罷而無所歸。或乃厚殖裝橐，易取田宅，爲子孫良久計，曾未能從容閑暇，抗思埃壒之外⑩。君子有五，人皆克家⑪。田園池沼，廣闢自昔。若乃奉身祀先，素有餘饒，故宦途三十年，一篋蕭然⑫，惟衣冠書物而已。予知君之歸，盖發於中之不能自已，有非他人出於事之不得已者然也。高哉！歸乎。異時有自南方而來，道『秣陵江上，見博衣大冠、肩輿酒壺⑬，與二三朋舊相群，夷猶於茂林修竹之下⑭，歌太平，如所謂香山、洛社之儔者』⑮，知必爲君也。

予因諸君之詩，故書以爲序。

【注釋】

①王經歷，指王尚賓。應天府江寧縣（今屬江蘇南京）人。任海門衛經歷。海門衛屬浙江都司，在台州府城臨海縣東南九十里，明洪武二十年建。衛築城週五里有奇，三面阻水，為浙東門户。（《大清一統志》卷二百二十九）

②秣陵：古縣名。秦始皇三十七年（前210）改金陵邑置。治所在今江蘇南京江寧區秣陵關。東漢後幾經分合，隋平陳後併入江寧。用以指代江寧。

③海門：今屬江蘇南通。經歷：官名。明都察院、通政使司、布政使司、按察使司等置經歷，職掌出納文書。受代：指官吏任滿由新官代替。

④請老：官吏請求退休養老。

⑤張士謙：張益（1395—1449），字士謙。南直隸吴縣（今江蘇蘇州市）人。永樂十三年（1415）進士。選庶吉士。授中書舍人，轉大理評事。與修《宣廟實録》，書成，遷翰林修撰，進侍讀學士。正統十四年五月，入内閣典機務。八月，死土木之難，贈翰林學士，謚『文僖』。大理評事：職官名。漢置廷尉平，與廷尉正、廷尉監同掌決斷疑獄。魏晉改稱評，隋改為評事，屬大理寺。清末廢。

⑥娖娖局局：淺陋、拘泥的樣子。

⑦冰炭：冰塊和炭火。比喻矛盾衝突。

⑧優然：安然。

⑨敝屣：破爛的鞋子。

⑩埃壒（ài）：猶塵土。壒，同『⿰土蓋』。

⑪克家：指能承擔家事。

⑫蕭然：空寂，蕭條。

⑬肩輿：指乘坐轎子。

⑭夷猶：從容自得。

⑮香山：山名。在今河南省洛陽市龍門山之東。唐白居易曾在此築石樓，自號香山居士。洛社：宋歐陽修、梅堯臣等在洛陽時組織的詩社。

送郝照磨董工代還序①

臨城郝君剛，在宣德戊申冬②，由國子生授青州府照磨。予，郡人也，時識君，知其爲慎厚人③，是克負厥任者。既而郡人有來京師，具道如予所言。辛亥春④，十四邑民當就役，例郡以官督之。太守及佐皆弗暇，遂委郝君行，民間咸歡趨罔怠。將踰歲，于兹得代還郡。予邑人從事於京者，所言贈行。

夫照磨，幕職也，《周禮》謂掌故之官⑤。盖以明習當代故事，凡簿書檄劄⑥，咸有（成）［程］度⑦，紀于典章，百司庶事，憑式以行。若簿書檄劄之出入，則是官得以閲校焉。校之而或違於故典者，則從而糾正焉。國朝制，内自户、刑部與憲院⑧，外自藩、憲司及府，有是官，餘則否。盖以政殷，而簿書檄劄之多故耳。爲職雖曰幕僚，然各自有章，非有所屬隸，亦一要地矣。苟有人焉，明習其典章，稽究乎憲，則能辨察於似是之機，俾百度悉以就矩法⑨，然後可謂舉其職。由此而升，曷嘗泥資限。不然，爲虚其位秩，何由以進哉⑩？郝君自授職來，克勤所務，至董工，又善撫其民，謂舉厥職無惑矣。第滿將由此而升之，亦必矣，孰謂幕官下吏爲未足榮乎？

【注釋】

①郝照磨，指郝剛。北直隸趙州臨城县（今屬河北邢臺）人。宣德三年，任青州府照磨。照磨，掌管宗卷、錢穀的屬吏。董工，指監督勞役之事。

②宣德戊申：宣德三年（1428）。

③慎厚：謹慎敦厚。

④辛亥：指宣德六年（1431）。

⑤掌故：官名，也作『掌固』。

⑥簿書：官署中的文書簿册。

⑦程度：法度，標準。程，底本作『成』，據『朐抄本』改。

⑧憲院：指都察院。

⑨百度：百事，各種制度。矩法：規矩，法式。

⑩位秩：官爵和俸禄。

澹軒文集校注

【卷之七】

序

送孝義劉知縣朝回序①

宣德五年正月，天下方岳大臣率群吏朝元②。因卜計其成③，皇上既受覲，遂賜敕勉，諭令各修職業，以惠安民生。越數日，乃命還。惟時予同邑友劉宗旻，以孝義知縣與其列。將歸，地官主事同邑馮仲昇輩④，皆作詩以送，復屬予序⑤。

予惟朝覲之禮古矣，自有虞以迄成周⑥，皆時舉行，覲群后以考功能⑦。故古之治稱盛者，蓋必由此。欽惟國家立經國之制⑧，兼前古之善，其朝覲之禮，三年一行。則人臣尊君，遠不至於慢，近不至於褻⑨，疏數得宜⑩，而適時中也⑪。方天下百司辟吏會同闕下⑫，于以齊其政令，稽其制度，又從而察其勤惰焉。則是行不徒然，皆國家典章制度所關，政教禮法之所繫也。今天下之治既無不同，於其職之朝，亦無所事考矣。故皇上惟諄諄命諭，恩慰遣衆⑬，人臣優蒙兹遇，宜何如耶？亦惟祇奉玉音⑭，恪修所職，以盡牧民之責可也。且宗旻自去年始宰兹邑，未及歲而來，其間民情深隱，槩亦知悉；而政務之繁，租賦之多，則未能不艱。然今去豈可以故虐其民，而不恤其隱，恐民踣困不勝而愈艱⑮，則失牧民之宜矣。誠能以慈惠加乎民⑯，則民得以寬恤，而自服其令，其務奚復有所艱乎？他日政成而去，遺愛於民，俾民將思慕歌謡之不置⑰，目之爲賢令，則不惟有勸於後來，亦不負予邑之所出矣。

予因其詩，序以爲期。

【注釋】

① 劉知縣，指劉崙。字宗旻，山東臨朐縣人。永樂十五年（1417）舉人。宣德四年（1429），任山西汾州府孝義縣（今呂梁孝義市）知縣。

② 方岳：指任專一方的重臣。朝元：古代諸侯和臣屬在每年元旦賀見帝王。

③ 上計：地方官於年終將境内户口、賦税、盗賊、獄訟等項編造計簿，遣吏逐級上報，奏呈朝廷，借資考績，謂之上計。

④ 地官：古代六官之一。《周禮·地官·序官》：『乃立地官司徒，使帥其屬而掌邦教，以佐王安擾邦國。』唐武則天曾改户部爲地官（旋復舊），因亦以地官稱户部長官。馮仲昇：見卷六《送姚助教出宰沁水序》注。

⑤ 屬：通『囑』。

⑥ 有虞：即有虞氏。古部落名。傳説其首領舜受堯禪，都蒲阪。故址在今山西省永濟縣東南。

⑦ 群：底本漫漶，據『朐抄本』補。

⑧ 欽惟：發語詞。等於説敬思。

⑨ 褻：輕慢。

⑩ 疏數(cù)：稀疏和密集。

⑪ 時中：儒家指立身行事，合乎時宜，無過與不及。《周易·蒙》：『蒙亨，以亨行，時中也。』

⑫ 百司：即百官。辟(bì)吏：被薦舉而任用的屬吏。闕下：宫闕之下。借指帝王所居的宫廷。

⑬ 恩慰：指帝王的慰問。

⑭ 祗(zhī)：敬。玉音：尊稱帝王的言語。

⑮ 踣(bó)困：困頓，艱難。

⑯ 慈惠：猶仁愛。

⑰ 歌謡：歌頌。不置：不止。

送任知縣朝回序①

宣德癸丑冬②，絳郡任君景華，由國子生授知予臨朐③。命下之日，予嘗有言以祝之矣。繼而邑人來京，咸道其爲政，勤而不苛，寬而有制，克以廉謹自持，於若小大事罔不敬④。且又重學校，禮師儒，凡其興滯起廢，一宜於民，民甚安之。予私喜而且賀曰：『予朐民之困於弊政也久矣。老羸轉徙⑤，孺弱流離，而衣食乎他所，棲息無依者，十常二三，或至六七。至迫於追攝⑥，還之鄉里，又或莫之肯恤。是致逋徙而居者日困⑦，徵科之入不給，敦促之政益嚴。非得令之賢者善撫綏之⑧，則一邑之民不得蒙其澤，百里之治，終莫能得其善矣。今君能副民之望若此，殆愜予所願乎！』

正統改元丙辰之春⑨，君偕天下諸司朝覲來京師，予既見而謝焉。及還，邑人復祈予言，以再祝之。向既道予邑風俗之所由弊，欲君以禮教邑人，服君之教，毋恣愚惑以自棄。今聞其勸學重士，是能以禮爲教，將以復故風俗。第恐生齒浩穰⑩，而冥頑梗塞⑪，未易漸洽⑫，尚溺陂險者衆⑬，予亦無如之何也。予宜復何言？尚願邑人視予之言，以老而告諸幼，以賢而戒諸昧，曰：『民，吾分也；官府，吾所當尊畏也。官無毒我，吾其可慢乎？』在君，亦宜守初心，以惠予邑人，將愈久而民無不從者矣。

洪惟我朝⑭，列聖相承，受天明命，仁涵義育，東漸西被，而子惠困窮⑮，先後一揆⑯。況今聖天子嗣位之初，誕布維新之治⑰，凡百蠹習，一切蕩去焉。民牧者正當仰體聖心⑱，導迎德澤⑲，用躋康阜⑳。若然，匪惟不孤平昔問學之初志㉑，且有以副國家任用之盛意㉒。不然，予不知其他。

【注釋】

① 任知縣，指任榮。字景華，山西絳州人。宣德八年（癸丑）（1433），由國子生授臨朐縣知縣。

② 國子生：在國子監肄業的學生。明代學校分爲國學（國子監）和府、州、縣學。學生經考核進入國子監的，通稱監生，監生就初步具備了做官的資格。

③ 絳郡：指山西絳州。隋大業三年（607）置，治正平縣（今山西新絳縣）。唐武德元年（618）改為絳州。明絳州隸平陽府，領稷山、垣曲、絳等三縣。

④ 小大：小的和大的。指一切、所有。

⑤轉徙：輾轉遷移。

⑥追攝：追捕。

⑦逋(bū)：逃竄，逃亡。

⑧撫綏：安撫，安定。

⑨正統改元丙辰：指明英宗繼位後的一四三六年。

⑩第恐：只怕。表示拟测。生齒：人口，人民。浩穰：衆多，繁多。

⑪冥頑：愚昧頑固。梗塞：阻塞。

⑫漸：至，到。

⑬陂(bì)：傾危。

⑭洪惟：句首語助詞。

⑮子惠：慈愛，施以仁惠。困窮：指處境艱難窘迫者。

⑯一揆：指同一道理，一個模樣。語出《孟子·離婁下》：「地之相去也，千有餘里；世之相後也，千有餘歲。得志行乎中國，若合符節，先聖後聖，其揆一也。」

⑰誕布：廣泛宣佈。

⑱仰體：指體察上情。

⑲導迎：招致。德澤：恩德，恩惠。

⑳躋：陞登，達到。康阜：安樂富庶。

㉑問學：求知，求學。

㉒副：相稱，符合。

贈樂平王知縣序①

淮陰王德裕，以國子生釋褐授知江右之樂平縣②。同志既賀，而且爲之惜曰：『君行修于身，業勤于學，德器足以有容，衆之所期，初不止於一邑也。君今在所優爲③，何足以展其藴④？』言未已，德裕矍然作曰⑤：『惡是何言！百里之政，豈易以爲？有萬家生齒之衆，有社稷山川百神之祀，咸於我乎是主是依。主，欲其安；依，欲其血食，將惟德是視。否則，何親何歆之有！夫自侯國罷而守令置，漢代賢君嘗爲言稱：「責成之令益久⑥，益備世俗夸毗⑦。」士妄有自負，曾不量度⑧，往往於是有不滿其意者。某敢自易以欺人乎？古之賢哲爲治⑨，戴星出入，豈以賢哲之才有不給而勞如是乎？持民事不可緩，持己不可怠也。世之尚循良者⑩，專務德化，致人爱，不忍欺。有拯灾卹患，流惠澤于下，旁及庶物，臻蹟非常，爲史氏所傳録，斯不可尚已。次則因俗爲治，不拂衆欲，興學勸農，成忠厚風，人可師法而不可企及。下則務嚴明⑪，謹期會⑫，知有所持循，不蹈邪慝⑬，可爲人稱道者，亦廖廖焉。餘若役役於獄訟薄書間⑭，旰食晏退⑮，日不遑給，僅能賦足、訟聽、薄書就治者，輒號於人曰：「吾爲政若是足矣，吾何尤？」而人亦以是與之。人從而譽之，視與可傳録、可稱道者，何如？復有小慧自用，偶值夫樸茂之鄉⑯，事功易集，因以苟延及期，曾不恤夫咨嗟謗讟⑰，特崇飾外澤以肆言⑱，曰：「吾力有餘一邑，不足爲也。」諸君謂吾效兹乎？蓋無是也。吾於是將窮吾之力，信所行，以自待者待人。且聞樂平之民，讀書尚義，閱所涖者不少。行事善否，與所從違，必有公論，吾不預計也。』

或以其言告予。予嘉其有理，可謂能審己量力者。又可謂於事脱然[19]，不以累其中者。故著之文以贈。

【注釋】

① 王知縣，指王容。字德裕，南直隸淮安府(今江蘇淮安)人。宣德間淮安府學歲貢生。正統十年，授江西饒州府樂平(今屬景德鎮市)知縣。

② 釋褐：脱去平民衣服。指開始任官職。

③ 優爲：指任事綽有餘力。

④ 藴：指才能，才智。

⑤ 矍(jué)然：驚懼的樣子。

⑥ 責成：責任，職責。

⑦ 夸毗(pí)：以諂諛、卑屈取媚於人。毗，阿附。

⑧ 曾：竟然。量度：估量。

⑨ 賢哲：賢明睿智的人

⑩ 循良：指循良的官吏。

⑪ 嚴明：指賞罰分明。

⑫ 期會：指在規定的期限内實施政令。多指有關朝廷或官府的財物出入。

⑬ 邪慝：邪惡。

⑭ 役役：勞苦不息貌。

⑮ 旰(gàn)食：晚食。指事務繁忙，不能按時吃飯。

⑯ 樸茂：質樸厚重。

⑰ 咨嗟：讚歎。謗讟(dú)：誹謗。

⑱ 崇飾：粉飾，誇飾。肆言：無所顧忌地説話。

⑲ 脱然：超越尋常貌。

贈陳知縣復治新城序①

秋官主事丁君芹②，予同年進士也，言于予曰：『芹家建昌之新城，民夥務殷③，寔爲劇邑④。尹于兹土者⑤，恒難其人。邇得浙東臨海陳君員韶，真其人也。君以進士初領兹任，爲人廉静豈易⑥，識爲政體。爰自莅事以來，剷去煩苛弊習，務崇寬簡，敦善勵頑，興滯補弊。凡百施設，無一不因民宜。徵科督責之際，約之以常期，酌之以平恕，曾不恃繩木而衆志一⑦，百務集。尤加意學校，以爲崇化勵賢之本。苟激勸弗至，則不足以副朝家作興盛意⑧。每鳴琴暇⑨，輒與諸生弟子講論經史，嚴程其課試殿序⑩，次第賞罰，示之諷誡。用是，士由科貢彬彬焉接武而出⑪。江右風紀之臣及方伯、郡牧咸知狀，交章薦之⑫。適君以十載奏績來，吾邑人咸以謂君遂此超遷他所，若失厥怙恃⑬，將陳狀請留。會被命，俾復任，某實幸邑人克諧所願欲，喜不能已，敢祈之言以贈。』

予曰：『噫，丁君之言其信然乎！今天下郡邑不少也，如此正尹，皆其朝臣所推薦，其間固有舊。然興起自振拔⑭，不坐於流俗庸輩，然得如員韶之爲人者，或寡矣。今且公道大明，外内士大夫苟克自修飭⑮，稍見譽於人者，罔不旌拔顯擢⑯，第于高位。況其行跡暴白⑰，下著之百姓，上聞于聖天子者乎？予知員韶將必不久於新城，而新城之民，將爲失所怙恃而全於悵然者。新城人今日欲留員韶，不過爲己之私情；方嶽牧守之薦員韶⑱，則天下之公義。雖然，且有告焉。昔吾夫子告顓孫師爲政曰：「居之無倦，行之以忠。」⑲員韶爲政，固有得於斯旨，尚其勉焉！以始終不懈爲存心行事，則隆譽庶永於後，人誰不曰「是爲孔門之徒，無孤所學焉」者。』

是爲序。

【注釋】

① 陳知縣，指陳員韶（1399—1453）。字從熙（康熙《臨海縣志》作從周，《廣東通志》作從頤當誤），號勿齋，浙江臨海縣（今臨海市）人。宣德五年（1430）進士。正統三年（1438），授江西建昌府新城縣（今黎川縣）知縣。正統六年七月，改知永新。正統七年，為會試同考官。拜監察御史，巡按四川。打擊貪汙，推廣廉政。景泰元年（1450），陞廣東布政使右參政。景泰三年正月，陞福建布政司右布政使，九月，以疾卒於官。有《勿齋稿》。（同治）《新城縣志·名宦傳》載，陳員韶在任内，『廉介自持，動由矩矱。導民以儉，事上不阿。抑豪強，撫窮困，黜姦黠。平賦寬征，勤恤民隱。勸農

桑，修水利，毁淫祠，以廢寺田業貧民……國朝令新城者，以為稱首。居三年，以才優治劇調永新。擢御史，歷陞福建布政使。邑人思其德不忘，立遺愛亭，鐫其德政于石。』翰林學士劉定之撰《遺愛亭碑記》。據《新城縣志》記載，陳員韜任新城知縣在正統三年，且僅任三年，與本文中所言『復任』不太一致，其詳不可考。

②秋官：指掌司刑法的官員。主事：官名，明代于各部司官中置主事，官階爲從六品。丁芹：宣德二年(1427)進士，江西新城縣(今黎川縣)人。

③夥(huǒ)：衆多，盛多。

④劇邑：政務繁劇的郡縣。

⑤尹：治理，主管。

⑥豈(kǎi)易：和樂平易。豈，同『愷』，和樂。

⑦繩木：指刑罰。

⑧作興：指使振興、奮起。

⑨鳴琴：彈琴。《呂氏春秋・察賢》：『宓子賤治單父，彈鳴琴，身不下堂而單父治。』後因用『鳴琴』稱頌地方官簡政清刑，無為而治。

⑩程：監督，考核。

⑪接武：步履相接。形容人多擁擠。

⑫交章：謂官員交互向皇帝上書奏事。

⑬怙恃：依靠，憑藉。

⑭振拔：振奮自拔。

⑮修飾：指約束言行，使合乎禮義。

⑯顯擢：顯耀地擢陞。

⑰暴(pù)白：顯揚。

⑱方嶽：亦作『方岳』。指任專一方的重臣。牧守：州郡的長官。州官稱牧，郡官稱守。

⑲『居之無倦』二句：見《論語·顔淵篇》。意思是説，在位盡職不要倦怠，執行政令要忠誠。

送張大尹復任滎澤序①

宣德五年二月初吉②，滎澤縣尹濟南張宗源，以考績復任③。其友户科給事薛君、監察御史趙君、審理郭君及嘗所知者④，爲求文贈行。且曰：『君始以文學魁洪武癸酉鄉進士⑤，繼登禮闈乙第⑥。兩正教于應州及奉化州⑦，幾十有餘年。所至，以詩書禮樂、仁義道德淑諸其徒，以盡開導誘掖之方⑧，俾二郡人才輩出，教澤沛行，名擅一方。于今二郡猶稱道之。永樂中，以散閑居豐潤凡數歲⑨，以恬淡安樂爲事，教子讀書。接人以禮，心胷擴然，居人多推長之。尋爲知者薦，授知是縣。勸學興禮，敦本務農，平徭簡賦之類，平心率物，一宜於民。不察察以爲明⑩，不瑣瑣以爲能⑪。故民易以從，而政由以興焉。百姓譽之，有司賢之，吾諸人又喜而賀之。於其行，可無贈乎？』

予不辭而應之，曰：『人能於宦達進退之際，不可以静躁榮瘁易其所守，亦已難矣。彼有得於是者，孰不軒軒以爲名⑫，揚揚以爲美？至其失也，則戚戚以爲容⑬，咄咄以爲辭⑭。臨乎事也，則羡羡於利財，邈邈於道義。曾何知名之當恤，分之當盡哉？君於科第有名，足以榮其鄉；於學校有功，有以成乎人。至其暫斥，則能宴然自處⑮，不尤於人，又有以檢乎己矣。及臨民爲政，德行而愛施，則及人者益以博矣。非達道君子，固能如是乎？是以聞于有司，績稱上最，宜也。今聖天子在上，寬仁愛人，其於選用才俊，未嘗不簡迪惟慎⑯。至於守令之職，尤在不忽。君以老成之才，居親民之責，其所歷試⑰，已有效者於兹，亦惟體思其所以牧民之宜，以行學古之道。他日績政異著，特被旌擢⑱，不惟作當今爲令者勸，當與古賢令並駕齊驅，而共揚其休矣。』

予因其行，序以祝之。

【注釋】

①張大尹，指張本。字宗源，山東歷城縣（今屬濟南市）人。洪武二十六年（1393）舉人（《歷乘》作誤作丙子科）。授河南滎澤縣（今鄭州市轄滎陽市）知縣。大尹，對府縣行政長官的稱呼。

②初吉：朔日，即陰曆初一。

③考績：按一定標準考核官吏的成績。

④薛君：指薛理。參卷五《送户科給事薛君省墓焚黄序》注。趙君、郭君：不詳所指。

⑤鄉進士：指鄉試中式的人。明清稱舉人。

⑥禮闈：指古代科舉考試之會試，因其爲禮部主辦，故稱禮闈。乙第：指進士副榜。

⑦應州：位於山西北部。唐末置，領金城、渾源兩縣，治所在金城縣。明屬大同府，民國時改爲應縣。奉化州：今浙江奉化縣，明代屬明州府。

⑧誘掖：引導和扶持。

⑨豐潤：今屬河北唐山市。

⑩察察：苛察，煩細。

⑪瑣瑣：形容事情细小，不重要。

⑫軒軒：揚揚自得的樣子。

⑬戚戚：憂傷的樣子。

⑭咄咄：感歎聲。表示感慨。

⑮宴然：安定的樣子。

⑯簡廸：選用。

⑰歷試：屢試，多次考驗或考察。

⑱旌擢：表彰提拔。

贈宋貳尹考績還任序①

予樂道人之善，苟有所聞，未嘗不念慕其人，欲歎其所爲，宣揚稱道之不暇。故雖往而未嘗接者猶爾，況於今兹乎？　遠而未嘗識者且然，況於其近乎？

予朐邑貳尹宋君本忠，自己未春始丞于邑②。　比鄉人來，予必詢及田里事③，皆能歷言君之政有益於民者。　初至，屬少旱，乃與大尹暨僚屬，精誠齋沐，結壇神祠而禱焉。　神爲之應，澤乃霑足，歲穀用登④。　異歲蝗，復各分其隅，露次野宿，督丁壯逐捕焚瘞⑤，災勢爲殺，亦得中稔⑥。　部使郡守廉其狀，咸獎重之。　君嘗獨承郡符，專理邑從戍者，郵赤沓至，月不下百數。　君乃從容審處，必遣其所當役，而矜卹其鰥煢⑦；　未嘗槩以期會程督爲功⑧，繩木威虐爲急⑨，人無枉於戍者。　他事多類此。　予聞其説，胥次洒然爲快⑩，喜予邑得若賢佐也。

君爲睢陽人⑪，其大父嘗爲郡守⑫，先府磨官沂州同知⑬。　君宦游函承嚴訓⑭，克知務學，操行卓有立志，故⑮居官以耿介自持⑯，不爲浮靡⑰。　在寮寀，尤謙和恭敬，相愛如昆季，未嘗有彼己。　臨下務簡政平，民易以從，其得牧民之體者焉。　予嘗觀古今顯達⑱，未有不自其聲譽著於下而躋于高者。　君今考以最稱，是善有諸己矣。　然當年方壯，志方鋭，往益弘厥施，宣德意以致之民，則聞譽之著，有不能已，將必不以百里而濡滯其進也⑲。　韓子謂『丞負余』者⑳，蓋有所激而云。　如謂信然，則予所不知。

【注釋】

① 宋貳尹，指宋信。　字本忠，河南開封府睢陽（今屬商丘市）人。　正統四年（1439），任臨朐縣丞。　貳尹，縣令副職縣丞的别稱。　本文當作於正統七年，宋信三年考績之時。

② 己未：　正統四年（1439）。

③ 田里：　指故鄉。

④登：豐收。

⑤焚瘞（yì）：焚化並埋葬。瘞，埋葬。

⑥中稔（rěn）：中等年成。

⑦矜恤：憐憫撫恤。煢（qióng）：孤獨無依。

⑧期會：指在規定的期限內實施政令。多指有關朝廷或官府的財物出入。程督：對於法定賦税、工程勞役、學課等的監督。

⑨威虐：凶惡殘酷。

⑩胷次：胸間。洒然：暢快的樣子。

⑪睢陽：今屬河南商丘市，因地處古睢水之北而得名。明初屬開封府。

⑫大父：祖父。宋忠祖父宋徵，洪武間貢生，官鎮寧州知州。

⑬先府：尊稱他人已故去的父親。宋忠之父宋翬，永樂年間河南歸德府貢生，官山東沂州同知。同知：官名。稱副職。

⑭嚴訓：指父訓。

⑮『卓有立志故』：五字底本漫漶，據『朐抄本』補。

⑯耿介：正直不阿，廉潔自持。

⑰浮靡：浪費。

⑱顯達：指顯赫聞達的人。

⑲濡滯：遲延，遲滯。

⑳韓子：指韓愈。字退之，河南河陽（今河南孟縣）人。唐代著名文學家。負余者：見韓愈《藍田縣丞廳壁記》，原文作『丞哉，丞哉！余不負丞，而丞負余。』此文主要描寫當時縣丞一官，有職無權，形同虛設，使有抱負的人居官無所作為。

送饒陽貳尹莊士廉考績復任序①

饒陽職馬政二尹莊君士廉②，予桑梓長也。爲人倜儻③，有機智，謙和樂易④。自游庠序⑤，四方人士多識之。初從天官試職⑥，巡檢江西清江鎮⑦。初，人以爲難，謂彼以洪江會津，遥通閩廣，上下舟舡日千數⑧，民居賈肆，亘延如百里，叢龐雜集，不能無豺虎噬竊善良。朝廷初設是司，正以此爲之者，誠不易。君居是三年，以鎮以撫，設百幾防。凡積歲未除巨寇猾奸，情狀可詰，具服以罪。其匿情未露者，亦竄伏屏跡⑨，不復漁獵於其間。由是能聲籍籍，著之士民耆老之談⑩。任滿考，有司稱優等，遂陞今任。既至，君乃反其前日巡職之威猛，而爲寬惠子民之澤，惟勤己任，以忠以導。別其户之肥瘠強弱以爲等，校閱孳耗有差，教以水草孕字之候毋失⑪。未幾，馬大蕃息⑫，倍他邑。大僕往來巡督，每稱獨最。今三年赴考績，將還，予邑宦友馮君輩共設祖餞⑬，復屬予爲言。

予惟饒陽乃冀北名邑，民淳俗質，著自古昔。爲之長者，政不勞而易治。君既試江西有聲，治兹邑有效，不其賢乎哉？然今往，尚益修前政，加勤誠以勸民，俾生育蕃盛⑭，群類異産，龍媒驥子，充牣天閑⑮，以佐國家威武之用，庶其盡乎職之務矣。九載榮考稱異，能不可量也。予故序以期之。

【注釋】

① 莊士廉，山東臨朐縣人，官饒陽縣丞。貳尹，縣令副职縣丞的别稱。

② 馬政：歷代政府對官用馬匹的牧養、訓練、使用和採購等的管理制度。

③ 倜儻：卓異，不同尋常。

④ 樂易：和樂平易。

⑤ 庠序：古代的地方學校。後亦泛稱學校。

⑥ 天官：指吏部。

⑦ 巡檢：官署名巡檢司，官名巡檢使，省稱巡檢。始於五代後唐莊宗。宋時於京師府界東西兩路，各置都同巡檢二人，京城四門巡檢各一人。又於沿邊、沿江、沿海置巡檢司。掌訓練甲兵，巡邏州邑，職權頗重，後受所在縣令節制。明清時，凡鎮市、關隘要害處俱設巡檢司，歸縣令管轄。

⑧ 舡(chuán)：船。

⑨ 屏(bǐng)跡：避匿，斂跡。

⑩ 籍籍：衆口喧騰的樣子。

⑪ 字：懷孕，生育。

⑫ 蕃息：滋生，繁衍。

⑬ 馮君：指馮暹。見卷六《送姚助教出宰沁水序》注。祖餞：餞行。

⑭ 蕃盛：繁茂，興旺。

⑮ 充牣：豐足。天閑：皇帝養馬的地方。

贈顔縣丞復任序①

士自讀書學問，素所蓄志②，罔不必於霑一命、治一事，欲澤及於人者。或既得焉，惟不計其資之崇卑、務之廣狹③，行所志，底于有成耳。惟其然，是以往往有自下職而薦居高位者。若或植德靡恒，而矯揉作爲，困民朘物④，强伐其善，則非所謂學矣。若顔君敏達者，其所謂無負初學乎？

敏達丞廣平之曲周縣，治馬政已三年。兹考績還，户部郎中宋君瓛道其善於予⑤，且求爲文贈。而其言曰：『敏達家東平之汶上，自郡庠游太學，歷事司馬部。釋褐丞兹邑，由初迄今，勤敬厥職，於督勸孳牧，咸有程次。田里不擾，蕃息倍稱。邇以考績于有司，有司課居最。請命，俾還治。敏達於瓛邑人惠實有加，此所以欲有贈也。』

予聞之曰：『噫！牧民之任難乎久矣。近者，上諄命有司遴選，凡爲士因以奮勵，力於爲善，無或自墜者。且馬政，實國家重務，必時孕育，謹芻秣⑥，然後始息遂，所以資於民力尤切。朝廷必命官以司之者，非徒務息乎馬也，要先息乎民也。彼昧者爲之，徒知取足於數，苟遠罪戾而已⑦，視民曾不以爲意。至爲逼迫驅逐，無所控籲⑧，轉徙流離而不勝者，其視敏達馬數蕃息而民不罷者，何如哉？敏達方治一事，善於所職，如此，則知其他日進於榮顯、任大責備，將無所不可者。故爲序，用規諸。

【注釋】

①顔縣丞，指顔聰。字敏達，山東汶上縣人。監生。正統間任廣平府曲周縣丞。

②蓄志：藴藏已久的志願。

③崇卑：高低，高下。

④朘(juān)：縮減，剥削。

⑤宋瓛(huán)：北平廣平府曲周縣(今屬河北邯鄲)人，洪武二十九年(1396)府學歲貢。官户部郎中。

⑥芻秣：牛馬的飼料。

⑦罪戾：罪愆。

⑧籲(yù)：呼告，呼求。

送傅判簿之任序①

古人於行者未嘗不有言，然言亦未嘗爲無益而發。去欲有益於人，而於相知之淺者發，激之則近厲，諛之則非忠厚，是言有不可苟者。京兆傅希賢②，以明經爲國子生，除主予臨朐簿③。命下之初，邑之人即請予言贈。

予未知希賢，予言宜何辭？惟士自讀書致身，孰不欲期於仕進，光耀于家，推厥平素，求裨益於時。

此其志之所必有者。然往往有勤苦歷年，邅屯齟齬④，而造物者不遂，垂白不霑一命者⑤。又有資氣濬發⑥，才器可觀，而或禀於天者薄，不逮其年，抱志而没者。其獲享一資，食一方，亦由素修所定，有得於天者然尔。至其名分崇卑，盖有不必較焉者也。且今自方伯而下，及郡邑長佐，通謂之牧民。位雖不倫，所繫則均。且吾臨朐爲縣，百里有奇⑦，以户計者凡萬有數。于其間土壤沃磽⑧，物産豐約⑨，民居饒匱，與夫煢嫠孤弱⑩，生業無聊⑪，盖萬不齊同。爲政者雖屢嘗施惠，仁字綏撫⑫，然大明懸照覆盆之下⑬，獨有不能燭者。希賢今臨之，宜思所以副朝廷責任，牧民之意。况大尹任君暨諸僚⑭，皆雅量慈祥人也⑮。希賢益竭力相贊，以禮讓相睦，不自構隙⑯，導迎德澤，俾民受其惠，庶乎無倍幼學壯行之初心，而且有譽於後也。

予之所以望於希賢者若此，不知希賢之意以爲如何？

【注釋】

① 傅判簿，指傅梁。字希賢。國子生，授山東臨朐縣主簿。

② 京兆：指京都及附近地區。

③ 除：拜官，授職。臨：底本漫漶，據文意補。

④ 邅屯(zhānzhūn)：困頓，不順利。齟齬：指仕途不順達。

⑤ 垂白：白髮下垂。謂年老。

⑥ 濬發：從深處發出。

⑦ 有奇：有餘。

⑧磽（qiāo）：指土質堅硬瘠薄。

⑨約：貧乏。

⑩煢嫠（qiónglí）：亦作『煢釐』。寡婦。

⑪無聊：貧窮無依。

⑫綏撫：安定撫慰。

⑬懸照：垂照，下察。覆盆：覆置的盆。晉葛洪《抱朴子·辨問》：『是責三光不照覆盆之内也。』謂陽光照不到覆盆之下。後因以喻社會黑暗或無處申訴的沉冤。

⑭大尹任君：指時任知縣任榮。參本卷《送任知縣朝囘序》。

⑮雅量：指氣度宏大。

⑯構隙：造成裂痕。指結怨。

送李主簿還任遼東序①

予同邑李君克恭，以鄉貢進士授遼東苑馬寺主簿②。今考績還任，邑友合酒殽餞之。或謂予曰：『國家以職任仕於内外百司，其間所處，煩簡勞逸之不相若③，不啻百倍，非特地與事而然，亦士之偶與不偶耳。彼有司獄、理泉賦、掌工虞④，及長治臨民之重、人治數事，又兼數事。案牘盈前，日不遑給。又有事奔趨，罷馬病卒⑤，尚恒懼譴訶⑥。甚則殫力竭才，窘迫備至，尤不能勝任。至以職被累者不少。雖有禄位之榮，然卒不貰其躬之勞⑦。獨太僕與苑馬，其務最閑暇。自主孳牧，餘無毫髮干。況遼東去京師數千里，寺因藩城而治，正有卿，佐有丞，屬有監牧，責務有歸。』主簿則曰：『幕僚治簿書，不能他，有司百務之一二，或千之一二不止也。其地多山水，有花木禽魚、參苓異藥。暇日攜僕观獵于原，睇漁于河⑧，採山殽，擷野蔬；退而與僚友宴飲，酣暢而忘其宦遊之遠，其樂無如者。然逸樂庸可以久！第見任滿膺他秩，未必不煩勞於兹。克恭處之，宜何如？』予曰：『不然。克恭寬博敏勤，士將無施不可者。雖勞百倍，予知其處之裕如也。』或曰：『然。』遂爲序。

【注釋】

① 李主簿，指李安。字克恭，山東臨朐縣人。永樂十二年（1414）舉人。授遼東苑馬寺主簿，陞河南開封府同知。

② 鄉貢進士：指舉人。苑馬寺：明朝掌管養馬的機構。永樂四年（1406）置北直隸、遼東、平涼、甘肅四苑馬寺。苑分三等，上苑牧馬萬匹，中苑七千，下苑四千。各寺分設卿一人，少卿一人，寺丞無定員。

③ 相若：同樣，類似。

④ 泉（quán）：錢幣。

⑤ 罷、病：均是使動用法。

⑥ 譴訶：譴責呵叱。

⑦ 貰（shì）：交换。

⑧睇(dì)：斜視，流盼。

送陳判簿考績還任詩序①

古人嘗觀人處家而知所以爲政，是何耶？無物不自身儀，身儀而子刑之②，一家之政孰美焉？于以交焉而人信，令焉而民從，於爲政也奚有？世多以事爲末節，了人事之平生，殊不知人於事爲可觀，由處家有道所推。觀其事爲能否而不知所處，則有未盡其人矣。

會稽陳君彦輝③，習文儒，昔以材選，主蘇之吴縣簿。縣，郡倚郭也④，民夥而訟繁⑤，治逼而務穰。視中邑，恒加什之伍；視僻，則倍之；或再倍者亦有焉。況其守宰出朝廷所慎簡。及朝之出鎮重臣並駐節于兹，徵發期會，風飛雷烈，督察下吏，爲故多端，益嚴且加密以細，則獲譴訶逼責⑥，甚則擯斥而黜罰者⑦，往往有之。爲是邑者，其日僕僕救過不暇給，以自病且困也。彦輝則處之裕如⑧，不以其繁且劇者爲累，自令丞而下，資所栽決居多。于職六年，彼其謂譴訶督責者，一無所自加。蓋彦輝爲人警敏⑨，有才略，平居好士大夫，命其子金力學窮經，志在必顯。晝勤于公務，夜課誦弗倦。子亦克承其志，遂登宣德癸丑進士第。時宣宗皇帝命文臣遴選諸進士入翰林，其子又在選中，遂拜行人。予知彦輝儀刑于素，由是推之政事，而人信以從者，皆所優爲，豈可以是爲末節而觀之耶？兹考績南還，詞林諸君嘗與其子游者，咸賦詩餞之，予則序諸首簡云。

【注釋】

①陳判薄，指陳瑰。字彦輝，浙江上虞縣（今上虞市）人。授蘇州府吴縣（今蘇州市）主薄。其子陳金，字汝礪，宣德八年（1433）癸丑科進士，時年二十五歲，任行人，奉使安南，不受賄，安南人義之。累官廣東布政使。

②刑：效法。

③會稽：郡名。秦始皇二十五年（前222）置，郡治在吴縣（今江蘇蘇州市）。西漢後，轄境屢有變化。常用以代稱紹興一帶。

④倚郭：亦作『倚廓』。指郡治所所在之縣。

⑤夥（huǒ）：多，盛多。

⑥譴訶：譴責呵叱。

⑦擯斥：排斥，棄去。黜罰：貶斥，處罰。

⑧裕如：自如的樣子。

⑨警敏：機警敏捷。

送盧訓導序①

周禮以鄉三物教萬民，曰德、行、藝。然德先行，行先藝。非不偕重，然有序也。理具於心謂之德，德見於外謂之行，藝則肆夫文焉。文以載道，則爲德、爲行，亦非所以離夫文也。本末不偏勝也，禮用不相悖也，斯古之所謂教也，所以陶人才而隆政治也。今之教猶古之教。其於文也，有《易》、《詩》、《書》、《春秋》、《禮記》、《語》、《孟》、諸子百家、記傳之言，禮、樂、射、御、書、數之習，莫不條具庠序而肆講之矣②。然國家達學育才，一皆是道。至於用人取士，雖律以文辭，課以才藝，尤必以德行爲先。士苟不以德行自修、禮義自蹈，則雖工事虛詞，亦何所有諸己、補於用哉？故才之所出在乎師範，非師範固無以爲甄陶之具③。士既由師範之甄陶，復以爲人之師範，其可不先修厥行以爲之本乎？

淮陽盧廷玉，自太學生預考選，得除鉅鹿縣學司訓④。以其師姚君爲予友⑤，故於往也，求言於予。凡廷玉平日之所修於家、行於鄉，與其習於文也，予不能知。予但以朝家興學育才之意，古今教法之備，與士所服習之本末先後爲之告，冀廷玉勉於其所已能，而求其所未逮，勿徒佔畢多記、足病生徒爲己長也⑦。《書》曰：『惟斅學半。』⑥《記》曰：『教然後知困。』⑧廷玉其知之！

【注釋】

①盧訓導：指盧廷玉。河南開封府陳州（今屬周口市）人。監生，授享師順德府鉅鹿（今屬河北省）縣學教諭。

②庠序：古代的地方學校。後亦泛稱學校。

③甄陶：化育，培養造就。

④司訓：縣學教諭的別稱。

⑤姚君：指姚鵬，見卷二《贈余友姚君子大》注。

⑥惟斆（xiào）學半：見《尚書・説命下》。斆，教。朱熹云：『惟斆學半，蓋已學既成，居于人上，則須教人。自學者，學也，而教人者亦學。蓋初學得者是半，既學而推以教人，与之講説，己亦因此温得此段文義，是斆之功亦半也。』（《朱子語類》卷七十九）

⑦佔畢：指經師不解經義，但視簡上文字誦讀以教人。後亦泛稱誦讀。《禮記・學記》：『今之教者，呻其佔畢，多其訊，言及於數，進而不顧其安。』

⑧『記曰』句：見《禮記・學記》：『是故學然後知不足，教然後知困。知不足，然後能自反也；知困，然後能自強也。故曰教學相長也。』

贈尤訓導之泰安州學序①

姑蘇尤用和，以明經中禮部乙榜②。嘗爲莒學訓導③，以憂去④，移教泰安州學。在朝舊與用和游者求予言。

夫泰山，神嶽之宗也⑤。郡在魯域，去闕里密邇⑥，乃吾夫子過化之邦⑦，與夫賢君哲后柴望巡守、朝覲諸侯所常經履之地⑧，聖賢德澤涵漬亦久⑨，流風餘韻存乎人者，于今猶古也。彼人物之生，鍾磅礴英靈之氣⑩，發爲秀異，教之易入可知。用和居是官，非有有司政令之干、廪餼簿計之累⑪，檐居徐步，端几正坐，執經考業者，接武於前⑫，揖遜左右⑬。于乃敷闡微言，發揮性命道德之懿。絃誦之暇⑭，引領而上⑮，覩峻極造天之勢⑯，興高山仰止之嘆，宜必暢意肆志⑰，吟咏而樂，視彼日僕僕廢食寢飫、煩聒困奴焉⑱，不侔矣。雖然，受之厚者其責專，任之簡者其望切。惟國家崇儒重術，務先學校，以化民易俗在是，作興賢能在是，禮樂刑政並由是出。教之泥行，實在師儒之當否，故選用非明經科弗預。用和年富而學益勤，向在莒時，教條分明，人足師法。於兹郡誠能益厲平素，視在莒時有加，吾見其士類得所成就，猶時澤之茂乎沃壤之樹⑲，以長以遂，蘽育而並秀⑳，彙實而類登也，審矣。況昔徂徠石先生守道、孫先生明復㉑，皆生其間，道德高邁㉒，爲宋大儒，目往事者，皆能道之。方今文治盛明，安知是郡不復有如二先生者出耶？政在今日，職教事者所以振作，何如也？吾故爲用和尚有以取諸。

【注釋】

① 尤訓導，指尤用和。訓導，學官名，府、州、縣儒學的輔助教職。

② 禮部乙榜：指進士副榜。

③ 莒學：指莒州州學。

④ 憂：指居父母喪。

⑤ 神嶽：對山嶽的敬稱，言其具有靈異。

⑥ 闕里：孔子故里。在今山東曲阜城内，因有兩石闕，故名。孔子曾在此講學。

⑦ 過化：指經過其地而教化其民。

⑧ 柴望：古代兩種祭禮。柴，燒柴祭天。望，祭國中山川。亦泛指祭祀。

⑨涵漬：覆蓋浸潤。

⑩英靈：精靈，神靈。

⑪廩餼：指科舉時代由公家發給在學生員的膳食津貼。

⑫接武：步履相接。形容人多擁擠。

⑬揖遜：揖讓。賓主相見的禮儀。

⑭絃誦：弦歌誦讀。

⑮引領：伸頸遠望。

⑯峻極：指極高。《禮記·中庸》：『發育萬物，峻極於天。』造：到。

⑰肆志：快意，隨心。

⑱飫(yù)：飽食。煩聒：煩擾吵鬧。

⑲時澤：猶時雨。

⑳藂育：聚集生長。藂，同『叢』。

㉑石守道：即石介，字守道。兖州奉符(今山東泰安)人，曾讀書於徂徠山(泰安城東南)下，世稱徂徠先生。北宋著名學者。仁宗天聖八年(1030)進士，歷任秘書省校書郎、鄆州觀察推官、鎮南軍節度掌書記、嘉州軍事判官、國子監直講等職。曾著《唐鑑》，以誡奸臣、宦官，指切時政。孫明復：即孫復，字明復。北宋晉州平陽人。舉進士不第，退泰山。學《春秋》，著尊王發微十二篇。慶曆中，范仲淹、富弼薦其有經術，除秘書省校書郎、國子監直講。累遷殿中丞。

㉒高邁：高超，超逸。

送張訓導之任蘄水縣學序①

士有負藝抱器足以利用而卒②，沉没遺逸於閭閻畎畝間③，與庸人俗子伍，不得推所藴以及諸人者，在天下蓋不少。苟非際夫上之求訪有道，奉命於下者咨訪推薦，雖有才，孰能用諸？猶夫玉之初在山也，璞而藴之，碩砆碔砆等耳④。孰知温潤而澤，廉而不劌⑤，美德之可貴哉？

往歲，朝廷屢下明詔，令郡邑各舉所知，貢之京師。時江西藩臣奉命惟謹，乃以番陽張坤膺薦而來⑥。時天下校官多缺，吏部總藩郡以明經薦者若干人請于上，就内廷試之。當試時，皆臺部大臣程其文，節目寬疎⑦，又其科條簡略，不及選舉科之半。然非洞明經旨者不與，而中者即得補員。於是，坤得訓導於邵武之泰寧縣學⑧。士論以爲公。居無何⑨，以内艱歸家。逮服闋⑩，方謁選吏部。予僅一識之，雖不甚習，固已得其爲人之大略，温乎其容，確乎其言，叩其中則鏗鍧焉⑪，炳焕焉。是蓋得於家學淵源者有自，是豈尋常章句士可一槩觀耶？兹得調黄州蘄水縣學，蘄水之去其鄉，視泰寧爲尤甚邇，在坤又何幸哉！既行，錦衣衛總旗邵安以嘗舍坤⑫，求予言餞之。

予觀今之職教事者，其初至，惟以科貢是圖。苟未得，則惴惴焉以懼；其既得而將滿也，則嬉嬉焉以樂；甚者，遂縱肆優游，而不復知檢使，後來者多誤此。其何心哉？殊不知己之初至而爲往者，懲己之既去而爲來者圖，庶其於人無少訾議之者⑬。坤在泰寧，固俾其才有成於今，兹又必以家學淑諸其徒，而以始終不懈居之。予知他日荊湖論秀⑭，必以蘄水爲稱首。而坤也匪惟無負昔之知者所薦，亦且有譽於無窮。

【注釋】

① 張訓導，指張坤。江西鄱陽縣人，歲貢生。宣德五年（1430），授紹武府泰寧縣（今屬福建三明市）訓導。改任黃州府蘄水縣（今湖北浠水）訓導。

② 抱器：《周易·繫辭下》：『君子藏器於身，待時而動，何不利之有。』後以『抱器』喻懷才待時，不苟求名利。

③ 閭閻：里巷内外的門；泛指民間。畎畝：田地，田野；引申指民間。

④ 珉：同『瑉』。似玉的美石。碔砆（wǔfū）：似玉之石。

⑤ 廉而不劌：有棱邊而不至於割傷人。劌（guì）：割，刺傷。

⑥ 膺薦：承受薦舉。

⑦ 節目：指條目。

⑧ 泰寧縣：今福建泰寧縣，明代屬邵武府。

⑨ 無何：不多時，不久。

⑩ 服闋：守喪期滿除服。闋，終了。

⑪ 鏗鍧（kēnghōng）：形容聲音洪亮。

⑫ 錦衣衛：全稱『錦衣親軍都指揮使司』，是明代專有軍政特務機構，其前身爲朱元璋設立的『拱衛司』，後改稱『親軍都尉府』。主要職能爲『掌直駕侍衛、巡查緝捕』，其首領稱爲錦衣衛指揮使，一般由皇帝的親信武將擔任，直接向皇

帝負責。總旗：明代軍隊編制五十人爲總旗，十人爲小旗。

⑬訾(zǐ)議：非議。

⑭荆湖論秀：指湖廣省的鄉試。荆湖，路名，宋置，元廢。

送臨朐縣幕吴君辭官歸南昌序①

古者士大夫七十致仕，未聞有未七十而去者。後世有乞骸骨、辭疾以禮去官②，亦必待其衰老，未聞有猷及其壯自決去者。今皇上仁厚，優禮人臣③，凡文臣人士，無問其老壯，自求退避者，即許歸故鄉。有若卿，若大夫，若庶士群吏，往往以引年辭疾謝官而去者，數不能紀。

予邑幕賓吴君勝祖，精神不衰，猶堪任事。況居邑且久，人情安熟，井臼甘美④，官況從容，而勝若故里，宜其留而不宜其去也。君乃毅然不以恬利爲願，詣闕力乞以歸⑤。其視垂白，老猶營營役役，苟利禄常若不足者，相去遠矣。故予邑宦在京師者，咸重君之退，尤惜君之去，乃相聚議曰：『若君在縣，相尹佐而行政令，寬厚和平，曾不撓亂顛倒⑥，恃威楚以迫吾民，其德即在耳目。於兹别，甚難爲情。』於是設祖餞，復屬序於予。

予惟君自讀書立身，至於居官任事，忽忽若千年。其案牘之繁，行役之勞⑦，形神智慮不能無倦。今而張帆鼓枻⑧，浩然南歸；顧瞻桑梓之舊，親朋故友咸在；杯盤宴集，杖屨追隨，優游于林泉水石之間，與魚烏麋鹿同歡。所以放情騁懷，徜徉自適，其喜樂爲何如耶！然君之去固云樂矣，而予邑士民之慕於君者，將不能忘。而君之教子讀書田園，扶杖之餘，念予邑風土士人之舊，尤不能不以之興懷也⑨。予因是以序焉。

【注釋】

①吴縣幕，指吴勝祖。江西洪都府進賢縣（今屬南昌市）人。永樂十七年（1419），任山東臨朐縣典史。在官近十年，頗有政聲。光緒《臨朐縣志》據馬愉之文爲其立傳。典史，始設於元朝，原本職責是『典文儀出納』。明清兩代均有設置，設於州縣，掌管緝捕、稽查獄囚，爲縣令的佐雜官。雖未入流（九品之下），但由吏部銓選，也屬『朝廷命官』。幕，指幕賓。官員手下的謀士和食客，又稱幕友、幕客。

②乞骸骨：古代官吏自請退職，意謂使骸骨得歸葬故鄉。

③優禮：優待禮遇。

④井臼：水井和石臼。借指屋舍、庭院。

⑤詣闕：指赴朝堂。

⑥撓亂：煩亂。

⑦行役：舊指因服兵役、勞役或公務而出外跋涉。

⑧鼓枻：劃槳。指泛舟。

⑨興懷：引發感觸。

送吴縣幕還臨朐序①

政不難，在得人。人惟其賢，否則無措焉②。有司之用，才不苟妄，而士之仕於時，亦必自爲淬礪③，日以求益。苟可利於时，則出於時，度無少益，又豈敢妄有以取耶？

惟江右南昌之進賢吴公勝祖，性資温固，雅有大節，明習法律，書數老成。自永樂己亥賓兹邑幕，于今八載矣。政不煩而百度舉，刑不威而民自服。凡邑之政令，或有疑不能決，滯不能通，缺不能補，廢不能興，罔有大小巨細，必咨焉。以贊畫唯諾相行事④，而糾群吏之弊況⑤。爲人喜且直，而又有文，所謂吏而華者也。今年春，會朝廷繕理召工，君即鼓率屬民服乃事，民亦樂而從之，爭先奔走，少有後期者。盖由君勸率倡導之有其方，亦出民之心悦誠服，而不憚其勞也。役期及代南歸，衆曰：『比來役力半年矣，未嘗多遭箠督，功集而力舒，視他郡，鞭笞咨辱致困苦死亡者甚衆，則知吴公異乎人之所爲，而獨得乎子民之道也。』君曰：『不然。夫爲吏者，人役也。役於人而食其力，可無報耶？吾自幼學，志在君民而已。今而食禄牧民，必有補於公而利及乎人，斯可矣，又何有於人哉？』衆以是告予，予既嘉其言而奇其志，知君出自名閥⑥，其先大父嘗爲閩漳太守⑦，至今聲譽炯炯，在人耳目。矧君尤素期於遠大者！其暫職典幕，特其發兆耳⑧。夫枳棘寧可爲鸞鳳之棲乎⑨？因其行也，書以爲祝。

【注釋】

①吴縣幕，指吴勝祖。見上篇注。據文意推測，本文當作於宣德二年秋冬之際。
②無措：無法對付。
③淬礪：激勵，磨煉。
④永樂己亥：永樂十七年（1419）。
⑤贊畫：輔佐謀劃。
⑥名閥：名門豪族。
⑦大父：祖父。
⑧發兆：討個吉利。
⑨枳棘：枳木與棘木。因其多刺而稱惡木，常用以比喻惡人或小人。鸞鳳：鸞鳥與鳳凰，比喻賢俊之士。

贈王所正考績序①

營繕所正王君至隆②，予同學友也。正統庚申春，以國子上舍授是職。初，至隆有若不懌然者。予釋之曰：『仕之崇卑晦顯，百不齊同，未必皆其才之逮否，有司爲之抑揚也。或時焉，或命焉，不可覬而求。倖而致然，其慎職守，勤事功，則一也。故雖胥史與上卿，均之爲王臣，均之爲共天禄、享人爵者③。況《周書》言：「六卿分職，各率其屬，以倡九牧，阜成兆民。」④謂六官必有衆職，奉王之政令，宣導於下，始及於民。《中庸》乃曰：「官盛任使，所以勸大臣也。」⑤今營繕爲冬官屬⑥，制亦以古。其長爲七品，綰銅章⑥，佐卿郎，以治繕修之政，故必擇人任之，非有所抑揚也。若是皆欲曰顯要高位，則委吏乘田⑦，豈可試於孔子哉？』

至隆以予言爲然，忻然居之。歷三載，職以修行惟謹如一日。於是，滯者振，墜者舉，初考於冬官之卿，與曰稱⑧；詣天官，亦與曰稱；偕諸有司最者。聞于上，命仍其職，俟再、俟三聽陟明焉⑨。鄉諸友方將造賀，求予言。

予喜至隆以予初言爲然，能修明於其職，又得士大夫稱許之不置，實予平生之所重者。然訓有之：『謹於始者，必善其終；嗇于前者，必豐于後。』至隆於此誠不以所能爲多，而以所未至爲勉，如韓子所謂『蚤作而夜思，勤力而勞心』⑩，以求副朝家所教育，所任用。殆行愈彰，功愈著，所司度德以進之，録功而庸之，駸駸乎顯要可致矣⑪。兹非友朋所私期，誠今朝廷用人，不遺其才，進之有漸不驟，可必如此。

【注釋】

①王所正，指王至隆。山東臨朐縣人。監生。正統五年（1440）任營繕所所正。明代，營繕所為工部所轄，設所正、所副各一人。所正為正七品。

②胥史：猶『胥吏』。官府中的小吏。

③天禄：俸禄。人爵：爵禄，指人所授予的爵位。《孟子·告子上》：『孟子曰：有天爵者，有人爵者。仁義忠信，樂

善不倦，此天爵也。公卿大夫，此人爵也。古之人，修其天爵，而人爵從之。今之人，修其天爵，以要人爵。既得人爵而棄其天爵。則惑之甚者也。」

④「《周書》言」句：見《尚書·周書·周官》。

⑤冬官：上古設置官職，以四季命名。據《周禮》，周代設六官，司空稱爲冬官，掌管工程製作。後世亦以冬官爲工部的通稱。

⑥銅章：古代銅制的官印。

⑦委吏：古代管理糧倉的小官。乘（shèng）田：春秋時魯國主管畜牧的小吏。

⑧稱：指稱旨。據《明史·選舉三》，明代官員考滿，「其目有三：曰稱職，曰平常，曰不稱職」。

⑨陟明：指進用賢能。語本《尚書·舜典》：「黜陟幽明。」此處指得到提拔。

⑩「蚤作」二句：見柳宗元《送薛存義之任序》。意思是「每天很早便起床工作，晚上還在考慮問題，辛勤用力而耗費心血」。蚤，通「早」。文中「韓子」當為「柳子」之訛。

⑪駸駸（qīnqīn）：馬疾速奔馳的樣子；形容事業進行迅速。

送國子生彭彦常歸省序①

人子久違其親，必有懷思之念，而欲歸省以展其孝，盖人心之所同願也。故歸省有期，祭掃有制，俾人子有以遂其所志，父母盡其懽心，又皆國家仁恩之所推廣焉。

彭生彦常，乃斟鄩忠孝士②。自昔以明經貢入成均之上舍③，于今逾三年。念惟母壽彌八旬餘，而不獲左右調護，是以望雲興悲，讀詩增感，朝夕怵然，其心歉如也。今年夏，例用歸寧④，指日嚴裝南向，而時同門之宦于京師者，咸載酒追而餞之，復祝之以辭，曰：『子之念親，懷歸不忘，幸獲一旦承顔⑤，舉觴稱壽⑥，萱堂之慶⑦，其喜其樂，是宜何如！兹固孝之有足嘉者，畢時復就前業，進登于顯位，正當移孝爲忠，以行其所志所學。忠焉于君，仁焉于民，兼爱焉于物。斯又足以顯親揚名於天地間，垂永譽而不泯，不惟無愧于朝廷作新教育之初意，亦不負今日同門之所期望也。幸勉旃！』

【注釋】

① 彭彦常，生平履歷不詳。國子生，指在國子監肄業的學生。

② 斟鄩：古國名。夏同姓諸侯國。轄境在今山東省濰坊市西南。

③ 成均：古之大學。泛稱官設的最高學府。上舍：監生的别稱。

④ 歸寧：男子歸省父母。

⑤ 承顔：順承尊長的顔色。謂侍奉尊長。

⑥ 稱壽：祝人長壽。

⑦ 萱堂：指母親。

送高生卒業南京國學序①

盧陵高生順，以義經充貢于禮部，朋試内廷②，中高選③，例廪南京國子學。於行，其鄉友咸賦詩餞之，求予序卷端。

予嘗觀國家造士，自郡邑上及京都，咸建之學，居有公舍，廪有常餼[4]，職有官師，教條有經術政事[5]，課試以爲程，以三歲大比[6]，尚不足乎任使也。乃歲令郡邑大夫及其師友，推士之學有成而賢且才者，以禮賓遣，謂之歲貢[7]。天子既試之，始令就國學，俟其久而次進之，顒顒乎若遲飪於樹藝[8]。待材於萌糵，養之不苟，序之不驟。如此，迨及任使，又不徒貴一身，必推恩及其父母，俾之咸沐光寵，榮垂悠久。所以激勸之厚，又如此。士故所以自待，罔不知所貴重。凡以士大夫名者，一惟其稱之求，而恥淪爲庸俗者流。

生遭值盛時，受教庠序有日，素爲邑大夫、師友之所稱重。今進之太學，交四方之士，而四方士必將有取於生者，是又不特如昔推重於一邑校止也。計日而進，序之士大夫之列，其自知所貴重，不爲庸俗者流，審矣。若夫顯親耀家，亦在兹日。此固其鄉之諸君共期，而予亦以是望之。生其勉哉！

【注釋】

① 高生，指高順。江西盧陵人，生平履歷不詳。

② 内廷：内朝。對外廷而言。皇帝召見臣下、處理政務之所。

③ 高選：指考試中高榜。

④ 餼（xì）：廪給，俸禄。

⑤ 教條：官署或學塾中所頒佈的勸諭性的法令或規章。

⑥ 大比：周代每三年對鄉吏進行考核，選擇賢能，稱大比。隋唐以後泛指科舉考試。明清兩代稱鄉試。

⑦ 歲貢：貢入國子監的生員的一種。明清兩代，每年或兩三年從府、州、縣學中選送廩生陞入國子監肄業，故稱。

⑧ 顓顓：用心專一的樣子。顓，通『專』。樹藝：種植，栽培。

送太學生武叔誠歸省序①

《大傳》有云：『積善之家，必有餘慶。』②予六七年前習聞同郡諸友亟稱東莞庠武叔誠之爲人③，然未識也。壬子春，其邑以明經貢于春官④，爲國子生，始獲識焉。觀其動容詞氣⑤，純篤詳雅⑥，藹藹乎君子人也⑦。乃知向之所云，信非過與。予尚疑其人非出於天性，或不能不變，處之愈久，乃如初。

癸丑之秋⑧，予歸南省游，嘗一過武居所，二親具慶。其父翁年幾八十，長眉廣顙⑨，姿度魁梧，修頸，美鬚髯，鬒髮黝黑⑩；興不几凭⑪，行不杖曳，草冠短褐，逍遥乎泉石町疃之間⑫，步復健捷如年少人⑬；而遐視物色，無纖芥爽⑭，浩浩乎古老儔也⑮。二弟恪慱侍父側，柔聲和氣，色笑可掬。父子俱寡言，問然後應語之，不出乎家庭几席之上，若其訕官府、薄里族、侮夷醜，無有也。又知其淳淳乎齊民之良者也。予愛其然，舍信宿而行⑯。觀其閨門雍肅⑰，親不狎息⑱，所謂父父子子兄兄弟弟者矣。又其田樹豐腴，俯仰饒裕⑲，不以自足矜人，所謂安處善樂循理者矣。然非先後積善之厚，不能爾也。

叔誠今歸省，同郡諸君作詩以貺其行⑳，復屬予爲序。予目録叔誠一家素修之行，與諸君樂道人之善之意，歸爲親壽。若夫叔誠享禄位，受恩命，榮顯及乎父母，增光其家庭，俾不負乎所修者，此其素有，則不待言。

【注釋】

① 武叔誠，山東青州府莒州（今日照莒縣）人。宣德七年（壬子）貢生。

② 『積善』句：見《周易・坤・文言》。大傳，是解釋《周易》『經』的文字。傳，解釋。

③ 東莞：今山東莒縣，南北朝時期屬東莞郡，故稱。

④ 春官：禮部的别稱。

⑤ 動容：舉止儀容。詞氣：言語或文詞的氣勢。

⑥ 詳雅：安詳温雅。詳，通『祥』。

⑦ 藹藹：温和的樣子。

⑧ 癸丑：指宣德八年（1433）。

⑨ 廣顙（sǎng）：額頭寬。顙，額頭。

⑩ 髸（gōng）：頭髮亂。

⑪ 興：站起來。

⑫ 町疃：田舍旁空地。

⑬ 健捷：雄健而敏捷。

⑭ 纖芥：細微。

⑮ 儔：輩，同類。

⑯ 信宿：連宿兩夜。

⑰ 雍肅：和睦莊重。

⑱狎息：狎游，一同寢處。
⑲俯仰：周旋，應付。饒裕：富饒豐裕。
⑳貺(kuàng)：賜給，賜予。

送上舍高騰遠省墓序①

庠友高騰遠，自宣德乙卯充貢入成均②爲諸生，三年，援例得歸省墳墓，來別余。余爲言以告之。昔魯肅過呂蒙③，觀其言論，驚曰：『非復吴下阿蒙矣！』蒙曰：『士別三日，即當刮目相待。兄何見之晚邪？』斯言雖戲，誠亦有理在焉。人處偏州下邑，友一方之士，習一方之風，拘於僻陋而未覩乎廣遠④，則心思所及者狹，耳目所加者有限。必游通都大邑，交接四方之士，因以得聞山川人物、風土氣習之異，然後始有以豁其心胷，而開其固塞，知識充廣，洒然如出窔奥⑤，登高曠，遐矚觀，而不蔽近小矣。

騰遠來京師，合聚於春官，試文於内墀⑥。迨遊太學，得於天下英才交友，資其德業，講肄其道藝⑦，學問日見高明。宏遠之士因自奮勵，以企高明之什一矣。及觀國家甲兵財賦之美，市井人物之阜，車馬貨具充斥穰溢，平生所未聞見名品，皆得以寓目焉。又嘗從繡衣使按行山西，歷覽三晉形勝，羊腸之險，太岳之雄，龍門砥柱，滂湃崢嶸，與彼鄉土風俗，靡有不曉。今而歸家，具豆觴⑧，烹羔豚，望丘墓而悲泣⑨。薦祼之餘⑩，退而謁諸庠序⑪，鄉黨見向所同遊，尊酒相觀，以所見所聞恣爲談論，孰不傾耳專聽，奚止刮目相待而已。雖然，『維桑與梓，必恭敬止』⑫。子之歸鄉，人固已加敬，子其益修悌遜⑬，揖長上，信朋友，和好閭里，俾人無睨側⑭。人皆以爲得太學師友之漸，其異於人有如此，相慕而教其子弟，必以子爲法者，庶有補於吾鄉之風。

【注釋】

① 高騰遠，當即高鵬。山東臨朐縣人。宣德十年歲貢。官順天府文安縣（今屬河北）主簿。宋代太學分外舍、内舍和上舍，學生可按一定的年限和條件依次而陞。故用『上舍』作爲一般讀書人的尊稱。

② 成均：指官設的最高學府。

③ 魯肅：字子敬，臨淮東城（今安徽定遠）人，東漢末年政治家、外交家。曾爲孫權提出鼎足江東的戰略規劃，得到孫權賞識。過：前往拜訪。吕蒙：字子明，汝南富陂（今安徽阜南）人。東漢末年名將。他發憤勤學的故事，成爲中國古代將勤補拙、篤志力學的典型。

④ 僻陋：指地處僻遠，風俗粗野。

⑤ 窔（yào）奥：室中東南和西南二隅。喻幽深處。

⑥ 内墀：内廷。

⑦ 講肄：講論肄習。

⑧ 豆觴：豆肉，觴酒。指酒饌。

⑨ 丘墓：墳墓。

⑩ 薦：進獻。祼（guàn）：祭名，以香酒灌地而求神。

⑪庠序：古代的地方學校；後亦泛稱學校。

⑫『維桑與梓』二句：見《詩經·小雅·小弁》。大意爲桑樹梓樹爲父母所栽，見桑梓易懷念父母而起恭敬之心。

⑬遜：辭讓，退讓。

⑭睨側：斜視。

送陳良醫致仕序①

越府良醫姑蘇陳君林南②，以年至乞致仕，上許之。歸有日③，所交友予鄉王文王氏求予序贈行。

予雖未識君爲人，屢聞朝中士大夫多能道姓名，且稱許之。翰林自學士以下，無不與之遊，至以詩文相酧，鉅篇短章，卷帙仞室④。初，予不知諸士大夫以何交於君，矧今人之交，非勢則利，勢降而賤，利窮而疎，在人情無怪然者。外此則藝術技能適濟一時，因以神其業並重其人，禮貌親愛之是加。若然，則交乎藝而已。如以藝，京師以醫鳴者不少，何獨重君？或謂予曰：『非徒尔也。君處兩京幾三十年⑤，雖售業諸市，其居室必虚，明見清深，几席常潔；有花竹木石之翫，圖畫書史不去左右。文人士大夫相過，必延欵移日⑥，焚香茗飲，談咲譁然，至盡歡乃已。其平居，有求藥，輒隨求與之。或與之，直多寡有無⑦，一不問。或視疾，至公卿權貴家，一如平交⑧，行輩相禮⑨，不爲勢利移易所操。逮尋常負販之人，反竭誠盡仁，樂然爲施，無一毫傲忽意⑩。當仁宗皇帝在位⑪，既建藩輔⑫，遴選精其業者充府僚太醫，以君名奏，得拜是官，行不變如初。士大夫以是重之。』

予聞之，曰：『噫！人有言，觀人不於其□，於其友，則知君爲人矣。今之歸，其鄉在東南繁富之邦，山水奇絶，異産珎麗，茂林修竹之下，多故人隱者，好文而樂道，君從之觴詠其間⑬，優游天年之餘⑭，予知其樂固有甚於今日。若其俛仰之際⑮，念及賢王眷顧之深，士大夫平昔交游之盛，其意又未嘗不在京師也。』

【注釋】

① 陳良醫，指陳林南。蘇州人。生平履歷不詳。越府，指越王府。越王，明仁宗朱高熾嫡三子朱瞻墉。永樂二十二年（1424）封，建邸衢州府，未行。正統四年（1439）卒，謚號『靖』。無子，國除。

② 姑蘇：蘇州吴縣（今蘇州市）的别稱。因其地有姑蘇山而得名。

③ 有日：有期，不久。

④ 仞：通『牣』。满，充满。

⑤ 兩京：指南京、北京。

⑥ 延欵：接纳款待。

⑦ 直：价值。

⑧ 平交：平輩交往，平等之交。

⑨ 行（háng）輩：同輩。

⑩ 傲忽：傲慢。

⑪ 仁宗：指明代第四位皇帝朱高熾，明成祖朱棣長子。一四二四年登基，次年暴卒，在位僅十個月。

⑫ 藩輔：指藩国、藩镇。

⑬ 觴詠：語本王羲之《蘭亭集序》：「一觴一詠，亦足以暢叙幽情。」後以「觴詠」謂飲酒賦詩。

⑭ 天年：自然的壽數。

⑮ 俛仰：應付，周旋。

無錫醫學訓科李公挽詩序①

古人哀死而述其行之辭，則謂之誄。至秦人哀三良，而有《黄鳥》之什②；宋玉閔屈平，而有《招魂》之作③：其挽詩之權輿乎④？然三良、屈子皆不得正而斃⑤，故人之忠厚惻怛悼惜之意⑥，自不得不形於言，其作良亦宜哉。近代，自王公迄庶人，生有極尊榮、備盛福，臻耆年、豐後嗣，易簀于正寢⑦，無復遺憾，亦皆有哀挽之作。何歟？蓋有德澤及人者，人詠其德澤而不能忘；有行義可稱者，人重其行義而爲之永嘆。亦皆出於情意之至，油然不能已者。故觀之足知其人平生之所存，雖死猶有光於地下。

今諸縉紳於無錫醫學訓科李君文翰之死，有既哭吊，有遠在數千里恨不獲一臨，有或素名相聞未嘗相識，率皆爲之篇什。或述其行義，或稱其孝友⑧，或論醫術之精，或言問學之富。讀其詩，宛然即其人，咸舒寫情素，寄寓哀思，藹若不可遏。予知是作非爲悲君以壽考終於不幸，蓋惜君德行道義孚於鄉邦⑨，一旦溘然長逝，老成人爲不多見也。君，姑蘇長洲人。子敏，爲太醫院醫士，與予交，故予略爲序詩。君生平履歷，自有太史氏銘誌。

【注釋】

① 李公，指李文翰。南直隸長洲（今江蘇蘇州市）人，為無錫醫學訓科。參卷三《題李醫士橘井》。明代各府、州、縣各設一專司醫學的官員，府稱正科，官爲從九品；州稱典科，縣稱訓科，均有官職無俸禄。

② 黄鳥：《詩經・秦風》篇名。《左傳・文公六年》：『秦伯任好卒，以子車氏之三子奄息、仲行、鍼虎爲殉，皆秦之良也。國人哀之，爲之賦《黄鳥》。』

③ 招魂：《楚辭》中篇章。漢王逸《題解》：『《招魂》者，宋玉之所作也……宋玉憐哀屈原，忠而斥棄，愁懣山澤，魂魄放佚，厥命將落。故作《招魂》，欲以復其精神，延其年壽。』

④ 權輿：起始。

⑤ 斃（bì）：死亡。

⑥ 惻怛（cèdá）：哀傷。

⑦ 易簀（zé）：更换寢席。用以稱人病重將死。簀，華美的竹席。正寢：泛指房屋的正廳或正屋。

⑧ 孝友：事父母孝順，對兄弟友愛。

⑨ 孚：信服。

贈醫學典科考績還莒序①

國朝置郡邑陰陽與醫之所，亦皆曰學，蓋以誨士徒肄習藝業於其間②。其教之官，在府曰正術、正科，州曰典術、典科，縣曰訓術、訓科，皆以士人任之者，有深意也。曰陰陽，則斷群疑，定休咎③，協人謀，而契諸天道焉；曰醫，則順四時，調寒燠④，保人命，而躋乎壽考焉⑤，有益於生人大矣。然非專門名家箕裘世紹者，則必不恒而業不精，或求吉而反誣之凶，祈生或反速之死，其妄可恠也。必出世業之士，學之專而守之一，用之博而驗之廣，然後鄉之人稔信而倚重⑥，其官是職宜哉。吾嘗據是而求之，有得於莒之成公瓚者。以醫業傳家，祖宗以來，積德厚深，州人倚之爲生。永樂初，郡大夫舉之於朝，授郡醫學典科。今年正月，來赴考績，筮日將行。秋官主事郡人李素等⑦，咸把酒賦詩以送，復請予爲序。

今之士爲官者，受天子之命，出居民上，其顯親揚名誠美矣。然而，或必之千里之遠，雖衣輕乘肥，呵前擁後，欲夸耀於鄉里，不恒遂也。公瓚則峩冠慱帶⑧，華榮乎家庭，冗案繁牘，不干乎几席。其高閑静雅有如此。今而歸乎舊職，被乎新榮，蒼顔華髮，酩酊乎離觴別酌之餘⑨，去而樂於家者，宜又何如哉？若夫杏林丹子之碩⑩，橘井甘泉之美⑪，積善源以澤諸子孫，又公瓚之素知也。

群公詩成而酒半，予遂書，以冠其端云。

【注釋】

①医学典科，指成公瓚。山東莒州（今日照市莒縣）人。

②藝業：技藝，學業。

③休咎：吉凶，善惡。

④寒燠（yù）：冷熱。

⑤壽考：壽數，壽命。

⑥稔（rěn）：素常。

⑦李素：山東莒州（今莒縣）人，洪武間歲貢。歷官刑部主事。

⑧峨冠博帶：高冠和闊衣帶。古代儒生或士大夫的裝束。

⑨離觴：離杯，離別之酒。

⑩杏林：相傳三國吴董奉隱居廬山，爲人治病不取錢，但使重病癒者植杏五株，輕者一株，積年蔚然成林。後因以『杏林』代指良醫，並以『杏林春滿』、『譽滿杏林』等稱頌醫術高明。

⑪橘井：相傳蘇仙公修仙得道，仙去之前對母親説：『明年天下疾疫，庭中井水，簷邊橘樹，可以代養。井水一升，橘葉一枚，可療一人。』來年果有疾疫，遠近悉求其母治療。皆以得井水及橘葉而治癒。見晉葛洪《神仙傳·蘇仙公》。後因以『橘井』爲良藥之典。

送涂尚美之任序①

士負才美偶於衆中，雖不自外見，終不能泯焉。舉而暴之，事爲之際，自特出庸輩②，猶之太阿、干將雜施於尋常刀鋸間③，銛利未之見，必至斷犀革、決髖髀④，然後知非鈍器可比，自有以異其用，孰得而捨諸？

惠安涂君尚美，今翰林編修謝君重器同年鄉貢進士也⑤。初以太學生補南康星子丞⑥，始至，人以衆人易之。會郡有疑獄不決者累歲⑦，太守下尚美治，不一數日，即得所以起獄狀，而當辜者服其明，無隱情。守以此賢之。未幾，以舊官代還，邑民數百人訴于郡，留其狀，有『廉勤公正、刑名諳曉』之語。郡上之未報，而尚美已詣京。適有詔命，朝職五品以上，各舉縣正一員。户部郎中馮君廉其行⑧，乃薦，遂擢知儋之宜倫縣⑨。或言：『儋爲地在南徼海外，幽僻遠迥。其民多侏離夷獠，其土賦供輸無幾，政務從簡略，宜若易爲者，亦向煩薦人爲？況尚美負才美，可剸繁劇，於此奚足展其驥足哉？』予曰：『不然。疆域固有遠邇不同，聖人視天之赤子夷夏同仁，不聞有中外異治也。儋雖在海外，沐中國風教已久⑩，編户寔夥⑪，自唐宋諸名賢皆嘗臨治，當時政蹟，至今人猶稱之。且士有才美可用，不施之遐方，使遠人蒙惠，亦何以顯所蘊？尚美尹茲邑也⑫，寔宜。尚美於是當伸惠蠲慮，思所以輯寧⑬。而或曲鄉僻峒⑭，其禮讓文物未周者，爲柔以教，詔令與中國鈞，勿爲以夷而鄙之。若斯，庶其導迎德澤，被諸遐荒⑮，將有光繼前代諸賢後，有非今之尋常吏士者比也。』

尚美行，重器需予言，予故以告諸。

【注釋】

①涂尚美，即涂元。福建泉州府惠安縣（今屬泉州市）人。永樂十五年（1417）舉人。入國子監。初授江西南康府星子縣（今屬九江市）縣丞，有廉勤公正之聲。正統間，由户部郎中馮暹舉薦，出為廣東瓊州府宜倫縣（今海南儋縣）知縣。

②特出：格外突出，特別出衆。

③太阿、干將：均是寶劍名。

④髖髀（kuānbì）：胯骨與股骨。

⑤謝重器：即謝璉，見卷二《送謝編修省母》注。

⑥南康星子：明代南康府領星子、都昌、建昌、安義四縣。星子，為府治所在，今屬九江市。

⑦累歲：歷年，連年。

⑧户部郎中馮君：指馮暹。見卷六《送姚助教出宰沁水序》。

⑨儋（dān）之宜倫縣：今海南儋縣。古稱『儋耳』。明洪武元年（1368）十月改儋州，屬廣東瓊州府，統宜倫、感恩和昌化三縣。洪武十九年（1386），割感恩縣屬崖州，儋州領宜倫、昌化二縣。正統四年（1439）六月，以州治宜倫入省儋州，領昌化一縣。

⑩中國：指中原地區。

⑪編户：編入户籍的普通人家。

⑫寔（shí）：同『實』。夥（huǒ）：衆多，盛多。

⑬尹：治理，主管。

⑭輯寧：安撫，安定。

⑮峒(dòng)：宋代以後羈縻州轄屬的行政單位。大者稱州，小者稱縣，又小者稱峒。

⑯遐荒：邊遠荒僻之地。

送劉源清還鄉養母序①

有存心焉，仁志於濟人，孝篤於事親，必兩盡而不違者，人情所共願。然卒得遂者鮮，何也？人事有不齊，時有所齟齬②，有不可以智計期者③。苟有遂焉，宜其快然以自慶其幸也。

予駢邑劉君源清④，初從其伯父習岐黄術⑤，永樂中，舉入太醫院，以二親托養諸弟。宣德中，父老且病，源清日夜規計，覬一歸爲送終⑥，竟不果。及聞訃，哀號屢絶，中迫不勝。即日陳所司，促自往，不以家累偕⑦。至家，望其墓悲號，益傷哀麻⑧。拜母氏，且和顔更色，以慰母心。躬調膳，侍側問安否，以故母維老恃無疾病。制既終還京，回顧母氏，不能即途，泣且曰：『昔別時，二親俱無恙，雖在客所，尚堪衣物之奉，音問之通，不幸父没，而不及親送，此常以干心。今以九袠之母在堂，而子出千里之外，幸他日天假之便，俾吾與母相見，殁能臨壙⑨，則終天之痛，萬一少釋。如其復然，則又何以生爲耶？』泣既，收涕而來。又三年，比以此疾陳之春官，當道深憐之，聽其子濩代源清，得釋役。予鄉人謂宜以言侑其歸。

予知源清自爲醫諸鄉暨在京師，常製藥以應人求。人求之，不問其資有無，問其疾之狀，輒施予不較。有必欲其往視者，不以暑寒泥淖辭⑩，輒爲往。其急於濟人如此。昔家居奉親，甘旨務豐盛，及來京，未嘗忘之。且市藥都城，人多知名，求之者衆，足以罔四方之利，乃不以爲意，惟汲汲以養母求歸，此又其孝之篤也。今歸，奉壽母在高堂之上，諸弟若姪、朋戚舊故，長少咸在，怡怡欣欣[11]，捧觴爲樂，則母氏悦豫歡暢[12]，年雖加而身愈康。源清於是喜躍忭蹈[13]，快然以自慶。其幸也，爲何如哉！噫！予二親在堂，别來數歲，未卜歸養遂在何日，故因源清行，臨文重有所感。

【注釋】

①劉源清，山東臨朐縣人。永樂中，入太醫院為醫士。

②齟齬(jǔyǔ)：不順達。

③智計：計謀，智謀。

④駢邑：臨朐的古稱。《論語·憲問》：『問：管仲。曰：「人也。奪伯氏駢邑三百，飯疏食，没齒無怨言。」』楊伯峻注：『駢邑，地名。阮元曾得伯爵彝，説是乾隆五十六年出於山東臨朐縣柳山寨。他在《積古齋鐘鼎彝器款識》裏説，柳山寨有古城的城基，即春秋的駢邑。』

⑤岐黄：岐伯和黄帝。相傳爲醫家之祖。借指中醫醫生或醫書。

⑥覬(jì)：希望，企圖。

⑦家累：家屬，家眷。偕：一起。

⑧衰(cuī)麻：喪服，衰衣麻絰。

⑨壙(kuàng)：墓穴。

⑩ 泥淖：爛泥，淤泥。
⑪ 怡怡：喜悦的樣子。
⑫ 悦豫：喜悦，愉快。
⑬ 忭(biàn)蹈：高興得手舞足蹈。

送李孟彰還鄉詩序①

宣德丁未春余登第時，適會郡庠先鄉進士孟彰于京師②。蓋先未嘗識荆③，一見遂如故人。相與處之數日，目其威儀④，温柔之著，雅如也；耳其談論，忠信之發，焕如也；至探其心志，則又堅毅方正⑤，有若不爲隱晦荣達所易也。因以知其爲人，有可稱道者。惜其志鋭而年邁，畏道路往來之艱，嘗自言曰：『吾年衰老且疾，倘授以職，固榮；不然，獲歸田里，休養疲骸，尤千萬幸也。』既而還太學，又歷政冬官⑥。偶承恩詔，国子生凡老疾者，賜免歸。孟彰歡然自慶，遂攜篋以行。其友太學李文經氏來謂余曰：『孟彰與我昔游同門，且有族戚之舊，交契雅好⑦，幾於殆老。今孟彰舍我而歸，我之情況又能已於言哉?』既邀諸公賦詩以歌送之，復請予序以冠乎首。

余不辭而爲之言，曰：『孟彰之歸，放乎山林，游乎田野，守祖宗丘園廬舍，會鄉邦兄弟宗族。或登壟拜掃，或因時慶集，怡怡愉愉，少長咸在。又必爲烹羔封豚⑧，置酒交歡。于時醉興吟懷，肆志乎偃仰之間⑨，其樂爲何如也！然今日獲其樂者，尤當有以思其樂於長久也。苟能以詩書禮義之方，訓諸子孫，施諸族黨鄉里，修身齊家，俾人因爲之範，斯不負初父師教育讀書之懿訓，與國家憫懷寬縱之洪恩。又豈徒顧夫田園之樂，苟終天年，甘與草木鳥獸同於腐壞澌盡泯滅而已哉⑩！』

【注釋】

① 李孟彰，即李真，山東臨朐縣人。永樂三年（1405）舉人。官户部主事。據《明宣宗實録》載，宣德四年（1429）九月，『放南北兩京國子監生年五十五以上學無成效及老疾者姚哲等二百五十三人，還鄉為民』（卷五十八）。李真當即此時歸老。

② 郡庠：科舉時代稱府學爲郡庠。鄉進士：明清稱舉人。

③ 識荆：初次識面的敬辭。

④ 威儀：莊重的儀容舉止。

⑤ 方正：指人行爲、品性正直無邪。

⑥ 冬官：指工部。

⑦ 交契：交情，情誼。

⑧ 刲（kuī）：刺，割。

⑨ 肆志：快意，縱情。

⑩ 澌（sī）：盡，消亡。

送井敬安之官序①

正統甲子冬十二月朔②，井君敬安將赴山西藩司之典獄③，告別於予，且求言。予以其有桑梓之好，因以其居小事大、存心恤人者語之。

典獄之官，卑者也。階不盈九品，禄不溢十斛；有諸大夫臨涖于上④，日朝夕謁，疾趨應命，恒若譴訶詬辱之在聽⑤，凛乎不敢肆顔色，緩步履。此固下官事大吏之常理，非云爲足恭分限然耳。雖然，大吏過下僚，亦有鑒照以區别焉。夫克循理知分，不愆于矩度，不隳於政務，顓顓其晨夜效力⑥，敬恭職業者，必改容以優待之。奚慮夫譴訶之或加，詬辱之或至哉？繕囹圄，嚴閉繫⑦，固扃鑰⑧，慎防衛，固在所職。然人於禍患，孰不知辟？刑憲，孰不知畏？但其不幸罹于鼠牙雀角，投軀就拘⑨，遂蹈犴狴⑩，具三木⑪，幽重關⑫，豈其情哉？故在昔聖王，有見而下車爲泣者。蓋哀矜惻怛之意，憫人無知而蹈禍也⑬。

敬安今典兹獄，其亦以愛己之心，推之於人，毋以非道妄加，俾至困苦呻吟，阨於非命。古人有以治獄積陰功，榮顯厥身，庇及後裔者，不可不知。他若守己以廉慎，涖事以公勤⑭，皆仕途立身之大節，不待予言，君當砥礪而服膺者⑮。從事於斯，諸大吏必見知異，稽績考最，茂膺聲稱，於斯可卜。不然，非予所知也。

【注釋】

① 井敬安，當指井淵。山東臨朐縣人。歲貢生。累官至大名府長垣縣（河南省新鄉市）縣丞。

②正統甲子：正統九年(1444)。
③藩司：明清時布政使的别稱。典獄：執掌刑獄之事。
④臨涖：來到，來臨。
⑤譴訶：譴責呵叱。詬辱：辱罵。
⑥顓顓：用心專一的様子。顓，通『專』。
⑦閉縶：囚禁。
⑧扃鑰：門户鎖鑰。
⑨投軀：舍身，獻身。
⑩犴(àn)狴：監獄。
⑪三木：古代加在犯人頸、手、足上的三件刑具。
⑫重關：兩道閉門的横木。
⑬祻(gù)：用同『禍』。
⑭涖事：視事，處理公務。
⑮服膺：銘記在心，衷心信奉。

贈戚文美還遼東序①

蘇子有云：『稱人之善，必本其父兄師友，厚之至也。』②予嘗深味其言，真得聖人取人之旨矣。夫人孰不欲子孫賢且智哉？ 亦孰不擇師尊傅教其子孫哉？ 又孰不經營利名，期以富厚爲長久業哉？ 苟或身之未備，不暇於爲善之計，行不足法，流澤未遠，而必欲獲於後，不識天之果可報之耶？

廣寧左衛戚氏子琳字文美者③，故户侯彦中之孫、善之子、今瑛之弟也。適予歸省于家，琳以幹至予邑。予見其爲人，愿謹恭恪，言動温雅，不肆與人交接。常執謙虚，劇去牙角，謙退自居，雖章逢之士④，未見或多過也。邑人敬賢之，予盖知其有自。琳之祖，予不及知。嘗見其父來此，俶儻樂易⑤，善與人交，盖必善教其子者矣。其瑛又往來益熟，予愛其靜秀端好，敦篤確實，質美而言信，氣和而貌舒，盖足繼其家，又克友愛其弟者矣。二子之賢若此，非祖、父之善教，何克至哉？ 蘇子之言，豈不益信！ 琳還，有祈言贈者。予既喜琳父兄之賢，又嘉琳克承家訓，於贈宜何言？

琳之行也，渡溟渤⑥，觸風濤，暑雨炎蒸，跋越數千里，勞筋苦力不足辭矣。但當竭心以勤公事，歸而語其兄，益當宣力⑦，祗慎職業⑧，上以報朝家禄位之錫，下以副祖、父家庭之訓，其庶幾乎？《詩》不云『毋念爾祖』⑨，幸毋爲忽諸。

【注釋】

① 戚文美，指戚子琳。廣寧左衛人。廣寧左衛，屬遼東都指揮使司，洪武二十六年（1393）正月置，二十八年四月廢，三十五年十一月復置，在廣寧衛城。（《明史·地理志二》）

② 『蘇子有云』句： 見朱熹《論語集註·公冶長》引。蘇子，指蘇軾。

③ 廣寧左衛： 遼東都司所轄二十五衛之一。洪武二十六年（1393）置於廣寧衛城，二十八年廢； 洪武三十五年（1402）

復置。遼東都司，全稱遼東都指揮使司，是明朝在遼東地區設立的軍政機構，在建制上屬於山東承宣布政使司，又稱山東行都司。領二十五個衛，二個州。

④章逢：『章甫縫掖』的省稱。指儒者或儒家學說。《禮記·儒行》：『丘少居魯，衣縫掖之衣；長居宋，冠章甫之冠』。

⑤俶儻：卓異不凡。樂（lè）易：和樂平易。

⑥溟渤：溟海和渤海。多泛指大海。

⑦宣力：效力，盡力。

⑧祗慎：敬慎。

⑨毋念爾祖：見《詩經·大雅·文王》。

詹通叔亨字序①

龍溪詹氏德懷，比以公事來京師，乃以其子通名請字於予，且冀一言勉之。予與之字曰叔亨，復因爲之云。

古者，男子生，既從師訓，必舉以禮爲，名稱諸父兄族黨之間。既長，則必爲之筮日筮賓②，告諸祖之廟，戒以嚴父之命，三加冠服，然後始爲之字，以諱其名，重成人之道也。是故聖人著之典禮，以爲萬世之常。自天子達於庶人，率由行焉③。然非讀書好禮之士，出於故家遺俗，則不能識其義。能舉而行者，亦寡矣。

德懷衣冠巨族，鄉邦望氏，代以詩禮訓子孫，其子孫之出，章逢奕奕④，有非他氏族比。故觀通之爲人，質美而言信，氣和而貌舒，雖處膏粱紈綺⑤，而無一息驕盈氣習⑥，温然布衣韋帶⑦，動容周旋⑧，揖遜可觀⑨，其《詩》所謂『威儀抑抑，惟德之隅』者耶⑩。

夫既先禮而冠，受責成人，是宜因名而爲之字。顧予非有道者，既不能表發其名之美，又不能致夫規進之辭。辱德懷之請之堅，徇臆以申其義。且通之爲同也，天下之理同則吉，吉則亨通⑪，無往而不利矣。謂子通名而亨字，雖若類訓詁之義，欲以祝子進進於善，將履康吉而已⑫。之子服父師之教，習詩禮之益，其孝友恭儉，固足以勉之于家，而宜於宗族矣。若或他日出而見用于時，尤當志其遠者、大者。務曰于何而顯親揚名，于何而紹前裕後，直取古人之所尚，以距今人之所法，舉天下之善，必求其至而後止，又奚往而不亨也哉！孔子所謂『未見其止』⑬，孟子所謂『莫之能禦』云者⑭，予正以是勉。

【注釋】

①詹通，字叔亨，福建龍溪縣人。詹德懷之子。德懷，生平不詳。字，指取字。

②筮日筮賓：筮，以蓍草占卜。日，指加冠的日子。賓，指主持冠禮的人。《禮記·冠義》：『古者冠禮筮日筮賓，所以敬冠事，所以重禮；重禮所以為國本也。故冠於阼，以著代也；醮於客位，三加彌尊，加有成也；已冠而字之，成人之道也。見於母，母拜之；見於兄弟，兄弟拜之；成人而與為禮也。玄冠、玄端奠摯於君，遂以摯見於鄉大夫、鄉先生；以成人見也。』

③率由：遵循，沿用。

④章逢：『章甫縫掖』的省稱。指儒者。《禮記·儒行》：『丘少居魯，衣縫掖之衣；長居宋，冠章甫之冠。』

⑤膏粱：肥美的食物；借指富貴人家及其後嗣。紈綺：精美的絲織品；引申爲富貴安樂的家境。

⑥氣習：氣質，習性。

⑦布衣韋帶：貧寒之士的服飾。

⑧動容：舉止儀容。周旋：指交際應酬。

⑨揖遜：揖讓。

⑩『威儀抑抑』二句：見《詩經·大雅·抑》。原詩作『抑抑威儀』。二句大意是，審密的容止禮節，是同道德相匹配的。威儀，容止禮節。抑抑，嚴密審慎。隅，通『偶』，匹配。

⑪亨通：通達，順暢。

⑫履：臨，至。

⑬未見其止：見《論語·子罕》。原文作：『子謂顔淵，曰：「惜乎！吾見其進也，未見其止也。」』止，停止。

⑭莫之能禦：見《孟子·梁惠王上》。禦，阻擋。

贈孝子李文瑩序①

人子於親，生事葬祭之間②，分所當盡，但人有能否耳。自聖賢身任人倫之至道，施已極而人猶未以爲過。若程子謂周公之功固大矣③，皆臣子之分所當爲；孟子謂『事親若曾子可也』④。至於衆人，莫不知愛其親，然於道所當盡，厚薄殊萬焉。誠以生禀有不同⑤，聞道有難易。其或知之，情欲盡而弗稱，志欲遂而弗逮。是賢者亦有所不能，其下則溺於流俗，困於所習，雖於天理民彝之良知⑥，僅能不昧。然或養之而不以道，至於貽羞逆志，傷敗倫俗，終則邈焉如棄，臨喪而歌。否則惑於異端，忽於苟簡，況望其有終身之憂，求所謂必誠必信，勿之有悔焉者。兹所以篤於倫理，翼化善俗之士，世未多見也。

河東副轉運莒國孔君文明考績來京⑦，謁予館，言蒲之安邑有著姓李氏瑛字文瑩者⑧，系出唐振武節度使、贈尚書左僕射光進之後⑨，昆季皆孝謹敦義⑩，讓奉二親，咸躋高壽。居父喪，哀毀踰禮。及葬，文瑩即廬於墓側，日負土築墳，封之隆然。繚以周垣，端樹以門，中建祠，曰『昭穆之堂』，用修時奠，植松栢數千，由把及拱，時攀以悲號焉。既祥而禫⑪，未嘗一返私室。族里耆庶咸相謀曰：『文瑩之心，哀慕固無窮，而聖人中制⑫，不可違也。』共欵其屬，告文瑩，泫然流涕，不之應。如是至于再，又至于四三，始免練絰，其情猶未釋然，若將終身而弗忍者。運使永嘉韓公異其行⑬，欲屬求一言爲彰美之。予樂道人之善，孔君之言爲然，安得不爲之言乎？然聖朝以孝治天下，凡人子制行卓然足以儀世範俗，未有不被旌異⑭，至錫之顯位，光寵身家，庸風勵臣庶。文瑩克盡子道若此，則朝家褒異之典⑮，將有必至。後世史氏録之，與古聞人共不朽，未必不以斯言爲張本⑯。

【注釋】

① 李文瑩，即李瑛，山西平陽府安邑縣（今運城夏縣）人。《山西通志·孝義五》載：『李瑛，安邑人，廬父墓三年，絶甘

旨，擇隙種瓜，備時祭，孟冬猶生，人謂孝感。』（卷一百四十五）

②生事：指父母在世時奉事之。

③程子：指程頤。字正叔，人稱伊川先生。北宋洛陽人。程顥胞弟。歷官汝州團練推官、西京國子監教授。元祐元年（1086）除秘書省校書郎，授崇政殿説書。與其胞兄程顥共創『洛學』，爲理學奠定了基礎。

④『事親』句：見《孟子・離婁上》。

⑤生稟：稟賦。

⑥民彝：猶人倫。指人與人之間相處的倫理道德準則。

⑦孔君文明：指孔哲，字文明。參卷二《謝河東孔運副惠琴兼寄葡萄酒》注。

⑧蒲：古邑名。春秋晉地。安邑在古蒲地。明代平陽府下有蒲州。

⑨李光進，本姓阿跌。本河曲（今山西河曲縣）部族。與弟少依姊夫舍利葛旃，因家於太原。至德間，授代州刺史，封范陽郡公。永泰初年，進封武威郡王。大曆四年（769），檢校戶部尚書，知省事。元和六年（811），拜銀青光祿大夫、檢校工部尚書，爲振武節度使。以功著，賜姓李氏。卒贈尚書左僕射。振武：唐方鎮名。乾元元年（758）置。治所在單于都護府（今内蒙古和林格爾西北）。節度使：官名。唐初沿北周及隋舊制，於重要地區設總管，後改稱都督，總攬數州軍事。唐睿宗景雲二年，賀拔延嗣爲涼州都督，充河西節度使，自此始有節度使之號。其初，僅於邊地有之，安史之亂後遍設於國内。節度使統管一道或數州，總攬軍、民、財政。尚書左僕射：官名。秦始置，漢以後因之。漢成帝建始四年，初置尚書五人，一人爲僕射，位僅次尚書令，職權漸重。漢獻帝建安四年，置左右僕射。唐宋左右僕射爲宰相之職。宋以後廢。

⑩昆季：兄弟。長爲昆，幼爲季。

⑪祥：親喪的祭名。古代居父母、親人之喪，滿一年或二年而祭的統稱。禫（dàn）：除喪服的祭祀。《儀禮·士虞禮》：『中月而禫。』鄭玄注：『中，猶間也；禫，祭名也，與大祥間一月。自喪至此，凡二十七月。』

⑫中制：合乎中庸之道的典章、制度。

⑬永嘉韓公：指韓偉，浙江永嘉人，監生。正統二年（1437），任河東鹽運使。

⑭旌異：旌表，褒獎。

⑮朝家：國家，朝廷。

⑯張本：開始。

義民傳後序①

余讀少保、禮部尚書兼武英殿大學士澹菴楊先生所著《義民周孟敬傳》②，知人之爲善，必有所自③，其事足爲世勸也。

孟敬名珪，世居江陰之顧山，號顧山。周氏祖伯源甫存曰：『有餘貲④，恒以周人之急爲務。』孟敬蚤喪父，與兄孟德事祖盡孝，得其歡，祖以壽終。兄弟友愛甚篤。孟敬恒自惟曰：『吾承守厚業，甲於鄉里，皆吾祖陰隲所致⑤。若使吾祖之德泯而不聞，安在其爲後嗣耶？』故凡起居食飲，罔頃刻忘。辛酉，歲頗不登，邑民告饑，詔命有司發廩賑之。孟敬慨然曰：『天時之災，人所不幸，聖天子猶軫念之，吾積而不散，豈仁所忍爲？』即以粟六千石助于官。有將以名上⑥，孟敬復祈曰：『吾所以爲此，非敢要於己。必當歸榮吾祖，使得蒙恩於地下，庶生平好義之心，知有所繼續，無遺憾。且以伸吾仰承庇佑，不敢墜忽之微意。』有司迺以其情聞，朝廷賜敕褒諭，表伯源墓⑦，爲義民。祖、子孫存殁，咸被光榮。宜名公爲之表章，以傳諸後。余嘗觀之，人有十金之産，必欲其子孫守之。子孫嗣承先業，亦孰不欲傳之後裔，永保其富也？後世俗鄙之徒，務爲增大其家，視同胞之寒饑，漫不加意，比比皆是。其得如孟敬孝義兼盡，克顯於先者，豈多見哉？《傳》曰：『君子富，好行其德。』又曰：『人富而仁義附焉。』⑦《禮》云：『士庶人有善，本諸父母。』⑧孟敬其庶幾乎？

余嘉孟敬之志，特書諸後，方以貽世勸，非敢以文道也。

【注釋】

①義民，指周珪。字孟敬，南直隸江陰縣（今屬江蘇常州）人。

②澹庵楊先生：指楊溥。見《澹軒歷受誥詞》注。

③所自：由来，来源。

④餘貲：富餘的資財。

⑤陰隲（zhì）：陰德。

⑥有：後當有『司』字。有司，即官吏。古代設官分職，各有專司，故稱。

⑦表：指立石碑。

⑧『君子富』及『人富』句：見《史記·貨殖列傳》：『禮生於有而廢於無，故君子富，好行其德；小人富，以適其利。淵深而魚生之，山深而獸往之，人富而仁義附焉。』

⑨《禮》云句：見《禮記·祭義》。

慶封氏母壽詩序①

古稱治世之民多壽②，亡國之民鄙夭③。豈不信然乎哉？夫以太平盛治之世，風氣完美，俗化真淳④，上無横暴之施，急迫之令；下無悖逆譎詐之習⑤，侵陵爭奪之患⑥。凡民壯者，得服力於畎畝⑦，修其孝弟忠信，以事其父兄，仁及族屬，以至鰥寡癃疾，亦有所仰賴資藉，得終其天年矣。方今朝家自馭宇以來幾八十年⑧，仁風惠澤，薰陶涵濡，如天地之育萬物庶類⑨，生靈洪纖，悉被其澤。所謂『建其有極，斂時五福，用敷錫厥庶民』之日乎⑩。此所以黄耇鮐背之老⑪，皓首之翁，酡顔鶴髪⑫，含飴弄孫之媪⑬，井里相望⑭，在在有之；優游怡悦於光天化日，而夭閼札瘥殃沴凶殘之禍無有也⑮。民生斯世，何幸如之！然所以致是者，其亦民之柔良，累世好德所鍾，而獲報於天者然也。

莒郡封氏之母，享年八衮餘，身日強捷，疾病不侵，寒暑不累。盖以其家有恒産，而務勤儉，積而不乏，有足以具甘旨、奉温煖。諸子若孫，羅列滿前，足以奉起居，承意指，雖默然而喻，雖頷而解⑯。故其母有不勞，氣和平而意暢快。且長子和字景新，以才能授陽武簿⑰；其仲子圭字廷瓚，爲郡庠弟子員，課業勤勵不懈，殆底於成，以光大其家，又其母之所喜者。蓋非其先世積善之至，焉得致如是之盛耶？太學生邢正輩，皆與廷瓚合志者也。兹得歸省於家，重惟封氏之母之年，誠鄉里所罕比。其子孫之盛，家道之興，亦鄉里之所稱羡者。故欲求文持歸以爲賀。予嘗適其郡，識廷瓚於諸生⑱，知其將有進者。又嘉其母之壽，多表正之義，故爲序諸其端。

【注釋】

① 封氏母，指封圭之母。圭，字廷瓚，山東青州府莒州（今日照莒縣）人。正統間歲貢。官至縣丞（據嘉靖《青州府志》）。

② 治世：太平盛世。

③ 鄙夭：指性情貪鄙，壽命不長。

④ 真淳：真率淳樸。

⑤ 譎詐：狡詐，奸詐。

⑥ 侵陵：侵犯欺淩。

⑦ 畎畝：田地，田野。

⑧ 朝家：國家，朝廷。馭宇：統治宇内。

⑨ 庶類：萬物，萬類。

⑩ 「所謂」句：見《尚書·洪範》。建，立。指建立君權。斂，同「斂」，收聚。時，這。敷，普遍。錫，施予。

⑪ 黄耇：年老。鮐（tái）背：指老年人背上生斑如鮐魚之紋，爲高壽之徵。

⑫酡顔：指面色紅潤。

⑬含飴弄孫：含着飴糖逗小孫子。形容老人自娱晚年，不問他事的樂趣。

⑭井里：鄉里。古代同井而成里，故稱。

⑮夭閼：夭亡，夭折。札瘥（cuó）：因疫癘、疾病而死。『札』底本作『扎』，徑改。

⑯頷：點頭。

⑰陽武：明屬開封府。在今河南原陽東南。一九一九年與原武縣合併，名原陽（今屬河南新鄉）。

⑱諸生：明清兩代稱已入學的生員。

貞節堂詩序①

監察御史歷城王允母孺人劉氏②，生於名族，自少習於女教③。年十九，父母爲擇良配，歸允之父雲。凡七年，年廿六，生二子而寡。時允方五歲，信方三歲。孺人以姑老子幼④，乃斷髮，誓不再適⑤。却鉛華⑥，屏美麗，常衣縞素⑦，甘淡泊，旦夕攻絲枲、紡績織紝以自給⑧。人不能堪而獨安之，惟以養姑教子爲事。姑殁，哭泣盡哀，葬祭循禮。及允稍長，即遣入郡庠，從名師良友游，以啓發磨礲其德業⑨。且嘗戒之曰：『家雖貧，無以是廢學也。』自是，允益刻勵勤苦，至忘飢渴寒暑，學底于成。遂登進士第，擢今官。是皆孺人慈訓之所致也。其所守，五十年如一日，鄉黨歆羡，咸稱曰『王節婦』。允乃作堂，奉之輿論，扁曰

『貞節』，以著其實也。允頃出示諸名公所爲詩歌，而請予爲之序。

嗚呼！人倫之至重者，三綱也。夫夫婦婦，三綱所係。人禀天地之中以生而靈於萬物者，以其有人倫焉。大《易》論『家人』，首曰『利女貞』，而有『嘻嘻失節』之戒⑩。世之爲人婦者，夫死不再醮⑪，從一而終，理之常也。不幸遭乎時異事殊，或值事勢之危迫，故寧蹈水火而不踐二姓之庭⑫，由其秉彝之性根於中⑬，而自不能不然耳。孺人當盛年喪偶，秉志不回，逮今年踰七袠，尚康強無恙。而允職風紀，食厚禄，豸冠繡衣⑭，歸拜慈顔⑮，極歡忻怡愉之奉於斯堂之上，誠世之罕儷焉。昔歐陽子生四歲而孤⑯，家無所庇以爲生，其後成立貴顯者，皆出於其母魏國太夫人鄭氏也。今允蚤孤家貧，賴母氏守節，鞠育撫教而底于成⑰，與歐陽子絶相類。而孺人之賢，視魏國豈多讓哉！天之報施於善人，其不爽明矣。然則是堂也，非惟表於一鄉一時，而將垂名於天下後世，實有關於世教民彝之大⑱，不可不書也。

是爲序。

【注釋】

①　貞節堂，王允爲彰顯其母所建。允，字執中，山東歷城縣（今屬濟南市）人。正統十年（1445）進士。正統十年九月擢爲監察御史。歷官温州知府、山西按察司按察使、湖廣布政司左布政使。《歷乘》稱：允『事母克盡孝愛，所至以清潔稱。母卒，廬墓哀毁。景泰三年，有司上其母貞節，允孝行，來旌表。』（《人物志・名臣》）

②　孺人：明爲七品官的母親或妻子的封號。

③　女教：指對女子進行的教育。

④姑：丈夫的母親。婆婆。

⑤適：嫁人。

⑥鉛華：婦女化妝用的鉛粉。

⑦縞素：喻樸素。

⑧絲枲：生絲和麻。指纜絲績麻之事。

⑨磨礲：磨練。

⑩『大《易》』數句：指《周易·家人》。此卦首句云：『家人，利女貞。』《彖》曰：『家人，女正位乎内，男正位乎外。男女正，天地之大義也。家人有嚴君焉，父母之謂也。父父，子子，兄兄，弟弟，夫夫，婦婦，而家道正。正家而天下定矣。』『九三，家人嗃嗃，悔厲，吉。婦子嘻嘻，終吝。』《象》曰：『「家人嗃嗃」，未失也。「婦子嘻嘻」，失家節也。』嗃嗃(hèhè)，嚴肅拘謹。嘻嘻，嘻皮笑臉，毫無檢束。

⑪醮(jiào)：指女子嫁人。

⑫踐二姓之庭：指改嫁。踐，踩；踩踏。二姓，指締結婚姻的男女二家。《禮記·昏義》：『昏禮者，將合二姓之好，上以事宗廟，而下以繼後世也。』

⑬秉彝：持執常道。

⑭豸冠：即獬豸冠。古代御史等執法官吏戴的帽子。

⑮慈顔：慈祥和藹的容顔。稱尊上的音容，多指母親而言。

⑯歐陽子：指歐陽修。歐陽修四歲喪父，隨叔父長大，幼年家貧無資，母親鄭氏以荻畫地，教以識字。

⑰鞠育：撫養，養育。語本《詩經·小雅·蓼莪》：『父兮生我，母兮鞠我，拊我畜我，長我育我。』

⑱ 民彝：猶人倫。指人與人之間相處的倫理道德準則。

春江別意圖詩序

春江別意圖者，武昌郡庠掌教暨諸生送太學上舍牛生之作也①。生嘗以使至武昌，與其師生游，情好日篤②。生既還，於是師生命酒供帳③，瀕江湄而送之④，咸歌詩道其義，復繪圖於前。蓋當送別時，淑景明和⑤，天光媚麗，惠風淡蕩⑥，徐來江水之上，怒濤不興，微波縐緑⑦，紆徐瀰漫⑧，一望千里。沙鷗野鶩，立浴狎游；錦鯉循鱣⑨，或潛或躍，熙熙然樂彼春意而自適也⑩。汀蒲岸柳，翠碧交横，溪草山花，幽秀遞發⑪，草木爭妍競秀，與時而敷榮焉。然江間景物，固無窮盡，與時列者亦如之。但見篙師奏工⑫，帆張維解，席者盃盤狼籍⑬。離觴獻畢⑭，不能已而形之言，言不已而成之詩。詠歌之、圖畫之，其繾綣留連之意⑮，何其至耶！

今年秋，生來京師，欵予舍，曰：『彼之人士，惠我厚矣！然而有詩與圖，而無序引以冠之，猶之衣裳，黼黻雖具而無冠冕⑯，不可言備於身矣。敢請於先生。』予惟詩也者，發於情而美其德也。《烝民》之餞山甫⑰，《嵩高》之於申伯⑱，其義可見矣。今武昌人士，或以合璧南金之珎⑲，或以鄧林楚材之具⑳，吐諸口而爲章，所以期待於生者不淺也。生其因以益奮勵，植志遠大，以求無負彼之所望，然後可謂有志之士矣。詩凡若干，首予之序焉。

【注釋】

① 掌教：主管教授。明清稱府、縣教官及書院主講。諸生：明清兩代稱已入學的生員。

② 情好：感情，交情。

③ 命酒：命人置酒，飲酒。供帳：陳設供宴會用的帷帳、用具、飲食等物。亦謂舉行宴會。

④ 江湄：江邊。

⑤ 淑景：美好的時光。

⑥ 惠風：和風。淡蕩：水迂回緩流的樣子，引申爲和舒。

⑦ 縐（zhòu）：細葛布。

⑧ 紆（yū）徐：從容寬舒的樣子。

⑨ 鱣（zhān）：鱘鰉魚。

⑩ 自適：悠然閒適而自得其樂。

⑪ 遞：交替，轮流。

⑫ 篙師：撑船的熟手。奏工：收效，成功。

⑬ 狼籍：縱横散亂的樣子。

⑭ 離觴：離杯，指餞别之酒。

⑮ 繾綣：纏綿，形容感情深厚。

⑯ 黼黻：泛指禮服上所繡的華美花紋。

⑰ 烝民：指《詩經·大雅·烝民》。傳統説法，以爲此詩是周宣王大臣尹吉甫所作，贈給仲山甫，讚揚其美德及輔佐宣

王的忠直。

⑱ 嵩高：指《詩經·大雅·崧高》。傳統説法，以爲此詩是周宣王大臣尹吉甫所作，贈予申伯。

⑲ 合璧：兩個半璧合成一圓形，稱之爲合璧。南金：南方出産的銅。後亦借指貴重之物。

⑳ 鄧林：古代神話傳説中的桃林。比喻薈萃之處，聚匯之所。

歲寒三友序①

世稱松、梅、竹爲三友。或曰：『世之無情，莫草木若也。友則人道五常之一，有合志之好焉，有死生之期焉，非知道者尚不能盡其義，彼植物惡足與語云？』余曰：『不然。林然、蓁然、蔚然、勃然②，媚於陽春，榮於盛夏，紅紫芳菲，容冶妖豔③，紛紛焉均草木也。一旦秋氣初臨，露霑林麓，望風凋謝，萎敗稿死④，況至於天地閉藏，重陰凝沍之時⑤，根荄株葉⑥，洪纖俱折，曾有一存者乎？斯時也，而兹三物則有鬱鬱蒼蒼，而柯葉不易者；有敷華吐芳，皎然於塵俗之外者；又若翠榦森然，淩霜雪而不變其色者。蓋同得天地貞固之氣，而其意同，節操同，怡然相附，若有通其好，達其情者。謂之三友，不亦宜乎？』

秋官主事盱江丁君廷用⑦，常植三物於家。及來京師，又爲圖於所居之官舍⑧，間請余序。余觀三物見取於君子者，以其異乎衆植也。士之所以見重於世者，寧不繇志趣高邁⑨，特然獨立，以自别於凡庸哉？廷用，余進士同年，爲人清約厚重⑩。居官臨事，小心慎密⑪，赫赫聲勢之下，遠斥不居⑫，而其中介然⑬，亦不苟合於人，日以斯圖玩之，得非將以自況者乎？

【注釋】

①本文系馬愉為其同年進士丁芹《歲寒三友圖》所作序。丁芹，見卷五《送朱員外還鄉省墓序》注。

②藂（cóng）：聚集，丛生。

③容冶：容貌美艳。

④槁：通『槁』，枯槁。

⑤凝沍（hù）：结冰，冻结。沍，冻结，凝聚。

⑥根荄：植物的根。

⑦盱江：發源於江西廣昌縣血木嶺，流往南豐、南城，注入撫河。《漢書·地理志》稱為『盱水』。代稱建昌府。

⑧圃（pǔ）：种植蔬菜、花果或苗木的园地。

⑨高邁：高超，超逸。

⑩清約：清静自守。

⑪慎密：認真細緻。

⑫遠斥：疏远排斥。

⑬中：指内心。介然：耿介，高潔。

送沈子茂序①

人有處江湖田里間，而能遨遊四方，結交人士；合而翕然相聚②，執袂拍肩③，歡好日給，有膠漆之固焉④，有蘭馨之譬焉⑤；離而索然不能爲懷，情緒繾綣⑥，致而爲陽關之唱⑦，河梁之悲⑧，連軫結駟⑨，以出於祖道者⑩。是何致耶？繇其人之尚德好義，平素之行，有以達於鄉邦，達於四方，凡同負氣義之人，自相投合，不覺其契誼之深也⑪。若今淮安沈子茂氏，其幾是乎？

子茂初自姑蘇徙于淮⑫，善居貨⑬，家用富饒，有腴其田，有裕其廛⑭。鄉隣有困乏危急，汲汲周之如不及。尤精於醫，恒蓄善藥以濟人。凡有疾者，不問戚踈貧富遠近，能報與否，皆一其心，無少負。往歲，值有勸分之令⑮，即輸粟若干石助官賑民。有司上聞，詔旌爲義民，刊碑石于門。子茂乃走舸詣闕謝⑯，京邑所嘗交識與聞子茂之名者，争迎致之，惟恐後。日相欵曲⑰，無不傾倒。及還，復合辭求言以爲餞。

予聞《禮》「丈夫生，設桑弧蓬矢，以射四方」⑱，言四方皆男子所有事也。夫既爲男子，孰不有志四方乎？然志焉者，不必登榮階、涖官守爲得。但其心主於利人濟物，澤足及人，致聲聞於遠永。尤必觀覽於通都大邑，廣接耳目，充其胷次，知天下之善。凡人可爲者，皆吾分内事。或求之未得，行之未至，必愈礪其志，不以已得之區區者爲是，斯可也。

子茂遊京師，觀光而還，凡人情世故、事物道理，皆目擊耳聞。歸而益廓其見聞，增卑爲高，進而至於高明之域，以孝第忠信化鄉人，俾其鄉稱爲善人，此則是遊之所得，又不徒交游之繾綣相送爲貴也。豈不聞節孝先生⑲，敦厚樂義，隱約終身，雖在家居，而名在朝闕。子茂居其鄉，可不知其人乎？子茂須知予之所屬⑳。

【注釋】

① 沈子茂，淮安府人。因捐粟助官賑民，旌為義民。

② 翕(xī)然：一致的樣子。

③ 執袂：拉住衣袖。形容分別時依戀不舍。拍肩：輕拍別人的肩膀，表示友好或愛護。

④ 膠漆：膠與漆。比喻情誼極深，親密無間。

⑤ 蘭馨：義同『蘭臭』。指情投意合。《周易·繫辭上》：『同心之言，其臭如蘭。』

⑥ 繾綣(qiǎnquǎn)：纏綿，形容感情深厚。

⑦ 陽關：古曲《陽關三疊》的省稱。亦泛指離別時唱的歌曲。

⑧ 河梁：舊題漢李陵《與蘇武》詩之三：『攜手上河梁，游子暮何之？……行人難久留，各言長相思。』後因以『河梁』借指送別之地。

⑨ 連軫：車後橫木相接，形容車多。結駟：一車並駕四馬。

⑩ 祖道：古代爲出行者祭祀路神，並飲宴送行。

⑪ 契誼：交情，友誼。

⑫ 姑蘇：蘇州府吴縣(今蘇州市區)的別稱。因其地有姑蘇山而得名。

⑬居貨：指積貨售賣。

⑭廛（chán）：古代平民一家在城邑中所占的房地。後泛指民居、市宅。

⑮勸分：勸導人們有無相濟。

⑯走舸（gě）：指乘船。舸，大船。詣闕：指赴京都。

⑰款曲：殷勤酬應。

⑱「丈夫生」三句：見《禮記·内則》。原文作「國君世子生，告於君，接以大牢，宰掌具，三日，卜士負之，吉者宿齊，朝服寢門外，詩負之，射人以桑弧蓬矢六，射天地四方。」大意是，古時男子出生，以桑木作弓，蓬草爲矢，射天地四方，象徵男兒應有志於四方。後「桑弧蓬矢」成爲成語，用爲勉勵人應有大志之辭。

⑲節孝先生：即徐積，字仲車。宋楚州山陽（今江蘇淮安）人。三歲父歿，因父名「石」，終身不用石器，行遇石則避而不踐。事母至孝，母亡，七日水漿不入口，廬墓三年，哭不絕音。卒謚節孝處士。《宋史》有傳。

⑳屬：通「囑」。

澹軒文集校注

【卷之八】

墓誌銘

故行在廣東道監察御史劉君墓誌銘①

禮科給事中劉福承祖喪還②，將遥父子厚公柩自任丘歸③，以正統六年□月□日④，葬於某原，求予誌其墓。予嘗識公，不可辭。

公諱淳⑤，子厚字。其先安丘解胡人。元季⑥，祖烕府君逐兵亂，轉居益都之洋河里。國朝平定，遂家焉。父諱文，有善行，鄉里重之。洪武末，爲鄉兵百户⑦。母，李氏。公自少穎異⑧，補邑庠弟子員⑨，鋭於進學，明壁經⑩，領永樂戊子鄉薦⑪。壬辰中乙榜⑫，授山西祈縣訓導⑬。滿，以績著陞河間任丘縣教諭⑭。凡二邑士經指授者⑮，咸能成。

方之任丘時，師席久虚，學政怠甚⑯。公始至，大爲振作。簡點其徒弗率者而作其良⑰，薦邑明經士二⑱，請于朝，俱爲訓導，分教兩齋。凡百務悉舉，課諸生業如程⑲。宣德六年，御史王理者按郡縣⑳，深推公器識㉑，遂薦之，詔拜文林郎、行在廣東道監察御史㉒。八年正月二十日，以疾卒于官。時福尚在寓居任丘，遂迎厝焉㉓。諸生空館送數十里，至百數十里，奔走哭盡哀㉔。咸曰：『吾師撫我成我者也。昔被徵，吾儕失依歸矣㉕，今忍見其永背耶！』

公爲御史時，監廩儲之入㉖。有黑軍十餘輩，盜官米數百斛㉗。覺，未即服，復具毒陷人。公爲蹤跡其實㉘，抵以罪，悉平反所誣倉使等。其他伸雪，亦多時中㉙，執法太康。顧公佐最難爲下者㉚，獨稱公爲能明。

公爲人性果介㉛，端厚恭慎。兩爲校官㉜，常奉其母孺人于官所㉝，養之盡孝。教諸子甚嚴。美姿儀㉞，有襟度㉟。卒年四十有九。配，張氏。子，男五人，長即福，以丙辰進士爲今官；曰祐、曰禧、曰褕。女一，孫男二，孫女一。銘曰：

嗚呼劉公，令德孔儀㊱。胡止中年，未盡厥施。彼蒼者玄，人難焉知。堯山峩峩㊲，洋水漪漪㊳。公千里來，返窆於斯㊴。公其安之，監我銘辭。

【注釋】

①劉君，指劉淳。字子厚。山東益都縣（今青州市）人。永樂六年（1408）舉人。歷官文林郎、行在廣東道監察御史。

②劉福：劉淳之子。字慶之。正統元年（1436）進士。累官山西右參政。給事中：官名，秦始置。明朝置給事中，掌侍從、諫諍、補闕、拾遺、審核、封駁詔旨，駁正百司所上奏章，監察六部諸司，彈劾百官，與御史互爲補充。另負責記録編纂詔旨題奏，監督諸司執行情況；鄉試充考試官，會試充同考官，殿試充受卷官；册封宗室、諸藩或告諭外國時，充正、副使；受理冤訟等。品卑而權重。初定爲正五品，後數改更其品秩。祖喪：奠祭送喪。

③任丘：任丘縣，明代屬京師滄州府（今屬河北省滄州市）。

④正統六年：一四四一年。

⑤諱：指已故尊長者之名。

⑥季：末，指一個時期的末了。

⑦百户：元設百户爲『百夫之長』，隸屬於千户，爲世襲軍職。明時此職務爲衛所軍中職務，掌軍户一百。

⑧穎異：聰慧過人。

⑨邑庠：明清時稱縣學爲邑庠。弟子員：明清時對縣學生員的稱謂。

⑩壁經：亦稱『壁書』，漢代發現於孔子宅壁中的藏書。指儒家經典。

⑪永樂戊子：永樂六年（1408）。鄉薦：唐宋應試進士，由州縣薦舉，稱『鄉薦』。後世稱鄉試中式爲領鄉薦。

⑫壬辰：指永樂十年（1412）。乙榜：指副榜。科舉時代會試或鄉試取士，除正榜外另取若干名，列為副榜。副榜始於元至正八年。明永樂中會試有副榜，給下第舉人以做官的機會。嘉靖中有鄉試副榜，名在副榜者准做貢生，稱為副貢。《明史·選舉志一》：『舉人入監，始於永樂中。會試下第，輒令翰林院録其優者，俾入學以俟後科，給以教諭之俸。是時，會試有副榜，大抵署教官，故令入監者亦食其禄也。宣德八年嘗命禮部尚書胡濙與大學士楊士奇、楊榮選副榜舉人龍文等二十四人，送監進學。翰林院三月一考其文，與庶吉士同，頗示優異。後不復另試，則取副榜年二十五以上者授教職，年未及者，或依親，或入監讀書。既而不拘年齒，依親、入監者皆聽。依親者，回籍讀書，依親肄業也。又有丁憂、成婚、省親、送幼子，皆仿依親例，限年復班。』

⑬祈縣：明屬山西太原府。訓導：學官名，明清府、州、縣儒學的輔助教職。《明史·職官志四》：『儒學：府，教授一人，訓導四人。州，學正一人，訓導三人。縣，教諭一人，訓導二人。教授、學正、教諭，掌教誨所屬生員，訓導

佐之。」

⑭教諭：學官名。宋代在京師設立的小學和武學中始置教諭。元、明、清縣學亦置教諭，掌文廟祭祀，教育所屬生員。

⑮指授：指導，傳授。

⑯學政：指教育工作。

⑰簡點：選定。

⑱明經：通曉經術。

⑲課：考核，考查。

⑳王理：江西吉水縣（今屬吉安市）人。宣德二年（1427）進士。選庶吉士。歷官給事中。巡行，巡視。

㉑器識：器局與見識。

㉒文林郎：文散官名。隋置，取北齊徵文學之士充文林館之義。歷代因之。明清時用來授正七品文官。

㉓厝（cuò）：停柩待葬。

㉔盡哀：竭盡哀思。

㉕依歸：依託，依靠。

㉖廩（lǐn）：糧倉。

㉗斛（hú）：量詞。多用於量糧食。古代一斛爲十斗，南宋末年改爲五斗。

㉘蹤跡：按行蹤影跡追查、追尋。

㉙時中：儒家謂立身行事，合乎時宜，無過與不及。

㉚顧佐：見卷二《送顧都御史致仕》注。

㉛果介：誠實，耿直。

㉜校官：古代的學官。掌管學校的官員。

㉝孺人：古代稱大夫的妻子，唐代稱王的妾，宋代用爲通直郎等官員的母親或妻子的封號，明清則爲七品官的母親或妻子的封號。亦通用爲婦人的尊稱。

㉞姿儀：容貌，儀錶。

㉟襟度：襟懷與氣度。

㊱令德：美德。

㊲堯山：指益都境内堯王山。位於今青州市城區西北。因傳説中堯王巡狩至此而得名。峩峩：高聳的樣子。峩，同『峨』。

㊳洋水：當指北陽河。北陽河古稱濁水，發源於清凉山，東北至廣饒入巨淀湖，經小清河注入渤海。《水經注·淄水》：『濁水，東北流，逕堯山東。』此外，青州境内尚有南陽河、瀰河（古稱具水、巨洋水）、洋水，常因音近致疑。

㊴窆（biǎn）：將棺木葬入壙穴。

故昭武將軍山西都司都指揮僉事苗公合葬墓誌銘①

山西都指揮僉事苗公卒，葬都城東南通州南花園側之原②。凡若干年，從孫山東都指揮僉事貴③，奉公配于淑人之柩④，卜以今年五月□日，將合葬焉。持翰林修撰許彬所狀事⑤，請墓銘。

按狀：公諱青，字□，其先爲蒙古氏考阿都赤。在元，爲國公⑥。妣，翁氏，封夫人。國朝初歸附，居北平，會改北平爲順天，遂爲順天府大興縣人⑦。子男四：長八剌，任千户；次桑哥赤，任都指揮僉事；次可可帖木兒，任指揮同知。公，其第三子也。生而倜儻，有膂力⑧。初自戎伍，隸金吾左衛⑨，從大將征朵顏山、黑松林，所至有功。逮太祖皇帝舉靖南師⑩，聞公名，召侍仗下⑪，從衛四討⑫，每居衆先。時著令，凡士卒有功當陞擢者，必自總小旗始，非有奇功不得授官。公毅然奮力，務取高級，遂以斬獲，越資陞副千户，授武略將軍，始賜姓。繼又陞指揮同知，累懷遠將軍⑬。洪武三十五年⑭，渡江克金川門⑮。上既正位⑯，論功，陞指揮使，階昭勇將軍。永樂八年，平沙漠，復以殺敵進昭勇將軍、山西都司都指揮僉事。又以其扈從久、不欲違左右故⑰，但領其官，命總三千之伍，宿衛如舊⑱。十五年十月三十日⑲，以疾卒，享年四十。訃聞，上甚悼惜，遣太監江保諭祭于家⑳，特賜恤賻優厚㉑，人皆榮之。配淑人，金吾右衛于□之女。公歿時，淑人年二十，孀居，以節自持，絶膏沐㉒，服踈麄，食蔬食者三十餘年。養翁夫人極孝敬，晨昏扶持，未嘗去左右。翁夫人恃之以安，得壽至九十有九，人皆謂淑人之賢。淑人無所出，側室生子黄頭㉓，淑人撫之如己出，優給㉔。未幾，亦死。有司援例㉕，請以廕及貴。貴，八剌孫也。襲金吾左衛指揮使，調平山㉖，實理衛事。正統九年，以功陞今職。淑人就養貴所，十二年三月二十三日，以疾卒，壽五十一。啟公之右竁而窆焉㉗。從夫之義，於禮合也。爲述其槩，用誌諸墓。銘曰：

公之啟家，實際風雲。以忠以壯，累此績勳。受自戎行㉘，洊膺閫寄㉙。君子有傷，年不滿志。有美淑人，妙歲孀居。孝敬貞惠，始終弗渝。都城東南，花園之側。伉儷同歸，永安是宅。

【注釋】

①苗公，指苗青。生平詳內文。明代都指揮使司爲一省掌兵的最高機構，簡稱都司。都指揮僉事：明代軍事指揮職務，都指揮使屬官，秩正三品，分管屯田、訓練、司務等事。

②通州：即今北京通州區。

③從孫：兄弟的孫子。貴：指苗貴。正統九年，任山東都指揮僉事。

④淑人：明爲三品官員祖母、母、妻封號。

⑤許彬：參卷五《送許修撰歸省序》注。

⑥國公：封爵名。隋始置，自唐至明皆因之。

⑦順天府：明清兩代北京地區稱爲順天府。元朝時稱大都路，直屬中書省。明朝洪武元年八月，改爲北平府，十月隸屬於山東行省。洪武二年，改屬北平。次年，建立燕王府。永樂元年正月，升爲北京，改爲順天府。大興縣：今屬北京。

⑧膂(lǚ)力：臂力。

⑨金吾左衛：據《明史·兵志》，明朝自京師至郡縣，皆立衛所。在軍事上重要的地方設衛，次要的地方設所。明朝軍隊都編置在衛所中，大抵每一百一十二人編爲一個百户所，一千二百二十人編爲一個千户所，五千六百人爲一衛。京衛所的軍官稱衛指揮、千户、百户。軍户皆另立軍籍，是世襲的。精鋭的軍隊多駐在京師。在京各衛，稱爲京衛。京衛有上直衛、南京衛、北京衛，品秩相同。各有掌印、僉書。上直衛的親軍指揮使司有二十六個衛，即錦衣衛、旗手衛、金吾前衛、金吾後衛、羽林左衛、羽林右衛、府軍衛、府軍左衛、府軍右衛、府軍前衛、府軍後衛、虎賁左衛（以上十二衛，洪武中置）、金吾左衛、金吾右衛、羽林前衛、燕山左衛、燕山右衛、燕山前衛、大興左衛、濟陽衛、濟州衛、通州衛

(以上十衛，永樂中置)、騰驤左衛、騰驤右衛、武驤左衛、武驤右衛(以上四衛，宣德八年置)。

⑩太祖皇帝：指明太祖朱元璋。

⑪仗下：指朝堂。

⑫四討：四處討伐。

⑬累：指屢次陞官到某一位置。

⑭洪武三十五年：實即建文帝四年(1402)。

⑮江：長江。一四〇二年，朱棣率兵過長江，自金川門入城。金川門：位於南京城北，坐南向北，因金川河由此出城故名。明代所建十三城門之一。

⑯正位：正式登位、就職。指一四〇二年，朱棣兵進南京城，建文帝不知去向，朱棣自立爲皇帝，即明成祖。

⑰扈從：隨從皇帝出巡。

⑱宿衛：在宮禁中值宿，擔任警衛。

⑲十五年：指永樂十五年(1417)。

⑳諭祭：天子下旨祭臣下。

㉑賻(fù)：送給喪家的布帛、錢財等。優厚：豐厚。特指禮遇、待遇的優渥。

㉒膏沐：古代婦女潤發的油脂。

㉓側室：指妾。

㉔優給：從優給予，從優資助。

㉕援例：引用成例。

㉖平山：即今河北平山縣。

㉗窆(cuì)：墓穴。窆(biǎn)：將棺木葬入壙穴。

㉘戎行：行伍，軍隊。

㉙洊(jiàn)膺：多次受到。洊，一次又一次，再次。閫(kǔn)寄：委以軍事重任。謂寄以閫外之事，故云。閫，門檻。借指軍事或政務。

故處士馬公墓誌銘①

處士馬公既卒二十有六年，其子大理評事豫②，持翰林檢討王玉所爲狀③，謁予請銘。

處士諱□，字□。其先雲中人④，代以武勳顯於遼金間，當時稱雲中馬氏爲巨族。大父文鄉，任元爲萬户⑤；父德芳，未仕。值元季兵亂，宗族離散，乃挈家南遷⑥，至東昌之臨清⑦。國初，入編户，遂占籍焉⑧。處士孝友天賦⑨，以父蚤亡⑩，不逮養。言及輒流涕，没身不懈。事母極誠敬⑪，出入面告，務得其歡心。衣服飲食之奉，身有不足，而於母必豐備。侍母疾，夙夜不解帶⑫。居喪，哀毁踰禮⑬。已禫⑭，而服不忍除。處兄弟，篤友愛人⑮，無間言。性剛直，蚤自樹立⑯。耕稼之餘，即從鄉校學⑰，聰明善記，讀《易》能講究玩索⑱，邃於占卜之理⑲。人事之有疑，志之有未定，咸取決處士。斷之吉凶、悔吝、攸往⑳，靡不利。士大夫獲一識者，皆雅重之。

處士尤好義，遇人之急，必極力周濟，鄉人多德焉㉑。處士疾革㉒，語其配曰：『諸孤在幼，必教以讀書勤禮，庶繼吾志。毋縱惰慢㉓，爲吾累。』語畢而卒。時大明永樂丙申七月十四日也㉔。上距其生之元至正己亥㉕，得年五十有八。配，孫氏，元萬户成甫之孫。少聰慧，有淑德㉖。歸處士㉗，事親奉祭，克殫孝敬㉘，有賢婦之稱焉。迨處士歿，益躬勤儉，如處士語，課諸子以嚴，有賢母之德焉。正統癸亥五月二日卒㉙。將以是年某月某日，祔葬處士墓之右窆㉚。子男四，長履，讀書承家；次即豫，由進士爲今官；次謙；次泰。泰今爲邑庠生。女三，皆適士人。孫男二，孫女五。銘曰：

嗚呼處士，懷道弗試。乃以其名，遯於卜筮㉛。雖弗于躬，子顯盛時。陰騭有報㉜，天道顯而。清源之滸，鬱彼者阡㉝。處士之墓，妥茲永年㉞。

【注釋】

① 馬公，指馬豫之父青岩。生平詳内文。豫（？—1449），字彦安，山東臨清州（今屬聊城市）人。宣德八年（1433）進士。官大理寺副。剛直不阿，從英宗北征，潰於土木，豫追駕，厲聲斥賊，遇害。

② 評事：官名。漢置廷尉平，隋煬帝改爲評事，屬大理寺，掌平決獄。歷代因之，至清末，改大理寺爲大理院，評事廢。

③ 檢討，官名，宋有史館檢討。明時始屬翰林院，位次於編修，與修撰、編修同謂之史官。王玉：山東武城縣（今屬德州市）人。宣德八年進士。禮部右侍郎王士嘉長子。弱冠登第，選翰林院庶吉士。授檢討，歷侍讀，擢河南按察司副使，卒於官。

④ 雲中：今山西大同一帶。

⑤萬户：官名。金初設置，爲世襲軍職，統領千户（猛安）、白户（謀克），隸屬於都統。元代相沿，其軍制設萬户爲萬夫之長，隸屬於中央樞密院，駐扎各路者，則分屬於行省。設萬户府以統領千户所：統兵七千以上稱上萬户府；五千以上稱中萬户府；三千以上稱下萬户府。諸路萬户府各設達魯花赤一員，萬户一員。又有海道運糧萬户府，設官與諸路萬户府同。

⑥挈（qiè）：攜帶，率領。

⑦東昌府：元為東昌路，直隸中書省。洪武初，為府，屬山東。領三州、十五縣。

⑧占籍：上報户口，入籍定居。

⑨孝友：事父母孝順、對兄弟友愛。

⑩蚤：通『早』。

⑪誠敬：誠懇恭敬。

⑫夙夜：朝夕，日夜。

⑬哀毁：指居親喪悲傷異常而毁損其身。後常作居喪盡禮之辭。踰禮：行動超出禮儀所要求。

⑭禫（dàn）：除喪服的祭祀。

⑮篤友：指謂忠誠於友。

⑯樹立：建立，建樹。

⑰鄉校：古代地方學校。

⑱玩索：反復玩味探索。

⑲邃（suì）：精通，深曉。

⑳悔吝：災禍。

㉑德：感激。

㉒疾革：病情危急。《禮記·檀弓下》：『衛有大史曰柳莊，寢疾。公曰：若疾革，雖當祭必告。』鄭玄注：『革，急也。』

㉓惰慢：懈怠不敬。

㉔永樂丙申：永樂十四年(1416)。

㉕元至正己亥：元至正十九年(1359)。

㉖淑德：美德。

㉗歸：嫁給。

㉘殫(dān)：盡，竭盡。

㉙正統癸亥：正統八年(1443)。

㉚窀(cuì)：墓穴。

㉛遯(dùn)：同『遁』。

㉜陰騭：猶陰德。

㉝阡(qiān)：田間南北向的小路。亦泛指田間小路。此指墳塚，墳墓。

㉞永年：長久。

挽詩

挽閣下□□先生

桂芳詹府老儒師①，鳴珮三朝侍幄帷②。日晏金鑾宣對後③，夜深蓮炬賜歸時④。百年制作留華衮⑤，一代文章著繭絲。人事俄驚成逝水，士林顛頷豈勝悲⑥。

【注釋】

①儒師：博雅淳正的師傅。

②鳴珮：亦作『鳴佩』。佩玉。比喻出仕。帷幄：指帝王。天子居處必設帷幄，故稱。

③日晏：天色已晚。金鑾：即金鑾殿。泛指皇宫正殿。宣對：臣下應詔回答皇帝的垂詢。

④蓮炬：蓮花形的蠟燭。

⑤華衮：指美好的文章。

⑥顛頷：形容枯槁瘦弱。

詞林瀟洒記容顔，共惜騎鯨去不還①。秪有聲名傳海外，更餘翰墨滿人間②。讐文閣下思衡鑑③，視草堂中憶珮環④。埋玉定知何處是⑤，江流日夜自潺湲⑥。

【注釋】

①騎鯨：比喻隱遁或遊仙。此處指去世。

②翰墨：筆墨。借指文章書畫。

③讐：同『讎』。校勘，校對。衡鑑：衡器和鏡子。比喻準繩、楷模。

④視草：古代詞臣奉旨修正詔諭一類公文，稱『視草』。泛指代皇帝起草詔書。珮環：玉珮。形容詩文韻調鏗鏘。

⑤埋玉：埋葬有才華的人。語出劉義慶《世説新語·傷逝》：『庾文康亡，何揚州臨葬云：「埋玉樹箸土中，使人情何能已已？」』

⑥潺湲：流動的樣子。

挽致仕尚書黄公①

昔年曾送鄭均歸②，俄見南天没少微③。昭代衣冠林下少④，老成人物眼中希。持衡尚憶留清鑑⑤，感舊何堪慕德輝⑥。寂寞新阡芳草裏⑦，每令行客淚沾衣。

【注釋】

①尚書黄公，指黄宗載，見卷二《送黄尚書》。

②鄭均：東漢初年人。字仲虞，東平任城（今山東濟寧市）人。《後漢書·鄭均傳》載：均屢辟不詣，公車特徵，拜侍御史，月餘遷尚書，肅宗敬重之。後以病告歸。元和二年，「帝東巡過任城，乃幸均舍，勑賜尚書禄以終其身，故時人號爲『白衣尚書』。」（卷二十七）後亦用以指辭官歸里仍享受尚書官爵俸禄的大臣。

③俄：短暫的時間，一會兒。少（shào）微：星座名。共四星，在太微垣西南。《史記·天官書》：「廷藩西有隋星五，曰少微，士大夫。」張守節正義：「少微四星，在太微西，南北列：第一星，處士也；第二星，議士也；第三星，博士也；第四星，士大夫也。占以明大黄潤，則賢士舉；不明，反是；月、五星犯守，處士憂，宰相易也。」用以稱處士。

④昭代：政治清明的時代。常用以稱頌本朝或當今時代。衣冠：衣和冠。古代士以上戴冠，因用以指士以上的服裝。代稱縉紳、士大夫。林下：指山林田野退隱之處。

⑤持衡：「持衡擁璿」的省稱。比喻執掌權柄。璿、衡，北斗七星中的二星名。

⑥德輝：仁德的光輝。

⑦阡：墳塚，墳墓。

挽户部王侍郎①

未點秋霜入鬢絲，那堪東路見凋衰②。雲霄事業人多羨，冰檗襟懷衆所知③。藩翰屢聞施德政④，列卿尤喜識丰姿⑤。傷心何處埋蒼碧，潁水荆山草樹悲⑥。

【注釋】

①王侍郎，指王質。字夢瑾，南直隸鳳陽府太和縣（今屬安徽阜陽）人。永樂十二年（1414）舉人。授南陽縣學訓導，秩滿擢監察御史。宣德十年（1435），陞四川參政，尋遷山東右布政使。正統六年（1441），陞户部右侍郎，八年，陞刑部尚書。居五月，以失獄囚，左遷户部侍郎。會閩浙銀場盜起，受命往治其事，至彼得疾，卒於杭之武陵驛，時正統九年九月。性清介，所食惟蔬，人呼『青菜王』（《江南通志》卷一百五十）。户部，六部之一，明代户部其屬有四：一曰總部，掌天下户口、田土、貢賦；二曰度支部，掌考校、賞賜；三曰金部，掌市舶、庫藏、茶鹽；四曰倉部，掌漕運、軍儲。

②東路：通往東方的道路。

③冰檗：喻指處境寒苦艱辛。檗，即黄檗、黄柏，性寒味苦。襟懷：胸懷，懷抱。

④藩翰：比喻捍衛王室的重臣。《詩經·大雅·板》：『价人維藩，大師維垣，大邦維屏，大宗維翰。』

⑤丰姿：風度儀態。

⑥潁水：源出河南省登封縣嵩山西南，上游支流衆多，東南流至安徽省壽縣正陽關入淮河，系淮河最大支流。荆山：指在今安徽省懷遠縣西南的荆山。《水經注·淮水》：『淮出於荆山之左，當塗之右，奔流二山之間。』

生平志業薄青冥，纔過人間半百齡。兩貳地官專國計①，再遷司寇掌邦刑②。方從上界聽朝履③，豈意東南隕使星④。遺行堂堂知不泯⑤，如椽大筆勒新銘。

【注釋】

① 地官：古代六官之一。《周禮・地官・序官》：『乃立地官司徒，使帥其屬而掌邦教，以佐王安擾邦國。』唐武則天曾改户部爲地官（旋復舊），因亦以地官稱户部長官。國計：國家的經濟，國家的財富。

② 司寇：官名。夏殷已有之。周爲六卿之一，曰秋官大司寇。掌管刑獄、糾察等事。後世用作刑部尚書的别稱。

③ 上界：天界。指仙佛所居之地。

④ 使星：《後漢書・李郃傳》：『和帝即位，分遣使者，皆微服單行，各至州縣觀采風謡。使者二人當到益部，投郃候舍。時夏夕露坐……郃指星示云：「有二使星向益州分野。」』後因稱使者爲『使星』。

⑤ 遺行：指死者生前的品行。堂堂：形容盛大。

禮部章侍郎挽章①

科名爭羡甲申闈②，五色文章出錦機③。三十年來居顯達④，那堪人事忽成非。

【注釋】

① 章侍郎，指章敞。見卷五《賀給事中章君陞秩序》。章敞卒於正統二年（1437）十二月己未（初四）。

② 科名：科舉功名。甲申闈：指永樂二年會試。

③錦機：織錦的織機。

④顯達：顯赫聞達。

省郎三署早蜚英①，恩命親承拜亞卿②。共惜清才施未盡③，却隨飛鶴慶遼城④。

【注釋】

①省(shěng)郎：指中樞諸省的官吏。三署：漢時五官署、左署、右署之合稱。此處泛指官府。蜚英：揚名，馳名。

②亞卿：周制，卿分上、中、下三級，次者爲中卿，又稱亞卿。唐以後太常寺等官署少卿的別稱。

③清才：卓越的才能。《禮部志稿》稱：『敞在禮部時，尚書胡濙政尚寬大。敞以嚴肅佐之，於吏欺，雖小不恕。遇事不肯婞阿依隨。士林多服其剛毅云。』(卷五十五)

④飛鶴慶遼城：用『遼城鶴化』之典。晉陶潛《搜神後記》卷一：『丁令威，本遼東人，學道於靈虛山。後化鶴歸遼，集城門華表柱。時有少年，舉弓欲射之。鶴乃飛，徘徊空中而言曰：「有鳥有鳥丁令威，去家千歲今來歸。城郭如是人民非，何不學仙塚壘壘。」遂高上沖天。今遼東諸丁云其先世有升仙者。』後世遂以『鶴沖天』謂羽化登仙。

两持使節入蠻煙①，專對獨稱陸賈賢②。诞布皇威□海外，重看白雉遠朝天③。

【注釋】

①蠻煙：指南方少數民族地區山林中的瘴氣。

②專對：謂任使節時獨自隨機應答。陸賈：西漢政治家、文學家。其先爲楚人。劉邦起事時，以其有口才、善辯論，常派他出使諸侯各國。高祖十一年（前196），奉命出使南越（今兩廣一帶），招諭故秦南海尉趙佗臣屬漢朝，立爲南越王。文帝即位後，再次出使南越，勸説自稱南越武帝的趙佗廢去帝號，重新恢復與中原的臣屬關係。有《新語》傳世。

③白雉：白色羽毛的野雞。古時以爲瑞鳥。

象簡緋袍白玉珂①，霜華染鬢未婆娑②。丰標此日歸何處③，楚些吟成不忍歌④。

【注釋】

①象簡：即象笏。緋袍：紅色官服。珂（kē）：白色似玉的美石。珂色白如玉，相擊有聲，常作馬勒的飾物。故用以借指馬。

②婆娑：指蓬鬆，散亂。

③丰標：風度，儀態。

④楚些（suò）：《楚辭·招魂》是沿用楚國民間流行的招魂詞的形式而寫成，句尾皆有『些』字。後因以『楚些』指招魂歌。

挽工部李侍郎父①

生平名利不關情，坐閲光陰近百齡。令子早聞登畫省②，封官重得勒新銘。傳家舊業書盈篋③，繼世蘭蓀蔭滿庭④。螭刻堂堂遺行在⑤，高風千古薄青冥⑥。

【注釋】

① 李侍郎，指李蕡。字茂實，南直隸長洲縣（今蘇州市）人。永樂十三年（1415）進士。授兵部武選司主事，歷員外郎、郎中。陞太僕寺少卿。正統六年（1441），從兵部尚書王驥往麓川，次年，以功陞工部右侍郎。正統十年十月，改兵部右侍郎。正統十二年八月，以疾卒於官。《明英宗實録》卷一百十七載，正統九年六月『命工部右侍郎李蕡復職，以親喪服闋也』。《續吴先賢贊》卷之一：『從靖遠伯征麓川，父卒，不聽歸，以墨衰從。』據此，可推知李蕡之父卒，當在正統六年。《姑蘇志》：『靖遠伯王驥征麓川，奏蕡為佐。俄丁父憂，詔起復視事。』（卷五十二）

② 畫省：指尚書省。漢尚書省以胡粉塗壁，紫素界之，畫古烈士像，故别稱『畫省』。或稱『粉省』、『粉署』。

③ 篋（qiè）：小箱子，藏物之具。大曰箱，小曰篋。

④ 蘭蓀：即菖蒲。一種香草。喻指優秀的子弟。

⑤ 螭（chī）：傳説中無角的龍。古代常雕刻其形，作為碑碣及鼎之類青銅器的紋飾。

⑥ 青冥：形容青蒼幽遠。指青天。

挽李侍郎①

華嶽新聞一柱摧②，悲風驚動士林哀。星槎曾泛張騫節③，國用多資劉宴才④。年過稀齡心益壯，神遊廖廓夢難回。淒涼何處埋蒼璧？千里終南灞水隈⑤。

【注釋】

① 李侍郎，指李暹（？—1445）。字賓暘，陝西長安縣（今屬西安市）人。洪武間領鄉薦入太學。永樂初，擢爲户部主事，坐累左遷清河監副。奉命五使西南諸夷，能宣佈朝廷之命，夷人效順。陞户部郎中，奉命督理京畿倉儲。正統初，以秩滿陞右通政，再陞通政使。正統六年，遷户部左侍郎。正統十年（1445）九月十三日卒於官。《明英宗實録》稱：『暹有吏材，歷官餘四十年，剛果勤敏，爲人所稱。』（卷一百三十三）

② 華嶽：高大的山。此處意指華山。

③ 星槎（chá）：往來於天河的木筏。傳説古時天河與海相通，漢代曾有人從海渚乘槎到天河，遇見牛郎織女。泛指舟船。張騫：字子文，漢中郡城固（今陝西省城固縣）人。西漢武帝時，奉命出使西域，開拓漢朝通往西域的南北道路。此句意指李暹出使西南夷事。

④ 劉宴：字士安，中唐傑出的理財家。任户部侍郎，充度支、籌錢、鹽鐵等使，主管全國財政工作達二十年之久，在鹽政、漕運、賦稅、鑄幣、平抑物價等方面進行了一系列的財政經濟改革。此句意指李暹督理京城儲備事。

⑤灞水：源出陝西省藍田縣西北，流入渭水。隈（wēi）：水邊。

挽洪侍郎母夫人①

早自閨門肅令儀②，每將機杼助佳兒③。賢同挽鹿安儒素④，勤比和熊有教規⑤。生被龍章旌淑德⑥，眼看少宰輔明時⑦。千鍾遽尒違榮養⑧，應是瑶池促燕期⑨。

【注釋】

①洪侍郎，指洪璵（？—1445）。字宗器，浙江嚴州府遂安縣（今杭州淳安縣）人。永樂十九年（1421）進士。授刑部主事，轉工部主事。正統初年，經楊士奇薦，爲經筵官。與修《宣宗實録》成，陞翰林院侍講。正統二年（1437），進吏部右侍郎。其進退人才，必求其實，不苟爲異同。正統十年十一月三十日卒於官。《明英宗實録》卷一百二載，正統八年三月『辛酉，吏部右侍郎洪璵母許氏卒，遣官賜祭』。

②閨門：婦女所居之處。

③機杼：織布機的轉軸和梭子。借指織機。此處指以紡織貼補生活。杼，織梭。

④挽鹿：『挽鹿車』的省稱。後漢鮑宣從妻父學，父奇其清苦，以女妻之，妝奩甚盛。宣謂妻：『吾實貧賤，不敢當禮。』其妻乃悉歸侍禦服飾，更著短布裳，與宣共挽鹿車歸鄉里。事見《後漢書·列女傳·鮑宣妻》。後因以『挽鹿車』為夫

妻共守清苦生活的典故。鹿車，古時的一種小車。《太平御覽》卷七七五引漢應劭《風俗通》：『鹿車，窄小裁容一鹿也。』

⑤和(huó)熊：母親教子勤學之典。詳卷三《慈訓堂為南陽汪同知題》注。

⑥龍章：對皇帝文章的諛稱。借指詔書，敕令。

⑦少宰：明清時吏部侍郎的俗稱，也叫少塚宰。

⑧遽尒：驟然，突然。尒，同『尔』。

⑨瑤池：古代傳說中昆侖山上的池名，西王母所居。燕：通『宴』。宴飲，宴請。

挽□侍郎同妻淑人①

内助賢名著壼闈②，心存孝敬行無違。能承家道勤機杼，貴荷恩榮被翟翬③。使節江南能委轍，婺星天北亦沉輝④。人生最重惟偕老，況復同衾一日歸⑤。

【注釋】

①侍郎，不詳所指。淑人，明爲三品官員祖母、母、妻封號。

②壼(kǔn)闈：閨闈。壼，宮中道路。引申指内宮。亦泛指婦女居住的内室。

③翟(dí)：長尾的野雞。翬(huī)：五彩山雉。

④婺(wù)星：即婺女星。星宿名，即女宿。又名須女，務女。二十八宿之一，玄武七宿之第三宿，有星四顆。《史記·天官書》：『婺女，其北織女。』

⑤同衾：共被而寢。指結爲夫妻。

挽虞侍郎①

起從芹泮席②，給事復銀臺③。司馬初承命④，亞卿獨擅才⑤。文園驚卧病⑥，莊夢不知回⑦。哭弔多朝士，長吟楚些哀⑧。

【注釋】

①虞侍郎，指虞祥。字仲禎，南直隸昆山縣（今蘇州昆山市）人。永樂九年（1411）舉人。歷官金華訓導、上虞教諭，皆以善教知名。宣德間，陞禮科給事中。正統改元，陞通政司左參議，敷奏詳明。正統八年（1443），進户部右侍郎，尋轉兵部。奉命巡撫畿内，其所到之處，鏟除貪酷，存問民間疾苦，人民安寧。正統十年九月，卒於官。《姑蘇志》贊其：『為人謹飭，達大體。自校官入諫垣，及以大臣巡視畿甸，所在著聲云。』（卷五十二）

②芹泮：指學宮、學校。《詩經·魯頌·泮水》：『思樂泮水，薄采其芹。』

③銀臺：『銀臺門』的省稱。唐時翰林院、學士院都在銀臺門附近，後因以銀臺門指代翰林院。李白《贈從弟南平太守之遥》詩之一：『承恩初入銀臺門，著書獨在金鑾殿。』

④司馬：官名。周时为六卿之一，曰夏官大司馬。掌軍旅之事。漢武帝元狩四年改太尉爲大司馬。後漢因之，旋又改名太尉，南北朝與大將軍並稱二大，至隋廢。後世用作兵部尚書的别稱，侍郎則稱少司馬。

⑤亞卿：周制，卿分上、中、下三級，次者爲中卿，又稱亞卿。唐以後太常寺等官署少卿的别稱。

⑥文園：司馬相如曾任文園令，故用作其代稱。

⑦莊夢：用莊周夢蝶典故。《莊子·齊物論》：『昔者莊周夢爲蝴蝶，栩栩然蝴蝶也；自喻適志與，不知周也；俄然覺，則蘧蘧然周也。』

⑧楚些(suò)：指招魂歌。

聞道斯人没，哀聲動士流。官高三品貴，年始六旬周。生死從今隔，功名竟此休。凄風丹旐發①，旅櫬向吴州②。

【注釋】

①凄風：寒風。丹旐：猶丹旌。

②旅櫬(chèn)：客死者的靈柩。

挽尹侍讀子①

詩禮初聞自過庭②，常將孝友慰親情。克家有志成賢業③，處世何緣未半生。鸞鳳鏡中人獨去，鶺鴒原上恨難平④。那堪白髮詞林老，坐抱孤孫泪滿纓。

【注釋】

①尹侍讀，當指尹鳳岐。見卷二《送尹侍讀》。

②過庭：指長輩的教訓。

③賢業：善美的事業。

④鶺鴒原：『鶺鴒在原』的省稱，也作『鶺原』。《詩經・小雅・常棣》：『脊令在原，兄弟急難。』後即以『鶺鴒在原』比喻兄弟友愛之情。

挽王修撰母史安人①

令德宜賢配，名門著母儀。生平彤管紀②，蚤歲栢舟詩③。機杼興家日④，熊丸教子時⑤。空閨春已暮⑥，寸草徒銜悲⑦。

【注釋】

① 王修撰，指王鈺（1383—？）。字孟堅，號葵軒。浙江諸暨縣（今屬紹興市）人。永樂十年（1412）會試第三名，殿試一甲三名。授翰林院編修。任滿，陞修撰。宣德元年（1426），出任順天府鄉試主考官。與修兩朝實録，書成，以病回鄉歸養。正統元年（1436），經楊士奇舉薦，擢江西按察僉事，提督學政。正統五年四月，考績至京，顯者『倨傲弗爲禮』，遂引退，安居田里，以文翰自娱。

② 彤管：杆身漆朱的筆。古代女史記事用。

③ 栢舟：《詩經·鄘風》篇名。謂喪夫或夫死矢志不嫁。詳卷三《題周節婦貞節堂》注。

④ 機杼：指紡織以持家。

⑤ 熊丸：以熊膽製成的藥丸。後用為賢母教子的典故。詳卷三《慈訓堂為南陽汪同知題》注。

⑥ 空閨：謂丈夫外出，妻子寂寞獨居之處。

⑦ 寸草：比喻子女對父母的微小心意。

修齡踰八袠①，未半即孀居。采藻蘋供祀②，捐簪只市書③。寒機初斷織④，令子遂成儒。喜有生前誥，褒封耀里閭⑤。

【注釋】

①袠：十年为一袠。

②藻：植物名。指藻類植物。古代常用作祭祀品。

③市：買。

④斷織：相傳孟軻少時，廢學歸家，孟母方績，因引刀斷其機織，曰：『子之廢學，若吾斷斯織也。』軻因勤學自奮，師事子思，遂成大儒。後遂用爲母親督子勤學的典故。

⑤里閭：里巷，鄉里。

挽邢編修①

當年科第百人中，行義真誠孰與同？子羽持身端夙志②，王裒泣墓出情衷③。鳳池遺譽繇清論④，烏府生踈豈至公⑤。倏爾翔遊寥廓外⑥，令人垂涕洒西風。

【注釋】

①邢編修：指邢恭。見卷二《送邢中書省墓》注。

②子羽：澹臺滅明。春秋魯人，孔子弟子，狀貌醜陋。《史記·仲尼弟子列傳》：『（澹臺滅明）狀貌甚惡。欲事孔子，

孔子以爲材薄。既已受業，退而修行，行不由徑，非公事不見卿大夫。南游至江，從弟子三百人，設取予去就，名施乎諸侯。孔子聞之，曰：「吾以言取人，失之宰予；以貌取人，失之子羽。」』夙志：平素的志願。

③王裒(póu)：字偉元。魏晉時營陵(今山東昌樂)人。《晉書》：『裒少立操尚，行己以禮，身長八尺四寸，容貌絶異，音聲清亮，辭氣雅正，博學多能，痛父非命，未嘗西向而坐，示不臣朝廷也。於是隱居教授，三征七辟皆不就。廬于墓側，旦夕常至墓所拜跪，攀柏悲號，涕淚著樹，樹爲之枯。母性畏雷，母没，每雷，輒到墓曰：「裒在此。」及讀《詩》至「哀哀父母，生我劬勞」，未嘗不三復流涕，門人受業者並廢《蓼莪》之篇。』(《列傳第五十八》)情衷：衷情。《河南通志》載：邢恭『嫡母歿，自京師奔喪，晝夜兼行，不入城郭。既葬，結廬墓所，三年，屢有祥應。有司上其事，詔旌其門曰孝子。』(卷六十四)《明英宗實録》載：正統四年十二月，『旌表孝子邢恭、節婦張氏等九名。恭，河南鄭州人，奉嫡母、生母盡孝，二母歿，皆廬墓惇行古禮。』(卷六十二)此典所指即邢恭為孝之事。

④鳳池：即鳳凰池。禁苑中池沼。魏晉南北朝時設中書省於禁苑，掌管機要，接近皇帝，故稱中書省爲『鳳凰池』。清論：公正的評論。

⑤烏府：《漢書・朱博傳》：『是時御史府吏舍百餘區，井水皆竭；又其府中列柏樹，常有野烏數千棲宿其上，晨去暮來，號曰「朝夕烏」。』後因稱御史府爲『烏府』。

⑥倏爾：迅疾貌。亦形容時間短暫。寥廓：遼闊的天空。

挽封何檢討①

常甘拙逸傲公侯②，得意林泉任白頭③。骨肉有恩推分與④，鄉隣多乏散錢周。詞林供職賢郎貴，錦誥封官寵渥優⑤。惆悵高風今不見，生芻欲致愧無由⑥。

【注釋】

①封何檢討，指翰林院檢討何瑄之父鼐。瑄，字孟焕，浙江餘姚縣（今屬寧波市）人。宣德八年（1433）進士，十一月選庶吉士。宣德九年三月，進學文淵閣。宣德十年八月，擢翰林院檢討。正統八年，充經筵講官。景泰元年（1450），陞四川右参政，六年轉左。《明英宗實録》卷一百七十九載：正統十三年六月，何瑄『以親喪服闋』復舊任。據此推知，瑄正統十年六月有親喪之事。

②公侯：泛指有爵位的貴族和官高位顯的人。

③得意：猶得志。林泉：山林與泉石。指隱居之地。

④分與：分給。

⑤寵渥：皇帝的寵愛與恩澤。

⑥生芻：稱弔祭的禮物。

挽劉給事母①

毓自名門族②，歸來詩禮家。相夫勤道義，治業績絲麻③。丹桂聯芳秀④，靈萱忽謝華⑤。佳兒心獨苦，風木恨無涯⑥。

【注釋】

① 劉給事母，指劉益母解氏。益，字崇益，江西吉水縣人。宣德八年（1433）癸丑科二甲進士。歷兵、刑二科給事中。正統己巳（1449）陞湖廣左參議，天順間為國子祭酒。

② 毓（yù）：養育。

③ 治絲績麻：舊指女工之事。

④ 丹桂：桂樹的一種。

⑤ 萱（xuān）：萱草。古稱母親居室爲『萱堂』。後因以『萱』爲母親或母親居處的代稱。

⑥ 風木：比喻父母亡故，不及奉養。亦作『風樹』。《韓詩外傳》卷九：『樹欲靜而風不止，子欲養而親不待也。』無涯：無窮盡，無邊際。

慈壽過稀有①，兒心願尚違。遽辭三釜養②，俄作九原歸③。虚擬榮翬服④，無從試綵衣⑤。潘輿空對處⑥，雙淚日頻揮。

【注釋】

① 慈：慈母的省稱。稀有：指古稀之年。即七十歲。

②三釜：古代一般年成每人每月的食米數量。比喻菲薄的俸禄。

③九原：春秋時晉國卿大夫的墓地。泛指墓地。

④翬(huī)服：即翬衣。皇后服之一種，素質、五色，以翬雉爲領褾。

⑤綵衣：五彩衣服。相傳春秋時楚國老萊子事親至孝，年七十，常着五色斑斕衣，作嬰兒戲。上堂，故意僕地，以博父母一笑。後遂用『彩衣娱親』爲孝養父母之典。

⑥潘輿：晉潘岳《閑居賦》：『太夫人乃御版輿，升輕軒，遠覽王畿，近周家園。體以行和，藥以勞宣，常膳載加，舊痾有痊。』後因以『潘輿』爲養親之典。

挽鄧給事母①

阿母瑶池去②，深閨懿德存③。相夫榮皂盖④，教子仕黄門⑤。勤儉終身事，慈仁後業尊。賢郎哀慕切⑥，顦顇泣魚軒⑦。

【注釋】

①鄧給事，當指鄧崙(1395—1451)。字惟玉，號澹菴，湖廣武陵縣(今湖南常德)人。永樂二十二年(1424)進士。宣德四年(1429)十二月，授刑科給事中，改兵科，數上章論事。正統四年(1439)五月，陞河間長蘆鹽運使，建議鹽課利害，

多切時病。終兵部侍郎。

②瑶池：古代傳説中昆侖山上的池名，西王母所居。

③懿德：美德。

④皂盖：古代官員所用的黑色蓬傘。

⑤黄門：指官署。

⑥哀慕：因父母、君上之死而哀傷思慕。

⑦魚軒：古代貴族婦女所乘的車。用魚皮爲飾。用以代稱夫人。《左傳·閔公二年》：『歸夫人魚軒。』

挽給事中陳宜父處士①

遼城鶴化已千年②，追念人寰事惘然。蚤歲罹孤知自立，青雲有志更中捐③。書香遠繼繇先世，陰德深培庇後賢。令子黄門方顯達，龍章指日賁重泉④。

【注釋】

①陳宜，字公宜，號静軒。江西泰和人。正統七年(1442)進士。正統八年三月，授工科給事中。歷官應天府丞、雲南左布政使，陞都察院右副都御史。巡撫貴州，屢著奇績，遠人向化。成化五年(1469)，進兵部右侍郎。成化八年，母喪

歸，卒於道。爲人謹厚，有德望，而經術尤正。有《靜軒集》。宜父從先，去世時間不詳。處士，本指有才德而隱居不仕的人，後亦泛指未做過官的士人。

② 鶴化：指羽化登仙。詳本卷《禮部章侍郎輓章》注。

③ 中捐：中年去世。

④ 龍章：對皇帝文章的諛稱。借指詔書，敕令。賁(bì)：文飾，裝飾。重泉：猶九泉。指死者所歸。

挽張給事父①

早將詩禮擅家聲②，閭里兼傳孝友名③。教子有成雙桂秀，周貧不吝萬金輕④。草堂寂寞秋猿斷⑤，宰樹荒涼夜月明⑥。青瑣推恩承紫誥⑦，九泉深慰被光榮⑧。

【注釋】

① 張給事，不詳所指。

② 家聲：家族世傳的聲名美譽。

③ 閭里：里巷，平民聚居之處。

④ 周貧：救濟生活貧乏的人。

⑤草堂：茅草蓋的堂屋。舊時文人常以『草堂』名其所居，以標風操之高雅。

⑥宰樹：墳墓上的樹木。

⑦青瑣：裝飾皇宫門窗的青色連環花紋。借指宫廷。紫誥：指詔書。古時詔書盛以錦囊，以紫泥封口，上面蓋印，故稱。

⑧九泉：猶黄泉。指人死後的葬處。被：加上。

挽給事中屈伸父母①

士行高鄉里，母道閫門師。俯仰無愧怍，致子遭明時。推恩自黄門，錦誥頒彤墀。命服兩輝煌，壽考希期頤。淒風起天末②，椿萱遂凋衰③。雷湖有佳城，松栢涵清滋。明月照山阿，遺德留穹碑。行人一讀罷，因之雙淚垂。

【注釋】

①屈伸，江西湖口縣人。永樂四年（1406）進士。授監察御史，巡按交州。宣德十年（1435）十二月，由給事中陞貴州按察司僉事。累官至布政司參議。

②天末：天的盡頭。指極遠的地方。

③ 椿萱：代稱父母。

挽侯御史父母①

椿萱八十世難期②，含咲同歸古亦稀。白屋收書心有在③，青雲教子願無違。生前爵秩天恩錫④，没後賢名衆論歸。墓道銘文遺行在⑤，幾回過客爲沾衣。

【注釋】

① 侯御史，似指侯春。直隸大名府開州（今河南濮陽市）人。永樂十九年（1421）進士。宣德元年（1426）十月，擢監察御史。正統四年（1439）五月，陞浙江提刑按察使副使。（嘉靖）《開州府志》載：『有孝行。嘗廬墓，免喪猶居墓七年。』

② 椿萱：代稱父母。《莊子·逍遥遊》謂大椿長壽，後世因以椿稱父。《詩經·衛風·伯兮》：『焉得諼草，言樹之背。』諼草，萱草。後世因以萱稱母。

③ 白屋：指不施采色、露出本材的房屋。一説，指以白茅覆盖的房屋，爲古代平民所居。代指平民或寒士。

④ 爵秩：猶爵禄。

⑤ 墓道：墓前或墓室前的甬道。遺行：指死者生前的品行。

挽康御史①

我懷康侍御②，衣繡尚青春③。奏記無強禦④，平反有恕仁⑤。冰霜臨瘴海⑥，狐鼠避清塵⑦。正介人多仰，星軺忽駐輪⑧。

【注釋】

①康御史，指河南道監察御史康榮。字孟嘉，江西泰和縣（今屬吉安市）人。楊士奇外甥。宣德間舉鄉薦，擢廣西按察司知事。正統二年（1437）正月，陞監察御史，巡按浙江。正統七年，奉使廣東。次年秋，使事畢，將歸，得熱疾，不治，九月三日卒，時年四十八歲。楊士奇撰有《河南道監察御史康孟嘉墓志銘》。

②侍御：侍奉君王的人。

③衣繡：穿錦綉衣裳。謂顯貴。青春：年紀輕。

④奏記：用書面向公府等長官陳述意見。强御：豪强，有權勢的人。

⑤恕仁：即仁恕，仁愛寬容。

⑥瘴海：指南方有瘴氣之地。

⑦清塵：車後揚起的塵埃。用作對尊貴者的敬稱。清，敬詞。

⑧星軺（yáo）：使者所乘的車。亦借指使者。駐輪：停車。

修短理難定，蒼天那可求。甫隨鵬翼轉①，俄作漆園遊②。烏府名猶重③，丹衷志未酬④。淒涼埋玉處，荒塚近龍洲。

【注釋】

①鵬翼：大鵬的翅膀。借指鵬。比喻仕途顯達者。

②漆園：古地名。戰國時莊周爲吏之處。其地一説在今河南省商丘市北；一説在今山東省菏澤市北；一説在今安徽省定遠縣東。

③烏府：《漢書·朱博傳》：「是時御史府吏舍百餘區，井水皆竭；又其府中列柏樹，常有野烏數千棲宿其上，晨去暮來，號曰『朝夕烏』。」後因稱御史府爲「烏府」。

④丹衷：赤誠之心。

挽陳郎中鉉①

蚤歲科名海内聞，省郎重拜荷恩頻②。論交不雜清如水，守己無瑕潔似珉③。正爾衰衣居枕塊④，那堪飛鶴上承塵⑤。可憐賢業成終竟⑥，應有詩書啓後人。

【注釋】

①陳郎中鉉，指陳鉉。江西安福縣人。永樂二十二年（1424）進士。正統三年（1438）六月，由禮部主事陞爲禮部郎中。郎中，官名，始於戰國。隋唐迄清，各部皆設郎中，分掌各司事務，爲尚書、侍郎之下的高級官員，清末始廢。

②省郎：指中樞諸省的官吏。

③瑉：似玉的美石。

④衰（cuī）衣：喪服。枕（zhěn）塊：古時居父母喪，睡時頭枕土塊，表示極其悲痛。塊，土塊。

⑤承塵：指藻井，天花板。《後漢書·獨行傳·雷義》：「默投金於承塵上，後葺理屋宇，乃得之。」

⑥賢業：善美的事業。

挽陸郎中母①

阿母瑶池宴不回，可憐人世忽成哀。潘輿無復花前奉②，孟織難忘杼下裁③。危難益家成厚業，殷勤課讀育良材。中郎粉署承恩寵④，錦誥行看賁夜臺⑤。

【注釋】

① 陸郎中，不詳所指。

② 潘輿：指養親。

③ 孟織：指孟母斷織教子事。

④ 粉署：即粉省。尚書省的別稱。

⑤ 賁：文飾，裝飾。夜臺：墳墓。亦借指陰間。

挽陳郎中①

早歲趨庭學禮詩②，壯年校藝擅鄉闈③。外臺贊政清操勵④，兩署持衡衆論歸⑤。共惜才華施未盡，獨憐人世忽先違。青山埋玉知何處？鏡水蒼涼對月暉⑥。

【注釋】

① 陳郎中，不詳所指。

② 趨庭：指子承父教。

③ 鄉闈：科舉時代士人應鄉試的地方。亦代指鄉試。

④外臺：漢因秦制，以尚書為中臺，御史為憲臺，謁者為外臺，合稱『三臺』。

⑤持衡：持秤稱物。比喻公允地品評人才。

⑥鏡水：平靜明淨的水。

挽王員外父①

生平重義萬金輕，踈戚多承愛厚情。堂上槐陰昭世德，日邊桂子擅芳名。簪纓晚歲方膺寵②，鷗鷺秋風忽斷盟。惆悵青山埋玉處③，幾人彈淚讀新銘。

【注釋】

①王員外父：不詳所指。底本目録中無『父』字。

②簪纓：古代官吏的冠飾。比喻顯貴。

③埋玉：埋葬有才華的人。

挽蔣主事祖母姚宜人①

自昔虞溈有慶源②，東吴賢淑配高門③。散財常濟貧兼獨，勸學能成子與孫。白髮又看承鳳敕，重闈俄報泣魚軒④。煌煌太史鐫遺行⑤，明月胡山對九原⑥。

【注釋】

①蔣主事，不詳所指。宜人，明清五品官妻、母封號。

②虞溈（wéi）：溈，與『嬀』通。傳説舜居嬀水隈曲之處於此，堯將兩個女兒嫁給他。借指有名望的賢祖。

③賢淑：指德性佳美的女子。高門：高大的門。借指富貴之家，高貴門第。

④重闈：舊稱父母或祖父母。魚軒：古代貴族婦女所乘的車。用魚皮爲飾。用以代稱夫人。《左傳·閔公二年》：『歸夫人魚軒。』

⑤太史：指史官。

⑥九原：指墓地。

挽兵部吴主事父母①

榮利無關樂隱淪②，弓旌肯爲起丘園③。常分粟帛周窮匱④，賸有詩書教子孫⑤。遼海舊聞來化鶴⑥，草堂空復聽啼猿。賢郎粉署能官者⑦，紫誥褒封及九原⑧。

【注釋】

①吴主事，指吴寧（1399—1482）。字永清，南直隸歙縣（今屬安徽黄山市）人。宣德五年（1430）進士。宣德十年十一月，授兵部主事。正統十年三月，再陞至職方司郎中。郕王監國時，于謙薦，擢兵部右侍郎。景泰初，乞疾歸。《明史》有傳。吴寧父仕仁，母許氏。兄弟三人，寧行三。

②隱淪：指隱居。

③弓旌：弓和旌。古代徵聘之禮，用弓招士，用旌招大夫。借指延聘。丘園：指隱逸。

④窮匱：指貧困的人。

⑤賸（shèng）有：剩有，猶有。

⑥化鶴：指成仙。多用以代稱死亡。

⑦粉署：即粉省。尚書省的别稱。

⑧九原：九泉，黄泉。

毓德名門自姆師①，母儀婦道著箴規②。周貧睦族捐簪珥③，教子興家讀禮詩。早痛藁砧歸未夜④，忽從金母赴瑶池。庭前喜有三株樹⑤，季也雲霄荷寵私⑥。

【注釋】

① 毓德：修養德性。姆師：古時以婦道教女子的女師。

② 母儀：指做母親的儀范。婦道：爲婦之道。舊多指貞節、孝敬、卑順、勤謹而言。箴：文體的一種。以規勸告誡爲主。

③ 簪珥：發簪和耳飾。古代多爲高貴婦女的首飾。

④ 藁砧：古代處死刑，罪人席藁伏於砧上，用鈇斬之。鈇、『夫』諧音，後因以『藁砧』爲婦女稱丈夫的隱語。

⑤ 三株樹：古代神話中珍奇的樹名。《山海經·海外南經》：『三株樹在厭火北，生赤水上。其爲樹如柏，葉皆爲珠。一曰，其爲樹若慧。』

⑥ 季：兄弟排行次序最小的。寵私：恩寵與私惠。

挽顧主事父①

修齡閲世近期頤②，五福兼全世所奇③。經籍傳家成令子④，龍章封爵荷恩私⑤。義方獨繼燕山訓⑥，遺行今傳有道碑。倏尔新阡封夏屋⑦，鄉人無不爲興悲。

【注釋】

① 顧主事，不詳所指。

② 修齡：長壽。期頤：一百歲。語本《禮記·曲禮上》：『百年曰期、頤。』鄭玄注：『期，猶要也；頤，養也。不知衣服食味，孝子要盡養道而已。』

③ 五福：《尚書·洪範》：『五福：一曰壽，二曰富，三曰康寧，四曰攸好德，五曰考終命。』漢桓譚《新論》：『五福：壽、富、貴、安樂、子孫衆多。』

④ 令子：猶言佳兒，賢郎。多用於稱美他人之子。

⑤ 龍章：指詔書，敕令。恩私：猶恩惠，恩寵。

⑥ 義方：行事應該遵守的規範和道理。《左傳·隱公三年》：『石碏諫曰：「臣聞愛子教之以義方，弗納於邪。」』後因多指教子的正道，或曰家教。燕山：指竇燕山。原名竇禹鈞，五代後晉時期薊州漁陽（今天津薊縣）人。漁陽古屬燕國，地處燕山一帶，故此後人稱竇禹鈞爲竇燕山。他有五子，家教甚嚴，建書房四十間，買書數千卷，聘請文行之士爲師授業。四方有志學者，聽其自至。五個兒子聰穎早慧，文行並優，時人贊爲『竇氏五龍』。

⑦ 倏尔：形容時間短暫。

挽程司務母①

雙親偕老是初期②，豈意萱堂早見萎③。（非）[不]為莊周隨蝶夢④，秖從金母宴瑤池⑤。青雲遊宦思慈訓⑥，彤管[傳]家（聲）著令儀⑦。畫省（衰）[縗]麻奔訃日⑧，栝棬在目不勝悲⑨。

【注釋】

①程司務，指程羽。江西建昌府人。由邑庠生充貢，入太學，官吏部司務。其母夏氏，正統八年（1443）十月十一日卒於家。王直撰有《孺人夏氏墓誌銘》，言之甚詳。明代六部都設有司務，掌出納文書及衙署内部雜務。本詩手跡存，題作《程司務母夏氏挽詩》，據以校正。

②初期：本來的期望。

③萱堂：指母親。

④莊周隨蝶夢：《莊子·齊物論》：『昔者莊周夢爲蝴蝶，栩栩然蝴蝶也；自喻適志與，不知周也；俄然覺，則蘧蘧然周也。』後多用『夢蝶』表示人生原屬虛幻。

⑤金母：古神話傳説中的女神。俗稱西王母。

⑥慈訓：母親的教誨。

⑦彤管：杆身漆朱的筆。古代女史記事用。令儀：指美好的儀容、風範。

⑧ 畫省：指尚書省。縗(cuī)麻：粗麻布喪服。

⑨ 桮棬：一種木質的飲器。《禮記·玉藻》：『母没而桮圈不能飲焉。』孔穎達疏：『桮圈，婦人所用，故母言桮圈。』後因用作思念先母之詞。

挽湖廣羅憲使①

彼蒼那可問，物理孰否臧②？材美壽宜畀③，顧乃早見戕④。繄惟烏府彦⑤，掌憲臨湖湘⑥。列郡凛風裁⑦，六月飛清霜。霈澤軫孤嫠⑧，煦焉如春陽⑨。偉器衆所望⑩，指日登嚴廊⑪。一朝騎黄鶴⑫，飄然去何鄉？些哀楚俗舊⑬，爲君獨悲傷。引領極淮浦⑭，丹旐何悠揚⑮！逝川知不返⑯，遺愛無能忘。凄其鸚鵡洲⑰，寒月空蒼涼。

【注釋】

① 羅憲使，指羅銓。字文衡，南直隸山陽縣(今江蘇淮安市淮安區)人。永樂十九年(1421)進士。宣德元年(1426)四月，擢廣西道監察御史。才能著稱。宣德九年十二月，陞湖廣按察使，大振風紀。正統四年(1439)九月十四日，卒於官，年四十七。楊士奇撰有《故通議大夫湖廣按察使羅君墓誌銘》(見《東里續集》卷三十六)。

② 物理：事物的道理、規律。否臧：品評，褒貶。

③畀：賜與。

④顧乃：卻，反而。戕(qiāng)：殘害。

⑤繄(yī)：歎聲。烏府：指御史府。

⑥掌憲：掌管風紀法制。湖湘：湖南省洞庭湖和湘江地帶，常用來代指湖南。此處泛指兩湖一帶。

⑦風裁：指依法裁處。

⑧霈澤：雨水。比喻恩澤。軫(zhěn)：顧念，憫惜。孤嫠(lí)：孤兒寡婦。

⑨煦：温暖。

⑩偉器：大器。謂堪任大事的人才。

⑪嚴廊：莊嚴的廊廟。借指朝廷。

⑫騎黄鶴：指死亡。唐崔顥《黄鶴樓》詩：『昔人已乘黄鶴去，此地空餘黄鶴樓。黄鶴一去不復返，白雲千載空悠悠。』後以『黄鶴』比喻一去不返的事物。

⑬些(suò)：辭賦的代稱。

⑭引領：伸頸遠望。多以形容期望殷切。

⑮丹旐：猶丹旌。

⑯逝川：指一去不返的江河之水。語本《論語·子罕》：『子在川上曰：「逝者如斯夫！不舍晝夜。」』

⑰鸚鵡洲：在今湖北省武漢市西南長江中。相傳東漢末江夏太守黄祖長子射在此大會賓客，有人獻鸚鵡，禰衡作《鸚鵡賦》，故名。後衡爲黄祖所殺，葬此。自漢以後，由於江水沖刷，屢被浸没，今鸚鵡洲已非宋以前故地。

挽尹參議徐母孺人①

彤管習聞自姆師②，昭昭懿範著慈闈③。相夫有道蘋共績，教子多方學斷機④。棘寺褒封恩並美⑤，閩煩榮養願先違⑥。賢郎此際情何極，獨對殘萱淚滿衣⑦。

【注釋】

①尹參議，當指尹弼。應天府上元縣（今南京市江寧區）人。永樂二十二年（1424）進士。正統元年（1436）十月，由大理寺評事擢福建布政司右參議。《明英宗實録》卷七十載：正統五年八月，「福建布政司右參議尹弼親喪服闋，復除山西布政司，專理軍政。」據此推測，弼正統二年有親喪之事。此詩當即作於此時。參議，官名。明通政使司有左、右參議，爲通政使佐官。布政使下也設左、右參議，無定員，分守各道，並分管糧儲、屯田、清軍、驛傳、水利等事。孺人，明代爲七品官母親或妻子的封號。

②姆師：古時以婦道教女子的女師。

③懿範：美好的道德風範。專用以讚美婦女的好品德。

④斷機：斷織。用孟母斷織教子之典。

⑤棘寺：大理寺的別稱。古代聽訟於棘木之下，大理寺爲掌刑獄的官署，故稱。

⑥榮養：指兒女贍養父母。

⑦萱：古稱母親居室爲『萱堂』。後因以『萱』爲母親或母親居處的代稱。

挽李知府①

昔從烏府見乘驄②，皂蓋重聞駐洛中③。抗直當年比唐介④，治平今日繼吴公⑤。半頭髮白心愈壯，四友堂開月已空⑥。惆悵靈輀東去遠⑦，幾人懷惠泣西風⑧。

【注釋】

①李知府，指李驥。字尚德，山東郯城縣（今屬臨沂市）人。洪武二十六年（1393）舉人。入國子監，三年，授户科給事中。建文時，任新鄉知縣。洪熙時，擢爲監察御史。宣德五年（1430）十一月，出任河南府知府。爲人端正謹慎。莅郡六年，正統元年（1436）六月二十七日卒，年七十。士民赴吊，咸哭失聲。《明史》入《循史傳》。

②驄（cōng）：青白色相雜的馬。

③皂蓋：古代官員所用的黑色蓬傘。洛中：指今洛阳一带。

④抗直：剛強正直。唐介：字子方，江陵（今屬湖北）人。宋神宗時宰相。自幼深明大義，德行高尚。後中進士，爲官清正廉明。

⑤吴公：西漢上蔡人。文帝時，爲河南守，曾薦賈誼爲博士。後因以指政績突出者。

⑥四友堂：李驥爲知府時，於署後植松竹梅。公事畢，盤桓其中，因曰：『三友而益我一人，得非四友乎？』因名其堂曰『四友堂』（《国朝獻徵録》）。

⑦靈輀（ér）：喪車。輀，載運棺柩的車。

⑧懷惠：感念長上的恩惠。

挽何知府①

人生若浮埃②，沉没固有期。重惟德器流③，摧隕誠可哀。所以三良什④，千載今傳之。顧瞻大行阿⑤，伊尹實處兹⑥。策駕淩青雲，康莊成奔駛⑦。泮水藉芳潤⑧，花封餘澤滋⑨。炎徼需輯寧⑩，五馬承恩私⑪。于焉仁惠紿⑫，邊氓覩威儀⑬。述職稽常經⑭，遠道毒癘危⑮。藥石乃罔功⑯，七尺終見萎⑰。遂使生平操，泯焉幻化爲。欲假楚招魂⑱，巫陽語朱離⑲。彼蒼遐且高，何由能問之。持致挽歌詞，冥漠其有知⑳。

【注釋】

①何知府，當指廣西太平府知府何某，見卷二《送何太守之太平》注。

②浮埃：浮塵。

③德器：指有道德修養與才識度量的人。

④三良什：指《詩經·黄鳥》。三良，指秦穆公時的奄息、仲行、鍼虎。秦穆公死時，讓三人隨葬，國人哀之，而作《黄鳥》。

⑤顧瞻：回視，環視。大行阿（ē）：即太行山。阿，大的丘陵，泛指山。

⑥伊尹：商湯大臣，名伊，一名摯，尹是官名。相傳生於伊水，故名。是湯妻陪嫁的奴隸，後助湯伐夏桀，被尊爲阿衡。

⑦康莊：四通八達的大道。

⑧泮水：古代學宫前的水池，形狀如半月。芳潤：芳香潤澤。亦用以喻文辭之精華。

⑨花封：古代賜給貴婦人的封誥。餘澤：遺留給後人的德澤。

⑩炎徼：南方炎熱的邊區。輯寧：安撫，安定。

⑪五馬：漢時太守乘坐的車用五匹馬駕轅，因借指太守的車駕。用作太守的代稱。

⑫仁惠：仁慈惠愛。

⑬邊氓：即邊民。

⑭述職：指外任官員向朝廷陳述職守。常經：固定不變的法令規章。

⑮毒癘：導致疫病之毒氣。

⑯藥石：藥劑和砭石。泛指藥物。

⑰七尺：指身軀。人身長約當古尺七尺，故稱。萎：指人死亡。

⑱假：借。招魂：這裏指招死者之魂。《楚辭》有《招魂》篇，是招生者之魂。

⑲巫陽：古代傳説中的女巫。《楚辭·招魂》：『帝告巫陽曰：「有人在下，我欲輔之。魂魄離散，汝筮予之。」』朱離：我國古代西部民族的音樂。

⑳冥漠：指死者。

挽李知州①

其一

清時典郡見連城②，切切憂民幾盡情。欲問山東賢太守，從來第一説東平③。

【注釋】

①李知州，指李湘。字永懷（萬曆《吉安府志》及《明史》等均如是。王直《贈李知府赴任詩序》、《送尹執中歸省序》作允淮），江西泰和縣（《山東通志》及民國《太和縣志》誤作南直隸太和縣）人。永樂中，由國子生理刑都察院。以才擢東平知州，蒞州十餘年，深得民望。正統元年（1436）七月，擢懷慶知府。東平民扶攜老幼，泣送數十里。懷慶有軍衛，素挾勢厲民。湘隨時裁制，皆不敢犯。居三年卒。《明史》有傳。此詩手跡存（有闕字），題作《李知府挽歌 有序》。手跡《序》作：『予久聞東平知州李君有廉明聲，第未有荊州之識。今既卒於懷慶知府，其子誠來以挽辭見屬。遂録所聞為歌五章，不楚聲、不蒿里，主於易為里巷之詠，亦以為勸於方來云。』『其一』、『其二』等，底本無，從手跡補。

②清時：清平之時，太平盛世。連城：戰國時，趙惠文王得和氏璧，秦昭王寄書趙王，願以十五城易璧。事見《史記·廉頗藺相如列傳》。後以『連城』指和氏璧或珍貴之物。此處形容人品之高。

③東平：北宋宣和元年(1119)陞鄆州爲東平府，治所在在須城(今山東東平縣)。元改東平府爲東平路。明初改東平路爲東平府，後又降東平府爲東平州，屬濟寧府。

其二

政平訟簡有閒餘，勸學詢農事事俱。招集流(忘)[亡]墾田野①，蒿萊荆棘盡菑畬②。

【注釋】

①流亡：指逃亡流落在外的人。

②蒿萊：野草，雜草。荊棘：泛指山野叢生多刺的灌木。菑畬(zīyú)：亦泛指農田。菑，初耕的田地。畬，開墾過三年的田地，熟田。

其三

曾聞報政幾朝天，只爲民留久不遷。一旦使車違郡去①，攀轅臥轍溢喧闐②。

【注釋】

①使車：使者所乘之車。

②喧闐：喧嘩，熱鬧。

其四

覃懷三載未能過①，更比東平(霑)[霈]澤多②。尚恨廉公來已暮③，那堪一夢入南柯④。

【注釋】

①覃(tán)：悠長。

②霈澤：雨水。比喻恩澤。

③廉公：用廉頗之典。戰國時趙國名將廉頗，屢立戰功，後受同僚忌恨，不得已出亡到魏國，還時常想回去爲趙國出力。

④南柯：唐李公佐作《南柯太守傳》，叙述淳于棼夢至槐安國，娶公主，封南柯太守，榮華富貴，顯赫一時。後率師出征戰敗，公主亦死，遭國王疑忌，被遣歸。醒後，在庭前槐樹下掘得蟻穴，即夢中之槐安國。南柯郡爲槐樹南枝下另一蟻穴。後因以指夢境，亦比喻空幻。

其五

扁舟旅櫬過東城①，痛哭追隨老稚聲②。若(被)[彼]幸災稱快者，如君端不愧平生。

【注釋】

①旅櫬：客死者的靈柩。

②老稚：老幼。老人和小孩。

挽方進士母①

淑德自天性②，閨範儀族閭③。孝以奉姑舅④，儉勤相厥夫。興家惟遠謀，還解儲詩書。諄諄誨其子，早致青雲衢⑤。三釜相康食⑥，庶謂酬勞劬。風木遽興悲⑦，子心違所圖。梨雲夢何許⑧，渺渺瑶池途。人世識長短，今昔竟成殊。尚冀有褒典，華彩生丘墟⑨。（排律）

【注釋】

①方進士：不詳所指。

②淑德：美德。

③閨範：指婦女應遵守的道德規範。

④姑舅：丈夫的父母，即公婆。

⑤青雲：喻高官顯爵。

⑥三釜：指微薄的俸禄。康食：足食。

⑦風木：比喻父母亡故，不及奉養。

⑧梨雲：即『梨花雲』，指夢中恍惚所見如雲似雪的繽紛梨花。後用爲狀雪景之典。

⑨丘墟：陵墓，墳墓。

挽閻都指揮①

一身是膽萬夫雄，破虜曾收百戰功。藩翰折衝忠義表②，旌旄指顧咲談中③。玉闕詔下期生入④，遼海鶴歸恨莫窮⑤。徒有元戎門外柳⑥，春來依舊舞東風。

【注釋】

① 閻都指揮，當指閻俊。永樂十年（1412）三月，由寧夏衛指揮使陞陝西都指揮同知。洪熙元年（1425）十一月，其子理襲指揮同知。金文靖在爲俊父所撰《綏德衛指揮閻子能墓碑銘》中云：『俊今累官至都指揮，歷事三朝，出鎮邊城，屢征漠北。擒捕强敵，焯著偉績，薦膺賚錫。』（《金文靖集》卷九）

② 藩翰：比喻捍衛王室的重臣。折衝：使敵人的戰車後撤。即制敵取勝。衝，沖車，戰車的一種。

③ 旌旄：旗幟。指顧：指揮。

④ 玉闕：指皇宫、朝廷。

⑤ 鶴歸：指丁令威化鶴歸遼事。指羽化登仙。詳本卷《禮部章侍郎輓章》注。

⑥ 元戎：大的兵車。

挽王千户①

幾回勳庸屬妙齡②，早持旌節寄專城③。心閑韜略期無敵④，志在□煙惜未成。戈鉞已從秋雨暗⑤，劍光猶映曉霜明。庭前玉樹真神俊⑥，足慰寒泉永夜情⑦。

【注釋】

①王千户，不詳所指。

②勳庸：功勳。

③旌節：古代使者所持的節，以爲憑信。專城：指任主宰一城的州牧、太守等地方長官。

④韜略：古代兵書《六韜》《三略》的並稱。泛指兵書。

⑤鉞（yuè）：古兵器。圓刃，青銅製。形似斧而較大。盛行於殷周時。又有玉石製的，多用於禮儀。

⑥玉樹：稱美佳子弟。神俊：形容雄健英武。

⑦寒泉：清洌的泉水或井水。《詩經·邶風·凱風》：『爰有寒泉，在浚之下。有子七人，母氏勞苦。』《詩序》謂：『美七子能盡其孝道，以慰其母心。』後世遂以『寒泉』爲子女孝敬母親的典故。

挽石首陳教諭①

曾聞石首舊儒師②，磊落高風不可期③。一泒文章推典則④，百年模範肅威儀⑤。芹宮昔賦招魂些⑥，太史今成有道碑⑦。掛劍空懷無處所⑧，欲因賢子寄哀詞⑨。

【注釋】

① 陳教諭，不詳所指。據康熙及光緒《荆州府志》所載，明代荆州府陳姓教諭有陳直方（應城人）和陳良（吴縣人），此處似指陳良。石首，今湖北荆州石首市。

② 儒師：元明時稱官學的教官。

③ 高風：高尚的風操。

④ 典則：準則。特指詩文等的法則、章法。

⑤ 威儀：莊重的儀容舉止。

⑥ 芹宮：《詩經·魯頌·泮水》：『思樂泮水，薄采其芹。』朱熹《詩集傳》：『泮水，泮宮之水也。諸侯之學，鄉射之宮，謂之泮宮。』後因以『芹宮』指學宫、學校。些（suò）：辭賦的代稱。

⑦ 有道碑：指郭有道碑。郭泰，字林宗，漢末名士，很受士林推重，四十二歲卒。死後，各方人士爲其刻石立碑，著名學者蔡邕撰《郭有道碑文》。

⑧掛劍：用季札掛劍之典。季札，春秋時吴國人。吴王壽夢少子。封於延陵，稱延陵季子。季札出使，北上路過徐國，徐君心中喜歡季札之劍，季札已覺察，但因使命在身，未獻出。季札回程至徐，徐君已死，季札於是解其寶劍，系之徐君墓樹而去。隨從不解，季札説：『開始我心中已答應要給他了，豈能因爲徐君死了違背我自己内心的承諾呢！』

⑨哀詞：文體名。古用以哀悼夭而不壽者，後世亦用於壽終者。多用韻語寫成。

挽錢所副妻①

女德賢名少②，閨門獨善柔③。相夫登仕宦④，訓子紹箕裘⑤。鸞鏡先分影⑥，瑶池遽遠遊。梧棬遺澤在⑦，諸嗣淚空流。

【注釋】

①錢所副，不詳何人。本詩手跡存，題目作《錢所副妻挽章》。

②女德：猶婦德。舊指婦女應具備的品德。

③柔：温和，温順。

④仕宦：出仕，爲官。

⑤箕裘：比喻祖上的事業。

⑥鸞鏡：指妝鏡。

⑦桮棬：用作思念先母之詞。

挽睢州陳吏目①

共識郎曹彦②，表表佳譽新③。偶出贊名郡④，蓮幕佐賢賓⑤。撫字有殊績⑥，淪没期復伸⑦。咄彼造物者⑧，胡爲嗇其仁。一朝竟長逝，慟哭傷州民。遂令歌謡者，愴然成悲辛⑨。旅櫬故園歸⑩，孰不爲霑巾⑪。

【注釋】

①睢州陳吏目，指陳貴。南直隸吴縣（今江蘇蘇州市）人。正統元年（1436），由郎中謫任河南歸德府睢州（今商丘市睢縣）吏目。史稱其『剛介有為，吏民畏服。』（弘治《睢州志》）。

②郎曹：郎中，郎官。

③表表：卓異，特出。

④贊：輔佐，説明。

⑤蓮幕：《南史·庾杲之傳》：『（王儉）用杲之爲衛將軍長史。安陸侯蕭緬與儉書曰：「盛府元僚，實難其選。庾景行汎淥水，依芙蓉，何其麗也。」時人以入儉府爲蓮花池，故緬書美之。』後因稱幕府爲『蓮幕』。

⑥撫字：撫養。謂對百姓的安撫體恤。殊績：特出的政績、功績。

⑦淪没：指死亡。

⑧咄（duō）：嘆詞。表示嗟歎。

⑨愴然：悲傷的樣子。悲辛：悲傷辛酸。

⑩旅櫬：客死者的靈柩。

⑪霑巾：沾濕手巾。形容落淚之多。

挽靜誠陳先生①

初當草昧任沉浮②，晚際風雲慶會秋③。王道略陳卑衆論，嘉謨屢進協神謀④。終辭黄閣絲綸命⑤，甘作青山杖屨游⑥。千載高蹤人仰止⑦，重重制墨焕林丘⑧。

【注釋】

①陳先生，指陳遇（1313—1384）。字中行，應天府上元縣（今南京市區）人。篤學博覽，精象數之學。元末為温州教授，

已而棄官歸隱。學者稱為『靜誠』先生。朱元璋下金陵，遣使聘至，與語，大悅，遂留參密議，日見親信，優禮備至。明興，累授翰林學士、禮部侍郎，皆不受。乃賜肩輿一乘，衛士十人護出入，以示榮寵。洪武十七年卒，賜葬鍾山。《明史》有傳。其子陳恭，字孟起，以舉人出任興化府通判，陞工部郎中，超拜大理寺少卿，正統、景泰間為工部尚書。此詩手跡存，題為《靜誠陳先生挽詞》，下注『工部侍郎恭父也』。

② 草味：草野，民間。

③ 風雲：比喻時勢。

④ 嘉謨：猶嘉謀。神謀：猶神算。

⑤ 絲綸：指帝王詔書。《禮記·緇衣》：『王言如絲，其出如綸。』孔穎達疏：『王言初出，微細如絲，及其出行於外，言更漸大，如似綸也。』此句指陳遇屢辭授職事。

⑥ 杖屨：拄杖漫步。

⑦ 高蹤：高尚的行跡。仰止：仰慕，嚮往。止，語助詞。

⑧ 制墨：指詔書。林丘：樹木與土丘。指隱居的地方。

挽吴景亮①

白首林泉樂此身②，生平孝友重天倫。詩書賸積惟傳業③，貲貨贏餘每賑貧④。秩進亞卿緣子貴，褒封鸞誥荷恩新。堪憐人事成今昔，獨有芳馨播八閩⑤。

【注釋】

①吴景亮，禮部左侍郎吴廷用之父。吴廷用（？—1440），名棟，以字行。福建政和縣（今屬南平市）人。永樂二年（1404）進士。擢户科給事中。辦事勤謹，得太子朱高熾賞識。朱高熾即位後，特陞為刑部右侍郎。宣德十年（1435）七月（《禮部志稿》卷四十二作九年），遷左侍郎，改禮部。正統五年（1440）二月致仕，八月卒。據《明英宗實録》載：正統元年（1436）六月，吴廷用言其父景亮年九十有二，乞賜歸省，從之。可知，吴景亮躋高壽，與詩中所云『百歲修齡』相吻合。據詩意，吴景亮去世當在吴廷用歸省之時，即正統元年。

②林泉：山林與泉石。指隱居之地。

③賸（shèng）：多餘，剩餘。

④貲貨：資財貨物。貲，通『資』。

⑤芳馨：芳香。比喻美好的名聲。

百歲修齡世所稀，賢郎覲省荷恩歸。正期太白光南極①，俄見寒蟾入少微②。黃鞠徑餘成寂寞③，野鷗盟在永相違。佳成已就滕公室④，松梓蒼蒼澹夕暉⑤。

【注釋】

①太白：星名，即金星。又名啓明、長庚。南極：星名。即南極老人星。舊時以為此星主壽，故常用於祝壽時稱頌主人。《史記·天官書》：『狼比地有大星，曰南極老人。』張守節正義：『老人一星，在弧南，一曰南極，爲人主占壽命延長之應。』

②少（shào）微：星座名。共四星，在太微垣西南。用以稱處士。詳本卷《挽致仕尚書黃公》注。

③鞠：通『菊』。菊花。菊徑，指隱士住所。陶淵明《歸去來兮辭》中有『三徑就荒，松菊猶存』句。

④佳成：即佳城。指墓地。張華《博物志·異聞》：『漢滕公薨，求葬東都門外。公卿送喪，駟馬不行，跼地悲鳴，跑蹄下地得石，有銘曰：「佳城鬱鬱，三千年見白日。吁嗟滕公居此室。」遂葬焉。』滕公：即夏侯嬰（？—前172）。西漢沛（今江蘇沛縣）人。隨劉邦起兵，屢立戰功，任太僕。後封為汝陰侯。因曾任滕令，故稱滕公。

⑤夕暉：日暮前餘輝映照，夕陽的光輝。

挽王淑人①

慈母高風衆莫倫，修齡九十有三春。賢郎已作銀臺使②，紫誥新封太淑人。正擬旨甘榮祿養，俄驚機杼暗芳塵③。遥知引紼牛眠地④，明月娟娟弔鶴頻⑤。

【注釋】

①王淑人，不詳所指。

②銀臺：翰林院的代稱。詳本卷《挽虞侍郎》注。

③芳塵：指落花。

④引紼：執紼。指送葬。牛眠地：指卜葬的吉地。典出《晉書·周訪傳》：『初，陶侃微時，丁艱，將葬，家中忽失牛而不知所在。遇一老父，謂曰：「前崗見一牛眠山汙中，其地若葬，位極人臣矣。」又指一山云：「此亦其次，當世出二千石。」言訖不見。侃尋牛得之，因葬其處，以所指別山與訪。訪父死，葬焉，果爲刺史，著稱寧益，自訪以下，三世爲益州四十一年，如其所言云。』

⑤娟娟：明媚的樣子。弔鶴：《世説新語·賢媛》『陶公少時作魚梁吏』，劉孝標注引《陶侃別傳》：『及侃丁母憂，在墓下，忽有二客來弔，不哭而退，儀服鮮異，知非常人。遣隨視之，但見雙鶴沖天而去。』後常以『弔鶴』爲頌揚死者之典。

挽恭人孫氏①

早聞賢淑配名門，朝露雖先懿德存。忠孝勸夫圖報國，詩書教子荷推恩。九原雨露霑松栢，五鼎春秋薦藻蘩②。更説慈闈隱德厚③，堂前楚楚見蘭孫④。

【注釋】

①恭人孫氏，不詳所指。

②五鼎：古代行祭禮時，大夫用五個鼎，分別盛羊、豕、膚（切肉）、魚、臘五種供品。藻蘩（fán）：兩種植物。指祭品。《詩經·召南·采蘋》：「于以采藻，于彼行潦。」「于以采蘩？于沼於沚。」藻，指藻類植物。蘩，即白蒿。多年生草本，可食用。

③慈闈：母親的代稱。隱德：施德於人而不爲人所知，謂之「隱德」。

④楚楚：形容傑出，出衆。

挽孺人王氏①

孝敬興家肅令儀，早聞彤管著威儀②。和熊曾就丸千顆③，教子終攀桂一枝。鶴髮雖云違禄養④，黄門深喜荷恩私⑤。龍章華服褒存殁⑥，足慰杯棬泣對思⑦。

【注釋】

①底本正文標題有「吏科鄭給事母」六字，而《目録》中無，此六字當是作者自注，今從《目録》，删。鄭給事，似指鄭泰（？—1458），字景陽。南直隸舒城縣（今屬安徽省六安市）人。永樂十九年（1421）進士。宣德元年（1434）十二月，

擢禮科給事中，改吏科。正統五年（1440）五月，遷都給事中，參預銓官。正統五年十一月，遷南京刑部右侍郎。辦事明允。景泰二年（1451）二月，遷本部左侍郎。天順元年（1457）二月，改南京吏部左侍郎，二年十二月十二日卒。

②彤管：杆身漆朱的筆。古代女史記事用。藉以指女子文墨之事。

③『和（huó）熊』句：賢母教子典故。詳卷三《慈訓堂為南陽汪同知題》注。

⑤黄門：官署名。

⑥龍章：對皇帝文章的尊稱。

⑦杯棬：作思念先母之詞。

挽華母孺人①

孝敬興家自惠柔，閨門儀範古人儔②。教兒不倦和熊膽③，制行無虧誄栢舟④。萱砌正榮三釜養⑤，仙姿竟作九京遊⑥。烏臺令子聞哀訃⑦，目斷南天涕泗流。

【注釋】

①華母孺人：不詳所指。

②儔（chóu）：輩，同類。

③和熊膽：詳卷三《慈訓堂為南陽汪同知題》注。

④栢舟：《詩經·鄘風》篇名。謂喪夫或夫死矢志不嫁。詳卷三《題周節婦貞節堂》注。

⑤三釜：亦作『三鬴』。古代一般年成每人每月的食米數量。《周禮·地官·廩人》：『凡萬民之食食者，人四鬴，上也；人三鬴，中也。』喻菲薄的俸禄。

⑥九京：猶九泉。指地下。

⑦烏臺：指御史臺。

挽李夫人①

毓秀貂蟬族②，來歸棨戟侯③。元戎諧伉儷④，閨閫仰慈柔⑤。未卒班昭史⑥，儀從王母遊。魚軒猶在室⑦，諸子淚空流。

【注釋】

①李夫人：不詳所指。

②貂蟬：貂尾和附蟬，古代爲侍中、常侍等貴近之臣的冠飾。指侍中、常侍之官。亦泛指顯貴的大臣。

③來歸：嫁給。

④元戎：大的兵車。

⑤閨閫(kǔn)：宫院或後宫；内室。亦特指婦女居住的地方。借指婦女。慈柔：仁慈温和。

⑥班昭：一名姬，字惠班。扶風安陵(今陝西咸陽東北)人。東漢史學家。史學家班彪之女、班固之妹。博學高才，嫁同郡曹氏，早寡。兄固著《漢書》，八表及《天文志》未竟而卒，昭繼承遺志，獨立完成撰述，使《漢書》成爲完帙。帝數召入宫，令皇后貴人師事之，號曹大家(gū)。善賦頌，有《東征賦》《女誡》等。

⑦魚軒：古代貴族婦女所乘的車，用魚皮爲飾。代稱夫人。

挽章孺人①

夙聞敦婦道②，孝敬重天常③。閨閫遺模在④，瑶池去夢長。錦藏機杼字，塵壓寶奩香。夫子膺時用⑤，幽泉被寵光⑥。

【注釋】

①章孺人，不詳所指。

②敦：崇尚，注重。

③天常：天的常道。常指封建的綱常倫理。

④ 閨闥：古代婦女居住的内室。

⑤ 時用：《周易·坎》：『王公設險，以守其國。險之時用人矣哉。』本指在特定時間的作用。後指爲當世所用。

⑥ 寵光：指恩寵光耀。

挽貴溪善婦馮孺人①

古人重節義，忠臣與良妻。爲臣畢所事，婦德終所齊。卓哉馮孺人，既歸誓老偕。藁砧中路别②，二孤方在携。華年謝芳姿，槁木其形骸。世事從變遷，中心焉可摧。更將書與詩，殷勤課孩提③。織衽事躬執④，家道日以躋。佳樹聯柯芳，蓀蘭充庭堦⑤。冥冥好福善⑥，錫慶弗爾回。修齡踰八十，享樂期無涯。一朝隨王母，宴彼崑崙池。軿車竟不返⑦，里巷空街哀。煌煌《女戒》篇⑧，儀範垂深閨。

【注釋】

① 馮孺人，不詳所指。贵溪，明屬江西廣信府。

② 藁砧：婦女稱丈夫的隱語。詳本卷《輓兵部吴主事父母》注。

③ 孩提：幼儿，儿童。

④ 躬：親自。

⑤蓀(sūn)蘭：指優秀的子弟。蓀，香草名。

⑥冥冥：指陰間。

⑦軿(píng)車：有帷幕的車子。

⑧女戒：通作《女誡》，東漢史學家班昭所著指導婦女行爲準則之書。

挽王孝子①

林下曾傳高士風②，俄聞歸化恨無窮。家貧甘旨親常範，業薄詩書子足攻。依草舊廬來異瑞，矢心誠孝格蒼穹③。生前況復膺褒典，華彩亭亭晉水東。

【注釋】

①王孝子，不詳所指。

②高士：志行高潔之士。

③格：感通，感動。

挽義民胡有初①

文江有遺逸②，白髮樂閑身。懷寶非忘世，傾貲每濟貧③。清風歸衆論，高義先時人。曾被宸章寵④，詩歌播縉紳⑤。

【注釋】

①胡有初，江西吉水縣人。宣德五年（1430），江西、淮安饑，胡有初等出穀千餘石賑濟，被朝廷旌為義民。正統八年（1443）十月廿四日卒，享年七十。

②遺逸：隱士，遺才。

③貲：通「資」。貨物，錢財。

④宸章：皇帝所作的詩文。

⑤縉紳：指士大夫。

⑥士流：泛指讀書人、文士。

初報少微隕，哀音動士流①。露殘彭澤柳②，雪滯剡溪舟③。掛劍空懷恨④，生芻致莫由⑤。銘文煩太史⑥，遺行賁林丘⑦。

【注釋】

①彭澤：縣名。漢代始設。在今江西省北部。晉陶潛曾爲彭澤令，因以『彭澤』借指陶潛。

②剡(shàn)溪：水名。曹娥江的上游，在浙江嵊縣南。李白《夢游天姥吟留別》：『湖月照我影，送我至剡溪。』

③掛劍：用季札掛劍的典故。詳本卷《挽石首陳教諭》注。

④生芻：稱弔祭的禮物。

⑤太史：指史官。

⑥遺行：指死者生前的品行。賁(bì)：華美光彩的樣子。此處是使動用法。林丘：樹木與土丘。指隱居的地方。

挽淮安紀醫人父母①

早際昇平世，蕭問樂此生②。義方歸士論，遺行重鄉評。子檀活人術，家傳有道名。淮陽新塚上，宰樹暮雲平。

【注釋】

①紀醫人，生平不詳。

② 蕭閒：即『蕭閑』。瀟洒悠閑，寂静。

毓自名門秀，習聞彤管娫①。奉親敦孝敬，卹下盡仁慈。別鏡先分影，幽泉今共期。桮棬猶在室②，嗣子不勝悲。

【注釋】

① 彤管：指女子文墨之事。

② 桮棬：思念先母之詞。

挽無姓處士①

優游樂石泉②，華髮未盈顛③。易學周程後④，詩名李杜邊⑤。黄粱仙夢遠⑥，烏府令郎賢⑦。錦誥褒遺行，新銘太史鐫。

【注釋】

① 無姓處士，不詳所指。此詩手跡存，題作《無姓處士挽詞》。詩後附注云：『右求此詩者稱名楷，而不言其姓，且云贈

御史，故記為無姓處士云。』

② 優游：悠閒自得。

③ 顛：頭頂，頭。

④ 周程：指周敦頤和程顥、程頤，皆爲宋代理學大師，精於易學。

⑤ 李杜：指李白、杜甫。

⑥ 黄粱仙夢：唐沈既濟《枕中記》載：盧生在邯鄲客店遇道士吕翁，生自歎窮困，翁探囊中枕授之曰：枕此當令子榮適如意。時主人正蒸黄粱，生夢入枕中，享盡富貴榮華。及醒，黄粱尚未熟，怪曰：『豈其夢寐耶？』翁笑曰：『人世之事亦猶是矣。』後因以『黄粱夢』喻虚幻的事和不能實現的欲望。

⑦ 烏府：指御史府。

挽李志剛①

永樂夔龍會②，惟公知遇深。藩維承驛召③，桂館耀華簪④。禮樂憑陶鑄⑤，絲綸寄腹心⑥。穹碑今蔓草⑦，行客每沾襟。

【注釋】

①李志剛，從詩的内容看，似當爲『李至剛』，頗疑『志』字誤。《明史》、《明實録》均有『李至剛』，而不見尚書『李志剛』。李至剛，初名鋼，以字行，南直隸華亭縣（今屬上海）人。洪武二十一年（1388）舉明經。選侍懿文太子，授禮部郎中。坐累謫戍邊，尋召爲工部郎中，遷河南右參議。成祖即位，左右稱其才，遂以爲右通政。與修《太祖實録》，稱説洪武中事，甚見親信。尋進禮部尚書。永樂中，兼左春坊大學士，直東宫講筵。坐事下獄，久之得釋，降禮部郎中。解縉下獄，詞連至剛，亦坐係十餘年。仁宗即位，得釋，復以爲左通政。後出爲興化知府，時年已七十。再歲，歿於官。《明史》有傳。李至剛卒於宣德二年，時馬愉初入翰林院，與李氏當無交往，不知爲何會有此挽詩，頗讓人疑惑。

②夔龍：相傳舜的二臣名。夔爲樂官，龍爲諫官。後用以喻指輔弼良臣。

③藩維：《詩經·大雅·板》：『价人維藩。』後以『藩維』指藩國。驛召：以驛馬傳召。

④桂館：泛稱道觀。華簪：華貴的冠簪。古人用簪把冠連綴在頭髮上。華簪爲貴官所用，故常用以指顯貴的官職。

⑤陶鑄：比喻造就、培育。

⑥綵綸：指帝王詔書。

⑦穹碑：圓頂高大的石碑。

聞説丰姿在①，瓊林挺玉柯②。春卿名望重③，學士寵恩多。史局頻揮筆④，銀臺復振珂⑤。可憐今昔異，翁仲倚山阿⑥。

【注釋】

① 丰姿：風度儀態。

② 瓊林：瓊樹之林。此句形容其風度，猶如玉樹臨風。

③ 春卿：周春官爲六卿之一，掌邦禮。後因稱禮部長官爲春卿。

④ 史局：即史館。

⑤ 銀臺：翰林院的代稱。詳本卷《挽虞侍郎》注。

⑥ 翁仲：傳説秦始皇初兼天下，有長人見於臨洮，其長五丈，足跡六尺，仿寫其形，鑄金人以象之，稱爲『翁仲』。後遂稱銅像或石像爲『翁仲』。

挽陳叔剛①

文物閩中秀②，清才重士林③。詩書三世澤，孝友一生心。俄斷黄粱夢，虚期早歲霖④。訃聞千里外，揮涕爲沾襟。

【注釋】

① 陳叔剛（1394—1440）。名棖，以字行，號絅齋。福建閩縣（今屬福州市）人。少從訓導劉九疇受《春秋》。永樂十九年

（1421）進士。依親讀書，從諭德林誌學古文。任吏部郎中。宣德元年（1426），擢四川道監察御史。宣德五年五月，與修《太宗實録》和《仁宗實録》成，陞翰林修撰。丁母憂，哀毁廬墓。正統三年四月，與修《宣廟實録》成，進侍讀。聞父病，乞歸省。居一年，得疾。遭父喪，疾益甚，竟卒，年四十七。性温雅，以文行推重於時。有《絅齋集》。《閩中理學淵源考》稱：『叔剛温雅潔慤，出言行事，皆有思裁。為文亦復如是。見人過，密規而疏覆之，遇良時飲酒賦詩，襟懷灑如也。』（卷四十三）。弟叔紹，亦進士，官副使。子煒，進士，官布政使。俱有聲。

②文物：指文人，文士。

③清才：卓越的才能。

④霖：比喻恩澤。

蒼天何此吝，半百未能周。昨爲雙親覲①，今聞八極遊。簡編餘翰墨②，襟度想風流③。埋劍知何處④，閩山一土丘。

【注釋】

①覲：拜見。

②簡編：串連竹簡的帶子。指書籍。

③襟度：襟懷與氣度。

④ 埋劍：《晉書·張華傳》載，張華時見有紫氣映射於斗牛二宿之間，邀雷煥共議，以爲系寶劍之光上沖所致，當在豫章豐城，因命雷煥爲豐城令訪察其物。煥到縣，掘獄屋基，入地四丈餘，果得龍泉、太阿二寶劍。後以『埋劍』喻被埋没或不得彰顯。

挽熊景方①

咲閱昇平世，年高八十餘。周貧存德義，教子業詩書②。幕府承歡日，天恩錫命初。俄言塵世隔，哀些動鄉閭③。

【注釋】

① 熊景方，熊尚初之父熊紀。字景方，號松節，江西南昌人。生於元至正十七年（1357）十月十六日，正統七年（1442）十一月五日，以疾卒於家，年八十六。王直撰有《都事熊公墓誌銘》（《抑菴文集·後集》卷二十九）、楊士奇撰有《封宣義郎都察院都事熊君墓表》（《東里續集》卷三十三），對其生平經歷言之甚詳。熊尚初，見卷三《茂恩堂》注。

② 業：底本漫漶，據『朐抄本』補。

③ 鄉閭：古以二十五家爲閭，一萬二千五百家爲鄉，因以『鄉閭』泛指民衆聚居之處。借指家鄉，故里。

違世去何許，逍遥寥廓間①。殘書堆几案，遺行满湖山。鷗鳥從今散，風光任自閑。猶餘舊隱處，松顛鶴空還。

【注釋】

①寥廓：遼闊的天空。

挽泰和陳仲恒①

西昌有遺逸②，軒冕等錙銖③。學業圖南輩④，高風孺子俱⑤。人方師楷範，夢已斷江湖。鄉里耆英會⑥，相看失舊儒。

【注釋】

①陳仲恒，江西泰和縣人。生平履歷不詳。底本目録中作『陳士恒』，未詳孰是。

②遺逸：隱士，遺才。

③軒冕：指官位爵禄。錙銖：錙和銖。比喻微小的數量。

④圖南：比喻人的志向遠大。詳卷三《題金臺送别圖贈南京太學王博士》。

⑤孺子：東漢徐穉的字。徐穉，豫章南昌人，家貧，隱居不仕。後亦以指清貧淡泊，隱居不仕者。

⑥耆英：高年碩德者之稱。

早得閑中趣，逍遥九十齡。青山舊爲主，白首尚談經。塵暗南州榻①，雲遮處士星②。淒涼後學者，無復仰儀刑③。

【注釋】

①南州榻：東漢陳蕃做豫章太守時，不接待賓客，唯徐穉來訪，特設一榻，徐一去就把榻懸掛起來。因徐穉爲豫章人，故稱『南州榻』。後用爲禮遇嘉賓之典實。

②處士星：即少微星。

③儀刑：楷模，典範。

挽周岐鳳①

濂溪家學有源流②，桃李春風滿道周。惆悵哲人零落後③，空餘松菊在皤州④。

【注釋】

①周岐鳳，名鳴，號退齋，以字行。江西吉水縣（今屬吉安市）人。由府庠生初任桐城縣學訓導，歷仕即墨縣主簿、國子監學正、漢王府紀善、長州教諭、國子監博士、南京兵部職方員外郎。授奉直大夫致仕。著有《職方集》《退齋稿》等。正統三年（1438）四月五日卒。

②濂溪：湖南省道縣水名。宋理學家周敦頤世居溪上。周晚年移居江西廬山蓮花峰下，峰前有溪，因取舊居濂溪以爲水名，並自以爲號，世稱濂溪先生。

③惆悵：因失意或失望而傷感、懊惱。零落：比喻死亡。

④磻州：周氏世居之地。周岐鳳之子叙，永樂十六年（1418）進士，為翰林修撰。父子博學多士，並有時譽，曾經將其所居之勝命為八景，其一便是磻州煙樹。

芹宮幾度擁青氈①，佐邑還聞德政傳。秩進郎曹身未老，便從蕭散樂林泉②。

【注釋】

①芹宮：《詩經·魯頌·泮水》：『思樂泮水，薄采其芹。』後因以『芹宮』指學宮、學校。青氈：青色毛毯。指清寒貧困者。亦指清寒貧困的生活。

②蕭散：猶蕭灑。形容舉止、神情、風格等自然，不拘束。

一心孝友篤家庭，遺範猶能淑後生①。太史新銘表貞石②，理塘風月有餘清③。

【注釋】

①遺範：指前人遺留下來可作楷模的法式、規範、標準等。

②貞石：堅石。用作碑石的美稱。

③理塘：周岐鳳死後葬理塘錦峰山。

六經白首尚窮研，萬卷親題手自編。滾滾箕裘承世澤①，此心猶足慰重泉②。

【注釋】

①箕裘：比喻祖上的事業。詳卷二《送蕭江》注。

②重泉：猶九泉。指死者所歸。

昔從京國覩儀刑①，此日俄聞奠兩楹。詞苑却懷交令子，生芻特爲致深情②。

【注釋】

①儀刑：楷模，典範。

②生芻：弔祭的禮物。

挽武陵鄧處士①

高人僊去自當年，孝友清名里閈傳②。片語折詞人敬服，千金濟急意勤惓③。常思軒冕承先德，賸積詩書啓後賢④。今見令孫三品貴，光榮真足慰重泉。

【注釋】

① 鄧處士，指鄧崙祖父，見本卷《輓鄧給事母》注。

② 里閈（hàn）：里門。代指鄉里。

③ 惓（quán）：懇切，忠謹。

④ 賸（shèng）：累積。

挽處士馬公①

前朝都統有聞孫②，行義鄉邦衆所尊。湖海高情娱白髮，雲霄令子侍黄門。未霑三釜生前養，定見重封殁後恩。太史銘文書有道③，千年遺躅賁丘園④。

【注釋】

①處士馬公，即本卷《故處士馬公墓誌銘》一文所誌馬青岩，可參看。

②都統：武職官名。

③有道：指有才藝或有道德的人。

④遺躅(zhuó)：遺跡。躅，足跡。喻人的行爲、業績。

挽龍處士①

樂隱林泉不售名②，只將文史寄閑情。饒田已足周閭里，義塾多能啓後生。堪嘆儀刑塵世隔③，空餘宰樹晚風清④。致身喜見賢郎貴⑤，忠孝傳家更有聲。

【注釋】

①龍處士，指龍志海。字彦方，號靜樂。江西袁州府萬載縣(今屬宜春市)人。洪武中選舉茂才，以親故辭不赴。宣德十年(1435)正月十一日卒。其子駿，字執毅。宣德七年，以《易經》領鄉薦，赴春闈中次選，授廣東河源儒學訓導。擢翰林孔目。終金鄉知縣。正統元年(1436)，駿自河源聞訃，十二月扶柩合葬其鄉，終喪入京，請士大夫銘。劉球撰有《故龍處士墓銘》(《兩谿文集》卷二十三)。

②林泉：山林與泉石。指隱居之地。

③儀刑：楷模，典範。

④宰樹：大樹。

⑤致身：《論語·學而》：『事父母能竭其力，事君能致其身，與朋友交言而有信。』原謂獻身。後用作出仕之典。

挽柳處士①

處士星沉自昔年，生平行誼世爭傳②。收書課子常盈篋，傾橐周貧不計錢③。心志未施身已歿，陰功多積慶猶緜④。烏臺顯達推賢嗣⑤，會見龍光燭九泉⑥。

【注釋】

①柳處士，指柳宗仁，南直隸吴縣（今蘇州市）人。其子柳華，字彦輝。宣德五年（1430）進士。宣德十年八月，擢監察御史。正統十三年，陞山東按察司副使。

②行誼：事蹟，行爲。

③橐（tuó）：盛物的袋子。

④慶：福澤。

⑤烏臺：指御史臺。

⑥龍光：皇帝給予的恩寵，榮光。龍，通「寵」。語本《詩經·小雅·蓼蕭》：「既見君子，爲龍爲光。」

挽羅處士①

手栽松菊自怡情，贏得煙霞幾許齡。避俗龐公惟習隱②，起家韋氏只傳經③。生平行誼留鄉曲，一代衣冠尚典刑。惆悵徐岩山下路④，幾人彈淚讀新銘。

【注釋】

①羅處士，指羅道生。字孟昭。江西泰和縣人。未仕。宣德九年（1434）二月卒。其次子羅崇本，原名諆，宣德二年（1427）進士。授刑部主事。歷員外郎、郎中。正統十四年（1449）十一月，陞廣東布政司左參政。景泰七年（1456）三月，以服闋復任雲南布政司左參政。天順三年（1459）九月致仕。王直撰有《羅處士墓誌銘》（《抑菴文集·後集》卷三十），言之甚詳。

②龐公：指龐德公。東漢襄陽人。躬耕於襄陽峴山之南，曾拒絶劉表的禮請。後隱居鹿門山，採藥以終。

③韋氏：指韋賢。字長孺，西漢魯國鄒（今鄒城東南）人。善求學，精通《詩》《禮》《尚書》，號稱鄒魯大儒。徵爲博士，進宫授昭帝《詩》，遷光禄大夫、詹事、大鴻臚。宣帝時，賜爵關内侯，徙爲長信少府。前七十一年，代蔡義爲丞相，封

扶陽侯。韋賢有四個兒子，長子韋方山曾爲高寢令，早喪；次子韋宏官至東海太守；三子韋順留守鄒縣爲父親守墳；小兒子韋玄成又以才學超群受到皇帝重用，位至丞相。時人云：『遺子黄金滿籯，不如教子一經。』

④徐岩山：不詳所在。

挽俞廷輔①

青春科第重當年②，別駕聲華數郡傳③。封事尚存劉向疏④，賔藩曾預穆生筵⑤。鶴歸遼海秋風外，猿斷稽山落月邊。數尺穹碑荒草裏⑥，行人讀罷爲潸然。

【注釋】

①俞廷輔，初名昞，欽改今名。浙江蕭山縣人。永樂十三年（1415）進士。選庶吉士。歷官兵部主事、鄭府長史、審理所審理正、河南府通判。洪熙元年（1425）四月，曾上書建言取士法。

②科第：科考及第。

③別駕：官職名，全稱爲別駕從事史，也叫別駕從事。漢代設置，爲州刺史的佐吏。因其地位較高，出巡時不與刺史同車，別乘一車，故名。宋各州的通判，職任似別駕，後世因以別駕爲通判之習稱。聲華：言聲譽榮耀。

④封事：密封的奏章。古時臣下上書奏事，防有洩漏，用皂囊封緘，故稱。劉向：原名更生，字子政。西漢經學家、目

録學家、文學家。作爲皇室近親，他多次上疏。

⑤賔藩：指做藩國賓客。穆生：漢代魯人。楚元王劉交敬禮穆生，常爲設醴，後交孫劉戊嗣立，忘設醴，穆生知其意怠，遂去。見《漢書·楚元王劉交傳》。

⑥穹碑：圓頂高大的石碑。

挽陳叔剛父①

家世風流説太丘②，林間白髮自優游。生平課子敦詩禮③，晚歲封官荷冕旒④。詞苑宜隆三釜養⑤，佳城俄掩九原秋⑥。生芻一束無由致⑦，幾爲招魂賦楚謳⑧。

【注釋】

①陳叔剛，見本卷《挽陳叔剛》注。其父陈週，字仲昌，未仕。《閩中理學淵源考·陳氏家世學派》：「陳氏叔剛父仲昌，世家榮繡里。林默齋先生嘗撰其《筠軒記》，稱仲昌耕讀自樂，不求聞知於人。四子皆玉立夙成，而長叔剛尤穎異。」（卷四十三）

②太丘：指陳寔，見卷三《題盧陵陳宏德德星堂卷》注。

③敦：崇尚，注重。

④冕旒：古代大夫以上的禮冠。頂有延，前有旒，故曰『冕旒』。

⑤三釜：比喻菲薄的俸禄。

⑥佳城：指墓室。九原：指九泉，黄泉。

⑦生芻：《後漢書·徐穉傳》：『郭林宗有母憂，穉往弔之，置生芻一束於廬前而去。』後因以稱弔祭的禮物。

⑧謳：歌曲，民歌。

海内科名説妙年，詞林游藝羡才賢。鵬程共擬終當遠，蝶夢那知去不旋。身後銘章傳大筆，墓前松栢久成阡。更看家學箕裘在，黌舍于今有座氊①。

【注釋】

①黌(hóng)舍：校舍。亦借指學校。

挽連景賢①

雲鬟童顔思灑然②，無人不羨玉堂僊。閑來對酒敲棊局，興至揮毫掃錦箋③。槐國夢沉成倏爾④，遼城鶴返是何年⑤。床頭虚有焦桐在⑥，三撫無音識絶絃⑦。

【注釋】

①連景賢，即連智，以字行。福建建安縣（今建甌市）人。永樂三年（1405）舉人，十三年乙未科進士。篤學謹行，選庶吉士。除翰林院修撰，與修《永樂大典》及《五經》《四書》。

②灑然：瀟灑，灑脱。

③錦箋：精緻華美的箋紙。

④槐國夢：也省作『槐夢』。唐李公佐《南柯太守傳》載，淳于棼飲酒古槐樹下，醉後入夢，見一城樓題大槐安國。槐安國王招其爲駙馬，任南柯太守三十年，享盡富貴榮華。醒後見槐下有一大蟻穴，南枝又有一小穴，即夢中的槐安國和南柯郡。後因用『槐安夢』比喻人生如夢，富貴得失無常。倏爾：迅疾的樣子。亦形容時間短暫。

⑤鶴返：參本卷《給事中陳宜父處士》注。

⑥焦桐：琴名。東漢蔡邕曾用燒焦的桐木造琴，後因稱琴爲焦桐。

⑦絶弦：斷絶琴弦。

挽錢允中①

吴中詩禮有家聲②，白髮優游住兩京③。散粟賑貧曾不靳④，收書課子竟能成。精魂遽隔黄粱夢⑤，行誼終歸月旦評⑥。共羨鳳池膺寵日⑦，九原行見賁光榮⑧。

【注釋】

① 錢允中，生平履歷不詳。

② 吴中：今江蘇蘇州一帶。亦泛指吴地。家聲：家族世傳的聲名美譽。

③ 兩京：指南京和北京。

④ 靳：吝惜。

⑤ 黄粱夢：比喻虚幻的事和不能實現的欲望。

⑥ 月旦評：指品評人物。典出《後漢書·許劭傳》：『初，劭與靖俱有高名，好共覈論鄉黨人物，每月輒更其品題，故汝南俗有「月旦評」焉。』亦省作『月評』。

⑦ 鳳池：『鳳凰池』的省稱。禁苑中池沼。魏晉南北朝時設中書省於禁苑，掌管機要，接近皇帝，故稱中書省為『鳳凰池』。明代，朱元璋廢中書省，以六部分掌庶政。此處指朝中要害部門。

⑧ 九原：指九泉，黄泉。

挽陳克遜①

侍節南寧有孝名②，深居更喜遠塵嬰③。傳家秪有經爲業，教子須期禄代耕④。未待人間丹竈熟⑤，遽云天上玉樓成。生平行義應難泯，荒塚秋陂對月明。

【注釋】

①陳克遜，似即陳讓，字克遜，浙江錢塘縣（今杭州市）人。永樂間，以人材薦，爲上杭縣令。宣德間任崇安縣丞。勤於所職，征輸得宜，人懷其惠。

②南寧：廣西南寧府，即今廣西南寧。

③嬰：糾纏，羈絆。

④代耕：舊時官吏不耕而食，因稱爲官食禄爲代耕。語本《禮記・王制》『諸侯之下士，視上農夫，禄足以代其耕也』。

⑤丹竈：煉丹用的爐灶。

挽居密處士①

由來出處素無心②，孺子高風重古今③。愛弟寧知辭遠戍，周貧曾不吝兼金。百年猿鶴盟猶在④，三徑松篁夢已沉⑤。卻喜傳家遺澤厚，滿庭蘭桂鬱森森⑥。

【注釋】

①居密處士，不詳何人。

②由來：自始以來，歷來。出處：出仕和隱退。

③ 孺子：徐穉的字。穉，東漢時期著名的高士賢人，家貧，隱居不仕。

④ 猿鶴：猿和鶴。借指隱逸之士。

⑤ 松篁：松與竹。

⑥ 蘭桂：比喻子孫。

挽張光啟①

政成無事坐琴堂，蠹簡編離播四方②。鳧舃遠飛將覲闕③，錦衣乘便適還鄉。那堪伏枕淹旬朔④，爲報修文去杳茫⑤。建水多人歌薤露⑥，春風猶似詠甘棠⑦。

【注釋】

① 張光啟，江西南城縣（今屬撫州市）人。永樂間，以人材薦，爲上杭縣令。宣德間任建陽縣知縣。鋤強暴，雅愛文事，邑民威服。（嘉靖）《建寧府志》入《名宦》。

② 蠹簡：被蟲蛀壞的書。泛指破舊書籍。

③ 鳧舃：《後漢書·方術傳上·王喬》：『王喬者，河東人也。顯宗世，爲葉令。喬有神術，每月朔望，常自縣詣臺朝。帝怪其來數，而不見車騎，密令太史伺望之。言其臨至，輒有雙鳧從東南飛來。於是候鳧至，舉羅張之，但得一隻舃

焉。乃詔尚方診視，則四年中所賜尚書官屬履也。』後因以『鳧舄』指仙履。亦常用爲縣令的典實。

④旬朔：十天或一個月。亦泛指不長的時日。

⑤杳茫：指渺茫的天際。

⑥薤露：本意指薤葉上的露水。樂府《相和曲》有《薤露》，是古代的挽歌。

⑦甘棠：即棠梨。《史記·燕召公世家》：『周武王之滅紂，封召公於北燕……召公巡行鄉邑，有棠樹，決獄政事其下，自侯伯至庶人各得其所，無失職者。召公卒，而民人思召公之政，懷棠樹不敢伐，歌咏之，作《甘棠》之詩。』後遂以『甘棠』稱頌循吏的美政和遺愛。

挽周時立①

客邸昔曾見二難②，數年人事總堪歎。生平節行同徐積③，説笑才名陋建安④。丹桂蓁成重結實⑤，青田鶴去有遺翰⑥。況知家學多賢俊，茂宰聲華即鳳鸞⑦。

【注釋】

①周時立，江西泰和縣人，未仕。其父周啟，字公明，曾任廬陵縣學訓導、黃岡縣學教諭、長洲教諭。其弟周時簡，為翰林院修撰。

②客邸：旅舍。二難：指兄弟兩人才德俱佳，難分高下。《世說新語・德行》：『陳元方子長文，有英才，與季方子孝先各論其父功德，爭之不能決。咨之太丘。太丘曰：「元方難爲兄，季方難爲弟。」』劉孝標注：『一作「元方難爲弟，季方難爲兄。」』意謂元方卓爾不群，他人難為其兄；季方也俊異出衆，他人難為其弟。

③徐積：北宋聾人教官。字仲車，楚州山陽（今江蘇淮安）人。因晚年居楚州南門外，故自號南郭翁。三歲父歿，因父名石，終身不用石器，行遇石，避而勿踐。事母至孝，母亡，廬墓三年，哭不絶音。治平四年（1067）進士，神宗數召對，以耳聾不能仕，屏處鄉里，而四方事無不知曉。元祐初，近臣交薦其孝廉文學，乃以揚州司户參軍爲楚州教授。政和六年（1116），賜謚節孝處士。

④建安：指建安時以曹操爲代表的詩人、名士。

⑤藂（cóng）：聚集，叢生。

⑥遺翰：前人遺留下來的詩文。

⑦茂宰：舊時對縣官的敬稱。聲華：聲譽榮耀。鳳鸞：鳳凰之類的神鳥。指優秀人才。

挽張伯銘①

優游林下雪盈簪，徐穉高風重古今②。教子常期開萬卷，濟人曾不悋千金。石床仙去棊猶在③，花徑春閑草自侵。畫省箕裘沐恩寵④，龍章光賁九原深⑤。

【注釋】

① 張伯銘，福建建安縣（今建甌縣）人。未仕。其子張珂，字鳴玉。永樂四年（1406）進士。拜行人，遷吏部郎中。練達老成。陞贛州知府、宗人府經歷。正統三年（1438）十二月，擢浙江布政司左參政。致仕卒。

② 徐穉：字孺子，豫章南昌人，東漢時期著名的高士賢人，家貧，隱居不仕。後亦以指清貧淡泊，隱居不仕者。

③ 石床：供人坐臥的石制用具。北魏酈道元《水經注·夷水》：『村人駱都少時到此室邊採蜜，見一仙人坐石牀上，見都凝矚不轉。』

④ 畫省：指尚書省。箕裘：比喻祖上的事業。詳卷二《送蕭江》。

⑤ 龍章：指皇帝的文章。

挽松江錢處士[1]

寒暑倏代謝[2]，晝夜無停機。人生各修短，那能百年期。嗟彼高義者[3]，于焉同途歸[4]。閭里懷清風[5]，儀刑惜成非[6]。庭前有嘉樹，及早雙騰菲。一作詞垣傑[7]，一文秋香魁[8]。乞銘太史公，尤足揚潛輝[9]。宰木矚吴水[10]，長共涵清漪[11]。

【注釋】

①錢處士，指錢惟慶。字汝明，南直隸松江府華亭縣（今屬上海）人。未仕。正統六年（1441）七月六日卒於家，年七十。王直有《錢處士誄辭》（見《抑菴文集·後集》卷三十四）。其次子錢溥，字原溥。正統四年（1439）進士。御試薔薇露詩，大見稱賞，特授翰林檢討。天順元年（1457）十二月，授翰林侍講學士。成化中，進南京吏部尚書。卒謚『文通』。

②倏（shū）：疾速，忽然。

③嗟：歎息。

④于焉：從此，于此。

⑤閭里：里巷。清風：指高潔的品格。

⑥儀刑：楷模，典範。

⑦詞垣：詞臣的官署，如翰林院之類。

⑧秋香：秋日開放的花。多指菊花、桂花。

⑨潛輝：指掩藏的才智。

⑩宰木：大樹。

⑪清漪：水清澈而有波紋。

哀辭

曾學士哀辭①

辛酉初夏廿有二日②，翰林侍講學士曾公卒。在朝士大夫咸驚歎傷悼，走哭弔。予忝在同官，情不能已，故爲辭以哀之。其辭曰：

嘅造化之更代兮③，錯晝夜其相因。嗟人事之靡常兮④，般死生其遞循⑤。固兹理之有恒兮，孰能知其所根。槩古今之同然兮，孰智愚之或分。憶斯人之初降兮，挺西昌之江濆⑥。擷瓊琚與玉珮兮，而以華夫厥身。早奉對于廷墀兮⑦，舒綈思之清新⑧。粲五色之麗章兮，吐天葩之奇芬。魁多士之科名兮，列翰苑之詞臣。紬金匱之秘藏兮⑨，效纂組之屢勤⑩。進玉堂之貳亞兮，步容與其怡神⑪。何時命之迍邅兮⑫，遭二豎之弗仁⑬。遽糾纏於旦朝兮⑭，曾不留於晡申⑮。動士林之悲愴兮，孰不爲之酸辛。盼公魂之來復兮，徒控辭而難伸。遺巫陽之四方兮⑯，爲吾道其殷勤⑰。慘天風之泠泠兮，散桂魄之繽紛。竚寥泬之無垠兮⑱，辭既終而復陳。

亂曰：公之魂既已遊兮，悠揚揚於無際兮，聽楚聲之嗚嗚入范昧兮，庶盤桓其少憩兮。

【注釋】

①曾學士，指曾鶴齡。見卷四《素履軒引》注。曾鶴齡去世在正統六年（1441）三月二十一日，終年五十九歲。楊士奇撰《故翰林侍講學士奉訓大夫曾君墓碑銘》（《東里續集》卷二十七），王直撰《翰林侍講學士曾君墓誌銘》（《抑菴文集》卷九）。

②廿有二日：《明英宗實録》卷七十七、楊士奇《碑銘》、王直《墓誌銘》等，均作二十一日。此處疑誤刻。

③嘅：同『慨』。造化：自然界的創造者。亦指自然。

④靡常：無常，没有一定的規律。

⑤遞：交替，輪流。

⑥濆（fén）：水邊。

⑦墀（chí）：殿堂上塗飾過的地面。

⑧締：鬱結，牢結。

⑨紬（chōu）：綴緝。金匱：銅制的櫃。古時用以收藏文獻或文物。

⑩纂組：搜集編撰。

⑪容與：從容閑舒貌。

⑫迍邅：處境不利，困頓。

⑬二豎：亦作『二竪』。語出《左傳·成公十年》：『公夢疾爲二豎子，曰：「彼良醫也，懼傷我，焉逃之？」其一曰：「居肓之上，膏之下，若我何？」醫至，曰：「疾不可爲也，在肓之上，膏之下，攻之不可，達之不及，藥不至焉，不可爲也。」』後用以稱病魔。

⑭糾纏：攪扰不休。旦朝：指君王早朝聽政。

⑮晡(bū)申：申时，即十五时至十七时。

⑯巫陽：古代傳説中的女巫。《楚辭·招魂》：『帝告巫陽曰：「有人在下，我欲輔之。魂魄離散，汝筮予之。」』王逸注：『女曰巫。陽，其名也。』

⑰殷勤：情意深厚。

⑱廖泬(xuè)：指晴朗的天空。

朱尚寳哀辭①

尚寳少卿朱君永年卒于官，其子扶柩歸于杭之海寧王家橋原②，從先兆也③。以君在朝久，交游士大夫間，多愛慕者。及其殁也，皆走哭吊悼惜不道。予故爲辭以哀之。其辭曰：

岁旃蒙赤奮若兮④，時未踰乎孟春。忽士林之動悲兮，乃隕傷於縉紳。紛趨蹌而走哭兮⑤，灑涕淚之沄沄⑥。嘑彼蒼而問兮，胡不淑於猗人⑦。矧猗人之生世兮⑧，賦質孅而氣清⑨。抱才華以侈富兮，洞理數之虚盈。有薦雄文似相如兮，早受知于聖明。遂紆組以華其躬兮⑩，列近侍於彤庭⑪。日承恩而沐寵兮，薦進居乎禁密⑫。從先皇於巡狩兮，扈萬乘之僊蹕⑬。稽年績而序勞兮，遷詞林之清秩⑭。益從容其職務兮，儤承明之晚直⑮。轉尚寳之貳卿兮，肆禄食之愈崇。諧衆論之共與兮，識寵數之益隆。宜壽考需大厥施兮，庶畢其所志也。何二豎苦嬰纍兮⑯，而竟止於是也。蓋人生必有死兮，或定數之短修。洞今昔於一轍兮，豈上天之可尤。嗟生死之永隔兮，慟奚已於交游。奄日月之易流兮，倏春花其草秋。覩靈輀之既駕兮⑰，云將返于故鄉。卜窀穸於吉土兮⑱，從先兆之允藏。慘悲風以淅瀝兮⑲，曳丹旐之悠揚⑳。霿愁霧之溟濛穴㉑，黯海日之蒼凉。君之靈宜無不之兮，駕言翔乎寥廓㉒。上下四方不可以久留兮，盍止安夫冥漠。山之峩而水之秀兮，儼鬱鬱之佳城㉓。封斯固而樹斯茂兮，用永妥於茲靈。嗚呼！睇諸杭於東南兮㉔，迴茫渺兮天涯。遞清風與明月兮，紓余哀而無窮期。

【注釋】

① 朱尚賓，指朱祚。字永年，浙江海寧縣人。性聰敏，九歲能詩，有神童之目。永樂八年（1410），以秀才徵，試事詹事府。洪熙初，擢中書舍人。宣宗時，陞翰林院修撰。秩滿，陞尚賓司少卿。歷永樂、洪熙、宣德三朝，皆以詞賦被賞。正統十年（1445）正月卒。有《雪崖集》行於世。尚賓，參卷一《送尚賓丞宋士皋之南京》注。目録有此篇名，底本未刻，今據目録補。

② 扶柩：護送靈柩。王家橋：今屬浙江寧波市鄞州區洞橋鎮所轄。

③ 兆：營葬。

④ 岁旃蒙：此三字底本漫漶，据『朐抄本』补。赤奮若：古代星（歲星）歲（太歲，亦稱歲陰、太陰）紀年法所用名稱。謂太歲在醜、歲星在寅的年份爲『赤奮若』。

⑤ 趨蹌：形容步趨中節。

⑥沄沄：水流洶湧的樣子。
⑦猗（yī）：柔美的樣子。
⑧矧（shěn）：況且，而況。
⑨賦質：天賦資質。媺（měi）：同「美」。好，善。
⑩紆組：系佩官印。指身居官位。
⑪彤庭：泛指皇宫。
⑫禁密：猶禁近。指宫中官署或文學近侍之臣。
⑬扈（hù）：隨從，護衛。後多指隨侍帝王。仙蹕：指天子的車駕。
⑭清秩：清貴的官職。
⑮儤（bào）：指官吏連日值宿。承明：古代天子左右路寢稱承明，因承接明堂之後，故稱。
⑯二豎：稱病魔。詳本卷《曾學士哀辭》注。
⑰靈輀：靈車。
⑱窀穸（zhūnxī）：墓穴。
⑲淅瀝：象聲詞。形容雪霰、風雨、落葉、機梭等的聲音。
⑳丹旐：丹旌。
㉑靉（ài）：雲氣濃盛的樣子。溟濛：昏暗，模糊不清。
㉒寥廓：遼闊的天空。
㉓佳城：喻指墓地。

㉔睇：（tī）：視，望。杭：渡船。

刑部員外王佐母太安人羅氏哀辭①　有序

昔歐陽文忠公見宋景文公爲其友人謝景山撰母夫人墓志②，稱夫人好學通經，則知景山之登進士而以詩歌知名當時者，出於其母之所教也。今觀某述刑部員外王功載母太安人羅氏行實③，言太安人賦性聰慧警悟④，幼承父教，書史傳記，嘗亦遍觀而味其旨。治家儉勤，敦孝敬於舅姑⑤，内助其夫君，教其子，嚴甚有程法⑥。則知功載之爲進士，能文詞，其亦由於慈訓之所成乎⑦？爲刑官十餘年，太安人恒致書，示以用法務從平恕⑧，又知其賢於人也。昔雋不疑爲京兆⑨，每行部歸⑩，其母必問所平反，得多，乃喜。故不疑爲吏，嚴而不刻。功載得母教如此，得不有志於不疑乎？太安人既殁，功載歸將合葬於其考之墓⑪。以余同年故⑫，來求哀辭，爲序而賦之。辭曰：

慘悲風之欻忽兮⑬，起天末之泐茫⑭。倏飄颻於北堂兮⑮，折靈諼之茂芳⑯。奄結帨之凝塵兮⑰，黯深闈之長扃⑱。瞻潘輿之就委兮⑲，悵杯棬之莫呈⑳。嗟内行成子幼齡兮，備女德之純良。夙比類於少君兮㉑，欲齊名乎孟光㉒。相夫君克勤内助兮，惟道義之是修。奉舅姑竭其孝敬兮，謹寒温於膳羞㉓。善教子以課讀兮，效和熊之顓勤㉔。致其業臻于有成兮，遂高步于青雲。既司刑而尤教以平恕兮，示諄諄之戒言。希善果之清貞兮，慕不疑之平反。憶令辭猶在耳兮，慨音容之永隔。鄉邦景其儀範兮，遺閨門之傚則。悼良人之昔別，而今會晤於重泉也。惟没之俱得其願，亦無所憾於生前也。

亂曰：寶婺沉兮隕光晶㉕，軿車駕兮雲溟溟㉖，瑶池既遠兮盍返兹霛㉗，令子悲號兮涕泗零，髣髴如見兮月白青天。

【注釋】

①王佐，字功載，號竹齋。江西吉水縣（今屬吉安市）人。宣德二年（1427）進士，官刑部主事，歷員外郎。天順間出守臨安，以勤慎著聞於士大夫間。著有《新增格古要論》。員外，『員外郎』的省稱。原指設於正額以外的郎官。晉以後有員外散騎侍郎，爲皇帝近侍官之一。隋開皇三年（538）於尚書省二十四司各置員外郎一人，爲吏中的要職。明清各部仍沿此制，以郎中、員外郎、主事爲司官的三級，得以遞陞。

②歐陽文忠公：指歐陽修，宋代文學家。謝景山，即謝伯景，景山是字，福建晉江人。宋仁宗天聖二年（1024）進士。與北宋名宰曾公亮同榜。天聖七年（1029），謝伯景與到京師準備參加考試的歐陽修相識。

③行實：生平事蹟。

④賦性：天性，品性。警悟：機敏聰慧。

⑤舅姑：公婆。

⑥程法：程式，法則。

⑦慈訓：母或父的教誨。

⑧平恕：持平寬仁。

⑨雋不疑：字曼倩，西漢時渤海（治今河北滄縣東）人。初爲郡文學，後被薦於武帝，任爲青州刺史。昭帝即位，齊孝

王孫劉澤與燕王旦聯絡郡國謀反，他發覺收捕，擢爲京兆尹，治民嚴而不殘，吏民服其威信。

⑩行（xíng）部：指巡行所屬部域，考核政績。

⑪考：對死去的父親的稱呼。

⑫同年：古代科舉考試同科中式者之互稱。唐代同榜進士稱『同年』，明清鄉試、會試同榜登科者皆稱『同年』。

⑬欻（xū）忽：忽然，迅疾的樣子。

⑭沕（wū）茫：渺茫無涯。

⑮飁䫻（xílì）：大風貌。

⑯諼：通『萱』，借指母親。

⑰結帨：古代嫁女儀式之一。

⑱扃：關閉。

⑲潘輿：晉潘岳《閒居賦》：『太夫人乃御版輿，陞輕軒，遠覽王畿，近周家園。體以行和，藥以勞宣，常膳載加，舊痾有痊。』後因以『潘輿』爲養親之典。

⑳杯棬：一種木質的飲器。用作思念先母之詞。

㉑比類：仿效，效法。少君：指西漢勃海鮑宣妻桓氏，字少君。她不避清苦，恪盡妻子責任，是古代賢妻的典型之一。詳見本卷《挽洪侍郎母夫人》『挽鹿』注釋。

㉒孟光：東漢隱士梁鴻之妻，字德曜。夫妻隱居於霸陵山中，以耕織爲生。後至吳。鴻爲傭工，每食時，光必舉案齊眉，以示敬愛。見《後漢書·逸民傳·梁鴻》。後作爲古代賢妻的典型。

㉓膳羞：美味的食品。

㉔和熊：《新唐書・柳仲郢傳》：『母韓，即皋女也，善訓子，故仲郢幼嗜學，嘗和熊膽丸，使夜咀嚥以助勤。』後用爲母親教子勤學之典。

㉕寶婺：即婺女星。用爲婦女的美喻。

㉖輧車：有帷幕的車子。

㉗霛：古同『靈』。

後序

張昇跋①

右詩文二册，乃故禮部右侍郎古齊馬先生之遺藁也。先生蚤以學行受知明聖，入司帝制，尋與機政，碩德重望，屹爲當代偉人。九原不復作矣，而手筆猶存，天下之士敬仰願見者也。然而散落甚多，十不存一二。頃賴山東參政邢君居正訪緝，僅成此帙。青守劉君時勉，又鋟梓以傳。噫，二君之用心厚矣！其亦景慕先生而不能已者與？

成化十六年八月既望，賜進士及第、左春坊、左諭德、奉訓大夫盱江張昇謹跋。

【注釋】

①張昇，字啟昭，號柏崖。江西南城縣人。成化五年（1469）進士第一。授修撰，進諭德。任東宫講讀官、左贊善、右諭德、左庶子。後因劾内閣首輔劉吉，貶南京工部員外郎。劉罷官後復原職。累官禮部尚書。因宦官劉瑾擅權，謝病乞歸。卒贈太子太傅，謚『文僖』。著有《柏崖文集》十四卷、《柏崖詩集》十二卷。

馬讜跋①

我高祖澹翁文集一帙，舊刊歷年多，其板已散落無存矣。孫等弗克嗣，每懼不能紹揚先德，幾致手澤之失傳也。恭惟我朐岡遲老先生雅愛斯文②，壬戌之秋，奉命巡撫南藩，親造愚家塾，力索其未刻者，續刻焉。其所參入，各歸於類。至於校正之際，讀之凡再三四。其板比舊刻慱寸許③，其字更端大便觀。及夫梓人廩餼之需④，稱事之賞，一推其俸給之。先生之用心可想見矣！適承命北上，行李蕭然，惟此刻凡數篋，其珍重之意，又何如耶！刻成矣，謹僭言於後，以識其歲月，因以見斯文之興也有待，益以見我朐翁表章之功，亦甚勤且勞也。

時嘉靖四十又二年仲春吉旦，五世孫舉人馬讜頓首謹跋。

【注釋】

① 馬讜，馬愉五世孫，嘉靖二十五年（1546）舉人。未仕。
② 遲老先生：指遲鳳翔，見《續刻馬學士澹軒文集序》注。
③ 慱：大。与『小』相对。
④ 廩餼（xì）：泛指薪给。
⑤ 僭（jiàn）言：越分妄言。用爲謙詞。

澹軒文集校注

【附録】

一、馬愉詩文拾遺

賀瑞雪詩

拂曙□雲遍八紘，俄看瑞雪滿神京。樓臺上接瑶天迥，城郭遥連玉宇清。霈澤已知霑四海，豐年預喜慰蒼生。

右賀瑞雪詩。正統元年十二月初六日。

（據手跡）

柬寄騈庠諸友

昨謁黌宫，諸友行輩，先後相半。以余舊同游也，咸欣喜加敬，親愛殊厚。既來京，緬想于懷，特成近體一首，少伸報謝，兼致相期之意云。寓金臺馬愉柬寄騈庠諸友。

歸來緩步謁騈庠，□友交親意何長。俁起臨淵思結網，不知博塞已亡羊。敢忘恭敬□桑梓，還見栽培出棟梁。珍重諸公須努力，雲霄指日看翱翔。

（據手跡，題目為整理者所加）

遊沂山百丈崖

披雲直上最高巔，石勢巍巍欲插天。日暖峰巒生萬態，地靈今古孕多賢。崖封苔蘚幾千尺，樹帶煙霞數百年。登眺不知豪興發，敲詩對月夜忘眠。

（據《東鎮沂山》，濟南出版社，一九九八年）

殿試問對

策問　明宣宗朱瞻基

制曰：朕惟禮樂之道，原于天地，具于人心，所以治天下國家之大器也。蓋以和神人，以辨上下，以厚俗化，皆由于斯。故聖帝明王，咸所重焉。

我國家自太祖皇帝，暨我皇祖、皇考，聖聖相承，功成治定，法古立制，極于盛矣。爰及朕躬，獲承鴻緒，永惟海宇之廣，生齒之繁，化理之方，躬行爲要。肆夙夜飭勵，恭己思道，罔敢怠寧。諸生學古有年，究於治理。夫合父子之親，明長幼之序，以敬四海之內；而兵革不試，五刑不用，百姓無患，此盛治之至也。爰始行之，其事何先？

樂由中出，禮自外作。近世大儒又謂其本皆出於一。夫欲安上治民，移風易俗，不考其本，何以施之？知禮樂之情能作，識禮樂之文能述，稽諸往古，疇其當之。昔者，聖人制作之盛，極于虞周，況以伯夷、后夔、周公爲之輔，仲尼定萬世之制，何獨取其韶冕歟？

夫禮樂之效，致人心之感，則道德一而風俗同；致和氣之應，則膏露降而醴泉出。器車、馬圖、鳳凰、麒麟之物畢至，亦理之所必臻歟？

朕虚己圖治，冀聞至理，其悉陳之，將親擇焉！

（據《明宣宗實録》卷二十六）

臣對：臣聞禮樂之本原，肇乎造化之理；禮樂之製作，本乎聖人之心。蓋聖人之心，即造化之理也。聖人以一心之禮樂達於政教，以格神人，以參天地，由是而臻寸至治，四海熙洽，諸福之物，莫不畢至焉。考之堯、舜、禹、湯、文、武，所以致太和之盛者，莫不出乎此。豈非治天下國家之大器，而帝王之所重歟？

洪惟天朝太祖高皇帝，龍飛江左，統一寰宇；掃胡元之陋俗，明先王之政教，功成治定，制禮作樂，規模弘遠矣。逮夫太宗文皇帝，以不世出之資，肅清内難，奠安宗廟，萬幾之暇，表章六經，制作之備，光前裕後。仁宗昭皇帝，重華協帝，丕闡鴻猷，以道德爲本，以禮樂爲輔，仁心仁聞，洋溢四海。蓋三聖一心，皆所以爲生民立命，爲萬世開太平，猗歟盛哉！欽惟皇帝陛下，以至聖之德，統紹鴻圖，秉奉天子民之誠，隆繼志述事之孝，治已臻矣，而猶以爲未臻；道已至矣，而尤以爲未治。故又進臣等於廷，以禮樂賜問。且曰『爰始行之，其事何先？』又曰『不考其本，何以施之？』臣有以知陛下是心，即古帝王兢兢業業，不自滿假之心，稽於有衆，詢於芻蕘之意也。臣雖愚昧，敢不拜乎稽首，以對揚聖天子之明命？

臣聞鴻濛未判，而禮樂之理已具；陰陽既判，而禮樂之用遂行。故曰天高地下，萬物散殊，而禮制行矣；流而不息，合而同化，而樂興焉。聖人因上天下澤之理，制禮以辨上下，定民志。因雷出地奮之理，作樂薦之上帝，以配祖考。夫豈有所勉強而爲之也哉！蓋其一心之和，即天地之和；一心之節，即天地之節。由是達之於政教，用之於國家天下，是所謂禮樂也。然樂者爲同，禮者爲異；同則相親，異則相敬。禮樂之在天下，豈可一日缺乎？聖人以是而齊家，則父子之親合，長幼之序明，而家齊矣。以是而治國、平天下，則親吾親以及人之親，長吾長以及人之長；人人親其親，長其長，而國家治，天下平矣。於是暴民不作，諸侯賓服，而兵革不試，五刑不用，百姓無患矣。蓋禮之本立，而人心得其序，則樂之效達，而人心得其和也。爰始行之，皆本之人君躬行心得之餘，又豈待求之民生日用彝倫之外哉？

若夫欣喜歡愛之和出於中，進退周旋之序著於外，是故禮樂之出，雖有内外之分，而和敬之實，皆本乎人心之誠。蓋先儒朱熹有曰：『禮之誠，即樂之本也；樂之本，即禮之誠也。』聖人所以安上治民，所以移風易俗，以一心之和敬，感天下之和敬，要皆出於誠而已，又豈假乎器數儀文之末哉？

考之于古，如皇帝、堯、舜之造律吕，垂衣裳，禹、湯、文、武之不相沿襲，知禮樂之情者也。若季札觀樂，各有所論，識禮樂之文者也。周公經制，盡取先代之禮樂而參用之，兼聖明之作述也。吾夫子述而不作，有其德而無其位故也。然聖人酬酢斯世，因時制宜，質文異尚，損益不同。求其制作之備，莫盛虞周。觀其修五禮之文，著三禮之目，八音克諧而神人以和，簫韶九成而鳳凰來儀，與夫六官、六禮之講畫，六樂、九夏之並作，大而宗廟朝廷，小而民生日用，纖悉曲折，靡不備具，誠以大舜、文、武、成王爲之君，伯夷、后夔、周公爲之臣也。周衰，聖王不作，禮樂廢壞。仲尼生於其時，未嘗一日而忘天下，故因顔淵爲邦之問，而獨有取於韶冕者。以舜紹堯致治，揖遜而有天下，《韶》盡美而盡善。三代之禮，至周始備，冕爲文而得中。蓋斟酌先王禮樂，發此以爲之兆，而其餘則皆可考也。向使孔顔得位，則春秋之世，可挽而爲帝王之朝；問答之辭，可易爲賡歌之詠。禮樂之用，又豈特詔冕而已哉？

至於致人心之感，和氣之應，皆禮樂之功效也。以人心之感而言，君臣上下莫不和敬，父子兄弟莫不和親，長幼朋友莫不和順，則道德一而風俗同矣。以和氣之應而言，天不愛道而有膏露之降，地不愛寶而有醴泉之出，以至山嶽效靈而器車成，河洛成神而馬圖見，鳳凰、麒麟皆在郊藪，而諸福之物，可致之祥，莫不畢至。此又禮樂之神功，聖人之能事，皆理之所必臻者矣。聖人所以參天地，役使群動，宰制萬物，統合天人，皆自一心之微而達之也。

恭惟陛下，心識乎情文之備，身任乎制作之隆，陶人心而歸諸禮，淑人心而歸於樂；際天極地，焕乎文德之誕敷，燦然禮樂之宣佈；天地以位，萬物以育，至和之氣，發爲嘉祥。自生民以來，未有盛於今日者。斯皆陛下一心中和之德以致之也，尚何詢於愚臣哉？然臣既以禮樂爲陛下陳之矣，而於終篇竊有獻焉。伏願陛下，始終此心，始終此治，始終此禮樂之道，功光祖宗，德合天地，以隆億萬斯年無疆之太平。則斯民幸甚，天下幸甚，萬世幸甚！

臣誠鄙陋，不足以奉大對。敢以是干冒天聽，臣不勝戰懼之至。臣謹對。

（據鄧洪波編：《中國狀元殿試卷大全》，上海教育出版社，二〇〇六年）

修城隍廟記

臨朐縣城隍廟，乃國朝洪武初命有司所建。通天下之祀，歲時厲祭，請禱于焉。廟建六十餘年，塑像未設，以木主祀，至于今。

宣德辛亥，吴川孫公昇來主縣簿，適夏亢旱，民方洶洶。公乃大戚，偕僚長詣諎祠禱，復即廟設壇齋沐，仰籲于天。未幾，一雨彌日，達旦乃止。農人告足，喜氣交動。翊日，刑牲絜盛，拜謝廟下，退而宴樂以相賀。孫公舉酒，作而前曰：『神人之際，幽明雖殊，其理則一。凡人事之休咎，實神攸攝也。兹歲方屬旱，人以爲憂，是乃吾屬任咎之日。而顧得與宴享於此，易戚爲樂者，固雨之賜，豈非神之貺乎？吾屬既受牧一邑，惟一邑百神是主。一禮之廢，一器之敝，皆在所責。况兹廟神像尚缺，苟因循不舉，是豈有司事神之道哉？吾今力而完之，其亦爲政之一端耶！』衆應曰：『諾。』知縣南陽張公鳳，首倡諸僚各出俸餘爲費，吏胥耆老，亦各以資助。始工於六月之初，迄九月之望，像成。衣冠儼然，丹彩輝映。又飭殿廡門壁，規度咸新。吉旦，具儀賓從，執事踴躍升階，環視瞻拜，竦然興敬，如神之接於耳目之間，欲降下其威靈焉者。

今年冬，余歸省于家，孫公徵文以記。於戲！神之靈明，非必俟像而後顯。然孫公素藴之誠，睹兹缺典，涣發于衷，不能已已，遂興滯於六七十載之餘，庶美可嘉也。諸以工力協贊者，列於碑之陰。

（據嘉靖《臨朐縣志》卷四《雜志·詩文》）

（《臨朐續志·金石》載：『《創塑城隍神像記》』，在城隍廟大殿前。翰林院修撰邑人馬愉撰文，臨朐縣教諭張玉書丹，訓導周彬篆額。宣德七年冬□月立）

景信公墓石几記

祖考諱景信，享壽八十有四；妣谷氏，生同年，而先三歲終。既合葬兹兆，父士賢謹命工琢石為几於墓前，歲時展祭，以奠豆觴。且命愉識其歲月。惟訓云：『事死如事生。』吾父之於吾祖，生事無憾，而謹於送終，祇嚴追祀于廟于墓者，以時罔怠。而斯石之設，則尤致意焉耳。愉懼弗克嗣，寧敢後於斯？恭拜手書，用示吾子孫，其謹之勿忽。

敕封翰林院修撰長男士賢，次男肅，賜翰林院修撰孫愉，次孫悦、怡，宣德八年癸丑三月己未日　立石

（據《世德集》）

題鄧郎中孝行録後（殘篇）

送終而盡其誠，子道當然也。親有善而能述之，亦子道之當然也。然人惟不知其所以然，故不能盡其所當然也。夫天地鬼神之理，極幽而誠，能極吾心之至誠，必有以感通之。今觀鄧公之於母，用情誠懇如此，宜其答如影響，殊異乎常也。其子為文以述之，是又不獨為肯搆肯穫者，尤足見其愛親之心没無已也。噫！『孝子不匱，永錫尔類』。凡具秉彝之性者，監觀於此，寧不惕然有動其中乎？知羨慕於此，則於子道其庶幾乎？史氏録之以傳諸後世，又豈不為勸於永久乎？

右題鄧郎中孝行録後

正統壬戌冬十月初吉，齊郡馬愉題

（據手跡）

正統十年會試批語

正統十年，馬愉出為會試考官。《會試録》中保留了馬愉所作批語若干條，今作為佚文收録於此。

批周宣《四書》文：『議論有趣，詞簡理明。可取。』

批李庸修《四書》文：『文詞清新，議論正大，實（闕一行，字數不詳）之選列，孰曰不宜。』

批周宣《易》文：『筆力老健，辭有發明，佳作也。』

批徐瑄《易》文：『能發明《説卦》之旨，必熟於經者，宜在選列。』

批曾蒙簡《書》文：『詞暢理明，結能文説出伊尹堯舜君民之心，尤見其妙。』

批商輅《書》文：『文詞明暢，講理親切。可取。』

批劉昌《詩》文：『文理條暢，詞氣奮容。可取。』

批××《詩》文：『觀聲樂之備在周庭，可謂善於形容者矣。』

批周鑑《春秋》文：『議論正大，得《春秋》之旨。』

批方皋《春秋》文：『屬辭比事，貴得其理。此篇鋪敍嚴整，文有發明。可取。』

批史敏《禮記》文：『此題作者正多。惟此篇結能發出先王作人之意，信為有識士，表而出之。』

批向敬《禮記》文：『此題諸作，於幾於禮處不知所主，而妄説者多。此篇獨得其妙。可取。』

批商輅『論』文：『理明詞暢，夐異衆作。』

批商輅『表』文：『表詞典重。可取。』

批商輅文『策』文（第一問）：『論簡意備，善對策者也。』

批張翰『策』文（第二問）：『辨析明暢，足破衆疑，其深於理學者也。』

批××『策』文（第三問）：『策條答有序，文思可觀。』

批陳雲鵬『策』文（第四問）：『策有考據，可取。』

批李庸修『策』文（第五問）：『策有考據，善答不同，有識之士也。』

（據《明代進士登科録彙編》，台灣學生書局，一九六九）

淮安府增修學舍記（殘）

國朝稽倣前代，詔郡縣咸建學□□生徒，闢舍宇/宣至□以求成效焉/淮安府學在郡城南/嚴□構，祇□□舍/師生所願□陋/東簿海隅，西承□□，北連齊□□區。民/顧□學舍弗□，吾徒所以/況今□務日□，官府無事。及□□舉/明倫堂。□闢屋南向，名之曰『文會堂』，為師/樂室□間，四十有□/六藝之□□之用/情使

列聖相承，嚮用儒□□陶/今上嗣位初，慮其父□恐墮。□□風憲/究心於學。誠謂□所終□□然。凡游於/居官守，當以身□□必由學以辨其/期待也。是為記

董率風勵則顓頁□□政欲承/僚寀曰是/郡□□□□都會/道德詩□□□□彬彬虖/市材

□□□陶旋乃/東為□饌堂庖湢□具百/之教□以孝弟忠信禮義/行又□有恭敬於/亦非職教差/知事黄□□照磨馬□□檢校/曲沃鄒□/典史陳相觀德進於善/治於斯為盛/盖將期之於無/於斯盖亦/無惑于道/苟/知金山/通判金華□□□/武昌郡/迪功□□矣/淮安府/訓導古

大明正統捌年，□次

（據淮安出土殘碑。因碑破損嚴重，碑文難以綴合，此處按殘存碑塊為單位，存其文字而已）

二、馬愉資料彙編

馬愉的相關記載，除見於《明史》《明實録》等正史外，散見於其他各類文獻中的尚有不少。這些文獻主要是一些有關科舉的著作及地方誌等，涉及馬愉生平、著作、宦業諸方面，但多有重複。今擇其要，附録於此。

（一）陳循：《禮部侍郎兼翰林侍講學士贈翰林學士禮部尚書馬公墓誌銘》（《芳洲文集》卷之七）

宣宗皇帝在位，蒐攬天下材能文學之士，布列庶位，以致太平。而其制科所選出乎其倫者，又置之於儲養之地，以備他日講學待問，任重道遠之用。是以，至於今用不乏其人。孟子曰：『堯舜之智而不徧物，急先務也。堯舜之仁不徧愛人，急親賢也。』非宣宗皇帝之聖，其孰能預於此？肆即位之又明年，制科首得馬公，以為翰林修撰。雖循國家舊典，而卒有［以］副乎儲養備用之心，不爽其為仁智，孰大？

公諱愉，字性和。其先扶風人。有諱近者仕宋，為青州郡儒學教授，因家臨朐，故其子孫為臨朐人。天駿（據《世德集》當為『駟』）、景信，公之曾大父、大父也。皆業儒，有隱德。父士賢，以淳德篤行見稱於鄉，封翰林修撰、儒林郎，再封翰林侍講學士、奉直大夫。母劉［氏］、繼魏氏，俱累贈宜人。張氏，累封宜人。皆自公推恩也。

公四歲知讀書，稍長，即能屬對，出語驚人。為大父所鍾愛，曰：『是孫子必振吾家。』八歲失恃，執喪如成人。比長喪魏，亦如之。既而被選補邑庠弟子員，力學至忘寢食。事師處友，必誠必信。故自博士至於倫輩以上，咸器重之。上官有課學者，得所試其文辭，嘆曰：『奇才！奇才！他日必中科目。』公聞，[愈]不自足。永樂庚子，以禮經魁鄉選，為第三人。明年，赴禮部試，中途得疾而歸。既(愈)[瘉]，益肆力以問學。數年，無所不窺。遂舉宣德龍飛第一榜進士第一人。

今上將御春宫，宣宗皇帝欲為選備臣屬。公以修撰與入，被召試『諸葛孔明可與興禮樂論』於文華門。公所作稱旨，得賜寶楮，月給燈火之費，俾益進其所學。上嗣位之明年，詔開經筵，館閣之臣多預選，擢公與四人特被簡拔，日侍講讀。歲時屢賜三品服帶，其他賜賚尤厚。正統二年，以歲滿，陞侍讀。三年，以《宣廟實録》恩，再陞翰林侍講學士。五年，預聞機務於文淵閣。十年，遷禮部右侍郎兼侍講學士。十二年九月，得風疾，詔遣中官以善藥名醫來視。越三日，卒，是月初六日也。訃聞，上深嗟悼，賜賻鈔萬緡及棺，特贈翰林學士、資善大夫、禮部尚書。[遣禮部尚書胡公濙]論祭，命有司歸其喪，營葬於鄉(某)[牛]山之原。

其初喪也，自近臣以至於公卿、貴人、賢大夫、士，莫不痛惜，往弔祭之，如失其所親愛。嗚呼！公何[以]得此？於當時，盖其為人重厚，簡默端謹和易。言無所忤於人，行無所媿於己。性至孝，事繼母，尤務得其懽心。以父(子)[母]惟一[子]，且春秋高，不欲就養於官，故甫得禄，悉請給於其鄉。與凡恩賜之物，亦必寓歸，以備甘煖之奉。父嘗得疾，公為心動，即請於朝，詔命給驛及道里費歸省焉。既至，父喜而疾以(愈)[瘉]。其誠孝所感，率類此。

正統以來，禮部會試天下貢士，公為同考及考試官各一，皆稱克公衡鑑。其在朝莅官也，進講，必以堯舜三代仁義之説為言；論事，必以聖賢存心忠厚之要為本。其退而休暇也，杜門却掃，而肆力群書。惟勤延師講學，以篤教於諸子恐後。鄉人有在京師至貧乏者，極力賙之，雖重費，不少吝，尤篤於其所親。人或有忤之者，雖甚不較，其曠懷雅度，蓋有人所不能及者。而乃止於斯焉。此人所以不能不為痛惜於其没也！自没距其生洪武二十八年九月二十五日，春秋五十有三。有詩文若干卷，藏於家。配陳氏，有淑行，封安人，進封宜人。子男二，徵、徽。女一人。幼孫，男一人，石麟。其葬以卒之年（某）［十一］月［三］日。

其子以余與公同事相知，乃奉公進士同年友、翰林杜侍講宗謐所述狀來求［爲］銘。嗚呼！［余］與公方相好，自以為得，孰計遽爾銘其葬耶？然誼不可辭也。故為誌而銘之。銘曰：

齊魯之邦，崑岡之地。惟才惟玉，實産於此。謂天弗厚，胡備厥美？謂天果厚，曷止於是？才也登庸，玉也成器。中道而捐，用有弗既。孰為之耶？抑命所俾？嗚呼馬公，莫究厥自。我銘其藏，以告來世。聊舒余懷，亦慰其子。

（此銘銘文由時任嘉議大夫、户部侍郎兼翰林學士、修國史知制誥兼經筵官陳循撰，中順大夫、太常少卿、直文淵閣黄養正書丹，中議大夫、贊治尹、太常少卿兼經筵侍書程南雲篆額。二〇〇〇年初秋，馬愉墓部分塌陷，其族人借修複之際，入墓探之，《墓誌銘》現於世。碑文與《芳洲文集》中所録頗有些異文，今據以校訂，不一一出注）

（二）（明）楊士奇等《明宣宗實録》（卷二十六）

宣德二年三月己丑朔，上御奉天門策試舉人趙鼎等。……上既發策，退御左順門，謂翰林儒臣曰：

『國家取士，科目為先，所貴得真才，以資任用。古人取士于鄉，其行藝素有定論，至朝廷復辨其官才，所以得人為盛。後世惟考其文學而遂官之，欲盡得真才，難矣！然文章論議，本乎學識。有實學者，其言多剴切；無實見者，其言多浮靡。唐虞取士，亦常敷奏以言，況士習視朝廷所尚。朝廷尚典實，則士習日趨于厚；朝廷尚浮華，則士習日趨于薄。此在朝廷激勵成就之有道也。』又曰：『我祖宗之法，取士尚惇厚，不尚浮華。爾等其精擇之，朕將親覽焉。』

（三）楊士奇：《宣德二年進士題名記》（《東里文集》卷一）

宣德二年三月朔，廷試進士得馬愉等百有一人。國朝廷試，天子御正朝，親出制策，既第其高下。明日，陳鹵簿傳臚，天子服皮弁絳紗袍御正朝，文武群臣朝服東西序立。傳臚既，群臣上賀。其詞曰：『天開文運，賢俊登庸。』士之與於斯者，其榮矣哉！自設科兼取南北士，而前十有五科，南士往往數倍於北。皇上嗣統之初，詔禮部科舉歲取百人，南士什六，北士什四，著為令。蓋簡用人材南北並進，公天下之道也。至是合前科未廷試者一人，而其第一人出山東，前此南北士合試未有北士占首選者，有之，實自今始。禮部尚書臣濙言：『故事，有題名刻石太學，矧今龍飛第一科，宜有示後。』制可。命臣士奇述文。臣士奇既拜受命，仰惟國家取士非一途，而士必以科第為榮者，天子親擢之也。今朝廷寵科第，廷試有録，以示中外；題名有碑，以垂永遠，夫豈徒顯其名哉？固望為當世之用，太平之具也。士平居勤苦學問，亦豈徒藉為名哉？固將推所學，見諸功業及諸天下也。名之所在，使後人睹之，而思其所立，歆豔愛慕之無已，榮莫大焉。不然，碌碌無稱，或所行非所學，後將有指其名而疵議之者矣。此係其立志與否。嗚呼！可不勉歟？於是朝之令典宜有紀，士之立志宜有勸，敬拜手稽首，具書于題名之首；時奉命讀卷及執事之臣，列諸其陰。（今北京國子監藏《宣德二年進士題名記》所載，與《東里文集》有异文，因碑文不甚清晰，不一一出校）

（四）（明）黄佐撰：《翰林記》卷二十《聚奎堂宴集》

大學士楊榮家於長安東門之南。宣德三年三月，學士楊溥掌院事，率僚友迎首甲馬愉等三人宴其中。楊士奇因名其堂曰『聚奎』，爲文以識之，衆皆賦詩，自是遂爲例。不知何時，此禮遂廢。然館閣相與宴集，猶謂之『聚奎宴』，蓋自此始也。

（五）（明）廖道南撰：《殿閣詞林記》（卷三）

馬愉，字性和，山東臨朐人。宣德丁未進士第一，授修撰。正統初，轉侍讀，侍經筵。預修《宣廟實録》，進侍讀學士。庚申，命入内閣。乙丑，遷禮部侍郎兼侍讀學士。嘗奏讞疑獄，多所平反。兩考會試，甄拔才雋，人咸稱之。忽晨起趨朝，仆不能語。事聞，即命醫往治。越四日，卒，年五十三。上聞嗟悼，賜棺槨賻鏹萬緡，命有司營兆域，贈禮部尚書兼學士。舊例贈者無兼官，兼之自愉始。

廖道南曰：『予觀《山東志》，謂愉淳雅寬厚，行義可式。及讀國史，則又云「端重簡默，自處澹如，門無私謁」。於乎！使居台揆者其門如市，其心如水，亦何愧於愉哉！』

贊曰：青州之野，長應虚危。倫魁之擢，文炳壁奎。商彭匪壽，子淵匪夭。大化司之，若彼莽眇。於乎若人，入掌絲綸。胡爲遽隕，天奪良臣。天奪之良，不慭遺老。蔓幽秘史，丹青厥貌。

（六）（明）張弘道、張凝道同輯：《皇明三元考》（卷三）

宣德二年丁未科大魁　中式一百名

主試官：太常寺卿兼學士楊溥、左春坊大學士曾棨。

會元：趙鼎　浙江黄岩人。丙午舉人，廷試二甲第二名。官主事。

狀元：馬愉　山東臨朐人，字惟（當爲『性』字之訛）和，號澹軒。累遷侍講學士。入内閣，預聞機務。愉性資淳篤，論事務存寬厚，嘗奏讞疑獄終年不決者。遷户部侍郎兼侍講學士（『户』當爲『禮』字之訛）。卒年五十二。贈禮部尚書，謚襄敏。有《澹軒文集》行于世。楊士奇云：『宣德以前十五科，皆南北士合試，未有北士居首選者。有之，自丁未始。』

（七）（明）顧祖訓原編，吴承恩增補，（清）陳枚續補：《明狀元圖考》（卷一）（明陳鎏《皇明歷科狀元録》卷二所録，與此大致相同）

宣德二年丁未，廷試趙鼎等一百人，擢馬愉第一。

按：馬愉，字性和，號璞菴。山東臨朐人。七歲方言，下筆成誦。後廷試第一，授修撰。二年，父病歸，賜驛騎並藥餌費。卒年五十三。

《客坐新聞》：臨朐渡口有土人夜乘涼，聞渡口鬼揶揄曰：『明日午時，我輩得替矣，可托生也。』其人明午伺驗之。至期，見一舟載五六人，解纜鼓枻，忽一婦求渡，舟子挽舟載之。渡竟，無他。至夜，仍於渡口納涼，鬼復揶揄，且哭曰：『卻被馬丞相救了一船人，我輩苦也。』士人迹其婦，乃馬融長子之妻，正懷娠。後生一子曰愉，官至入閣。其爲世瑞，鬼神烏得害之哉！

《皇明通紀》：自洪武甲子一新科目，迨今凡一十五科，以廷對魁天下士者，恒出於東南，而北方學者鮮與焉。獨以東齊之秀魁天下士，北方學者與有光。

仁宗與侍臣論科舉之弊，仁宗曰：『北人學問遠不逮南人。』楊士奇對曰：『自古國家兼用南北士。長才大器多出北方，南人有文多浮。試卷例緘其名，請今後於緘外書「南」「北」二字。如一科取百人，南取六十，北取四十，則南北人才皆入用矣。』上命計議以聞。至宣宗嗣位，始奏行之。後復分南、北、中卷，以百名爲率，南北各退五名爲中卷。北卷則北直隸、山東、河南、山西、陝西；中卷則四川、廣西、雲南、貴州，及鳳陽、廬州二府，徐、滁、和三州；餘皆南卷。

（八）（清）閻湘蕙編輯：《明鼎甲徵信録》（卷一）

馬愉，字性和，山東臨朐人。原籍扶風，始遷祖諱近，北宋時官青州教授，遂籍臨朐。歷五世，樂善好施，從無一字入公門。六傳至愉，生之夕，父士賢夢神告曰：『汝家世積陰德，天以狀元、尚書報汝矣。』

愉自幼篤孝，八歲喪母，執禮如成人。及長，局度謹飭，溫惠有容，事不忤人，行不愧己。爲諸生，備覽群籍，至忘寢食。行文不務雕斫。永樂庚子，以禮經爲省魁。宣德二年，及第第一。北人得首選，自愉始。累官侍講學士，參預機務。性端重簡默，門無私謁。論事每存寬厚。嘗奏天下疑獄，宜簡使者分道決遣，上從之。遷禮部右侍郎，陳善納牖，切中廟謨。曾從征高煦。煦就擒，旋有飛聞趙王欲爲不軌者，將移兵於趙王倫。愉曰：『陛下能有幾叔？不如按兵回京，俟其動静。』既而趙王果獻其護王軍三千。上曰：『微卿，幾失吾叔。』卒贈禮部尚書，謚『襄敏』，崇祀鄉賢祠。有《澹軒集》行世。長子徵，以蔭入太學，授汜水令。清節自勵，多惠政。其孝友公忠、簡夷恭雅，論者謂綽有父風云。（《明史》，並《青州府志》《臨朐縣志》《澹軒文集》）

（九）（明）雷禮輯：《内閣行實》（卷十）（《國朝列卿紀》卷二十内容与此同）

馬愉，字性和，山東青州府臨朐縣人。自幼篤學，文思迅發。宣廟嗣位之二年，首擢進士第一名。初，國朝登科以來，南北並試，未有北人居首選者，有則自愉始也。是年立石題名，大學士楊士奇奉旨撰文，備敘其盛，識者已占愉爲遠到之器。正統元年，以修撰同考禮闈。會經筵缺人，楊士奇薦愉學行，進侍讀，與苗衷、高穀、曹鼐四人同侍經筵。三年，與修《實録》成，陞侍講學士。五年，命同曹鼐文淵閣辦事。乙丑，主考會試，得商輅冠禮闈，及廷對，仍賜進士第一名。人服其識鑒。本年，陞禮部右侍郎兼學士入閣。愉在内閣，性資淳篤，論事務存寬厚。嘗奏讞疑獄終年不決者，多所平反。愉爲英廟所簡注，常因父病，上察其情，特賜歸省，盖希濶之賜也。十三年（當爲十二年），忽晨起趨朝，仆不能語。事聞，即命醫往治。越四日，卒，年五十三。上聞嗟悼，賜棺槨賻鏹萬緡，命有司營兆域，贈禮部尚書兼學士。舊例贈者無兼官，兼之自愉始。所著有《澹軒集》。《閣學記》云：『予觀《山東志》，謂愉淳雅寬厚，行義可式。及讀國史，則又云「端重簡默，自處澹如，門無私謁」。於乎！使居台揆者，其門如市，其心如水，何愧于愉哉！』

（十）（清）徐乾學等撰：《明史》（卷二十五）（清王鴻緒等撰：《明史稿》與此大致同）

馬愉，字性和，臨朐人。宣德二年進士第一，授翰林修撰。九年秋，特簡史官及庶吉士三十七人進學文淵閣，以愉爲首。正統元年，以楊士奇薦，與苗衷、高穀、曹鼐同直經筵，進侍讀。與修《宣宗實録》成，進侍讀學士。五年，詔以本官入内閣，參預機務。尋進禮部右侍郎。十二年卒，贈尚書兼學士。贈官兼職，自愉始。愉以文學受知兩朝，端重簡默，門無私謁，論事務寬厚。嘗奏天下獄久者多瘐死，宜簡使者分道決遣，帝嘉納焉。邊警，方命將，而別部使至，衆議執之。愉言：『賞善罰惡，爲治之本。波及於善，非法；乘人之來執之，不武。』帝然之，厚遺其使。於是，所部皆感悦，歲入貢不絶。其持論得大體，類如此。

（十一）（清）張廷玉 等 撰《明史》（卷一百四十八）

馬愉，字性和，臨朐人。宣德二年進士第一。授翰林修撰。九年秋，特簡史官及庶吉士三十七人進學文淵閣，以愉爲首。正統元年充經筵講官，再遷至侍讀學士。時王振用事，一日，語楊士奇、榮曰：『朝廷事久勞公等，公等皆高年，倦矣。』士奇曰：『老臣盡瘁報國，死而後已。』榮曰：『吾輩衰殘，無以效力，當擇後生可任者，報聖恩耳。』振喜而退。士奇咎榮失言。榮曰：『彼厭吾輩矣，一旦内中出片紙令某人入閣，且奈何？及此時進一二賢者，同心協力，尚可爲也。』士奇以爲然。翼日，遂列侍讀學士苗衷、侍講曹鼐及愉名以進。由是愉被擢用。五年，詔以本官入内閣，參預機務，尋進禮部右侍郎。十二年卒。贈尚書兼學士。贈官兼職，自愉始。

愉端重簡默，門無私謁。論事務寬厚。嘗奏天下獄久者多瘐死，宜簡使者分道決遣。帝納焉。邊警，方命將，而別部使至，衆議執之。愉言：『賞善罰惡，爲治之本。波及於善，非法；乘人之來執之，不武。』帝然之，厚遺其使。

（十二）（明）焦竑撰：《國朝獻徵録》（卷十三）

贈學士禮部尚書馬公愉神道碑銘

（節録『宣宗皇帝即位初』至『故於事多所裨益，率類此』一段，見文前《贈學士禮部尚書馬公愉神道碑銘》）

（十三）（明）張萱撰：《西園聞見録》（卷三十四）

馬襄敏公愉，字□□□□□。宣德丁未進士，歷官文源閣大學士。正統間，公在内閣，楊公士奇展墓還，言及所歷郡縣預備倉皆廢弛，甚至垣址弗存者，民何所濟？或曰：『兹廢日久，比比皆然，其何能理？』公徐曰：『政之興廢在人。此養民之要，豈可少緩耶？』楊公即議以聞，遣廷臣徧歷郡邑，修弊舉廢，民爭出粟實廩，所在充足，蒙其濟者，不可勝計。

（十四）（明）張萱撰：《西園聞見録》（卷七十二）

馬公愉在内閣，夷寇鼠竊擾邊，朝廷命率兵往剿之。會其别部四十餘徒來，有請執之，朝議僉同。上遣左右問于館閣，公對曰：『朝廷以賞善罰惡爲治。苟賞罰至公，則人必信服。若因惡以執其善，豈爲治之道？』左右辨問再三，公終不易辭。上從之，賞其使，遣回。部屬感悦，皆相率來謝。

（十五）（明）張萱撰：《西園聞見録》（卷八十五）

馬公愉居内閣時，郡縣疑獄被繫歲久不決，有詿誤致死者。公累以爲言，曰：『古云：死者不可復生。感傷和氣，率由于此。』遂議以上。詔遣中外法司練達刑名者直其寃，多所全活。

（十六）（明）過庭訓纂集：《明分省人物考》（卷九十七）

馬愉，字性和，山東臨朐縣人。宣德丁未進士第一，擢翰林修撰。上嗣位初，愉侍經筵，尋陞侍讀。《宣宗實録》成，陞侍讀學士。正統五年，奉詔入閣，預典機務。十年，陞禮部右侍郎兼侍講學士。晨起趨朝，得疾，仆不能語。上命醫往視。越四日，卒，年五十二。上深嗟悼，賜棺槨賻鈔萬緡，命有司歸喪營葬，贈禮部尚書兼翰林學士。舊例無贈兩官者，贈兩官自愉始。愉端重簡默，不設誠府，兩考會試，盡心擇才。爲文章，不務雕斫。斷事，不苟爲異同。自處澹如，門無私謁，人稱篤厚長者云。

（十七）（清）湯斌撰：《擬明史稿列傳》（卷九）

馬愉，字性和，臨朐人。宣宗二年進士第一，授翰林修撰。進學文淵閣，召試稱旨，賜寶楮。正統元年，楊士奇薦，直經筵。三年，進侍講學士。五年，入閣預機務，尋遷禮部右侍郎。卒贈尚書兼學士。贈官兼職，自愉始。愉以文學受知兩朝，爲人端重簡默，門無私謁。論事務崇寬厚。楊士奇嘗展墓還，言及所歷郡縣預備倉多傾圮。或曰：『玆事久廢，無煩經營。』愉曰：『政之興廢在人。積貯，天下大命也，而可緩乎？』因署議以聞，帝爲遣廷臣巡視。又奏郡縣獄歲久不決，率致瘐死，有乖天和，宜遣練達刑名者詳審之。帝並嘉納，敕下所司。邊寇竊發，上方命將往剿，會其別部使至，衆議請執之。愉抗言曰：『賞善罰惡，爲治之本。因惡以罪善，非法；乘人之來而止之，非武。』帝從之，厚遣其使。於是，所部皆感悦，歲入貢不絶。其持論得大體，類如此。

（十八）嘉靖《臨朐縣志》（卷三《鄉賢》）

馬愉，字性和，號澹軒，世爲臨朐人。純默和易，言不忤人，行不媿己。性至孝，八歲喪母，執喪如成人。力學至忘寢食，爲文章敏贍，不務雕斫，而渾厚典雅，自不可及。永樂庚子，以禮經爲省魁。宣德丁未，廷試第一。累官侍講學士，預聞機務。論事務存寬厚。嘗奏讞疑獄經年不決者。遷禮部右侍郎兼侍講學士，每經筵進講，上注目焉。自釋褐登朝幾二十年，致位清顯，承顧問，被寵遇，謨猷密勿。士大夫以爲榮，公歉然若不勝。夙夕祗懼，清慎自守，門無私謁。壬辰，以疾終。賜葬祭，贈翰林學士、資善大夫、禮部尚書。有《澹軒文集》行于世。

馮惟健曰：『澹軒公未論其爵位通顯，其行履醇絜，蓋先哲之望也。予嘗登其堂，訪其遺跡，見其所爲書，雖草稿皆小楷。又讀其詩文志傳焉，慨然想見前輩典刑。與其孫游，皆蹈詩好學，未嘗不歎其流風也。』

（十九）《光緒臨朐縣志》（卷十四上《先正》）

馬愉，字性和，號澹軒。父士賢，贈翰林院修撰、侍讀學士、奉直大夫（舊志列《貤封》），純德懿行，鄉里推長者。愉有至性，八歲失母，哭踊致毀。事繼母，曲盡孝養。官翰林，父里居遘疾，愉忽心動，乞歸省。父喜，病良已。人以爲誠孝所感。幼敏慧，四歲屬封，協聲律。祖父鍾異之。補弟子員，部使者莅學，奇其文，勉之曰：『必魁天下，勿自足。』永樂庚子，鄉薦第三。宣德二年丁未，廷試第一。時宣宗初即位，嚮意人才，謂『自古制科以得人為盛，願得忠孝之士足矣』。明興，首選皆南人，及開卷得愉，宣宗大悦，授修撰。試『諸葛孔明可與興禮樂論』，稱旨，賜寶楮。正統元年，楊士奇薦，直經筵，轉侍讀。與修《宣宗實録》，轉侍講學士。五年，詔以本官入閣，參機務，尋加禮部右侍郎。十二年卒，年五十三。贈禮部尚書兼學士，謚『襄敏』。贈官兼職，自愉始。愉在秘閣，務寬厚，持大體。時郡縣預備倉皆廢弛，疑獄或不時決，民多瘐死，愉每從容為少師楊士奇言之。士奇以聞，乃募民出粟，遣使巡察，冤獄全活甚衆。會御邊警，而別部使至，朝議執之。愉曰：『賞善罰惡，爲治之本。因惡及善，非法。來而執之，不武。』帝然之，厚遣其使。部屬感慨，皆相率來謝。愉歷官清要，廉恪自守，門無私謁。干振用事，朝貴多出其門，惟愉不與焉。著有《淡軒文集》八卷。子徵，自有傳。次子徽。（□《明史》及杜寧《馬公行狀》、曹鼐《馬□神道》、《府志》舊志、馬氏家譜修）

（二十）（明）孫繼宗等撰：《明英宗實録》（卷一百五十八）

（正統十二年九月）乙未，禮部右侍郎兼翰林院侍講學士馬愉卒。愉，字性和，山東臨朐縣人。宣德丁未進士第一，擢翰林修撰。上嗣位初，愉侍經筵，尋陞侍讀。《宣宗實録》成，陞侍讀學士。正統五年，奉詔入閣預典機務。十年，陞禮部右侍郎兼侍講學士。晨起趨朝，得疾，仆不能語。上命醫往視，越四日，卒，年五十三。上深嗟悼，賜棺槨、賻鈔萬緡，命有司歸喪營葬，贈禮部尚書兼翰林學士。舊例無贈兩官者，贈兩官自愉始。愉端重簡默，不設城府。兩考會試，盡心擇才。為文章，不務雕斲。論事，不苟為異同。自處澹如，門無私謁，人稱篤厚長者云。

（二十一）其他：

馬愉，臨朐人。宣德丁未進士第一，授翰林院修撰。累遷侍講學士，預聞機務，侍經筵。性資淳篤，論事務存寬厚。嘗奏讞疑獄經年不决者。遷禮部右侍郎兼侍講學士。卒贈翰林院學士、禮部尚書。（《明一統志》卷二十四）

（宣德）二年丁未，命行在太常寺卿、翰林院學士楊溥，左春坊大學士兼翰林院侍讀學士曾棨為考試官，取中趙鼎等。廷試，賜馬愉、杜寧、謝璉及第，命進士江玉琳等九十六人歸家進學，原譯字邢恭為庶吉士。（《弇山堂别集》卷八十一）

明馬愉，字性和，臨朐人。宣德中進士第一，授修撰。九年，特簡史官及庶吉士三十七人進學文淵閣，以愉為首。正統五年，以侍讀學士入閣，參預機務。愉以文學受知兩朝，端重簡默，門無私謁。嘗奏天下獄久者多瘐死，宜簡使者分道决遣，帝納焉。邊警，方命將，而别部所至，衆議執之。愉言：『賞善罰惡，為治之本。波及於善，非法；乘人之來執之，不武。』帝然之，厚遣其使。歷官禮部左侍郎卒。（《大清一統志》卷一百三十六）

馬愉，臨朐人。宣德丁未進士及第。累官至禮部右侍郎。贈翰林大學士、禮部尚書。有《澹軒文集》行于世。（《山東通志》卷二十八之三）

馬愉，禮部侍郎，直閣，贈尚書。正統年謚『襄敏』。山東臨朐縣人。謚法纂未載。（《明臣謚考》卷下）

『襄敏』：『甲胄有勞，應事有功。』

愉，字性和，臨朐人。宣德丁未，第一人及第，授修撰。正統中，再遷侍讀學士，入内閣，參預機務，進禮部侍郎。卒贈尚書。有《澹軒集》七卷。（《明詩紀事》卷十六　乙籤）

馬愉《淡軒文集》八卷（《明史》卷九十九）

馬愉《淡軒文集》八卷。字性和，臨朐人。（宣德丁未科）一甲第一人。禮部右侍郎，直内閣。謚襄敏。（《千頃堂書目》卷十九）

馬愉《澹軒集》二十卷(《山東通志》卷三十四《經籍志》)

馬愉《澹軒集》七卷。愉,字性和,臨朐人。宣德丁未進士第一。官至禮部侍郎。臣等謹案:愉詩文没後均皆散佚,今本乃成化間邢居正等裒集遺篇,編次無序。又《别本澹軒集》八卷,則其鄉人遲鳳翔補輯刻之,故題曰『續刻』。(《欽定續文獻通考》卷一百九十一)

《澹軒集》七卷(浙江巡撫採進本)

明馬愉撰。愉,字性和,臨朐人。宣德丁未進士第一。正統五年,以侍講學士入直文淵閣,官至禮部右侍郎。事蹟附見《明史·楊溥傳》。愉没後,詩文散失。成化庚子,山東參政邢居正命青州知府劉時勉裒集遺亡而刊之。凡詩賦四卷、雜文三卷,第六卷又有歌詩錯雜其中。蓋隨得隨編,故先後無序。詩多酬應之作,或佳者多佚耶。然史稱愉『端重簡默,門無私謁,論事務寬厚』,又載其清理滯獄及善處蕃使二事,絕不稱及其著作,蓋不以文采見也。(《四庫全書總目提要·集部·别集類存目二》)

《别本澹軒集》八卷(兩淮鹽政採進本)

明馬愉撰。愉集散佚之後,其鄉人都御史遲翔鳳購得殘本,更於愉家掇拾逸作,補葺刻之,故題曰『續刻』。目中注『續刻』字者,皆鳳翔所增也。(《四庫全書總目提要·集部·别集類存目二》)

明馬愉《澹軒集》八卷（《明史·藝文志》、国朝《四庫全書總目》皆云『七卷』。《總日》有《别本澹軒集》八卷。今考此書，經筵講章一卷，頌詩一卷，賦、雜文四卷，墓誌、挽詩、哀辭合一卷。成化時，布政司參議邢居正所刻，遺漏甚多，非全書也。邑人遲鳳翔搜輯重刻，合敘目、誥敕、行狀，都為八卷。《藝文志》所□殆據邢刻。《四庫全書》則並遲刻兼收之也。壽光劉翊曰：『用字著語，皆有程度。典雅新邃，一歸於正。』愉文之妙，盡於此評。）（《光緒臨朐縣志·藝文》）

明馬愉《澹軒集》八卷（見《明史·藝文志》，清《四庫全書》皆云『七卷』。《總目》有别本，云『八卷』）。見舊志，今存。民國十一年，濟南舉行歷史博物展覽會，曾寄呈陳列。後經評議給奬。（《臨朐續志·藝文》）

少師、兵部尚書兼華盖殿大學士臣楊士奇等謹題，為書籍查，事照本朝御製及古今經史子集之書，自永樂十九年南京取回來，一向于左順門北廊收貯，未有完整書目。近奉聖旨，移貯于文淵東閣，臣等逐一打點清切，編置字號，寫完一本，總名曰《文淵閣書目》。合請用『廣運之寶』鈐識，仍藏於文淵閣，永遠備照，庶無遺失，未敢擅便，謹題請旨。正統六年六月二十六日，少師、兵部尚書兼華盖殿大學士臣楊士奇，行在翰林院侍講學士臣馬愉，翰林院侍講臣曹鼐，當日早于奉天門欽奉聖旨。是欽此。次日，於左順門用寶訖，右《文淵閣書目》壹册，用『廣運之寶』鈐縫壹百叁拾陸顆外，盖總數壹顆，通壹百叁拾柒顆。（《文淵

閣書目題本》）

馬愉《秘閣書目》二卷。（黄虞稷《千頃堂書目》卷十）

明錢溥《秘閣書目》，《千頃堂書目》稱此書為馬愉撰。溥别有《内閣書目》一卷。今考溥序實載此書卷首，則虞稷所紀誤矣。（《皇朝通志》卷一百十一）

《秘閣書目》（無卷數，兩淮鹽政採進本）

明錢溥撰。溥有《使交録》，已著録。是編前有《自序》，蓋其致仕歸里後所作。稱自選入東閣為史官，日閲中秘書凡五十餘大厨，因録其目，藏以待考。近兒子山自京授職回，又録未收書目，芟其重複，併為一集。所載書祇有册數而無卷數，大抵多與《文淵閣書目》相出入。正統六年，楊士奇等奏疏一篇，亦附於後。黄虞稷《千頃堂書目》載此書為馬愉撰，而溥别有《内閣書目》一卷。然溥序實載此書卷首，疑虞稷所記誤也。（《四庫全書總目提要·卷八十七·史部四十三·目録類存目》）

狀元坊在鼓樓南，為狀元馬愉立。（嘉靖《臨朐縣志·雜志·坊表》）

馬襄敏公讀書處，在縣城中山大街路西城隍廟東，居人通稱謂『狀元讀書處』。今猶存北屋三間，西屋

四間，為馬氏公產。（《臨朐續志·古蹟》）

宣德二年丁未科，賜馬愉等一百名及第出身，題名碑大學士楊士奇撰文，中書舍人程南雲書。（《欽定國子監志》卷四十八）

馬愉墓，在臨朐縣南十里。（《明一統志》卷二十四）

馬愉墓，在縣南十里。（《山東通志》卷三十二）

明馬愉墓，在臨朐縣南十里朱位社。（《大清一統志》卷一百三十五）

（正統）十二年四月，學士馬愉以父病乞歸省，詔許之。賜以驛騎，并藥餌費。寶異數云。（《翰林記》卷五《給假》）

（正統元年）二月，始開經筵，從大學士楊士奇等之請也。士奇等又言：『天子就學，其事體與皇太子、親王不同，乞先命禮部、翰林院詳定講筵禮儀。』從之。丙辰，命太師英國公張輔知經筵事，大學士楊士奇、楊榮、學士楊溥同知經筵事，少詹王直、王英，侍讀學士李時勉、錢習禮，侍講學士陳循，侍讀苗衷，侍講

高穀，修撰馬愉、曹鼐兼經筵官，翰林春坊儒臣分直侍講。經筵定儀注自此始。（《明通鑑》卷二十二）

洪武十四年十月癸丑，命法司論囚擬律奏聞，從翰林院、給事中及春坊正字、司直郎會議平允，然後覆奏論決。永樂二十二年十月丁巳，大理寺奏決重囚，仁宗召大學士楊士奇、楊榮、金幼孜至榻前，諭曰：『比歲法司濫刑，往往出於鍛鍊。先帝嘗切戒之，必會三學士同審。』正統中，侍講學士馬愉嘗奏讞獄終年不決者，朝廷從之。由是冤抑多申理，然惜其未能覆洪武之舊也。（《翰林记》卷十五《讞獄》）

正統十年五月，禮部言：『天下諸司官吏軍民建言，例會廷臣議行。竊見宣德中尚書蹇義、夏原吉已解職務，特詔與議。正統初，學士楊士奇、楊榮、楊溥輪番會議。今士奇、榮已故，惟溥尚在，請學士陳循、曹鼐、馬愉參之。』上以溥老禮宜優閒，令循等與議。（《禮部志稿》卷六十五《會議應與官》）

楊士奇：　夏日館閣賦柬馬學士曹侍講

九重盛夏淨炎氛，停講經帷已二旬。館閣退朝無一事，衣冠坐論只三人。大官致饌循常典，中使傳宣錫異珍。視草堂前新雨過，錦葵承日不勝春。（《東里集·續集》卷五十九）

吴節：　馬學士愉（按：底本誤作『喻』）挽詞

昨夜文星翳碧空，曉來詞苑失文宗。四朝禮樂扶明盛，八座哀榮驗始終。瀚海塵飛無迷信，玉堂人去

失行踪。尚留邃道穹碑在，長有虹光起露叢。（《吴竹坡先生詩集》卷十八，见《四庫全書存目叢書》集部三十三册）

（二十二）《送侍講學士馬先生詩》及像贊

正統八年冬，馬愉二次獲封贈，其父士賢公進京面聖謝恩。次年三月，士賢公思鄉心切，亟於返鄉。臨行之際，翰林諸公賦詩以贈。《世德集》中保存了組詩二十五首及《詩序》，另有兩篇《像贊》。《世德集》有按語云：『公諱士賢，敕封翰林院侍講學士。正統八年，謝恩入覲。九年春，告歸，詞林諸君子相送以詩，翰苑周君爲之序。云……』此外，李時勉《古廉先生詩集》尚存有一首《送馬學士父》。今一并附錄于此。

送侍講學士馬先生詩序

先生，今翰林院侍講學士馬公之尊府也。初，學士公爲修撰時，已獲推恩受封。既公進秩，先生復進今封。高年盛福，兩膺寵命，時論榮之。去年，先生自家來，就養京師。入覲畢，公卿縉紳交相訪問。先生步履康彊，鬚髪郁然，學士公在侍，諸孫扶掖登降，言詞敦實，儀觀有律，時論益以爲榮。今歲之春，言歸其鄉，詞林諸君子相率賦詩爲贈，囑余序之。

維天生賢士，以輔翼景運，必教成於家，而後教用於國。使非其親篤意教之，則器材無由成，又何以資委任之重哉？故其子顯用於時，而其親崇封榮養，克逮厥躬者，非偶然之致也，宜也。觀學士蚤歲擢進士第一，官拜翰林，文章行誼，炳然卓然。聖天子嗣登寶位，益加隆委，經筵啓沃，廟堂密勿，眷遇之恩，可謂盛矣。實由先生之教，有以成之也。則今日先生之享有榮名壽考者，夫豈不宜然也哉！《詩》曰：『樂只君子，邦家之光。』又曰：『樂只君子，遐不黄耇，保艾爾後。』請申之以爲先生頌。然則諸君子贈送之什，得不又同于詩人之意乎？余故書之，以引衆作。

正統九年三月中旬，翰林侍讀吉水周欽書（按：周欽，當系周叙之訛）

詩　共二十五首

年高德劭祉應繁，紫誥加封第二番。冬駕安車朝紫闕，春乘輕棹向家園。惠風花草盈滿路，遲日芝蘭秀繞軒。令子愛深思慕切，蚤將書信寄詞垣。

——雲間　陳詢

賢郎内翰著才名，何事扶衰謁帝京。鸞誥兩回承上命，龍顔咫尺謝中誠。春風喬梓華堂别，暮景桑榆故里情。自是寓公多福壽，百年安享樂昇平。

——臨郡　習嘉言

賢郎受教早登瀛，錦誥恩封羡獨承。壽相眉黎雙鬓雪，官銜清秘一條冰。朝辭京闕衷懷戀，路指家山逸興增。身際雍熙綏福祿，眼前應復見雲仍。

——京口　儲懋

八十年將至，恩封喜再加。拜承榮里閈，趨謝入京華。廷陛瞻天近，詩書積慶餘。綺筵稱壽酒，白髮映烏紗。子貴身能顯，心仁福自遐。正宜長福祿，何事匆還家？贈別皆新句，乘流只舊槎。明朝望齊甸，千里暮雲遮。

——姑蘇　張益

昭代論喬梓，光華世罕逢。隱居並有爵，寵名又加封。還去開三徑，今來拜九重。薰風青社外，烏紗一吟筇。

——古郡　王一寧

安車千里上京畿，拜闕重看出瑣闈。疑是申公辭漢去，不同賀老乞閒歸。龍蟠玉軸加封誥，雀織錦紋寵賜衣。聞說道傍多嘆羨，子榮親貴古今希。

——彭城　劉鉉

白髮鳴珂覲紫微，薦承天寵遂東歸。龍章五色新頒誥，宮錦三花再賜衣。曉望故鄉臨蜃海，夕馳清夢繞黄扉。殷勤訓子圖爲報，好盡丹心贊化機。

——姚江　邵宏譽

令子金鑾日論思，獨承封誥向明時。官居就養真成樂，故里榮歸未覺衰。通潞河流春浩渺，穆陵關樹曉參差。衹今聖主求三老，晚歲還應荷寵私。

——泰和　蕭鎡

春風綺陌獨歸轅，冠盖臨岐酒一樽。紫誥褒封同子貴，白首光寵荷君恩。心馳北闕瞻天表，道出東蒙是故園。幸際太平無事日，優游桑梓課兒孫。

——蒙城　王振

封誥偏承寵渥優，北來稱謝到皇州。翰林風月添新賞，錦里烟霞憶舊游。行色一樽花下酒，歸城幾處驛邊樓。從來晝錦還鄉樂，誰似賢郎得意秋。

——吉水　劉儼

玉堂令子出彤闈，祖送先生拜命歸。兩度封官人共羨，八旬遺老古應稀。龍章御墨新頒誥，獸錦宫袍賜舊衣。東望齊南渺無際，春雲靄靄柳花飛。

玉堂學士導安輿，躬送嚴親出帝都。客路奉迎多故老，官亭祖餞揔文儒。酒客花外抉鳩玉，歸輿吟邊落唾珠。明日鯉庭桃李盛，幾多門士幕摳趨。

——連江　趙恢

經年垂白謁楓辰，兩受恩封紫誥新。錦服坐安堂上日，霞觴時醉殿頭春。肯留冠盖相親好，自是谿山入夢頻。明發都門看祖道，東風細細送蒲輪。

——三山　薩琦

清時盛典厚彝倫，子貴官封逮及親。燁燁龍章褒德懋，蕭蕭鶴髮拜新恩。潘輿花外追游早，萊服庭前宴喜頻。天上還家人共羨，故園桑梓亦生春。

——安城　吴節

清時有子登台輔，白首承恩謝禁宸。斧座乍瞻龍袞曉，玉堂頻見錦衣春。酒分光禄歡初洽，思入鄉關夢已頻。祖席都亭追餞處，肩輿周道促裝晨。

——西蜀　江淵

——欒安　姜洪

翰林學士屬賢郎，紫誥鸞封被寵光。京國幾時承禄養，故園今日促歸裝。道傍楊柳迷春雨，陌上桑榆映夕陽。晚歲優游在林壑，白頭簪紱倍輝煌。

——安城　李紹

朐南學士别神京，花帶鵰袍趂曉晴。自信過庭垂訓美，早知晚歲沐恩榮。九天雨露沾軒盖，千里風雲入旆旌。回頭鄉心應咫尺，清風潞水片帆輕。

——東魯　王玉

霜髯雪鬢地行僊，入覲彤廷衆所瞻。學士功名當聖代，尊公寵渥及高年。龍鳳封誥看三錫，龜鶴遐齡想更延。歸去優游東海上，壽星燁燁映台躔。

——永新　劉定之

傳經喜是有玄成，因拜恩封上帝京。紫府仙公年不老，玉堂學士識偏清。雲間飛盖翩翩去，花外安車緩緩行。明到鄉閭人總羡，應知教子讀書榮。

——東海　徐珵

鸞誥加封下紫辰，白頭趨謝不辭勤。君臣際遇承殊寵，父子歡娛樂至親。簪纓曉辭仙仗月，杖藜時憶故園春。多應慶澤傳流遠，喬梓光榮有幾人。

——會稽　何瑄

兩受封章寵渥優，屏營遠謝上神州。漫誇官署絲綸地，偏羡齡垂耄耋秋。慕闕心同星北拱，思鄉意逐水東流。還家若說瀛洲事，日近清光闡大猷。

——關西　楊鼎

入覲榮光動譽髦，春風歸思繞林皋。龍章屢沐推恩寵，薇省寧煩載筆勞。五夜舉頭南極樂，九天回首北辰高。家山杖履多行樂，華髮蕭蕭映錦袍。

——錢塘　倪謙

義方教子早蜚聲，玉署經綸贊聖明。享安鶴齡躋耋耄，重封鸞誥荷光榮。拜恩北闕天顔近，回首青（一本抄作『東』）齊海霧清。自是達尊人共仰，蒲輪何憚往來行。

——嘉禾　呂原

蕭蕭華髮白盈顛，重拜恩封下九天。鸞影暮迴晴漢上，龍顔曉覲御樓前。薇垣日暖宮壺出，桂館春生綵服鮮。子貴親榮歡正洽，還家何遽在新年。

——萬載　龍駿

兩朝封誥古來稀，特謝天恩拜瑣闈。家慶壽筵傾内醞，朝回香氣帶宫衣。春風祖席都門道，曉日肩輿潞水圻。明到鄉園行樂處，福星定見倍光輝。

——清漳　謝璉

士賢公像贊

河海之英，山林之秀。詩書世家，簪纓華胄。久抱良器，深藏而不售。既而令子發身賢科，褒（當爲『裦』字）然舉首，登翰林，黼黻皇猷，論思左右。推恩之典，及於其親。而乃朝冠朝紵，錦受接武，夔龍聯翩，鵷箟（疑有脱字）。吁老山林者，或厭於棲遲；服官政者，或不免於趨走。若公者，盖其天賜全福，從容安享乎福壽者乎！

正統九年，歲在甲子十月初吉，光祿大夫、柱國少保、禮部尚書兼武英殿大學士南郡楊溥贊

又像贊

古貌修軀，巨目長鬚。衣冠整肅，氣體安舒。群居與物無忤，燕處以道自娱。真實無妄，心同太虚。天之報施，若合契符。賢嗣魁天下之多士，榮名列館閣之鴻儒。推恩所自，職與之俱。登玉堂之貴，匪山

澤之臞。拜九重寵命，播四海芳譽。歡騰朝野，喜溢鄉閭。昔嚴過庭之訓，今享積慶之餘。凜然儀像，清風穆如。幸同朝而瞻拜，遂斂衽而特書。

正統九年，歲次甲子十一月朔旦，資德大夫、正治上卿禮部尚書、前太子賓客兼國子祭酒昆陵胡濙贊

送馬學士父

喜有賢郎在帝廷，褒封近侍一官清。綵衣舊製承歡慶，紫誥新頒荷寵榮。千里謝恩朝魏闕，三春歸騎別都城。到家父老紛相過，尊俎從容語治平。

——李時勉《古廉李先生詩集》卷十）

三、馬愉軼聞傳説

馬愉自幼聰慧，有很多軼聞傳説一直在當地流傳。因多不見於正史，故其虚實不可詳考。今擇其流傳較廣者録於此。其中頗有幾首詩作，亦可視爲對軼作之補充。

（一）巧對學友

馬愉自幼聰敏，四歲開始讀書，七八歲就能對對子，十來歲的時候就已經小有名氣了。一日，與幾位學友同行，忽見大樹上有鳥巢被大風吹落。某學友出對曰：

風吹鵲巢，一二子連窠及地

此句不僅是叙述眼前事，更巧妙的是其諧音技巧，即『連窠』諧音『連科』，『及地』諧音『及第』，就是預祝大家科舉考試順利。大家都覺得這個句子很有趣，但要工整地對出來下聯，並不容易。其他人都還在思索時，馬愉已經對了出來：

雨打猴穴，衆諸猴帶露朝天

此句同樣用了諧音技巧，即『諸猴』諧音『諸侯』，『帶露』諧音『帶禄』，意思是以後我們都會做官，享受俸禄，成爲國家、朝廷的棟梁，一起去朝見皇帝。表達出了遠大的志向。

（二）巧對官員

據傳，一官員乘轎下鄉，群童隨觀，此官戲群童云：『紅口白牙誰家子。』衆兒童無言以對。馬愉略一思索，對曰：『蟒袍玉帶哪朝官。』此官員見馬愉小小年齡，竟如此敏捷，大爲稱奇。

（三）巧對塾師

馬愉在家鄉私塾讀書時，鄰近私塾的菜園裏有株櫻桃樹，櫻桃已黄中透紅。一天，馬愉與衆同學撥開籬笆進入園中，採摘樹上的櫻桃過半。園主告到塾師那裏，塾師十分生氣，將學生聚攏起來，指着遠處的櫻桃樹，厲聲喝問：『拔箔障，摘櫻桃，何人所做？』學生們不知所措，惶惶無語。這時，馬愉站出來道：『步蟾宫，攀桂樹，乃吾之爲！』塾師聽了，感到小小的馬愉敢做敢當，且出語不凡，對句工穩，將來定成大器，不僅没有批評，還讚譽其才。

（四）智買『十菜』

某日，塾師欲測試學生的智力，要學生們在半個時辰内，買回十種菜來。學生們紛紛奔跑回家，向父母要錢，去菜園買菜，個個累得張口氣喘，但一時也無法把十種菜買全。惟馬愉從容回家，向父母要了兩個雞蛋。然後，去菜園用一個雞蛋換了少許韭菜，便連同另一個雞蛋帶到學堂，交給塾師。塾師説：『馬愉，你這不是只買來兩種菜嗎？』馬愉道：『不然。韭菜韭菜，即可謂九種菜，再加一個雞蛋，不就是十種菜了嗎？』塾師欣然，深知馬愉智力超群。

（五）巧畫千匹馬

某次，塾師要求學生們在課本版面大小的一張白紙上畫出千匹馬。衆生遵命繪畫，但一千匹馬實難在小紙上畫得下。馬愉略加思考，頃刻畫好交卷。塾師一看，馬愉先在紙上畫了一座大山，從山後繞出一條大道，大道上只有一匹馬的前部身軀。塾師便問：『馬愉，這是畫了一千匹馬嗎？』馬愉答道：『這正是一千匹馬。領頭的一匹馬才露出半身，其餘九百九十九匹馬，還被大山擋着，没有走出來。』師生們都佩服馬愉聰明絶倫。

（六）智對樵夫

西去馬愉老家朱位不遠，有石門坊，因『晚照』著稱，乃臨朐縣一大名勝。相傳陽春三月，塾師領衆弟子游石門坊，當行至仙人橋時，有一樵夫挑着柴擋住去路。塾師見狀請其讓道，樵夫説：『讓道可以，請先與我對句。』塾師説『請講』。樵夫指着背上的柴出上句『此木爲柴山山出』，塾師一時對答不上，衆學生也面面相覷。馬愉忽見村中炊烟繚繞，頓有所悟，説：『師傅，我有下句了，是「因火成烟夕夕多」。』塾師大聲叫絶，衆皆嘆服，樵夫也點頭稱許，瞬間寂然不見。人們傳説後來馬愉高中狀元是仙人指點，曾經遇見的樵夫即八仙之一的吕洞賓。

（七）巧渡美女

馬愉十七歲時，與同學去村西邊的瀰河玩耍，見一位女子在河邊徘徊，望水蹙額，想過河又不敢貿然涉水。馬愉見狀，不避嫌疑，大大方方地背女子過河。此事被塾師聞知，塾師没有批評他，只是讓他以此爲題作首詩。馬愉提筆寫道：

『淑女河邊歎激流，書童聊作渡人舟。未將素手挽香手，卻教鳳頭近龍頭。一株新花插玉背，十分春色滿芳洲。輕輕放在沙灘上，默默無語俱含羞。』（一作：『淑女臨河歎激流，藍衫權作渡人舟。已將素手挽繡手，斜倚龍頭靠鳳頭。一枝紅杏插儒背，十分春色滿芳洲。輕輕放在沙灘上，默默無言各自羞。』）

塾師看罷，暗自稱奇。

（八）顯揚啟蒙師

永樂十八年（1420），馬愉赴省會參加鄉試，考取舉人，以禮經中省魁。中舉歸家，首先要登門拜謝自己的啟蒙老師張奶師。而張奶師當時正在沂水縣某地教書，馬愉即赴沂水縣。拜師禮過，學東設宴款待，陪客多爲當地文人。席間談及學東新建的一座高樓，張奶師被邀題匾額曰『聽月樓』。此時，席間有陪客發難説：『願聞聽月樓之意？』張奶師一時語塞，衆客人哂笑。馬愉不動聲色，徐曰：『願一睹高樓和恩師所題的匾額。』於是主客共同離席，去參觀高樓和匾額。看過之後，馬愉慨然曰：『恩師書法蒼勁，勝於歐、柳；筆力鋒神，不亞右軍。匾額豪邁，氣象萬千。在下不才，願以詩和之，請諸位師長賜教。』遂索紙筆，揮毫寫出《聽月樓詩》：

聽月樓高接太清，樓高聽月倍分明。碾霜轂轆冰輪轉，搗藥叮咚玉杵鳴。樂奏霓裳聲細細，斧伐丹桂響錚錚。忽然一陣香風過，吹落姮娥笑語聲。

衆客大驚失色，齊聲稱絶：『大雅之作，不愧是魁首之文。』此後張奶師的威信大大提高，被譽『名師出高徒』，倍受欽敬。

四、整理本《馬學士文集》序言、出版説明

序言

《馬學士文集》，是明宣德丁未狀元馬愉所著。初爲六卷手抄本，後在明成化與嘉靖年間，曾先後以《澹軒集》（七卷本）和《澹軒文集》（八卷本）爲名，兩次刊行問世，在歷史上起過進步作用。在新形勢下，有使其再次問世、重新發揮作用之必要，故經商定集資印刷。兹簡序如下：

許多事實證明：珍貴的歷史文化遺産，是棄之將化爲塵土，用之則成爲珍寶。因此，要努力搶救。《馬學士文集》，也和其它珍貴的歷史文化遺産一樣，也須要努力搶救。我們若干人動手，經過七八年時間的深入挖掘，最後只找到了這個六卷手抄本。挖掘歷史文化遺産之難，於此可以想見。雖然只找到了這個手抄本，能夠使它保存下來，並再度問世，其意義也是很大的。

毛澤東同志説：『古爲今用，洋爲中用。』古人云：『以古爲鏡，可以知興替。』當前，全國各族人民，在中國共産黨的領導下，意氣風發，鬥志昂揚，正在轟轟烈烈地進行偉大的社會主義現代化建設。此時此刻，正須要充分發揮珍貴歷史文化遺産的『古爲今用』、『以古鑒今』的作用，從而加快『兩個文明』建設的步伐，使多年沉睡在故紙堆中的歷史文化遺産，爲『四化建設』服務，爲人民造福。

臨朐縣古稱駢邑，山明水秀，歷史悠久，文化薈萃，代有聞人。馬愉即是其中的一個。史志及有關文章記載：『馬愉自幼賦性聰敏，好學至廢寢忘食。』『公自釋褐登朝二十年，致位清顯，承顧問，被寵遇，謨猷密勿，贊襄之益居多。士大夫以爲榮，而公歉然若不勝，夙夜祇慎，以清靜自守，門無私謁，澹如也。』『盖公端厚凝重，謹畏勤恪。其侍經筵，惟以帝王仁義之道爲陳，進退從容，有古君子風。其在秘閣，凡所論事，務存寬厚，不尚瑣細，得大臣體。』『公篤於爲義，不事厚蓄，所得禄賜，遇鄉人居京師，貧者周之，寒且饑者衣食之，死則棺斂之，無吝色也。』時宦官王振用事，『一時五將四相，皆出王振之門，而愉不與焉』。史志稱其對内政、外交等國家大事，多所建明。

明代詞林，對馬愉的著作評價很高。如翰林院侍講學士杜寧，在《狀元澹軒公行狀》中説：『（公）爲文章，敏贍有法，不務雕斫，而渾厚馴雅，自不可及。』又如户部尚書、文淵閣大學士、内閣大臣劉珝，在《澹軒集序》中説：『公平居爲詩賦，用字著語，皆有程度，典雅新邃，一歸於正。』據《臨朐續志》記載：『民國十一年，濟南舉行歷史博物展覽會，曾寄呈陳列，後經評議給獎。』

解放後，國務院文化部文物管理局編，文物出版社出版的《全國各省、自治區、直轄市第一批文物保護單位名單彙編》，將馬愉墓列入文物保護單位，稱馬愉爲文學家。臨朐縣人民政府，在馬愉墓前立碑，定『馬愉墓爲縣級重點文物保護單位』。

明代寫文章，以内閣大臣『三楊』（楊士奇、楊榮、楊溥）的文章爲樣版，稱爲台閣文章。馬愉正是生活在『三楊』時代，活動在『三楊』身邊。又加他自己才華横溢，又肯學習，所以他的著作，達到了較高的水平，而且文學價值較高。讀之可以豐富人們的文化生活，值得我們閲讀、欣賞和研究。

以上所述，是我們出版這部《文集》的根據和目的。然而，須知馬愉生活在封建社會之中，受的是孔孟之道的教育，其作品有時代的局限性。另他身居高位，《文集》收集的作品，也都是他做官以後的作品，其內容反映上層的活動多，反映群衆的活動少。對於此書，要遵循毛澤東同志關於清理古代文化的教導：取其精華，棄其糟粕，批判地繼承。同時還要用辯證唯物主義和歷史唯物主義的觀點，來閱讀、研究，不能苛求古人。在閱讀、研究此書時，願與讀者共勉。

馬桂斌

一九八七年二月十二日

出版説明

關於出版《馬學士文集》，有以下幾點説明：

一、挖掘：

一九七九年十月，從《明史》和《臨朐縣志》上，看到有馬愉的傳記，及其著作《澹軒文集》的記載。於是我便開始挖掘其著作，但很長時間，杳無線索。

一九八〇年七月，經有關同志介紹，從本縣文化館的藏書《青州明詩鈔》中，找到了馬愉的五首詩。傳播開以後，陸續有人幫助挖掘此書。雖有線索，但很長時間，没有進展。

直至一九八四年十一月，在縣政協編印的《文史資料選輯》第三輯上，將《馬愉詩五首》推薦出去。一下子引起了許多人的濃厚興趣，參加挖掘此書的人大大增加了。

一九八五年十月，七十二歲高齡的老人馬桂斌，費心找到了《馬學士文集》手抄本二至四卷。不久，他偕同他的族孫馬維駟，遠路跋涉，親自將書送到我家。這是一個重大的突破。當人們得知上述消息後，挖掘《文集》的決心更大、信心更足了。紛紛打聽線索，到處尋訪。後經馬建玉介紹，在一九八六年四月，終於從馬學修處，找到了他家世代珍藏的《馬學士文集》手抄本一至六卷。這是幾年來挖掘此書的最大成果。

經過初步考證，認爲此手抄本，顯系馬愉逝世後，其詞林同事，將其生前著作，彙編成書，分爲六卷，而定此書名的。稍後，馬愉的後代，又將收集到的材料，編爲一卷，以馬愉之號，命名爲《澹軒集》。至成化年間，布政司參議邢居正，將兩個《文集》合在一起，分爲七卷，以《澹軒集》之名，刊行問世。至嘉靖年間，邑人兵部左侍郎遲鳳翔，又搜集重刊，分爲八卷，以《澹軒文集》之名，再行問世。現在，這兩種刊行本均未找到。

二、整理：

鑒於刊行本一時難於找到，經研究決定，先出版六卷本《馬學士文集》。因爲手抄本多次傳抄，訛誤較多，要出版，必須先進行整理。我承乏擔任此項工作。其過程是：

先將抄本全文，原原本本地抄在雙格稿紙上，並切實校對好，在此抄稿上進行校勘。其方法是：二至四卷有兩個本，即用兩個本互相對照，進行校勘。只有一個本的，參閱本篇上下文之文意，及本書其他類似篇章之文意，進行校勘。對於不能用以上兩法校勘的，即參閱其他古籍書和工具書，進行校勘。引文和典故，凡能找到原著的，對照原著進行校勘。

原本未斷句，爲便於閱讀，即在校勘中，反復閱讀領會，進行了標點。原本没有目録，爲便於查閱，須要加上目録。但『經筵講章』没有標題，某些詩有序言没有標題。前者用篇首所要宣講的古籍篇章的首句，後者用序言的首句，作爲標題，編入目録。

在抄成正稿之後，又考慮到某些典故和文意難懂，即將難懂之處，在每卷的末尾，作了粗略的注解。爲減少文字上的『攔路虎』，將繁體字改爲簡化字，將異體字改爲通用字，對於生僻字，在字後注音或兼注講法。對於詩中一字多音的押韻字，注明讀音。對於缺少的字，用拼的方法解決；無法拼的，只好用相應的字代替。

爲便於讀者理解作者，在正文後面附有兩篇短文，作爲附件。

三、**經費**：

印書的資金，用集資的方法解決。馬修成、馬新亭、馬克寬等踴躍集資，這對解決書的工本費問題，起到了帶頭作用。

爲挖掘此材料，並熱情支持出版此書，除上文提到的熱情支持者外，還先後得到曹筱筏、劉興民、于振河、馬壽彭、馬家騋、馬相圖、馬同茂等同志的大力支持。對於在本文中提到名字和未提到名字的所有熱情支持者，我在此一併深致敬意和謝意。

整理此書，雖然盡了最大的努力，但因水平和資料所限，缺點錯誤在所難免，敬請讀者不吝賜教。另外，如有知道上文提到之刊行本之線索的，敬請告知爲盼！

馬維堂

一九八七年二月十二日

五、馬愉年譜簡編

明太祖朱元璋洪武二十八年（一三九五）　乙亥　一歲

公諱愉，字性和。是年九月二十五日，生於山東青州府臨朐縣朱位里（今屬濰坊市臨朐縣東城街道）。其先系出陝西扶風，宋時諱近者為青州教授，致仕後卜居臨朐。高祖慶、曾祖天駟、祖景信、父士賢，世業儒，皆有隱德。母劉氏，繼魏氏。

洪武三十一年（一三九八）　戊寅　四岁

公知讀書，能屬對，協聲律。祖父鍾異之。

明惠帝朱允炆建文元年（一三九九）　己卯　五歲

七月，燕王朱棣起兵，爭奪皇位，『靖難』變起。

明惠帝朱允炆建文四年（一四〇二）　壬午　八歲

是年，公之母喪，公守禮如成人，三日勺飲不入，朝夕哀慕。

七月，朱棣革『建文』之號，仍稱洪武三十五年。改建文時所改官制，謂為『革除』。八月，命侍讀解縉、編修黄淮入直文淵閣並預機務。内閣預機務自此始。

明成祖文皇帝朱棣永樂元年（一四〇三） 癸未 九歲

二月，設留守司、行府、行部、國子監於北京，改北平府為順天府。

永樂十二年（一四一五） 甲午 十六歲

補邑庠生。潛心篤學，殆忘寢食。

永樂十八年（一四二〇） 庚子 二十六歲

赴省會參加鄉試，以禮經中省魁。

永樂十九年（一四二一） 辛丑 二十七歲

春，赴京參加會試，途中得病誤期。

永樂二十二年（一四二四） 甲辰 三十歲

是科會試，公因守繼母魏氏孝，未成行。

七月，成祖崩於榆木川。八月，皇太子朱高熾即位，是為仁宗昭皇帝。

明仁宗昭皇帝朱高熾洪熙元年（一四二五） 乙巳 三十一歲

五月，仁宗病卒，在位仅一年，年四十八歲。皇太子在南京謁孝陵，群臣請鄭、襄二王監國。

六月，皇太子朱瞻基即位，是為宣宗皇帝。以明年為宣德元年。

宣德二年（一四二七） 丁未 三十三歲

二月，公參加北京會試，中式。是科會試官為太常寺卿、翰林院學士楊溥，左春坊大學士、翰林院侍讀學士曾棨。甲申（二十六日），行在禮部奏會試天下舉人，得中式趙鼎等一百人。是科會試考題：

第一場：《四書》。

《論語》：子路問成人。子曰：『若臧武仲之知，公綽之不欲，卞莊子之勇，冉求之藝，文之以禮樂，亦可以為成人矣。』

《孟子》：天之高也，星辰之遠也。苟求其故，千歲之日至，可坐而致也。

《禮記》：齊明盛服，非禮不動，所以修身也。

第二場：論

聖人之大寶

第三場：策（缺）

二月，二十六日卯時，公之長子徵出生。徵，字廷召，號敬齋，後授河南汜水知縣。

三月，己丑（初一），宣宗皇帝御奉天門，策試天下貢士，殿試者一百零一人。《明宣宗實録》：『上既發策，退御左順門，謂翰林儒臣曰：「國家取士，科目為先，所貴得真才以資任用。古人取士于鄉，其行藝素有定論，至朝廷，復辨其官才，所以得人為盛。後世惟考其文學而遂官之，欲盡得真才，難矣！然文章論議本乎學識，有實學者其言多剴切，無實見者其言多浮靡。唐虞取士，亦常敷奏以言，況士習視朝廷所尚。朝廷尚典實，則士習日趨於厚；朝廷尚浮華，則士習日趨於薄。此在朝廷激勵成就之有道也」。』又曰：「我祖宗之法，取士尚敦厚不尚浮華，爾等其精擇之，朕將親覽焉。」』（卷之二十六）辛卯（初三），親閱舉人所對策，賜公等一百人進士及第出身有差。《明通鑒》：『自洪武開科，惟三十年夏榜賜韓克忠第一人，蓋專試北士也。是科，始分南、北、中卷取士，而北人預首選亦自此始。』（卷十九）壬辰（初四），賜公冠服銀帶，餘各鈔五錠，宴於行在中軍都督府。癸巳（初五），公等上表謝恩。辛丑（十二日），擢公為行在翰林院修撰，杜寧、謝璉為編修。

三月，大學士楊溥設宴，賀公等首甲三人。楊士奇：『宣德二年春，太子少傅、工部尚書兼謹身殿大學士建安楊公，得故廨宇於長安門之南而修葺之，……既成，會上臨軒策士，其第一甲三人皆授職翰林，馬愉修撰，杜寧、謝璉皆編修。於是館閣諸賢相與置酒堂中，為三人賀，主獻賓酬，觴行甚樂。』（《聚奎堂記》）

是年春，臨朐典史吴勝祖率鄉民來京服役，半年後，役事畢。及吴氏南歸，公作《送吴縣幕還臨朐序》。

宣德三年（一四二八）　戊申　三十四歲

二月，朱祁鎮立為皇太子。

八月，宣宗巡邊，車駕發京師，蹇義、楊榮等扈從。九月，大敗兀良哈，旋班師回京。衆臣慶賀，公作《平胡頌》。

宣德四年（一四二九）　己酉　三十五歲

正月，有二騶虞見於滁州來安縣，南京守臣獻之朝廷，宣宗詔賜群臣觀之，公作《騶虞頌》。

四月，寧夏守臣以玄兔來進，宣宗賜群臣觀之，公作《玄兔賦》。

九月，臨朐李真歸鄉，公作《送李孟彰還鄉詩序》。

宣德五年（一四三〇）　庚戌　三十六歲

正月，孝義知縣臨朐劉崙進京朝元，越數日還，同邑諸人作詩以送，公作《送孝義劉知縣朝回序》。

二月，濟南張本復任滎澤知縣，公作《送張大尹復任滎澤序》。

八月，二十四日，宣宗皇帝下詔，特授公階為儒林郎，賜之敕命，以示褒嘉。

十二月，丁亥（二十一日）夜，含譽星現於九游，衆臣以為祥瑞，賦詩以賀，公作《瑞星頌》。

約是年，山東東昌府通判徐季安董役於京師，得代還任，公作《送徐通判還任東昌序》。

宣德六年（一四三一）　辛亥　三十七歲

二月，翰林院編修龍溪謝璉歸省，公作《送謝編修省母》。

春，青州府通判六合郭維新，三年期滿考績於京，公作《送郭通判考績序》。

是年冬，公歸省。期間，臨朐縣主簿吴川孫昇徵文記縣城創塑城隍廟神像事，公作《修城隍廟記》。次年冬，此記由臨朐縣教諭張玉書丹，訓導周彬篆額，刻石立於城隍廟大殿前，題作《創塑城隍神像記》。

約是年冬，青州府十四民就役，臨城郝剛董工將滿一年，得代還郡，公作《送郝照磨董工代還序》。

宣德七年（一四三二）　壬子　三十八歲

春，西土有以黄鸚鵡進者，宣宗賜群臣觀之，並命作詩賦，公作《應制黄鸚鵡詩》。

十月，吏部尚書巴縣蹇義『承恩堂』落成並遷居，公作《題承恩堂》以賀。

翰林院檢討吴縣陳繼致仕歸鄉，公作《送陳檢討致仕還姑蘇》。

宣德八年（一四三三）　癸丑　三十九歲

三月，己未，公與父士賢公、叔父肅，及從兄弟悦、怡，為祖父景信公立石几於墓前，並奉父命撰《景信公墓石几記》。

秋，公歸南省，過武叔誠家，住兩宿。

冬，絳州任華出任臨朐縣知縣，公為言祝之。

是年，淮安府知府耀州楊理，來朝京師，既還，謁公，公為之賦近體《贈淮守楊君》。

約是年，户科給事中濟南薛理秩滿歸省，公作《送户科給事薛君省墓焚黄序》。

宣德九年（一四三四）　甲寅　四十歲

正月十五上元節，宣宗賜群臣觀燈，群臣各獻詩賦，匯成六冊，公亦作《賜元夕觀燈》一首。

春，青州通判六合郭維新再考至京，既還，公作《送郭判府考績還任序》。

二月，泰和羅崇本之父羅道生卒，公作《挽羅處士》。

八月，宣宗特簡史官及庶吉士三十七人進學文淵閣，以公為首。

《明宣宗實録》：『癸酉，命行在翰林院修撰馬愉、陳詢、林震、曹鼐，編修林文、龔錡、鍾復、趙恢，大理寺左評事張益，同庶吉士薩琦、何瑄、鄭建、江淵、李紹、姜洪、徐珵、林補、賴世隆、潘洪、尹昌、黄瓚、方熙、許南傑、吴節、葉錫、王玉、劉實、虞瑛、趙智、陳金、王振、逯端、黄回祖、傅綱、蕭鎡、陳惠、陳睿三十七人，于文淵閣進學。先是，上命翰林院簡進士薩琦等於文淵閣進其文學，至是，並愉等召入左順門試之，上親第高下，賜賚有差。少詹事兼侍讀學士王直有訓勵勞，賜鈔一千貫。』（卷一百十一）

九月初，監察御史臨朐陳琮再考至京，逾月而還，公作《送陳御史還任南京序》。

秋，翰林院編修江津江淵回鄉省親，同官相慶，賦詩以餞，公作《送江編修歸省詩序》。

宣德十年（一四三五）　乙卯　四十一歲

正月，宣宗崩於乾清宫，年三十八。太子朱祁鎮即位，是為英宗睿皇帝，時方九歲。詔以明年為正統元年。

五月，富順黄璿出任開封府知府，公作《送黄知府之開封》。

七月，始修《明宣宗實録》，公與其事。

七月，駙馬都尉趙輝、平江伯陳佐，往南北二太僕寺印記馬七萬八千餘疋，公作《送平江伯南京董馬政》。

十月，延津楊盛陞福建布政司右參政，公作《送參政楊公之任福建序》。

約本年，青州通判商丘陳思敬三年考績於吏部，既還，公作《送陳判府考績還任序》。

正統元年（一四三六）　丙辰　四十二歲

正月，臨朐知縣任榮到京師朝覲，及其還，公作《送任知縣朝回序》。

二月，初七，公以修撰出任會試考官。二十日，禮部尚書胡濙等進經筵儀注。此前，經筵進講之制，無定地，亦無定期，至是始定月講，御文華殿，詔以月之九日行之。後改為每月三日，日以逢二為期，以二、八月中旬起，四、十月末旬止，寒暑暫免。遂為定制。公受敕兼經筵講官。自是，與少傅楊士奇、楊榮，尚書楊溥，學士王直、王英、李時勉、錢習禮、陳循，侍讀苗衷，侍講高穀，修撰曹鼐，日侍講讀於皇帝之前。公『侍經筵，惟以帝王仁義之道為陳，進退從容，有古君子風』。

三月，初九，英宗御經筵，講畢，賜知經筵官、同知經筵官、侍班官每員，銀五十兩、彩服四表裏、鈔五千貫，兼經筵並講讀官員人等，賜各有差，復賜宴於左順門。公在其列。次日，太師英國公張輔等，以經筵賜宴賞上表謝恩。十五日，早退朝後，公與楊士奇等講臣十人，至鴻臚寺卿楊善東郭草堂，郊遊宴樂，暢飲賦詩，公作《宴楊鴻臚東郭草堂》。

四月，山西按察僉憲淄川戴誠三年考績，既還，公作《送戴僉憲考績還任序》；庫部員外郎麗水俞英卒，其子集挽詩為一帙，求序於公，公作《俞員外挽詩序》。

五月，朝廷初設提學憲臣，河津薛瑄出為山東提學僉事，公作《送薛僉事之任山東序》；永豐彭勖提學南京，公作《送彭御史提學》。

六月，行在都察院右都御史太康顧佐致仕，公作《送顧都御史致仕》；二十七日，河南知府郟城李驥卒，公作《輓李知府》。

十二月，初六日，公作《賀瑞雪詩》；河源儒學訓導宜春龍駿合葬其父龍志海於其鄉，終喪入京，應其請，公作《挽龍處士》。

是年，鄭州邢恭得请歸省，公作《送邢中書省墓》；大理寺少卿鄞縣陳恭考滿，公作《送大理寺少卿陳公考滿序》。

約是年，禮部左侍郎政和吴廷用之父吴景亮去世，公作《挽吴景亮》。

正統二年（一四三七）　丁巳　四十三歲

正月，歙縣方勉出任浙江監察御史，公作《送方御史出巡浙江》。　成規出任福建監察御史，公作《送成御史分巡福建》。　臨朐姚璡出任山西沁水知縣，公作《送姚助教出宰沁水序》。

四月，初一，青州府通判睢陽陳思敬三年考績至京，既還，公作《送陳判府考績還任序》。

九月，行在禮部員外郎鮑時為山西右參議，公作《送鮑員外除山西參政》。

十二月，己未（初四），禮部侍郎會稽章敞卒，公作《禮部章侍郎挽章》。

是年，公陞侍讀學士；　太原孟迪出任青州知府，公作《送孟太守之青州序》；　傅梁任臨朐縣判簿，公作《送傅判簿之任序》。

約是年，福建布政司右參議上元尹弼母喪，公作《輓尹參議徐母孺人》；　約是年，莆田余耀授吉安府通判，仍掌太和縣事，公作《送泰和余知縣復任》。

正統三年（一四三八）　戊午　四十四歲

約是年春，公之同年進士福建清漳謝璡起復，向公道家鄉有楊姓隱士自號『謙益居士』，鄉人譏之，楊氏自辯，公嘉其詞有理，為著於篇，作《謙益居士説》。

四月，丙寅（十三），以《明宣宗實録》成，獲賜白金四十兩、彩幣三表裏、羅衣一襲；　庚午（十七），英宗賜監修、總裁、纂修等官八十五人，宴於行在禮部，公在其列。　辛未（十八），公陞侍講學士。　是月四日，奉直大夫吉水周岐鳳卒，未幾，其子翰林院修撰周敘接訃告，公作《挽周岐鳳》。

六月，翰林院學士安福李時勉省墓，公作《送李學士省墓》。

七月，公同榜進士徐仲麟任雲南按察司僉事，公作《送雲南徐僉事》。

八月，初二日，公進講《孟子·盡心》上篇『孟子曰：「知者無不知也，當務之為急；仁者無不愛也，急親賢之為務。堯舜之知而不徧物，急先務也；堯舜之仁不徧愛人，急親賢也。」』

九月，十二日，公進講《孟子·盡心》下篇：『孟子曰：「人皆有所不忍，達之於其所忍，仁也；人皆有所不爲，達之於其所爲，義也。」』是月，楊溥之子楊恭探父離京返鄉，公作《奉和少傅東里楊先生送楊允寬覲省後還閩中十絕韻》。

十月，二十二日，公進講《尚書·說命》上篇『啟乃心，沃朕心。若藥弗瞑眩，厥疾弗瘳。若跣弗視地，厥足用傷。惟暨乃僚，罔不同心，以匡乃辟。俾率先王，迪我高後，以康兆民。』

十一月，南京吏部尚書富州黃宗載進京乞致仕，英宗以其老成，方隆倚任，不允所請，將還，公作《送黃尚書》及《送黃尚書還南京》相送。

是年秋，淮安府學四人中舉，時姚鵬爲府學訓導，公聞之作《聞姚子大門人獲登科者四人因寄以賀》。

是年，禮科給事中應州石瑁，蒞職三載，考績奏最，同列慶賀，公作《贈石給事考最序》；工部主事慈溪顧侃父卒，公作《挽顧主事父》。歷東平知州、懷慶知府泰和李湘卒，公作《挽李知州》。臨海陳員韜任新城知縣，應同年進士丁芹請，公作《贈陳知縣復治新城序》；太學生臨朐高鵬得歸省墳墓，公作《送上舍高騰遠省墓序》。

正統四年（一四三九） 己未 四十五歲

二月十二日，公進講《中庸》第十九章：『子曰：「武王、周公其達孝矣乎！夫孝者，善繼人之志，善述人之事者也。」』以及《尚書·禹貢》篇：『禹敷土，隨山刊木，奠高山大川。』

二月，楊士奇獲賜歸省，十八日啟程，翰林院學士曾鶴齡偕同院諸人及其鄉邑親交送出朝陽門，公當在其列。

四月，楊士奇歸省還朝，『言及所歷郡縣預備倉皆廢弛，甚至垣址弗存者，民何所濟？或曰：「茲廢日久，比比皆然，其何能理？」公徐曰：「政之興廢在人。此養民之要，豈可少緩耶？」楊公即議以聞，遣廷臣徧歷郡邑，修弊舉廢，民爭出粟實廩，所在充足，蒙其濟者，不可勝計。』（張萱《西園聞見録》卷三十四）

四月，庫部員外郎括蒼俞英卒，在朝卿大夫為挽詞若干篇，其子端編集為帙，謁公求序之，公作《俞員外挽詩序》。

五月，閩縣董和任山東布政司參政，公作《送參政董公之任山東序》。

八月，翰林修撰寧陽許彬歸省，諸朝紳餞之，公作《送許修撰歸省序》。

九月，十四日，湖廣按察使山陽羅銓卒，公作《挽湖廣羅憲使》。

十月，太和楊禧擢慶遠府知府，公作《送楊太守之任慶遠序》。

是年，湯節赴參將任，公作《送湯參將》；公作《聞霑恤典》奉苗衷、高穀二人；翰林院编修建安龔錡歸省，公作《送龔編修榮歸侍親》；江津江淵得請歸省，公作《送江編修歸省詩序》；邳州知州郭珏三年考績稱最，朝廷命其還任，公作《送郭太守還邳州序》。

約當是年，禮部郎中查孚致仕，公作《送查郎中致事》。

正統五年（一四四〇）　庚申　四十六歲

正月，南京户部尚書昌邑黄福卒。不久，其仲子琮，將挽詩等編以爲帙，求序於公，公作《少保黄公挽詩後序》。

二月初二，公以翰林院侍講學士入直文淵閣，參預機務。是年宰輔共五人，首輔爲楊士奇，另三人爲楊榮、楊溥、曹鼐，公爲第四人。是月，楊榮歸省，七月還，卒於道。二十三日，翰林侍讀閩縣陳叔剛卒，公作《挽陳叔剛》二首；前此不久，其父仲昌卒，公作《挽陳叔剛父》。

四月二十五日，刑部主事句容謝璘卒，其後人將哀詩等集以爲帙，請序於公，公作《謝郎中挽詩序》。

五月，吏部文選司郎中上海吴敬陞任北京行太僕寺卿，朝紳士夫前往祝賀，公作《吴太卿宅宴集序》；歷城閻肅任陝西按察司僉事，公作《送閻僉憲之任陝右序》。

七月，廣東右布政使石首劉永清致仕，公作《送劉布政致仕》。

是年，户科給事中安邑李素（字尚文），歷任六載，考績爲最，衆人祝賀，公作《贈李給事考績序》；兩淮鹽運同知仁和謝衡三年考績，公作《送兩淮謝運同考績還任》。

正統六年（一四四一）　辛酉　四十七歲

約是年，永豐羅修齡旌爲義民，建堂紀念，公作《題永豐羅修齡忠義堂》。

正月，工部左侍郎長洲李賫之父卒，公作《挽工部李侍郎父》。

二月，楊溥歸省，公作《送少保楊先生展墓》。是年，内閣四人，即楊士奇、楊溥、馬愉、曹鼐，公為第三人。

三月，二十一日，翰林院侍講學士曾鶴齡卒，公作《曾學士哀辭》。

五月，甲寅（十八），公獲賜誥命，父母獲封贈。

《館閣漫録》：『文職非九載任滿，不得給誥敕……甲寅，賜行在翰林侍讀學士苗衷、侍講學士馬愉誥命，並封其父母。衷、愉三年考滿，以例未應給誥。上章請給，上念儒臣，特賜之。愉又言「臣母劉、繼母張先受敕封而故，繼母魏以例拘不獲褒典。」上命並封之。』（卷二）

六月，二十六日，公與楊士奇、曹鼐等所編《文淵閣書目》成，上章請用『廣運之寶』鈐識。次日，於左順門用寶訖；二十七日，英宗下詔，進公階奉直大夫，以示褒嘉。詔曰：『行在翰林院侍講學士馬愉，擢自高科，志行端慤，歷事皇考，式勤祗慎。侍朕經幄，益展乃誠。逮修信史，與有效勞，爰進厥官，俾貳其長，睠茲三載，恭恪不渝。特進爾階奉直大夫，用示褒嘉。』

七月，松江府華亭縣處士錢汝明卒，公作《挽松江錢處士》。

冬，鹿岩得鑄器，圖其形，求公爲文記其事，公作《書商器圖後》。

是年，吉水周倫出任安徽寧國縣丞，公作《送寧國周縣丞》；應禮科給事中劉福請，公作《故行在廣東道監察御史劉君墓志銘》；安福劉玭出任莆田縣知縣，公作《送劉玭知縣之莆田》。

是年十一月，北京宮殿成，定都北京，始去北京『行在』之稱。而於南京諸衙門增『南京』二字。

正統七年（一四四二）　壬戌　四十八歲

三月，公參加禮部會試，為讀卷官。

《館閣漫録》：『三月壬戌朔。甲戌，禮部奏請殿試執事等官，上命少師楊士奇，少保楊溥，吏部尚書郭璡，户部尚書王佐，刑部尚書魏源，都察院都御史王文，兵部左侍郎鄺埜，工部左侍郎王卺，大理寺左少卿薛瑄，通政司右通政李錫，侍講學士高穀、馬愉，侍講曹鼐，為讀卷官。丙子，策試舉人姚夔等一百五十人。』（卷二）

七月，初一，山東都指揮王本忠，蒙恩錫誥命，交游祝賀，公作《王都指揮宅宴序》；　程鄉丘俊出任河南按察司副使，公作《送丘憲副之任河南序》；　翁紹宗代都指揮使，公作《贈翁都指揮序》。

十月，初一，公作《鄧郎中孝行録後》。

十一月，五日，都察院經歷熊尚初之父熊紀（字景方）卒，公作《挽熊景方》。

是年，何某出任廣西太平府知府，公作《送何太守之太平》；　昭化李思誠出任萊州府知府，公作《送李太守之任東萊序》；　淮安府知府楊理購地，增修府學學舍，公作《淮安府增修學舍記》，次年刻石立碑，黄養正書丹，程南雲篆額。

正統八年（一四四三）　癸亥　四十九歲

三月，刑部尚書建昌魏源辭歸，公作《送魏尚書致仕歸南康》；　辛酉，吏部右侍郎遂安洪璵母許氏卒，公作《輓洪侍郎母夫人》。

四月，翰林院大學士磁州蘭從善致仕，公作《送蘭學士致仕》二首。

約五月，大理評事臨清馬豫請為其父作墓誌銘，公作《故處士馬公墓誌銘》。

九月，二日，河南道監察御史泰和康榮卒，公作《挽康御史》。

十月，十一日，建昌府程羽母卒於家，公作《挽程司務母》； 義民胡有初卒，公作《挽義民胡有初》。

十一月，蕭山魏驥調任南京禮部左侍郎，公作《送魏侍郎之南京吏部》。

是年秋，公之父士賢公以敕封翰林院侍講學士故，進京謝恩。

冬至日，公作《冬至日奉親壽》。

是年，所正王至隆三年考績，復任，公作《贈王所正考績序》； 益都黃澍出任嚴州府知府，公作《送黃太守之嚴州序》。

正統九年（一四四四） 甲子 五十歲

三月，公之父士賢公告歸，詞林諸君子相率賦詩為贈，翰林院侍讀吉水周叙作《送侍講學士馬先生詩序》（臨朐馬氏乾隆版族譜卷一《世德集》記爲周欽，當是周叙之訛）。今《世德集》中存詩二十五首，作者有陳詢、習嘉言、儲懋、張益、王一寧、劉鉉、邵宏譽、簫鎡、王振、劉儼、趙恢、薩琦、吴節、江淵、姜洪、李紹、王玉、劉定之、徐珵、何瑄、楊鼎、倪謙、呂原、龍駿、謝璉。李時勉《古廉先生詩集》中亦有一首《送馬學士父》。

四月，初一，英宗享太廟，公陪祀，作《甲子四月朔，將赴太廟陪祀，齋房沐髮偶成》。

三月，楊士奇卒。四月，陳循入直文淵閣。以楊榮、楊士奇相繼卒，楊溥年老，英宗令公與翰林學士陳循、曹鼐在內閣預議參決。

六月，翰林編修金壇高遷辭官，公作《送高編修致仕序》以送；　十五日，青州府同知李晟，偕諸僚走書遺公，言太守孟迪之德政，公作《太守孟公德政序》。

七月，致仕吏部尚書富州黄宗載卒，公作《挽致仕尚書黄公》。

九月，庚辰，南京國子監祭酒慈溪陳敬宗秩滿至京，以衰邁請致仕，英宗以其學行老成，宜模範後學，未可以去，令其復職，公作《送陳祭酒》；　户部右侍郎泰和王質卒，公作《挽户部王侍郎》。

中秋，莒州孫明出任上海縣丞，公作《城陽孫明授上海縣縣丞》。

十月，初一，光禄大夫、柱國、少保、禮部尚書並武英殿大學士楊溥為公之父作《士賢公像贊》。　寧陽王賢出任順天府尹，公作《贈順天府尹王公序》。

十一月，初一，資德大夫、正治上卿、禮部尚書、前太子賓客兼國子祭酒胡濙為公之父士賢公作《像贊》。

十二月，初一，同鄉井敬安赴山西任典獄，作《送井敬安之官序》。

正統十年（一四四五）　乙丑　五十一歲

正月，尚寶司少卿朱祚卒，公作《朱尚寶哀辭》。

二月，丁未（初三）英宗釋奠先師孔子，公以翰林院侍講學士行禮；　辛亥，公受命與翰林院學士錢習禮為會試考官，皇帝賜宴於禮部。　是科，取中商輅等一百五十人。　商輅冠禮闈，及廷對，仍賜進士第一名，為明朝『三元一人』。　史書贊公『人服其識鑑』。　小録畢，公作《會試録後序》。

五月，受令與陳循、曹鼐議行軍民建言。

約六月，翰林院檢討餘姚何瑄之父鼐卒，公作《挽封何檢討》。

九月，丁亥（十七），兵部右侍郎昆山虞祥卒，公作《挽虞侍郎》。辛卯（二十一），會稽章瑾陞為禮科都給事中，在朝士大夫能賦者，為篇什賀，公序首簡，作《賀給事中章君陞秩詩序》。癸巳（二十三），户部左侍郎長安李暹卒，公作《挽李侍郎》。

十月，二十七日，公晉禮部右侍郎。曹鼐晉吏部左侍郎，陳循晉户部右侍郎。苗衷晉兵部右侍郎、高穀晉工部右侍郎，並入閣辦事。及是，公與曹鼐、陳循、苗衷、高穀並在内閣，楊溥為首。

暮秋，彰德知府臨邑許侃致仕，公作《贈臨邑許君》。

十二月，初一，臨朐井淵將赴山西藩司之典獄，公作《送井敬安之官序》。

是年，淮安王容任樂平知縣，公作《贈樂平王知縣序》；吉水宋懷遷南京尚寶司丞，公作《送尚寶丞宋士皋之南京》。

正統十一年（一四四六）　丙寅　五十二歲

正月三十日，吉水張承翰擢南京河南道監察御史，公作《送張承翰御史之南京》。

三月，戊辰朔，公奏父士賢老疾，乞賜歸省。上許之，命有司給驛馬廪餼，並家人脚力口糧。至家，父喜，疾愈。未十日，士賢公謂公曰：『荷聖天子寵恩，吾幸復生。汝宜速還，竭忠圖報，毋以我為念也。』是次回鄉，公遊覽邑内名山——東鎮沂山，作七律《遊沂山百丈崖》。

歸省之時，值廣寧左衛戚文美以幹至臨朐，還，公作《贈戚文美還遼東序》。

七月，楊溥卒。內閣有公及曹鼐、陳循、苗衷、高穀五人，至公卒未有變化。

九月，右副都御史歙縣程富回鄉養疾，公作《送程都御史養疾》。

約是年，監察御史歷城王允為其母建堂，名『貞節』，公作《貞節堂詩序》；約是年底或明年初，公作《素心廖先生像》。

正統十二年（一四四七）　丁卯　五十三歲

二月，『甲寅，上御奉天門，早朝退，諭禮部尚書胡濙等曰：「朝廷人材，須要作養，方獲實用。今命翰林侍講等官杜寧、裴綸、劉儼、商輅、江淵、陳文、楊鼎、呂原、劉俊、王玉，每日俱在東閣進學作文。仍令學士曹鼐、陳循、馬愉，嚴督考試，務期成效，凡會講時，輪流經筵侍班治事。」』（《明英宗實録》卷一百五十）

三月，二十一日，國子祭酒李時勉致仕，朝臣及國子生出都門送行者幾三千人，公作《送祭酒李公致仕序》。

五月，山東都指揮僉事苗貴，合葬其先人苗青與配偶，請墓銘，公作《故昭武將軍山西都司都指揮僉事苗公合葬墓誌銘》。

是年夏，新城張才出任趙州判官，公作《送張節判之趙州詩序》。夏，寧國縣丞吉水周倫六載考績最優，循例復任，公作《送寧國周縣丞》。

九月，初三，公早起趨上朝，突發『中風』，倒地不能言語。英宗聞訊，急遣御醫診視，並每日賜藥。然回天乏力，初六日，公卒，享年五十有三。英宗嗟悼痛惜，賜棺槨、賻鈔萬緡，命有司歸喪營葬。丁未，復遣禮部尚書胡濙賜祭。

十月，十四日，英宗下詔，特贈公翰林院學士、資善大夫、禮部尚書。舊例無贈兩官者，贈兩官自公始。

十一月，初三，公下葬于臨朐朱位村西南之原。

十二月，初三，英宗遣山東布政司左參議黎璡賜祭。

正統十三年（1448） 戊辰

十一月，長至日，由嘉議大夫、吏部左侍郎、翰林院侍講學士曹鼐所撰《贈學士禮部尚書馬公神道碑銘》，刻石立於朱位東煙塚鋪村旁官道。隆慶六年（1572）九月移立於墓前。

至是，公蓋棺定論，長眠於故土。其子孫瓜瓞綿綿，依時祭祀，至今不絕。

參考文獻

（按書名首字音序排列，方志類書名有朝代者取地名首字。同一叢書，無論出版先後，僅在第一次出現時標注出版信息）

A

（清）尹襲澍纂修：（同治）《安福縣志》，見《中國地方志集成》，南京，鳳凰出版社，二〇〇四。

（明）汪瑀修，林有年纂：（嘉靖）《安溪縣志》，見《天一閣藏明代地方志選刊》，上海古籍書店，一九六三。

（民國）楊世瑛等修，王錫禎等纂：《重修安澤縣志》，見《中國方志叢書》，台北，成文出版社，一九六八。

B

（清）王爾鑑纂修：《巴縣志》，乾隆二十五年刻本。

（明）黄仲昭修纂：《八閩通志》，福州，福建人民出版社，二〇〇六年二版。

引得編纂處編：《八十九種明代傳記綜合引得》，北京，中華書局，一九八七。

（明）馮惟敏纂修，王國楨續修，王政熙續纂：（萬曆）《保定府志》，見《日本藏中國罕見地方志叢刊》，北京，書目文獻出版社，一九九二。

（明）楊思震纂修：（嘉靖）《保寧府志》，見國家圖書館編《原國立北平圖書館甲庫善本叢書》第三五七册。

（清）葛萬里撰：《别號録》，見《影印文淵閣四庫全書》，台北，台湾商務印書館，一九八六。

（萬曆）《賓州志》、（嘉靖）《南寧府志》、（萬曆）《太平府志》，見《日本藏中國罕見地方志叢刊》。

（明）梁潛：《泊菴文集》，見《影印文淵閣四庫全書》。

C

（清）吴履福等修，繆荃孫等纂：（光緒）《昌平州志》，見《中國方志叢書》。

（清）李光祚修，顧詒禄等纂：《長州縣志》，見《中國地方志集成》。

（清）鄂爾泰、張廷玉等纂：《詞林典故》，影印文淵閣《四庫全書》本。

（清）陽正笥修，馮鴻模纂：（雍正）《慈溪縣志》，見《中國方志叢書》。

（明）姚宗文纂修：（天啟）《慈溪縣志》，見《中國地方志叢書》。

（明）杜緯修，劉芳纂：（正德）《長垣縣志》，見《天一閣藏明代方志選刊》。

（明）王崇纂修：（嘉靖）《池州府志》，見《天一閣藏明代方志選刊》。

（民國）劉超然修，鄭豐稔纂：《崇安縣新志》，見《中國方志叢書》。

（清）王定安等纂修：《重修兩淮鹽法志》，光緒刻本。

（明）邱濬撰：《重編瓊臺稿》，見《影印文淵閣四庫全書》。

（明）姚鳴鸞修，余坤等纂：（嘉靖）《淳安縣志》，見《天一閣藏明代地方志選刊》。

楊伯峻編著：《春秋左傳注》，北京，中華書局，一九九〇。

D

（清）王聘珍撰：《大戴禮記解詁》，北京，中華書局，一九八三。

（明）申時行等修，（明）趙用賢等纂：《大明會典》，見《續修四庫全書》，上海古籍出版社，二〇〇二。

（明）李賢，彭時等纂修：《大明一統志》，見《影印文淵閣四庫全書》。

（明）陳敬宗撰：《澹然居士集》，見國家圖書館編《原國立北平圖書館甲庫善本叢書》第七〇四册，北京，國家圖書館出版社，二〇一三。

（明）林文：《淡軒稿》，見《四庫全書存目叢書》，濟南，齊魯書社，一九九七。

（民國）吕學元等修，嚴綏之等纂：《德平縣續志》，見《中國方志叢書》。

（明）廖道南撰：《殿閣詞林記》，見《明代傳記叢刊》，台北，明文書局，一九九一。

（清）吳霽等纂修：（嘉慶）《東昌府志》，見《中國地方志集成》。

（明）楊士奇著，劉伯涵、朱海點校：《東里文集》，中華書局，一九九八。

（明）楊士奇：《東里續集》，見《影印文淵閣四庫全書》。

（民國）張志熙等修，劉靖宇纂：《東平縣志》，見《中國方志叢書》。

E

陳垣：《二十史朔閏表》，北京，中華書局，一九六一。

F

（明）陳循撰：《芳洲文集》，見《四庫全書存目叢書》。

（清）孫和相修，戴震纂：（乾隆）《汾州府志》，見《續修四庫全書》。

（清）陳壽祺等撰：《福建通志》，台北，華文書局，一九六八。

（明）葉溥、張孟敬纂輯，福州市地方志編纂委員會整理：（正德）《福州府志》，海風出版社，二〇〇一。

（明）喻政主修，福州市地方志編纂委員會整理：（萬曆）《福州府志》，海風出版社，二〇〇一。

G

（明）康河修，董天錫纂：（嘉靖）《贛州府志》，見《天一閣藏明代地方志選刊》。

（清）魏瀛等修，鍾音鴻等纂：（同治）《贛州府志》，見《中國方志叢書》。

（明）李正儒創修，（清）賴于宣重輯，汪度續修：《藁城縣志》，見《中國方志叢書》。

（嘉慶）《高郵州志》、（道光）《續增高郵州志》，見《中國地方志集成》。

（明）李時勉撰：《古廉李先生詩集》，見國家圖書館編《原國立北平圖書館甲庫善本叢書》第七〇四冊。

（明）李賢：《古穰集》，見《影印文淵閣四庫全書》。

（明）王鏊撰：《姑蘇志》，見《影印文淵閣四庫全書》。

（明）張元忭撰：《館閣漫録》，見《四庫全書存目叢書》。

（明）戴璟纂修：《嘉靖廣東通志初稿》，見《影印文淵閣四庫全書》。

（清）魯曾煜等纂修：《廣東通志》，見《影印文淵閣四庫全書》。

（明）翁相修，陳棐纂：（嘉靖）《廣平府志》，見《天一閣藏明代地方志選刊》，上海古籍書店，一九六三。

（清）金鉷等修，錢元昌、陸綸纂：《廣西通志》，見《影印文淵閣四庫全書》。

（清）謝啟昆修，胡虔纂，廣西師範大學歷史系中國歷史文獻研究室點校：（嘉慶）《廣西通志》，南寧，廣西人民出版社，一九八八。

（清）李昱等修，陸心源纂：《歸安縣志》，清光緒八年刊本。

任潤剛：《館陶縣志》，北京，中華書局，一九九九。

（明）雷禮纂輯：《國朝列卿紀》，見《明代傳記叢刊》。

（明）焦竑撰：《國朝獻徵録》，見《明代傳記叢刊》。

（明）談遷著，張宗祥校點：《國榷》，北京，中華書局，一九五八。

H

（清）戰魯村修：（道光）《海寧州志》，見《中國地方志叢書》。

（明）郜相修、樊深纂：（嘉靖）《河間府志》，見《天一閣藏明代地方志選刊》。
（清）王士俊等監修：《河南通志》，見《影印文淵閣四庫全書》。
栗祁修，唐樞編：（萬曆）《湖州府志》，見《日本藏中國罕見地方志叢刊》。
（清）夏力恕等纂修：《湖廣通志》，見《影印文淵閣四庫全書》。
（清）馮鼎高等修，王顯曾等纂：《華亭縣志》，見《中國方志叢書》。
（明）陳建撰，沈國元訂補：《皇明從信録》，《四庫禁毁書叢刊》，北京，北京出版社，一九九七。
（明）陳鑾輯：《皇明歷科狀元録》，見《北京圖書館珍本叢刊》，北京，書目文獻出版社，二〇〇〇。
（明）陳子龍：《皇明經世文編》，見《影印文淵閣四庫全書》。
（明）張弘道、張凝道同輯：《皇明三元考　科名盛事録》，見《北京圖書館珍本叢刊》。
（明）盧希哲纂修：（弘治）《黄州府志》，見《天一閣藏明代地方志選刊》。
英啟纂輯：（光緒）《黄州府志》，光緒十年黄州府刻版。
（明）薛鎏、陳艮山纂修：（正德）《淮安府志》，見國家圖書館編《原國立北平圖書館甲庫善本叢書》第三〇〇册。
（明）宋祖舜，方尚祖纂修：（天啓）《淮安府志》，見國家圖書館編《原國立北平圖書館甲庫善本叢書》第三〇一册。
（清）衛哲治等修，葉長揚、顧棟高等纂：（乾隆）《淮安府志》，見《續修四庫全書》。
（明）彭澤修、汪舜民纂：（弘治）《徽州府志》，見《天一閣藏明代地方志選刊》。

J

（清）定祥修、劉繹纂：《吉安府志》，見《中國方志叢書》。

（明）王時槐纂修：（萬曆）《吉安府志》，見《日本藏中國罕見地方志叢刊》。

（清）孫承澤：《畿輔人物志》，見《明代傳記叢刊》。

（清）成龍、格爾古德監修：（乾隆）《畿輔通志》，乾隆刻本。

（清）成瓘等纂修：（道光）《濟南府志》，見《中國地方志集成》。

（清）周樹槐纂：（道光）《吉水縣志》，清刻本。

（清）穆彰阿等纂：《嘉慶重修一統志》，四部叢刊本。

（清）吴宗焯修，温仲和纂：《嘉應州志》，見《中國方志叢書》。

（明）夏良勝纂修：（正德）《建昌府志》，見《天一閣藏明代地方志選刊》。

（明）夏玉麟、郝維岳等修，汪佃等纂：（嘉靖）《建寧府志》，見《天一閣藏明代地方志選刊》。

（民國）詹宣猷等修，蔡振堅等纂：《建甌縣志》，見《中國方志叢書》。

（清）祝宏修，趙節等纂：《建水縣志》，見《中國方志叢書》。

（清）趙宏恩等監修，《江南通志》，見《影印文淵閣四庫全書》。

（清）謝旻等監修：《江西通志》，見《影印文淵閣四庫全書》。

（明）金幼孜：《金文靖集》，見《影印文淵閣四庫全書》。

（明）項篤壽撰：《今獻備遺》，見《影印文淵閣四庫全書》。
（明）薛瑄：《敬軒文集》，見《影印文淵閣四庫全書》。
（明）馮曾修，李汛纂：（嘉靖）《九江府志》十六卷，上海古籍書店，一九六二。
（清）許紹錦等纂修，《莒州志》，見《中國地方志叢書》。

K

（明）孫巨鯨修，王崇慶纂：（嘉靖）《開州志》，見《天一阁藏明代地方志選刊》。
王道成：《科舉史話》，北京，中華書局，一九八八。
金錚：《科舉制度與中國文化》，上海，上海人民出版社，一九九〇。
（明）曾棨：《刻曾西墅先生集》，見《四庫全書存目叢書》。
（明）楊逢春修，方鵬纂：（嘉靖）《昆山縣志》，見《天一閣藏明代地方志選刊》。

L

（清）劉廷槐纂修，余培森修訂：（道光）《來安縣志》，合肥，黃山書社，二〇〇七。
（明）龍文明、趙燿纂修：（萬曆）《萊州府志》，見國家圖書館編《原國立北平圖書館甲庫善本叢書》第三三四册。
（明）林堯俞等纂修，（明）俞汝楫等撰：《禮部志稿》，影印文淵閣《四庫全書》本。
（明）郭永泰等修：《歷乘》，影印崇禎六年本，中國書店，一九五九。

（清）陳廷桂纂輯：《歷陽典録》，見《中國方志叢書》。
（明）劉球：《兩谿文集》，見《影印文淵閣四庫全書》。
（明）畢恭等修：（嘉靖）《遼東志》，見《遼海叢書》，遼海書社刊行。
（清）錢謙益著：《列朝詩集小傳》，上海，上海古籍出版社，一九八三年新一版。
（明）王家士修，祝文、馮惟敏纂：（嘉靖）《臨朐縣志》，見《天一閣藏明代地方志選刊》。
（清）姚延福修，鄧嘉輯等纂：《光緒臨朐縣志》，見《中國方志叢書》。
（民國）周鈞英修，劉仞千纂：《臨朐續志》，見《中國方志叢書》。
賀廷壽等纂修：（光緒）《六合縣志》，見《中國地方志集成》。
（魏）何晏注，（宋）邢昺疏：《論語注疏》，影印阮元刻本，北京，中華書局，一九八〇。
程樹德撰：《論語集釋》，北京，中華書局，一九九〇。

M

《馬氏合川後譜》，一九九六年修訂，手鈔本，家藏。
（漢）毛亨傳，（漢）鄭玄箋，（唐）孔穎達疏：《毛詩正義》，影印阮元刻本，北京，中華書局，一九八〇。
（漢）趙岐注，（宋）孫奭疏：《孟子注疏》，影印阮元刻本，北京，中華書局，一九八〇。
（清）李清馥撰：《閩中理學淵源考》，見《影印文淵閣四庫全書》。
（明）鮑應鰲撰：《明臣謚考》，見《影印文淵閣四庫全書》。

郭培貴：《明代科舉史事編年考證》，北京，科學出版社，二〇〇八。
（清）龍文彬纂：《明會要》，北京，中華書局，一九五六。
（明）申時行等修，（明）趙用賢等纂：《明會典》，見《續修四庫全書》。
龔篤清：《明代科舉圖鑑》，長沙，岳麓書社，二〇〇七。
陳文新、何坤翁、趙伯陶：《明代科舉與文學編年》，武漢，武漢大學出版社，二〇〇九。
郭皓政、甘宏偉編著：《明代狀元史料彙編》，武漢，武漢大學出版社，二〇〇九。
周臘生：《明代狀元奇談 明代狀元譜》，北京，紫禁城出版社，二〇〇四。
《明代地方志傳記索引》，台北，大化書局，一九八六。
周駿富編：《明代傳記叢刊索引》，台北，明文書局，一九九〇。
學生書局輯：《明代登科録彙編》，台北，學生書局，一九六九。
（清）閻湘蕙編輯：《明鼎甲征信録》，見《明代傳記叢刊》。
（明）徐紘：《明名臣琬琰續録》，見《影印文淵閣四庫全書》。
（清）黄宗羲撰：《明儒學案》，見《影印文淵閣四庫全書》。
（明）郭良翰撰：《明謚記彙編》，見《影印文淵閣四庫全書》。
（清）李周望輯：《明清歷科進士題名碑録》（影印），台北，華文書局，一九六九。
朱保炯、謝沛霖：《明清進士題名碑録索引》，上海，上海古籍出版社，一九八〇。
潘勝榮主編：《明清進士録》，北京，中華書局，二〇〇六。

（清）張廷玉等撰：《明史》，中華書局，一九七四。

（清）王鴻緒等撰：《明史稿》，見《明代傳記叢刊》。

（台灣）中央研究院歷史语言研究所编：《明實録》，中央研究院歷史語言研究所校印，一九六二。

李國祥主编：《明實録類纂》，武漢：武漢出版社，一九九〇。

（清）陳田撰：《明詩紀事》，見《明代傳記叢刊》。

（清）夏燮著，沈仲九標點：《明通鑑》，北京：中華書局，一九五九。

（清）黄宗羲編：《明文海》，見《影印文淵閣四庫全書》。

（明）李賢等撰：《明一統志》，見《影印文淵閣四庫全書》。

（明）顧祖訓原編，吴承恩增補，（清）陳枚續補：《明狀元圖考》，見《明代傳記叢刊》。

N

（明）聞人詮修，陳沂等纂：《南畿志》，見《中國方志叢書》。

（明）陳霖纂修：（正德）《南康府志》，見《天一閣藏明代地方志選刊》。

（清）盛元等纂修：（同治）《南康府志》，見《中國方志叢書》。

（明）李廷龍纂修：（萬曆）《南陽府志》，見國家圖書館編《原國立北平圖書館甲庫善本叢書》第三三七册。

（明）雷禮輯：《内閣行實》，見《明代傳記叢刊》。

（明）倪謙：《倪文僖集》，見《影印文淵閣四庫全書》。

(清)曹秉仁纂：(雍正)《寧波府志》，見《中國方志叢書》。

(民國)李丙塵等撰：《民國寧國縣志》，見《中國地方志集成》。

O

(清)鄧其文纂修：《甌寧縣志》，見《中國方志叢書》。

Q

(清)梁國治等纂：《欽定國子監志》，見《影印文淵閣四庫全書》。

(清)曹仁虎等：《欽定續文獻通考》，見《影印文淵閣四庫全書》。

(明)王燧：《青城山人集》，見《影印文淵閣四庫全書》。

(明)杜思修、馮惟訥等修：(嘉靖)《青州府志》，見《天一閣藏明代地方志選刊》。

(明)王家賓、鍾羽正纂：(萬曆)《青州府志》，見國家圖書館編《原國立北平圖書館甲庫善本叢書》第三三三冊。

(清)毛永柏修，李圖、劉燿椿纂：《咸豐青州府志》，見《中國地方志集成》。

全明詩編纂委員會：《全明詩》(一)，上海，上海古籍出版社，一九九〇。

R

(清)錫惪修，石景芬纂：(同治)《饒州府志》，見《中國方志叢書》。

(清)于敏中等編纂：《日下舊聞考》，北京，北京古籍出版社，二〇〇〇。

（清）吴敬梓：《儒林外史》，清嘉慶八年卧閑草堂刻本。

S

（明）陸釴等纂修：（嘉靖）《山東通志》，明嘉靖刻本。

（清）曾國荃、張煦修，王軒、楊篤纂：（光緒）《山西通志》，《續修四庫全書》本。

（清）莫祥芝、甘紹盤合纂：（同治）《上江兩縣志》，見《中國地方志集成》。

（漢）孔安國傳，（唐）孔穎達疏：《尚書正義》，影印阮元刻本，北京，中華書局，一九八〇。

（明）蕭鎡：《尚約文鈔》，見《四庫全書存目叢書》。

（清）李亨特總裁，平恕等修：《紹興府志》，乾隆五十七年刊本。

（清）黄廷桂等監修：《四川通志》，見《影印文淵閣四庫全書》。

（明）劉大謨、楊慎等纂修：（嘉靖）《四川總志》，見《北京圖書館古籍珍本叢刊》。

（宋）朱熹：《四書章句集注》，北京，中華書局，一九八三。

（清）尤應魯等撰：（光緒）《泗水縣志》，清刻本。

（清）張佩芳修，劉大櫆纂：《歙縣志》。

（清）吴汝綸撰：《深州風土志》，光緒二十六年文瑞書院刊本。

（明）曹學佺編：《石倉歷代詩選》，見《影印文淵閣四庫全書》。

（明）周叙：《石溪周先生文集》，見《四庫全書存目叢書》。

（明）陸容撰，佚之點校：《菽園雜記》，中華書局，一九八五。

（明）葉盛：《水東日記》，見《影印文淵閣四庫全書》。

（明）沈應文、張元芳纂修：（萬曆）《順天府志》，見《四庫全書存目叢書》。

（清）周家楣、繆荃孫等：《光緒順天府志》，北京，北京古籍出版社，二〇〇〇。

（明）黃瑜：《雙槐歲鈔》，北京，中華書局，一九九九。

（明）方岳貢等纂修：（崇禎）《松江府志》，見《日本藏中國罕見地方志叢刊》。

（明）李孟暘纂修：（弘治）《睢州志》，見國家圖書館編《原國立北平圖書館甲庫善本叢書》第三四七冊。

T

（明）孫一元：《太白山人漫稿》，見《影印文淵閣四庫全書》。

（清）冉棠重輯：（乾隆）《泰和縣志》，乾隆十八年刻本。

丁炳烺修，吳承志等纂：（安徽）《太和縣志》，見《中國方志叢書》。

（明）任弘烈編輯：《泰安州志》，見《中國方志叢書》。

（清）曾曰瑛等修，李紱等纂：《汀州府志》，見《中國方志叢書》。

W

（明）王紱：《王舍人詩集》，見《影印文淵閣四庫全書》。

(明)沈德符：《萬曆野獲編》，北京，中華書局，一九五九。

(明)凌迪之：《萬姓統譜》，見《影印文淵閣四庫全書》。

(民國)陳楨修、李蘭增等纂：《文安縣志》，見《中國方志叢書》。

(明)孫承恩：《文簡集》，見《影印文淵閣四庫全書》。

(明)徐有貞：《武功集》，見《影印文淵閣四庫全書》。

(明)吴節：《吴竹坡先生文集》，見《四庫全書存目叢書》。

(清)吴九齡修，史鳴皋等纂：(同治)《梧州府志》，見《中國方志叢書》。

(清)鍾銅山修，柯逢時纂：《武昌縣志》，見《中國地方志叢書》。

X

(明)張萱撰：《西園聞見録》，見《明代傳記叢刊》。

(明)薛應旂撰，展龍、耿勇校注：《憲章録校注》，南京，鳳凰出版社，二〇一四。

(明)韓雍：《襄毅文集》，見《影印文淵閣四庫全書》。

(明)黄淮：《省愆集》，見《影印文淵閣四庫全書》。

(清)劉昌岳修，鄧家祺纂：(同治)《新城縣志》，見《中國方志叢書》。

(明)塗山輯：《新刻明政統綜》，見《四庫禁毁書叢刊》。

李春龍、江燕點校：《新纂雲南通志》(二)，昆明，雲南人民出版社，二〇〇七。

（明）劉鳳：《續吴先賢贊》，叢書集成初編本。

Y

（明）王世貞撰，魏連科點校：《弇山堂别集》，北京，中華書局，一九八五。
（清）吴世榮修，鄒柏森纂：《嚴州府志》，見《中國方志叢書》。
（明）楊洵等纂修：（萬曆）《揚州府志》，見《北京圖書館珍本叢刊》。
（明）楊溥：《楊文定公詩集》，見《續修四庫全書》。
（明）楊榮：《楊文敏集》，見《影印文淵閣四庫全書》。
（清）張思勉修，于始瞻纂：（乾隆）《掖縣志》，見《中國方志叢書》。
（明）胡儼：《頤庵文選》，見《影印文淵閣四庫全書》。
（清）陳食花修，鍾鍔等纂：《益都縣志》，見《中國方志叢書》。
（明）羅倫：《一峯文集》，見《影印文淵閣四庫全書》。
（明）王直：《抑菴文集》，見國家圖書館編《原國立北平圖書館甲庫善本叢書》第七〇三册。
（明）王洪：《毅齋文集》，見《影印文淵閣四庫全書》。
（清）潘遇莘等纂修：（乾隆）《沂州府志》，清刻本。
（明）管景纂修：（嘉靖）《永豐縣志》，見《天一閣藏明代地方志選刊》。
（清）游智開修，史夢蘭纂：（光緒）《永平府志》，北京，中國審計出版社，二〇〇一。

（清）陳邦彦編校：《御定歷代題畫詩類》，見《影印文淵閣四庫全書》。
（清）張豫章等編：《御選宋金元明四朝詩》，見《影印文淵閣四庫全書》。
（明）高穀：《育齋先生詩集》，見國家圖書館編《原國立北平圖書館甲庫善本叢書》第七〇五册。

Z

（明）崔銑纂修：（嘉靖）《彰德府志》，見《天一閣藏明代地方志選刊》。
（明）蔡懋昭纂修：（隆慶）《趙州志》，見《天一閣藏明代地方志選刊》。
（清）沈翼機等修：《浙江通志》，《影印文淵閣四庫全書》本。
康學偉、王志剛、蘇君：《中國歷代狀元録》，瀋陽，瀋陽出版社，一九九三。
張習孔、田珏主編：《中國歷史大事編年》（四），北京，北京出版社，一九八七。
方詩銘：《中國歷史紀年表》，上海，上海辭書出版社，一九八〇。
（魏）王弼注、（唐）孔穎達疏：《周易正義》，影印阮元刻本，北京，中華書局，一九八〇。
鄧洪波等：《中國狀元殿試卷大全》，上海，上海教育出版社，二〇〇六。
（清）孫奇逢撰：《中州人物考》，見《影印文淵閣四庫全書》。
（明）王琮纂修：（嘉靖）《淄川縣志》，見《天一閣藏明代地方志選刊》。
（宋）司馬光撰，（元）胡三省音注：《資治通鑑》，中華書局，一九五六。
（宋）黎靖德編，王星賢點校：《朱子語類》，北京，中華書局，一九八六。

後記（一）

不覺已是冬去春來，京城内外雖依然霧霾重重，但春的脚步已無可阻擋，窗外，迎春已吐出第一朵嫩嫩的黄花，大地已然復蘇。過去的這個季節裏，我經歷了人生歷程中一段奇妙時光，我在被這份外人看來或許平淡無奇的文字吸引着、感染着，大有三月不知肉味之勢。於我，這份近六百年前的文字，在這段特殊時間裏具有了特殊意義。它藴含着祖先的靈魂，讓我感受到祖先的音容笑貌，心生仰止之情。同時，我也將對萱堂深切之思，以及對授業之師的悠悠追念，寄寓其中，發抒積鬱心中的傷痛。此心惟天可鑒，洵不足為外人道也。

正如清人李緑園所云：『祖宗詩文，在旁人觀之，不過行雲流水，我們後輩視之，吉光片羽，皆金玉珠貝。』（《歧路燈》）與澹軒公文集的相遇，於我是一份意外的驚喜。而期間的一些經歷，更時常令我產生一種幻覺，感覺到這似乎是冥冥之中的安排。我已無法清晰地梳理清楚，到底是什麽力量促使我要做這樣一項工作，而只能把它歸結為一種因緣際會的巧合。

二〇一二年冬，臨朐縣史志辦公室擬將所發現十餘通澹軒公手劄結集成册，主其事者乃劉建國主任。為鄭重其事，他偕同事專程來京，命余倩著名史學家李學勤先生作序。其時，余始得見狀元祖手澤，當下驚喜不已。自沖齡即時常從大人口中聽到『馬狀元』，然『狀元』為何，其人如何，與自己有何聯繫，也是年齒漸長以後，方逐漸清楚起來。此行，他們還帶來了一册由馬氏族人整理的《馬學士文集》（一至六卷）鉛印本。此本印刷於一九八七年，至今亦頗難找尋，據説也只從縣檔案館找到這一册。趁此機會，我複製一份，留作紀念。當時不過翻翻而已，確未措意。

二〇一一年五月，我所敬重摯愛的授業之師董治安先生，突發心臟病，溘然辭世。此番打擊，令余心痛不已，心緒難平！九月，董師追思會在山東大學召開。會上有同門憶及董師往日對鄉邦文獻整理的先見之明，忽憶起讀書之日，先生亦曾提示不佞，可以《澹軒文集》為題，做碩士論文。惜當日文獻不足徵，文集找尋無門，未能領悟師之用心。念及此，頗生非昨日之我的負疚感。回京後，我找出《馬學士文集》，並搜尋相關的資料，寫成《馬愉——明代江北狀元第一人》一文，以作為對董師的紀念。在此過程中，我找到了已收録於《四庫全書存目叢書》中的《馬學士文集》八卷，大喜過望。而令人意外的是，有書商影印此書，在網上兜售牟利。我循電話，與書商見面，購得一套，但只有前六卷，且有缺頁。

二〇一二年『十一』假期期間，我將『存目本』與臨朐整理本對照閱讀，發現兩種本子都有闕頁、闕字，但巧合的是，二者可以互為補充，完全可以整理成一完帙。每看到一張闕頁、一處漫漶時，心中不免緊張，而看到兩種本子能互相補充時，又不覺釋然、興奮。一路讀下來，我心中無限感慨，一方面為澹軒公文集上百年無一完帙流傳而婉惜，同時，也為斯文不滅而慶幸！尤其是，展讀先祖文集，發現文中所體現的高尚的情操、不俗的氣節，以及沖淡的人生態度，與《明史》中所記十分吻合，不禁愈加肅然起敬。其有益於世道人心，反而因時光流逝，愈顯珍貴。此時，我意識到，若對文集加以整理，成一全本，這無論是對祖先的名山事業，抑或是對文化遺産的保護，都將是一件十分有意義的事。整理澹軒公文集的念頭，就這樣悄然萌生了。

循臨朐整理本的線索，我幻想着能找到抄本實地看看。而對此，起初並不抱多大的希望，一者馬氏後人衆多，查找不易；二者，自八十年代至今，時間又過去了三十年，誰知此本又會流落何處。恰好此時，與馬學聲先生文字往來頻繁，他不僅是同族前輩（十七世），亦是我中學時代的語文老師，是全國第一批中學語文特級教師。二〇一二年十一月，一次通電話時，我將整理愉祖文集之想法，告知學聲老師，並詢及抄本之事。又是一個意想不到！我的話剛落，電話那頭便傳來學聲老師那帶着笑意的慢言細語：『這件事就是我從中聯繫促成的！』他詳細地向我講述臨朐印本整理的過程。看似沒有任何線索的懸案，竟然一下子解決了，此一驚喜，誠難言表！電話中，馬學聲老師還娓娓而談，談對愉祖文集整理的意義；強調這不只是一家之事，亦有益於國家文化的保護和弘揚，對我極力表示支持，鼓勵有加。十一月十七日、十八日連續兩天，猶記是一個周末，已是冬日嚴寒，學聲老師以古稀之年，在老家臨朐親自出面，去找那份清抄本，冀希望能讓我一見，以便我整理時參考。對事情的進展，學聲老師都及時與我電話溝通，一打就是半小時。此時，我深感『開弓沒有回頭箭』了。作為澹軒公的第十九世孫，又以中國古代文學研究為業的我，整理先祖文集，光大其精神，自是責無旁貸，當仁不讓。

二〇一三年元月一日，手機中的短信提醒我，這是又一年的開始，但此時於我沒有任何其他的感覺，我千里驅車，在冬日的蕭瑟中，回鄉祭掃，一抒心中長痛。翌日，是先慈去世兩周年的日子。其時，雪後初霽，北風凜冽。在墳前，我與衆兄姊焚香化紙，一灑淚水。之後，我偕侄子雲鵬、雲斌，踏着積雪，去里許外的『狀元林』，再次祭拜。此前雖也來過無數次，但這一次，我的心情大異於以往。在初步研讀愉祖文集後，這位祖先在我心中已是立體的人，我彷彿能感受到他崇高的品格、高潔的情操，以及不畏奸佞的風骨。作為後人，愈發景仰有加。也是這一天，午後，我轉輾打聽，來到馬學修前輩（十七世）家。寒暄過後，老人家取出道光年間的抄本，慷慨表示，任我翻看。打開已微微泛黄的封面，正文紙張依然雪潔，看着近兩百年前的遺存，我有一種深深的震撼。抄本一遵原書款式，用工整的小楷抄就，可以想見其用心之敬、之誠！那個下午，我貪婪地翻閱抄本，去和底本作比對。我又一次感覺到冥冥之中的巧合，底本上的闕頁、漫漶之處，幾乎都可以補足！翻看抄本的同時，我也不時與學修前輩聊聊天，得知抄本能流傳至今，實屬不易。學修前輩家中從其祖父起，即以教書為業，因此才能認識到此書的價值，世代珍藏。『文革』期間，為了不被『破四舊』，更是不斷變化地點，甚至藏到喂豬的石槽下，方逃過一劫。聞知此言，愈感此書之珍貴，亦感斯文不泯，其來有自。

自弱冠離家，求學、工作在外，倏忽已近三十載。故鄉的一草一木，於我都夢牽魂繞。一介書生，既不出仕，又不經商，無以報家鄉養育之恩。唯時常回去看看，感受一下濃濃的親情，與一二故交豪飲幾杯，閑話當年，還算不忘桑梓之舊。而今，隨着父母的離去，這也已漸行漸遠。有時也想像着像古人那樣，有朝一日，能夠『告老還鄉』，有一畝薄田可耕，設一帷帳，教一二後生，為鄉里做一點事情。但這個變動不居的時代，已然堵住了我們回家的路，那裏已無田可耕，也無後生可教。我不知道，再過二三十年，故園還在不在，不是有人想要把農村『城鎮化』嗎？我們，遊離故土的『喪家狗』們，也只能借助語言、或者在紙面上，表達故園之思了！悲哉，我拿什麼紀念你呢，我的故鄉？

難忘二〇〇二年初春，先父諱義富，在辛勞一生後，離我們遠去。時余甫留京工作，床前盡孝日短，徒留『子欲養而親不在』的悲愴。時至今日，已過花甲之年的大姐每言及此，還總是唏嘘不已。在接下來的近十年中，惟儘可能多回家幾次，多打幾個電話，算是春暉一報。然而，令我想不到的是，本以為完全可以壽期期頤的母親，竟然身患絕症。二〇一〇年的那個仲夏八月，我正在三亞的天涯海角，攜家人與三兩友朋同遊，接家中電話，告母親身體有恙，已有數日，我心中陡然升起一種不祥之感。急切地回到家中，趕緊陪母親去醫院做檢查，當大夫告知我們母親肺部出問題時，真猶如五雷轟頂。我不敢相信，一生燒香拜佛，積善修德，從未得過什麼大病的母親，竟然遭遇絕症！接下來的那個冬天，既短促，又漫長，無法用語言去形容當日的那種糾結與煎熬。眼見母親一天天消瘦下去，經歷着病痛的折磨，而我們卻束手無策。雖然作為子女也無法去分擔母親的苦痛，但我們多麼希望她能多堅持幾天！然而，回天乏術，操勞一生的母親，在耗盡生命中的最後一絲氣力後，還是安然地長眠了。這一天是二〇一〇年十二月廿六日，農曆十一月廿一日。三天后，我與大哥一道，護送母親走完最後一程，那處所在就在外家的村邊，眼見她化作一縷青煙，走向渺不可知的天國，到她嚮往的『泰山老母』身邊。我親手將老人家的骨殖一塊一塊地揀起，裝入骨灰盒中，然後，抱回老家墓地，入土為安……

母親的離去，使我若有所失，在心中留下一個巨大的黑洞，無可填充，甚至感到自己的存在都變成了一種虛無。猶憶在為母親守靈的那兩個夜晚，在摇曳的長明燈下，我與侄子雲鵬不斷回憶着母親平日中之一言一行，重温着她教我們做人的準則，體味着那平凡中的偉大。從那一刻起，我就一直想寫點什麼，以此作為對她，乃至無數個像她一樣善良的母親的紀念。然而，時至今日，我仍無法動筆，思之，情難自抑，不知從何處説起。多少個夜深人靜的黑夜，憶及母親，總還是淚濕衣巾。

時光的流逝，多少能填補些內心的空洞。然而，二〇一二年五月廿七日，我最摯愛的董師治安先生，竟因突發心臟病，而溘然長逝！自一九九〇年忝列先生門牆，爾來已有二十餘個春秋，先生以自己近乎完美的人格，熏育着我們如何為人、為學，在我心中宛如慈父一般。先生此去，痛何如哉！

天地君親師，世間唯此為大。親師的離去，令我難以釋懷。不期然中，我遇到了澹軒公的這部文集，發現了一個可以寄託我這份情感的所在。自去冬至今春，二百多個日日夜夜中，沒有了節假日，也顛倒了晝與夜。即使在癸巳年的這個春節裏，從初一到十五，我也幾乎未下樓，用心於此書。人以為苦，而其樂自知。尤其是當從蛛絲馬跡中查證出一個人物的生平事蹟時，那份快樂和滿足，真難以言表。一本書，本無法承擔如此的重負；然於我，這是一種寄託，寄寓了我對先人的崇敬，對父母和恩師的懷念。知我、罪我，一任蒼天矣！

在此書的整理過程中，得到了諸多親朋好友的鼓勵和幫助。當我將此一工作向遠在加拿大的費師振剛先生彙報時，費師鼓勵有加，並從專業角度，提出許多建議，並在師母馮月華教授幫助下，多次越洋交流意見。也曾為斷句請教李學勤先生，先生不以此區區問題為介，認真作答，其情可感。清華大學中文系劉石教授、山東大學劉心明教授，也就底本上難辨識之字酌斟推敲，多有助益。鄭傑文教授、王承略教授，也從不同角度給予良好建議。山東人民出版社胡長青兄，對如何出版等事宜多所建言。金樹祥兄也時相商討，於《前言》、《後記》文字多有匡正。國家圖書館善本組劉明先生，助余查找版本，並惠告相關資料。平衡面設計工作室曲曉華女士為照片處理、封面設計等，出力尤多。內子徐萍，忍受着夜晚的燈光，雖嚴重影響睡眠，然寬容有加。小兒雲行，亦時常分享我發現的快樂。所有這些，容我在此一併致謝！

今天恰值第十二届全國人大會議閉幕，新任總理李克強剛剛見過中外記者，闡述自己的施政綱領，言中提及的『憲政』、『民生』，又讓吾等草民看到一絲希望，祝福這個多難之邦早日走上富強、民主之路，讓中華民族真正地萬古常青，斯文不滅。

胡梅澗十九世孫　馬慶洲　沐手敬書

二〇一三年三月十七日午後一時至二時半，草成於清華園

四月廿七日清樣一校畢稍作修改

補記：

『五一』期間，余向馬學聲老師報告此項工作之進展，電話中他告知，又找到一些愉祖的手跡，係當年整理文集時自族人手中搜得。知此當有益於校訂文字，學聲老師旋將複印件寄至。比對之下，余驚喜發現，此批手跡又較《馬愉手札》多出十餘篇，且有詩兩首、文一篇（殘）不見於《澹軒文集》，顯係逸篇。在自責所見不廣之餘，欣喜有加，迅即以之核校原文，解決了幾處疑問，並將佚文增入此稿。由此亦不免思忖，人世間尚有愉祖之吉光片羽乎？倘如此，何幸如之！

學聲老師對余所撰《前言》、《後記》等文，亦認真批閱，指出其中疏漏所在，其情可慨，書之以誌銘感！

二〇一三年五月十五日零時，藉二樣校訂之機補記

後記（二）

自六月底至今，倏忽又是三個多月。而屈指算來，離去秋始動手整理此書，恰好一個寒暑。冬去春來，一歲之中，這項純屬偶然興起的工作，帶給我無數驚喜和意外收穫，時有一種上對得起祖宗的自我滿足感，也在一定程度上舒緩了我對雙親及愛師的悠悠之思。

二〇一二年五月二十七日，董治安師遽歸道山。轉眼一年過去了，爲了在董師辭世周年時能有所寄託，藉以表達對老師的一份懷念，我緊趕慢趕，到五月初大致形成初稿。癸巳五月中，我利用自己工作上的經驗，請人排版，自己又校對兩遍，增補一些内容，之後數碼印刷了繁簡兩種字體共二十册，分贈幾位師長及好友，以便徵詢意見。

期間，由於機緣巧合，我將此書申報了『國家社科基金後期資助項目』。出乎預料的是，項目通過評審。二〇一三年七月四日，當獲知這一消息時，自不勝欣喜。申報項目純是無心插柳之舉，意在避免爲出版經費四處化緣的尷尬，非爲邀名逐利，而能得國家之襄助，出版有保障，確是意外之喜。而與之相伴的是，壓力陡增，如果説之前是爲了一種寄託，有點玩票式的自娱自樂，而獲得基金資助，就意味着必須要交出一份合格的成果，需要認真地扮演好自己的角色了。

六月底，在階段性的空閒中，終又沉下心來，對書稿重加校訂，結果又發現不少疏漏。這些錯誤，或在意料中，或出意想外，幾處斷句失誤，自己也頗覺莫名其妙。更信古人所云『校書如掃落葉，去而復生』！校事之難，非親歷者難以體會。抱着少留遺憾、不負初衷之私心，与夫不負國家襄助之公意，在北京最為炎熱的酷暑中，我又動手動脚找資料，對書稿加以補充完善，增補三萬餘字，並發現了幾篇有關澹軒公的重要文獻，自感書稿質量又有了較大提升。感謝社科基金的評審專家們，他們給出的修改意見，十分中肯，頗具指導意義，是這次修改的重要參照。

按照國家社科基金管理的相關規定，此書或由山東人民出版社出版。這也是我希望之中的事。一則，古齊是我的父母之邦，澹軒公詩文中有很多寫到家鄉，其桑梓之情赫然流露於筆墨之間。千載之下，不肖子孫如我，依然心有戚戚。二則，該社總編輯胡長青兄乃同門學長，同居一室，深夜小酌的場景，恍如昨日，爾來已二十餘年，手足情深。此書能經由其手出版，也算是對這段友情的一種紀念吧。

在修訂過程中，又得到諸多師友的幫助。中國社會科學院文學研究所孫少華兄对整理事宜等多所建言。中央黨校馬奔騰兄，也施以援手。特別需要感谢的是，新城金樹祥兄全文審讀了初稿，並以自己的專業素養，對書中標點、注釋等多所匡正，啓發良多。

二〇一三年九月十三日，不意間看到一篇名為《明初〈淮安府增修學舍記〉碑被發現》的消息，文中介紹碑文為澹軒公所撰。知此，我驚喜不已，馬上查找《淮安府志》，知文中所言不誣。《淮安府增修學舍記》不見於《澹軒文集》，顯系佚篇。在參加董治安師紀念文集《儒風道骨 君子氣象》首發式回京的十七日，通過《淮安晚報》輾轉打聽到此文作者徐愛明先生，並取得聯繫。很快，他發來碑的照片。碑損毀嚴重，碑文漫滅，幾不可讀，僅殘存兩百餘字，難以連綴成句。然古光片羽，存之不易，故收入佚文中。在此，不能不感謝徐愛明先生的古道熱腸。

前此，已有一篇《後記》，謬承友朋贊賞、鼓勵，並提出一些修改意見。但這段文字確實能反映我一段時間的心情，作為一份真實，權衡再三，竊以為還是存真為宜，故又撰此一段文字，雖不無添足之嫌，但也能見此書誕生之歷程。

書稿行當殺青，不覺心生一絲悵然和不安，宛如學生時代交卷後的複雜感覺，那種緊張之後的放鬆，等待成績的焦灼，下一步該做什麼的躊躇，庶幾有幾分相似。自知學力有限，錯誤之處難免，誠望博學君子有以教我！

二〇一三年九月廿二日子時，初稿於清華園

後記(二)

又是一個春暖花開的時節。《澹軒文集校注》緣起於偶然，當初不過是藉以抒發對萱堂及業師的思念。在設想中，它應該只是我研究中的即興之作，畢竟明代不是我的專業領域所在，無意在此深耕。然而，由於一些新材料的發現，我又有機會不斷對書稿加以補充、完善，也越來越有信心使這項工作趨於完善，至少是盡可能少留遺憾。因此，便不自覺地沉浸其中，樂此不疲。

自去冬至今春，倏忽又是四五個月。期間，我又校對一遍原文，斟酌部分標點，並重點核實人物信息，增補兩萬餘字，自感書稿品質又有較大提高。在此過程中，我受惠於友朋的幫助，也有新的體悟，故此，有必要再贅述一番，庶幾不負他人美意，亦不枉一趟故鄉之行。

至二〇一三年歲末，先慈鶴化不覺已歷三載，雖行將服闋，心中之痛卻不曾有一絲的消解。唯有千里之外的孤墳，尚能寄託一點哀思。十二月底，利用回鄉祭掃之機，我又重新做了一次發現馬狀元之旅，收穫頗豐。

二十日，我去拜訪了收藏《馬學士文集》抄本的前輩學修先生，根據抄本，解決了文集校對時遺留的幾處疑問。學修前輩視抄本如珍寶，而對我卻信任有加，任我翻看，其情令我感念不已。學修前輩還將三份自己工筆抄寫的清代族譜序言贈送與我，這份資料出於清初同村馬益著等人手筆，已屬稀見之物。此行，得與臨朐縣史志辦公室徐傳國先生相識。他對馬愉及馬氏家族文化關注已久，並留意收集相關資料，並慨然贈送了陳循所撰馬愉墓誌銘碑拓影本及《世德集》。《世德集》原是清代乾隆年間馬氏所修族譜中的一卷，收録了與馬愉及其先人、後裔相關的敕諭、碑記、詩文等，極具史料價值，對搞清馬氏家族歷史上的一些疑問，對《澹軒文集》的校訂等，均不無助益。

二十日午後，我驅車來到狀元故里——朱位村，拜謁狀元祠。這座狀元祠是原先的家廟，在六七十年代的一段時間裏，曾用作村供銷社的門店，不復舊日的模樣。在這裏，我聽到了來自同族中年長者的回憶，大致知道了那些原本掛滿四壁的珍貴的先人畫像是如何在保存了幾百年後毀於『文革』、狀元府第原先是如何的氣派，等等。差可欣慰的是，明代嘉靖進士遲鳳翔所書『狀元基業』匾額尚存。出狀元祠，西南行二里許，我又來到狀元林。迎着懶懶的冬日的夕陽，我將自製的《澹軒文集校注》初印本供奉於狀元墓前，向這位先祖報告工作的進展。日暮中，我又將墓前幾塊有關馬愉及馬氏家族譜系的石碑重新研讀一遍。但令人遺憾的是，這些碑幾乎都是重修的，粗鄙不堪，原有的實物據説都被拉去修涵洞了。每次來到這處劫後餘生的古跡，看到這些殘存的石人石馬，想像他們走過那麼遥遠的年代，經歷了五百多年的風雨，卻在一場叫『文化大革命』的運動中人為地毁於一旦，不禁扼腕！而知恥後勇、重塑斯文，亦正是吾輩責任所在。《澹軒文集校注》的意義，也許正在於斯吧？

為進一步瞭解狀元府第等的情況，十二月二十三日返京途中，我特意去看望寄居臨淄的四叔義禄，他曾長期在朱位小學任教，並擔任過負責人，『文革』中曾慘遭批鬥。四叔回答了我聽到的關於狀元老家的一些情況，並追憶當年七賢公社黨委書記蘇炳琮帶人毀掉狀元林的情形，四叔說：『我當時就在現場。』在我們的追問中，四叔也講到了我們家族中的一些往事，幾乎是聞所未聞。遙想當初父親健在時，也不時地向我們講一些家族的陳年舊事，但當日少不更事，沒有心思去聽。而今，想聽也沒人講了。屈指算來，父親離開我們也已整整十二個年頭了，思之悵然，不覺淚流滿面，就此擱筆……

二〇一四年三月廿五日星期二零時三十分許初稿於清華園

四月十六日二十三時許二稿，四月二十三日午後一時半許改定

跋

這個甲午之年，於我算是一段較爲平靜的時光。在歷經近歲諸多波瀾之後，心靈又重歸寧靜。況天命之年在望，『知止不殆』，能不記乎！

飲水而思源，感謝先祖爲我們留下的這份珍貴遺産！它陪伴我走過一段特殊的歲月，予我以極大的撫慰。而今，一己初衷已就，使命暫告結束，我得到了我想所期望的這一過程：無忘乃祖，慎終追遠。其餘一切，便都不再是我所希冀的了。

關於此書的前前後後，前此幾篇《後記》已不勝其詳，這裏不避添足之嫌，再略述幾筆，權作收尾。

今年五月六月間，我將書稿又打磨一遍，除再核對原文、斟酌標點外，對注釋内容亦作了較大的修正，并對《前言》進行了大幅調整。暑假之前，將『成果』上報國家社科規劃辦公室，以接受驗收。十月初，收到規劃辦通知，告『經審核，該項目已經完成』，『決定將該成果送山東人民出版社編輯出版』。獲知消息後，該社總編輯胡長青兄即與余細商出版事宜，并鄭重表示，要將其作爲社中重點項目，做精做好。此前，已三易其稿，也有相當的自信，但想到即將『白紙黑字』，自信却一下蕩然無存。在『如臨深淵，如履薄冰』的心態下，在接下來的初冬中，又做一次全面的修訂，補充修正五千餘字。雖竊喜駑馬十駕，終有所獲，又能在付梓之前消滅部分差錯，但同時也愈加惶恐，唯恐謬種流傳，貽誤讀者，遺笑後人！然而，『雪藏』是不可能的了，只有以誠敬之心期待同道諸君的評判和指教了！

需要交代的是，在此書整理期間，我先後撰寫了多篇有關澹軒公的文章，蒙山東理工大學張宇聲教授、李逢超教授，河北師範大學王長華教授，中華讀書報總編輯王瑋兄，中央教育科學研究所楊九詮兄，《文史知識》劉淑麗博士等垂青關照，陸續見諸報章，與本書形成互動，反響良好。台灣成功大學侯美珍教授，是科舉方面研究的專家，她從專業角度，對初稿中存在的疏漏予以指正。鳳凰出版社姜小青兄，惠贈有關明史的資料。同族馬常录長於文史研究，於書稿亦多所指謬。胡長青兄於出版之事費心尤多，並通讀全書，作最後把關。責任編輯王海濤博士盡心盡力把關，付出良多。諸位友朋的高情厚誼，容在此一並致以謝忱！

最後，要鄭重感謝的是，同族前輩馬學修先生。他家幾代人奉先祖遺墨爲瑰寶，歷經艱辛，將道光八年抄本完好如初地保存至今，使《澹軒文集》能够成爲完璧。他長期習文，擅書法。爲紀念這段緣份，癸丑之冬見面時，我倩其爲拙作題簽，他慨然應諾，并很快寫就。感激之辭已屬多餘，我視之爲冥冥之中的一種安排，一段佳話！上天有鑒，其在斯乎？

駢邑馬氏慶洲

二〇一四年十二月十六日淩晨一時半許草成於京北，中午十二時許改定

二〇一五年二月二十日，時值乙未新春，再潤色於濟南